인생의 어느 순간에는
반드시 낚시를 해야 할 때가 온다

옮긴이 공경희 | 서울대학교 영어영문학과를 졸업한 후 번역 작가로 활동 중이며, 성균관 대학교 번역 TESOL 대학원 겸임교수를 역임하였다. 번역서로《시간의 모래밭》《매디슨 카운티의 다리》《모리와 함께한 화요일》《타샤의 정원》《호밀밭의 파수꾼》《파이 이야기》《프레디 머큐리》《문워크》《로켓맨》등이 있으며 저서로《아직도 거기, 머물다》가 있다.

인생의 어느 순간에는
반드시 낚시를 해야 할 때가 온다

초판 1쇄 발행	2004년 6월 18일
개정2판 1쇄 발행	2020년 8월 10일

지은이	폴 퀸네트
옮긴이	공경희

펴낸곳	(주)바다출판사
발행인	김인호
주소	서울시 마포구 어울마당로5길 17 5층
전화	02-322-3885(편집), 02-322-3575(마케팅)
팩스	02-322-3858
E-mail	badabooks@daum.net
홈페이지	www.badabooks.co.kr

ISBN	979-11-89932-13-8 03840

인생의
어느 순간에는
반드시
낚시를 해야 할
때가 온다

폴 퀸네트 지음
공경희 옮김

낚싯대로 건져 올린
인생 이야기

FISHING LESSONS
Paul Quinnett

바다출판사

어느 낚시광의 못 말리는 인생 이야기

폴 퀸네트와 내가 일식집에 앉아 있을 때, 나중에 알고 보니 식당 주인인 아주머니가 서둘러 다가와서는 일본말로 우리를 몹시 나무라기 시작했다. 나는 놀라고 당황했지만 우리가 무슨 잘못을 저질렀기에 저러는지 짐작도 할 수 없었다. 물론 이런 상황에서는 늘 폴이 의심스럽긴 하지만. 폴은 부인에게 대들었고 강한 어조로 말대꾸했다. 나는 이런 면에 더욱 놀랐지만 다행스럽게도 주인아주머니는 웃음을 터뜨리며 손뼉을 치지 무언가. 두 사람 사이에 오래된 장난임이 분명했다. 그래도 놀란 내 가슴은 쉽게 진정이 되지 않았다. 폴이 부인에게 거세게 반응했을 뿐만 아니라 유창한 일본어로 대꾸하는 게 아닌가! 하긴 임상심리학자요, 저술가, 에세이 작가, 잡지 기고가, 칼럼 기고가, 유머리스트, 선생, 강연가, 대중 연설가, 사업가, 재담꾼에 무엇보다도 낚시에 심취해 있는 키가 190센티미터나 되는 쉰 살의 미국인 친구가 점심을 먹는 자리에서 일본어를 쏟아내는 게 보통 일인가. 그가 여러 다른 외국어로 말했대도 그렇게 놀라지는 않았을 것이다.

그거야 뭐! 그가 어떻게 일본어를 배웠는지는 하느님이나 아시리라. 일식집에서 일본어로 된 음식을 주문하는 거야 뭐 그럴 수 있다지만. 사실 그것만 해도 대단해 보이는데. 하긴 대단하지 않으면 폴 퀸네트가 아니니까.

이 책을 읽는 독자들은 이 책에 단순히 낚시와 관련된 교훈이 담겨 있지 않음을 알게 될 것이다. 한 가지쯤은 낚시에 대한 교훈이 있다. "더 많이 낚시질하라!"가 그것이다. 여러분이 아무리 낚시를 한다고 생각한들, 폴 퀸네트는 여러분의 보잘것없는 노력을 꾸짖을 것이다. "난 1년 내내 매주 토요일마다 낚시를 하는데?"라고 대꾸하시려고? 그만두시길! 아예 입을 다무시길. 퀸네트가 웃음을 터뜨리고 말 테니까. 그는 온갖 바쁜 일정 때문에 최소한의 시간만 낚시에 투자할 수 있다. 한데 그 '최소한'이, 제정신으로 사는 보통 사람이라면 '미쳤다'고 할 정도의 시간이다. 그는 적어도 1년에 80일은 낚시를 하니까! 그가 사는 시골집 주변에 흩어져 있는 호수 50군데로도 모자라서, 다른 시골 낚시터며 외국이며 먼 바다까지 골고루 다닌다.

좀 더 분명히 말해보겠다. 이 책은 배움에 대한 글이다. 한데 낚시에 대해서만 배우는 게 아니다. 물론 낚시에서 실마리를 찾는다. 이 책은 절제와 지나침, 성공과 실패, 조화, 삶과 죽음, 소망, 유머, 윤리, 사랑과 전쟁 등에 대한 교훈을 다루고 있다. 물론 끝없는 폴 퀸네트식 낚시에 대해서도 배울 수 있다.

나는 오랫동안 폴을 연구해왔다. 그는 연구할 만한 가치가 있는 인물이다. 그처럼 바쁜 사람을 본 적이 없다. 우리가 뿌옇게 가려진 삶을 지나다가, 문득 그 안개가 멈추면 거기 그가 서 있다. 엉덩이까지 빠지는 물속에 서서 보풀 같은 것을 푸른 물을 향해 던진다. 그리고 우리는 어느새 그와 함께 미지의 세계를 향해 달려간다. 그는 어떻게 그렇게 할까? 늘 내 자신에게 던지는 질문이다. 자살에 관한 세계적인 전문가인 그는 생활의 대부분을 깊은 절망에 빠져 허우적대는 사람들 속에서 산다. 그는 이런 환자들에게 치료법으로 낚시를 권할까? 그는 "돌팔이 의사나 안 그렇지"라고 대답한다. 나는 그를 믿을 수밖에 없다. 퀸네트야말로 정신이 온전한 사람이니까. 그를 그렇게 만든 것은 무엇일까? 낚시가 아니면 무엇일까?

이 책은 폴 퀸네트에 대한 궁금증을 해결해준다. 가장 마음에 드는 글은 폴이 소년 시절 닭 거름과 씨름해서 이긴 이야기나 그걸 삽질한 이야기다. 누가 닭 거름에서 그렇게 많은 걸 배울까. 하지만 폴은 거기서도 삶의 교훈을 뽑아낸다. 무슨 일에서든 마찬가지다. 성공한 사람들의 비결을 다룬 책 같은 건 접어두자. 성공에 이르는 진짜 방법을 알고 싶다면, 폴 퀸네트가 겪은 닭 거름 이야기를 읽어보기 바란다.

강연하고 상 받느라 세계 이곳저곳을 날아다니면서도 그의 짐 속에는 항상 낚싯대가 들어 있다. 급변하는 세상의 물결을 놓치지 않는 동시에 옛것을 잃지 않기 위한 그만의 방식이다. 정보화 시대를 무리 없이 헤쳐 나가는 폴이지만 그렇다고 마음에 들어 하는 것은 아니기 때문이다.

폴은 스스로를 검소하다고 표현한다. 이 책 어딘가에도 분명히 검소함과 관련된 교훈이 있을 것이다. 폴은 아무것도 버리지 않는다. 심지어 생선 내장도 버리지 않는다. 뒷마당에서 생선 내장 가득한 통으로 생선 비료를 만들려 했던 이야기는 폴의 이야기 중에서 내가 가장 좋아하는 것이다. 실제 있었던 일이라는 것을 알고 있기 때문이다. 이 위대한 심리학자의 뒷마당에는 부글부글 썩어 들어가며 어찌나 지독

한 냄새를 풍겼는지 이웃들이 망원경을 동원해 범인 색출에 나설 정도의 엄청난 시한폭탄이 있었던 것이다. 폴이 유력한 용의자였던 것은 물론이다. 그러다 뒷마당에서 아내 앤이 가든파티를 열었고…… 더 얘기하기가 끔찍할 정도다. 나중에 읽어보기를 권한다.

폴의 글을 읽을 때 가장 싫은 것은 스스로를 개선하자는 강한 욕구에 시달리게 된다는 것이다. 그래서 나는 이마에 젖은 수건을 올려놓고, 그런 욕구가 사라질 때까지 기다린다. 그러나 완전히 사라지는 경우는 없다. 그의 글을 읽고 나면 언제나 인생을 약간 다른 시각에서 바라보게 된다. 그럴 때는 해결책이 한 가지밖에 없다. 낚싯대와 플라이를 들고 근처 호수로 떠나는 것이다.

수년 전 나는 어느 글을 통해 폴의 저서 『인간은 왜 낚시를 하는가』가 낚시에 대한 책이 아니면서도 낚시계의 고전이 될 것이라고 전망한 적이 있다. 지금에 와서는 당시 내 전망이 옳았던 것으로 판명되었다. 바로 그 이유로 나는 이 책에 대해서는 같은 전망을 하고 싶지 않다. 친구의 책이 명저로 꼽히게 된 것만으로도 배가 아픈데, 두 권씩이나 명저의 반열에 오르게 된다면 도저히 견딜 수 없을 것 같기 때문이다.

패트릭 F. 맥매너스

두 인생을 사는 사나이

이 첫 문장으로 여러분의 옷깃을 부여잡아 번쩍 들고, 관심의 팔을 꺾는 것이 저자인 내가 할 일이다. 나는 세 가지 이유로 그럴 수 있다. 내 키가 188센티미터라는 점, 내가 유도를 배운 임상심리학자라는 점, 출판 평론가들의 말에 따르면 내가 괜찮은 필자라는 점.

이제 여러분의 관심이라는 팔을 꺾었다고 믿고, 여러분을 땅에 내려주면서 몇 가지를 설명하려 한다.

비행기 안이나 서점 같은 데서 낯선 두 사람이 만나면 두 가지 정보를 교환하게 된다. 이렇게 해서 밝혀진 사실과 두 사람의 욕구와 성격에 근거해서 대화가 이어지거나 끊기거나 한다. 두 사람이 나누는 정보는 이름이 아니다. 그것은 두 가지 중요한 질문에 대한 답이다. "어디 출신입니까?"와 "무슨 일을 하십니까?"가 그것이다.

사람들은 공통적인 무언가를 발견하거나 서로의 얼굴을 익힌 후에야 이름을 말한다. 이 두 질문 중 직업 부분이야말로 두 사람 사이의 장래의 관계를 가늠할 수 있는 잣대이다.

저자와 독자라는 정해진 관계 때문에, 불행하게도 여러분은 내게 이야기를 할 수 없지만 나는 여러분에게 내 이야기를 할 수 있다. 그러니 우리 문제의 절반은 해결된 셈이다. 내 이야기는 이렇다.

나는 로스앤젤레스에서 태어나 샌 버나르디노 부근에서 성장했으며, 현재는 동부 워싱턴의 시골에 있는 넓이 20제곱미터의 숲 속에서 산다. 스포캔에서 멀지 않은 곳인데, 워싱턴 주에 대해 흔히 갖는 편견을 바로잡자면, 비가 그리 많이 내리는 곳이 아니라는 것이다. 내가 태어난 도시에서 살지 않고 이곳 시골에 거처를 마련한 이유는 이곳이 아름다울 뿐만 아니라 집에서 80킬로미터 반경에 물고기가 가득한 호수가 50개나 있다는 이유 때문이다. 나는 캘리포니아, 아이오와, 오리건을 돌아다니며 성장했고, 아시아, 유럽, 멕시코, 남아메리카, 캐나다에서도 살아봤다. 또 도쿄, 뉴욕, 파리 같은 대도시에서 낚시를 하며 시간을 보내기도 했다. 직업적인 면에서나 낚시 습관 때문에 나는 여행을 많이 한다. 기본적으로는 가정적인 사람이라 늘 워싱턴의 집으로 되돌아오는 게 기쁘다. 소나무 숲에 부는 익숙한 바람에 휩싸여 집 근처의 낚시터로 돌아오는 게 반갑다.『버드나무에 부는 바람The Wind in the Willows』에 나오는 두더지처럼, 나도 집 근처에 오면 집 냄새를 맡을 수 있다. 다시 돌아왔다는 사실에 마음이 흐뭇해진다.

두 번째 질문에 대한 대답. 나는 임상심리학자, 자살 방지 전문가, 저자, 낚시와 여행 관련 집필가로 살고 있다. 언제나 두 가지 삶, 보통 세 가지 삶을 살아왔다. 다른 사람들처럼 잠을 많이 자지 않기에 가능한 일이었다. 또 대개 생산적인 즐거운 기분으로 지낼 수 있는 덕분이기도 하다. 중간 중간 기분이 저조해지기도 하지만, 심각한 조울증이라고 진단할 정도는 아니다. 나는 긍정적인 에너지가 꾸준히 샘솟는 축복을 받았고, 나 스스로 이 힘을 잘 쓰는 훈련을 했다.

현재 나는 '그린트리 행동 건강'의 직원들과 전국을 순회하며 자살로 인해 당사자와 그들의 가족, 친척, 사업, 미국 경제가 감당해야 되는 손실을 줄일 수 있도록 돕는 일을 하고 있다. 나는 모든 미국인이 동료, 친구, 사랑하는 사람이나 가족의 자살을 방지하도록 도울 수 있는 법을 가르치는 정신 건강 훈련 프로그램을 개발했다. 운 좋게 '엘리 릴리 앤 컴퍼니'의 후원으로 연구비를 지원받았고, 캐리 피셔(〈해리가 샐리를 만났을 때〉, 〈스타워즈 에피소드〉 등에 출현한 영화배우—옮긴이)를 설득해서 그를 1시간용 교육 프로그램 비디오에 출연시켰다. 누군가 어떻게 캐리 피셔를 섭외할 수 있었느냐고 묻는 말에 나는 이렇게 대답했다.

"그런 질문은 '섭리'를 모르는 사람이나 하는 거지요."

'섭리'가 뭐든 간에 나는 넘치는 축복을 받으며 살아왔다. 사랑에서, 일에서, 낚시에서 행운은 언제나 나의 것이었다. 무슨 이유인지는 짐작도 못하겠다.

평생 많은 일을 했다. 딸기도 따고, 신문 배달도 하고, 양계장에서도 일했다. 땅 측량도 해보고 미국 숲 협회에서 1년간 일하기도 했다. 제철소에서도 일했고, 접시도 닦고, 주유소에서 기름도 넣고, 군 복무도 했다. 여러 분야를 공부했고 대중 연설가와 대학 교수 노릇도 했다. 많이 늦어지고 돌아가는 데 불만도 있었지만 사랑하는 아내와 든든한 부모님의 후원 덕분에 마침내 임상심리 분야에서 석·박사 학위를 받고, 자격증을 취득한 후 취직했다. 주립 정신병원에서 첫 직장 생활을 시작한 후, 나는 몇 권의 책을 집필했고 수백 편의 글을 써서 〈뉴스위크〉

〈뉴욕 타임스〉〈오늘의 심리학〉 같은 전문지를 비롯해 주요 낚시 잡지에 기고했다. 어린 시절의 말더듬이 습관을 고쳤고 대중 연설에 대한 두려움을 극복해서 지금은 강연료만으로 해마다 낚시 여행을 네댓 번씩 다닐 수 있게 되었다.

어떻게 이 모든 일을 해냈는지 모르겠지만, 어쨌든 해냈다. 언젠가 낚싯대를 내려놓고 어떻게 이렇게 살 수 있었는지 따져봐야겠다. 한편으로 인생의 신비를 만끽하고, 내 삶과 아내 앤을 사랑하고, 가능한 한 자주 낚시를 하면서 지낼 계획이다.

이 책에서 임상심리학자, 자살 방지 전문가, 필자, 정신 나간 낚시꾼, 이 모든 것을 하나로 묶어 통합된 목소리를 내려 했다. 이 책은 낚시의 심리를 다룬 『인간은 왜 낚시를 하는가』와 『다윈은 어떻게 프로이트에게 낚시를 가르쳤는가』에 이은 3부작이다. 나는 메모와 스케치, 일화, 에세이, 소품, 약간의 지어낸 이야기를 더해서 오래전부터 친구들에게 했던 "더 철학적인 얘기를 써보지"라는 약속을 지켰다. 바로 이 책으로 말이다.

이제부터 시작될 이야기에서 사람들에 대해, 낚시에 대해, 삶에 대해, 나에 대해 아는 바를 여러분과 나누려 한다. 어떤 이야기는 대어일지 모르고 어떤 것은 피라미일지 몰라도, 여러분이 마음에 드는 이야기를 골라 읽고 나머지는 그냥 놔두면 될 것이다. 글의 맛을 살리기 위해 어떤 글 끝에는 낚시를 하면서 떠오른 잠언을 적어 넣기도 했다. 양념으로 생각해주시길.

지금껏 50년간 낚시를 했다. 어쩌면 낚시가 종교가 되었다고 할 수 있겠다. 낚시는 배타적이지 않아 모든 신념과 색깔을 끌어안는다. 모든 태도와 부류를 포용한다. 남자든 여자든, 동성애자든 이성애자든,

육체나 정신이 온전하든 상처 입었든 상관없다. 예술이자 스포츠인 낚시는 의미 있고, 전통적이고, 멋지고, 재미나고, 영적인 것을 찾을 수 있다고 믿는 모든 사람을 끌어안는다. 무언가를 찾는 사람이든, 선구자든, 희망에 부푼 여행자든 간에.

자, 이제 여러분의 옷깃을 놓아주겠다. 시간을 내주어 감사하다.

워싱턴 주 체니에서

폴 퀴네트

차례

때로는 낚시 신들에게 감사해야 한다

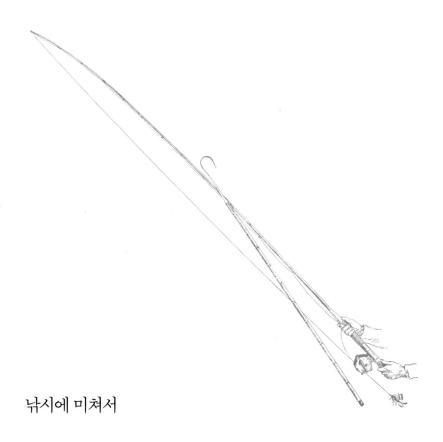

낚시에 미쳐서

물고기를 상냥하게 대하라

어떻게 프로이트에게 플라이낚시를 가르쳤는가

때로는 낚시 신들에게 감사해야 한다

첫 번째 교훈

나는 자갈 깔린 시골길 위에서 산다. 일부러 그런 곳에서 산다. 지난 번 이사하면서 아내 앤과 나는 어떻게 시골 골짜기에서 사느냐는 문제를 놓고 입씨름을 벌였다. 나는 송어 낚시를 할 수 있는 강둑에다 집을 얻자는 데는 졌지만, 숲이 우거진 시골 낚시터가 있는 곳에서 살겠다는 고집은 꺾지 않았다. 도시 외곽에 위치한 삼나무로 지은 집이었다.

타협을 해야 결혼 생활이 가능해지는 법이다. 자주 타협을 하면 결혼 생활이 즐거워진다. 한쪽이 져도 심통을 부리지 않는다면. 그리고 부부 싸움에서는 지게 마련이다. 좋아하는 사람이랑 다투면서 지지 않는 사람이 있다면, 미혼이거나 이혼한 사람이거나 곧 이혼당할 사람일 것이다. 오래오래 살고 싶다고? 가끔 져주자. 비기는 것조차 포기하자.

우리가 하필 그곳에 사는 이유는, 반경 80킬로미터 안에 우리 아이들과 손자들이 살고 있어서 아내의 불만을 가라앉힐 수 있기 때문이다. 물고기가 많이 사는 50개의 호수와 강, 개천이 있기 때문이기도 하지만.

가족과 낚시터와 가까이 사는 것이 그리 큰 욕심은 아닐 것 같다. 아직 젊어서 매사를 적당한 때까지 미뤄야 된다는 것을 몰랐을 때는 그게 큰 욕심이라고 생각하지 않았다. 그걸 누릴 자격이 생길 때까지, 혹은 그것을 얻게 될 때까지, 또는 몫을 치르고 거둬들일 때가 될 때까지는 미뤄야 한다는 것을.

그런데 나는 운이 좋았다. 나는 이런 규칙을 몰랐다. 워낙 멍청해서, 세상에서 가장 좋은 낚시터 한가운데서 가족들과 살고 싶다면, 그런 데로 이사하면 그뿐이라고 생각했다. 세상에, 이렇게 아둔한 인간이 있나? 더군다나 여기 살면 곤란하다는 신호가 오는데도 여기 살고 있다. 내가 시애틀 시내에서 동부 워싱턴 주로 이사한 후 일을 시작하려 한다고 하자, 야심가 동료들은 충격을 받았다. 그들은 얼굴을 찌푸리며 말했다.

"맙소사! 거긴 사막이나 다름없다구. 지성적으로 황무지란 말일세. 자네, 정신이 나갔나? 아직 도로도 포장이 안 된 곳이라구!"

나는 그들에게 '지성적으로 황무지'라는 생각은 순전히 그들의 오해일 뿐이라고 말해주지 않았다. 내가 원하는 것은 진짜 황무지라고, 어디로 뻗어 있는지 모르고 가다 보면 낚시터가 나타나는 비포장도로라고 설명하지 않았다. 뉴요커들처럼 그들은 이해하지 못할 테니까. 친구들에게 아름다움처럼 황량함도 보는 사람의 눈에 따라 달라지는 거라는 점을 지적해주지 않았다. 게다가 나는 포장도로를 싫어한다. 동부 워싱턴 주에는 포장도로가 많지 않으니 얼마나 다행인가.

분명히 밝혀야겠다. 나는 포장도로를 싫어하는 정도가 아니라 증오한다. 평생 포장된 아스팔트 위를 돌아다녔다. 평생 도로를 포장하는 기계의 뜨거운 입김과 달음박질치며 살았다. 아스팔트가 깔리면 자연은 떠밀려 나간다. 아스팔트는 내가 태어난 로스앤젤레스를 황폐화시켰다. 아스팔트는 내가 어린 시절을 보낸 남부 캘리포니아를 망쳤다. 그리고 아스팔트는 서부에서 동부로, 동부에서 서부로 나를 따라다녔다. 아스팔트는 나를 시애틀에서 쫓아냈다. 그래서 나는 기나긴 비포장도로가 있는 삼나무 집에 숨어 산다. 거친 숨을 몰아쉬는 포장 기계가 날 찾지 못하게 해달라고 기도하며.

나는 황무지의 작은 연못 속 작디작은 물고기로 남기로 한 결정을 후회하지 않는다. 봄이나 여름, 가을의 늦은 오후, 나는 집 근처에 있는 열댓 군데 호수 중 한 곳으로 차를 몰고 가 파리를 던져 송어를 잡거나, 벌레를 던져 배스를 잡을 수 있다. 아니면 집에 머물면서 뒷마당 소나무 밑에 벽돌로 만든 불구멍에 모닥불을 피울 수도 있다. 불가에서 야자주를 한 잔 따라 마시며, 언제라도 낚시하러 갈 수 있다는 생각을 하며 흐뭇해할 수도 있다. 낚시꾼이 날마다 낚시를 하러 가느냐는 그다지 중요하지 않지만, 언제라도 갈 수 있다는 것은 중요한 문제다. 가족이든 친구든 낚시든 진정으로 사랑하는 대상과 가까이 있는 것이야말로 기쁨의 원천인 것을.

몇 년 전 사람들에게 사랑을 받던 친구가 세상을 떠났다. 그녀는 삶을 사랑했고, 삶도 그녀를 사랑했다. 나는 장례식에서 조사를 했고 나중에는 아이처럼 울었다. 누나가 없는 내게 그녀는 누나 같은 존재였다. 그 친구는 마가리타를 두어 잔 마시고 나서 이런 말을 하곤 했다.

"가끔은 집에 일찍 들어가라구. 술 한잔 마시고, 큼직한 스테이크를 구워 먹고, 사랑을 나눠. 인생의 첫 번째 교훈은 즐기는 거니까."

그 말과 함께 그녀는 환하게 웃으며 덧붙였다.

"두 번째 교훈도 세 번째 교훈도 바로 그거야."

때로는 낚시 신들에게 감사해야 한다

알래스카 연어 플라이낚시를 포기하고 넙치 낚시를 하자고 했을 때 나는 미적지근한 반응을 보였다. 하지만 이 크고 맛 좋은 물고기에 대해 이야기를 많이 들은 데다가, 모든 걸 한번쯤은 시도해봐야 된다는 생각이 들었다. 그래서 마크와 릭, 나는 야쿠타트에서 전세 배를 빌려 다음 날 바다낚시를 하기로 했다.

배에는 다른 낚시꾼 네 명이 동승했다. 모두 우리보다 몇 살 연상으로 중서부 출신이었다. 그들은 고교 시절부터 같이 낚시하며 평생을 함께 지내온 친구들이었다. 서로 친하고 편안해 보였지만, 한 사람은 일행과 떨어져서 고통스런 표정을 짓고 있었다. 그는 난간에 기대어 미끼를 던지고, 3킬로미터쯤 앞을 바라보는 것 같았다.

나는 첫 번째 넙치를 낚았고, 무게가 45킬로그램에 가까웠다. 물고기가 달아나거나 물결을 치면서 싸우고 버티는 식의 낚시는 아니었다. 큰 물고기를 끌어올리는 일은 물에 빠진 폭스바겐을 윈치 하나로 들어올리는 것과 같다.

가이드는 이런 큰 물고기가 수면으로 올라와서 끌려오다가 달아나는 것을 원치 않는다. 이런 고기는 수면에 올라오면 기본적으로 제어가 불가능하다. 22킬로그램 테스트 라인으로도 어쩔 수가 없다. 45킬로그램 이상 나가는 넙치일 경우 가이드는 총을 쏘아, 고기를 진정시킨 후 배로 끌어 올린다. 100에서 130킬로그램짜리 넙치가 배에 올라오면 낚시꾼의 다리를 성냥개비처럼 꽉 물 수도 있다.

어쨌거나 그날 대부분의 기록 보유자는 나였다. 나는 다른 사람들을 은근히 놀리면서 큰 고기를 낚은 기분을 만끽했다. 넙치는 머리를 쓰지 않고도 잡을 수 있는 고기이긴 했지만.

그러다가 그 고통스러운 표정을 짓고 있는 비쩍 마른 사내의 낚싯바늘에 대어가 걸렸다. 그가 천천히 커다란 고기를 수면으로 당기자 우리 모두 환호했다. 한동안 누가 싸움에서 이길지 분명하지 않았지만, 아무도 끼어들어 도우려 하지 않았다. 고기가 마침내 총을 쏠 위치에 들어오자 사내의 손이 마구 떨렸다.

가이드가 난간에서 몸을 숙여 큰 물고기를 향해 총을 쏘았다. 고기가 진정되어 배로 올려지자, 우리 모두 그에게 축하 인사를 보내며 악수했다. 힘없는 악수였다.

그는 50킬로그램짜리 물고기 옆에 서서 사진을 찍었다. 나는 그의 눈에 눈물이 고였다고 생각했다.

다른 사람들이 낚시하는 동안, 그의 친구와 나는 선실에서 커피를 마셨다. 그의 친구가 말했다.

"할이 그걸 잡아서 기뻐요."

나는 고개를 끄덕였다. 내가 세운 기록이 깨졌지만 괜찮았다.

"정말이에요."

그의 친구가 몸을 숙이면서 진지한 어투로 말을 이었다.

"할이 그걸 잡아서 진심으로 기뻐요. 우리는 내일 집에 돌아갑니다. 그 친구는 말기 암에 걸렸어요. 이번이 그의 마지막 낚시 여행이지요."

멋지고 색다른 여정

전에는 그렇게 해본 적이 없었다. 송어를 잡으려고 배를 타고 강줄기를 내려가면서 하는 낚시 말이다. 하지만 때가 됐다. 내 나이 오십 줄에 들어섰으니 바텐더 말마따나 "갈 데까지 가봐야" 할 때가 아닌가. 발밑에 곰팡이가 생길 것 같으니 다른 여정이 필요했다.

나는 아들에게 말했다.

"이제 때가 됐구나. 내일 떠나자. 첫날 큰 강에 배를 띄우고 떠내려가서 어두워지면 컷스로트를 잡으러 켈리 크리크로 올라가는 거다."

"쉰 살이 되시니까 신경이 쓰이나 봐요."

"심한 건 아니고."

"좀 위험하지 않을까요? 전에 그 강을 내려가 본 적이 없잖아요."

"어떤 강이든 떠내려가 본 적은 없지."

그렇게 말하려니, 어디선가 본 문장이 떠올라서 덧붙였다.

"내일로 일을 미루는 것은, 그 일을 못 하고 죽겠다는 뜻이지."

"흠. 쉰 살이 되시더니 철학자가 되셨네요?"

"배를 챙기는 걸 도와주렴."

가운데 아들 브라이언은 '뉴욕 닉스(미국 NBA 프로농구 팀―옮긴이)'에서 포워드를 맡고 있다. 여름에만 휴가가 있기 때문에 브라이언은 얼음장이 녹으면 낚시를 하고 싶어 안달이 난다. 그는 막 알래스카에서 2주간의 낚시 여행을 마치고 돌아왔으면서도 낚시를 가고 싶어 했다. 우리는 긴 노와 낚싯대, 조끼, 장화 바지 같은 걸 꾸렸다. 또 아이스박스에 사슴고기 스테이크와 과일을 넣었다. 세 시간만 서부 몬태나의 클라크 포크로 접어드는 길을 달리면 한낮에 무지개송어 떼를 만날 터였다.

나는 언제나 낯선 강줄기를 따라 떠내려가고 싶었다. 어른의 감독 없이 그러고 싶었다는 뜻이다. 브라이언과 나는 어느 가을, 무지개송어를 잡으려고 뗏목을 띄웠지만 그때는 가이드가 우리를 지켜봤다. 하지만 이번 여행은 다를 터였다. 우리만의 여정이므로.

"어두워지기 전에 얼마나 멀리 가게 될까요?"

브라이언이 물었다. 우리는 내리막길을 지나 클라크 포크 계곡으로 접어들었다.

"꽤 멀리 갈걸. 이번 여행을 모험이라고 생각하자꾸나."

배달 음식을 준비하지도 않고, 얼마나 멀리까지 떠내려갈지도 모르고, 어디선가 여정이 끝나면 어떻게 돌아오게 될지도 모르고…… 모든 게 정신없이 급조되었다. 아주 정신이 없지는 않지만, 그래도 분주하기는 매한가지였다. 쉰 살의 나이고 20세기 말이니, 서둘러야지. 하지만 강과 나란히 난 국도를 달리면 되고, 루이스와 클라크(미국의 탐험가들. 제퍼슨 대통령의 발의에 따라 1804년부터 1806년에 걸쳐 미국 북서부를 탐험했다―옮긴이)가 강의 모양새를 가르쳐준 덕분에 길을 잃을 것 같지는 않았다. 다시는 집에 못 돌아가지도 않을 테고. 가는 길에 엄지손가락이 아니라 노를 쳐든 낚시꾼들을 태워준 덕분이었다.

주유소에서 일하는 소년이 '세인트 레지스' 마을 부근의 강까지 가는 길을 가르쳐주었다. 북부 아이다호 팬핸들이라는 멋진 시골로 가는 길에 있는 작은 정거장인 셈이었다. 이곳 클라크 포크는 물살이 빠르고 폭이 넓으면서도 깊다. 물은 초록색이다. 그러니 풋볼 공만 한 송어가 있으리란 것은 쉽게 상상이 된다.

배의 균형을 잡으면서 낚싯대를 준비했다. 내가 브라이언에게 말했다.

"노인은 좀 쉽게 해다오. 먼저 네가 노를 잡아라."

"그러죠. 언제나 기꺼이 시키시는 대로 하겠습니다."

우리는 강을 따라 내려갔고, 강은 힘차고 당당하게 우리를 끌어들였다. 그 느낌에 피가 솟구치는 것 같았다. 강을 가로지르는 I-90 도로를 떠받치는 시멘트 기둥들을 지나면서, 나는 기둥 뒤에서 정신없이 몇 차례 캐스팅을 했다. 성과가 없었다.

프로 운동선수로 여름에 컨디션이 최상인 브라이언이 쉽게 노를 저으며 물살을 헤쳐 나갔다. 곧 우리는 물가에 쓰러진 나무 그루터기에 닿았다. 드디어 송어가 걸렸다. 싸움이 시작됐다.

아주 힘이 센 무지개송어였다. 기운이 충천한 송어는 물속으로 들어갔다가 뛰어오르고, 밀려오며 나와 싸웠다. 영광스럽게. 나는 고기를 지치게 하면서 옆쪽으로 끌어와, 물에서 꺼내지 않고 얼른 뼘으로 치수를 쟀다―내 손의 한 뼘은 22센티미터인데, 고기는 꼬리에서 코까지 두 뼘이었다. 플라이를 가볍게 휙 쳐서 고기를 살려주며, 아들에게 허풍을 떨었다.

"45센티미터였다."

"이러지 마세요. 40센티미터예요."

"45센티미터야. 내 손은 내가 잘 알지."

"나이가 지긋하신 분이 물고기 가지고 거짓말하시려고요?"

"고마운 말이다."

내가 고집을 부려서 우리는 자리를 바꿨다. 내가 노를 젓기 시작했다. 브라이언은 내게 한 마리 더 잡게 해주고 싶어 했지만, 그는 곧 뉴욕으로 돌아가야 하니 여름이 가기 전에 한두 가지 추억을 만들 필요가 있었다.

그때부터 물고기가 얼씬도 하지 않았다.

흔히 낚시 경험담은 얼마나 근사한 낚시를 했는지에 대한 이야기들이다. 하지만 꼭 그런 것은 아니다. 사실 때때로 고기를 못 잡는다―아무리 중요한 순간이라도, 아무리 준비가 완벽해도, 아무리 낚시 솜씨가 좋아도, 아무리 어떻더라도. 바로 그런 이유 때문에 낚시꾼들은 낚시를 한다.

그래도 괜찮았다. 내일 잡으면 되니까. 게다가 가끔 나는 불확실하고 약간 미친 것 같고, 처음으로 해보는 일을 하는 것이 최고의 추억이라는 생각을 한다. 정말 그런 것 같다. 그래서 강이 우리를 떠밀어 가보지 못한 곳을 지나게 했으니, 송어를 잡는 것은 그 여정에서 일어나는 우연일 뿐이었다.

시간이 흐르고 우리 앞의 강물은 큰 섬을 중심으로 두 갈래로 나뉘었다. 마치 "어느 길로 가시렵니까?"라고 묻는 것 같았다. 나는 오른쪽을 선택했지만, 이미 그쪽으로 접어들고 있는 것 외에 다른 뭐가 있어서는 아니었다.

급류를 지나니, 그날 무지개송어가 가장 많을 것 같은 물가에 접어들었다. 나는 배를 저어 물가에 댔다.

브라이언이 말했다.

"아버지는 강 저편으로 배를 저어 가시지요? 그럼 양쪽에서 공략할 수 있잖아요?"

내가 그러겠다고 대답하자, 아들은 내가 탄 배를 떠밀었다.

물빛이 좋기는 했지만 고기는 없었다. 적어도 우리에게는 그랬다. 나는 작은 고기 두어 마리를 잡았을 뿐이었다. 브라이언도 나보다 나을 게 없었다. 우리 위쪽의 가파른 초지에서는 흰 소 떼가 풀을 뜯었고, 알팔파 밭에 물을 대기 위해 양수기로 강물을 퍼내는 소리가 계속 들려왔다. 동쪽으로 펼쳐진 코발트블루 빛깔의 몬태나 하늘이 어둑어둑해지기 시작했고, 무지개송어 떼가 뭘 할는지 몰라도 지금 당장 하지 않으면 우리 모두 끝이 날 터였다. 하루도, 낚시도, 낚시꾼들도.

마침내 내가 강 저편에 대고 소리쳤다.

"이제 그만 접는 게 어떠냐?"

브라이언이 고개를 끄덕이자, 나는 재빨리 노를 저어 물가로 갔다. 우리는 국도와 음식점을 찾아서 강을 타고 내려갔다. 내가 빠른 물살 소리를 들은 것은 바로 그때였다. 눈에 보이진 않지만 분명히 급물살이 흐르고 있었다.

나이가 많아서 멍청한 짓은 하지 않는 터라, 미리 주유소 직원한테 급류가 흐르는 곳이 있는지 물어둔 터였다. 청년은 "겁낼 만한 데는 없는데요"라고 대답했었다. 하지만 이제 급류에 다가서려니, 문득 열일곱 살 시절이 떠올랐다. 판단력도 서지 않았고, 책임을 회피하고 싶은 생각에 나는 브라이언한테 물었다.

"네가 저을래?"

"아뇨. 우릴 물에 처박지만 마세요."

"그럼 네 구명조끼를 점검하렴."

나는 급류에서 노 젓는 책임을 맡아본 적이 없었다. 하지만 가이드들이 어떻게 하는지 떠올리면서, 급물살을 지날 때는 배 끝에 서서 2.5미터가량 되는 노를 꽉 붙들었다. 그러다가 수문을 지날 때는 얼른 노를 들었다. 우리는 속도를 내면서 폭스바겐 자동차만 한 둥근 돌이 줄지어 있는 곳으로 접어들었다. 맙소사, 브라이언은 계속 캐스팅을 하고 있었다.

진짜 위험은 없었을 테고, 나는 노만 저었으니 위험한 지경에 빠지지 않을 수 있었다. 그런데도 한순간 아찔하고 위험한 뭔가가 느껴졌다. 치명적이기까지 한 뭔가가. 젊어진 기분이었다. 아니면 적어도 좀 멍청해진 기분이었다. 아님 둘 다. 어느 쪽인지 모르겠고, 그게 중요한지 모르겠지만 어쨌든 기분이 좋았고 자신이 자랑스러웠다.

급류는 오래 계속되지 않았다. 강물은 우리를 좁은 수로로 이끌었고, 오랫동안 잔잔한 여울이 계속되었다. 다음 굽이를 지났는데도 엉덩이와 허벅지 깊이의 물이 흐르는 길은 볼 수가 없었다. 우린 재빨리 움직였지만, 밤이 내리는 속도를 따라잡을 수는 없었다. 서둘러 돌아가기 위해 브라이언이 노를 잡았다.

"좀 으스스한걸. 아름답지만 으스스해. 차를 얻어 타지 못하면 어쩐다지?"

밤 동안 쉴 곳을 찾으면서 검은 강물 위에 있는 물오리 한 쌍을 발견한 내가 말했다.

"마음 놓으세요. 국도만 찾으면 된다구요."

힘차게 노를 저으며 브라이언이 대꾸했다.

도로를 찾았다. 바로 다음 굽이를 지나니 길이 나왔다. 우리는 배를 물가에 대고, 낚싯대를 케이스에 넣고 도구를 챙겼다. 배의 가장자리를 잡아끌고 가파른 물가를 올라갔다. 그루터기만 남은 밭을 지나 바퀴 자국이 난 길을 따라 걷다 보니, 문이 나타났다. 거기서부터 잠시 배를 끌고 가니 어둡고 텅 빈 도로가 나타났다.

"몇 대가 지나가야 차를 세워줄까?"

나는 이마에 맺힌 땀을 닦으며 물었다.

"한 대요."

브라이언이 대답했다.

"한 대?! 어두워졌으니 열 대는 그냥 지나갈 거야. 인간의 본성이 어떤지 내가 잘 알지."

"한 대예요. 제가 몬태나 사람들을 잘 알아요."

내가 졌다. 5분도 안 지나서, 작은 트럭이 헤드라이트를 비추고 소리를 내며 계곡을 지나 달려왔다. 트럭은 우리 앞을 지나갔다가, 브레이크를 밟더니 후진했다.

"좀 잡으셨어요?"

야구 모자를 눌러쓴 금발 청년이 활짝 웃으며 물었다. 운전석 뒤에는 사냥총이 걸려 있었다.

"별로요."

그는 다시 씩 웃었다.

"저도 곰을 못 잡았어요. 배는 뒤에 실으시죠. 그래야 편하실 거예요."

청년이 말했다.

사실이었다.

트럭에는 세 사람이 앉을 공간이 없어서, 인간의 본성에 대한 내기에서 진 내가 짐칸에 타겠다고 나섰다. 바람에 날리지 않도록 모자를 벗고 셔츠 단추를 풀었다. 등을 기대고 앉아, 별이 총총한 드넓은 몬태나의 밤하늘을 바라보았다. 따스한 밤공기가 시원하게 피부에 파고들었다. 그렇게 타고 가자니 기분이 좋아졌다. 멋지고 색다른 여정의 완벽한 마무리였다.

섹스와 미혼 낚시꾼

얼마 전, 한 젊은 플라이낚시꾼이 아가씨에게 낚시를 같이 가자고 초대하는 것이 새롭고 신기한 아이디어 같으냐고 물었다. 나는 그에게 신기할 건 없지만 좋은 아이디어라고 말해주었다. 그리고 청년에게 아가씨를 위해 괜찮은 계획을 세웠느냐고 물었다.

그는 "네, 그럼요. 그렇고말고요! 그녀를 켈리 크리크로 데려갈 작정입니다"라고 대답했다. 마음이 놓인 나는 청년을 축복해주었다(켈리 크리크는 북부 아이다호에서도 최고로 치열한 냇물이다).

야외 생활을 즐기는 사람들은 이 젊은이가 머리를 잘못 쓴다고 생각할 것이다. 섹스와 낚시는 함께 갈 수 없다고 말이다. 이런 의견은 극단적이고 단편적이다. 사실 내 판단으로는 섹스와 낚시처럼 잘 어울리는 짝은 없다.

나는 1956년에 섹스와 낚시를 시작했다. 섹스에 대해 많이 알기 전 시절이었다. 흔히 낚시꾼 친구들은 새로 나온 파이버글라스 낚싯대에 대해서는 많이 아는 눈치였지만, 섹스에 대해서는 아는 바가 없는 것 같았다. 나는 섹스에 대해 어렵게 배워야 했다. 그것도 여자 애한테 직접. 점점 행동해보려는 용기가 나자, 데이트를 신청하는 일이—낚시 가자는 얘기인데도—로열 코치맨(낚시할 때 쓰는 플라이의 한 종류— 옮긴이)을 20번 훅에 매는 것보다 더 어려운 일 같았다.

베다 윙게이트는 나보다 한 학년 위로 그녀는 몇 가지 장점을 가지고 있었는데, 그중 하나는 데이트 신청을 하면 딱지를 놓는 법이 없다는 중요한 사실이었다. 또 그녀가 키스에 대해 좀 안다는 맘에 드는 소문도 돌았다. 무엇보다 좋은 것은 그녀가 형편이 안 좋아서 아버지 차를 빌려서 데이트하는 남자 애들도 만나준다는 점이었다. 나는 그녀에게 전화했다. 베다는 "좋다"고 했고, 나는 얼른 날도래를 열댓 마리 묶었다.

데이트 날짜가 다가오자 내 왼쪽 뺨에 주먹만 한 여드름이 생겼다. 첫 모험을 앞둔 청년이 정신적으로 고민하고 시달린 결과겠지. 아무리 치료해도 안심이 되지 않았다. 어머니는 작은 상처라고 위로하면서 그 위에 화장품을 발라주었다. 그 결과 분 바른 골프공 꼴이 되고 말았다. 낚시가 잘 안 되면, 왼쪽에서 오른쪽으로 키스를 해야 될 처지였다.

당시 그다지 한량이 아니었던 아버지의 차는 회색과 초록색이 섞인 문이 네 개 달린 뷰익이었다. 나랑은 어울리는 차가 아니어서, 또래들이 알아볼까 봐 선글라스를 끼기로 했다. 우리는 라이틀 크리크로 향할 예정이었는데, 방울뱀이 나올 수도 있는 곳이기에 나는 22구경 권총을 찼다.

날이 밝기 한 시간 전에, 차를 주차시키고 베다네 집 쪽으로 다가갔다.

윙게이트 부인이 나를 보더니 소리 지르듯 외쳤다.

"데이트 상대가 왔구나!"

1950년대에 유행하던 덕테일(십대 소년들이 양편 머리를 길게 길러서 오리 꼬리처럼 뒤로 돌려 합친 머리 모양―옮긴이)에 포마드를 바른 나는 어른들이 걱정할 스타일일 거라고 각오했다. 윙게이트 부인이 문간에 기대서 있는 이유는 분 바른 골프공과 검은 안경(선글라스를 벗는 걸 잊고 있었다) 때문일 거라고 짐작했다. 그러나 내 짐작은 틀렸다. 권총 때문이었다. 그녀가 남편에게 소곤대는 소리가 들렸다.

"맙소사. 여보, 이 아이는 우리 딸한테 강도짓이라도 벌이려나 봐요."

철강 노동자였던 윙게이트 씨는 베다가 아래층으로 내려올 동안, 내 의도를 알아내는 놀라운 솜씨를 발휘했다. 나는 그가 낚시꾼은 아니라고 생각했고, 졸업하면 하버드에 진학하겠다고 공허하고 불가능할 것 같은 이야기를 늘어놓았던 기억이 난다. 내 말에 윙게이트 씨는 믿을 수 없다는 듯 손가락의 관절을 꺾었다.

"아빠가 널 마음에 들어 하셔."

베다가 조수석에 앉으며 말했다.

"한마디도 안 하시던데. 한데 어떻게 알아?"

"나한테 키스하면 양팔을 부러뜨리겠다고 협박하지 않으셨잖아. 아빠는 언제나 그 말씀을 하시거든."

마음이 놓인 나는 새벽빛 속에서 그녀의 얼굴을 찬찬히 바라보았다. 베다의 검은 눈과 가지런한 치아, 입술을 쳐다보다 기어를 '후진'에 넣는 바람에, 윙게이트 씨의 포드와 부딪쳤다. 제한 속도를 지키면서 포드가 쫓아오지 않는지 살펴야 했다. 나는 곧 베다가 놀랄 만큼 사려 깊은 애임을 깨달았다. 골프공과 선글라스에 대해 한마디도 하지 않았던 것이다. 내가 백미러를 계속 힐끗대는 것에 대해서도. 내가 주차된 내쉬 램블러 차를 스치듯 지나쳐도—그녀가 내 허벅지 안쪽에 손을 넣었기 때문이다—입을 다물고 있었다.

트인 도로에 나서자 긴장이 풀리기 시작했다. 십대인 나는 말이 많았고, 한 시간 내내 낚시에 얽힌 이야기로 베다를 즐겁게 해주었다.

"와, 멋진데."

마침내 라이틀 크리크에 있는 '심슨 글라이드'에 도착하자, 베다가 말했다. 여기서 그녀에게 로프를 보여주고, 롤캐스팅(라인을 원하는 만큼 풀어놓고 수면으로 끌어올려 대를 앞으로 내리찍어 라인이 원을 그리게 하는 낚시 방법—옮긴이)까지 가르쳐줄 계획을 세워놓았다. 그녀가 말을 이었다.

"한데 바깥은 추울 것 같아. 그냥 잠깐 여기 앉아서 서로 몸을 따뜻하게 해주면 안 될까?"

이렇게 노골적인 로맨스에의 초대에는 마음의 준비가 되어 있지 않았던 나는 첫 동작을 시작했다—재빨리, 머뭇거리지 않고.

별로 큰 소리를 내지 않고 손등으로 베다의 이마를 스치며 어깨를 끌어안으려는 찰나, 벌레통을 건드려 벌레가 그녀의 머리에 쏟아지고 말았다. 하지만 베다는 품위 있는 데이트 상대여서, 소리도 별로 지르지 않고 왜 벌레를 갖고 왔냐는 말 따윈 한마디도 꺼내지 않았다. 일단 머리에 쏟아진 벌레를 치우고 나서 나는 40분간 그녀의 어깨를 안고 있었다. 오른팔에 피가 솟구치는 신호가 여러 번 왔지만 무시했다. 베다가 내 눈썹에 땀방울이 맺혔다는 말만 하지 않았다면, 오른팔을 잃어도 좋을 것 같았다.

"팔 아프지?"

그녀가 물었다.

"아니야. 학질 기운이 올라오나 봐."

내가 대답했다. 사실이었다. 팔은 아프지 않았다. 얼얼한 통증이 20분 전에 훑고 지나갔다. 나는 천국의 문 근처 어딘가에 있었다. 아름다운 여학생을 안고 있고, '심슨 글라이드'에 송어 떼가 뛰어오르기 시작했으니까. 얼얼한 팔을 잘라내야 한대도 무슨 걱정인가? 그때 베다가 손을 뻗더니, 감각이 없는 내 손가락에 깍지를 끼웠다.

"어머나, 손이 얼음장 같네!"

베다가 말했다. 그녀는 생각에 잠기더니, 내 나무 막대기 같은 팔을 자기 머리 위로 돌려 무릎에 놓고, 열심히 비벼대기 시작했다. 나는 마음이 불편해졌다. 그리고 곧 정신을 잃었다.

정신을 차려보니 베다는 내가 걸친 낚시용 조끼에 얼굴을 파묻고 내 미끼를 갖고 놀고 있었다. 이때 섹스와 낚시에 대한 첫 교훈을 얻었다. '쉽게 되돌릴 수 없으면 팔을 함부로 내려놓지 말라.'

그사이 개천에 송어가 밀려들기 시작했다. 내가 펄펄 뛰는 송어 떼를 바라볼 때, 베다는 예쁜 얼굴을 내게 들이밀고 여전히 멍한 내 눈을 응시하며 살짝 입술을 벌렸다. 이때 나는 베다가 뛰어오르는 송어 떼에 대해 말하고 싶지만 뭐라고 해야 좋을지 모르는 거라고 짐작했다. 결국 베다는 초보 낚시꾼이라 날도래 유충 같은 것에 대해 아무것도 모르니까.

마침내 송어가 수면 위를 오르내리며 벌레를 잡아먹을 무렵, 나는 두 가지 다급함에 사로잡혔다. 그중 하나는 복잡한 수면에 얼른 플라이를 내려야 한다는 것이었다. 나는 두 번째 동작을 취했다.

입술을 적시고(그것이 섹스에 대해 아는 전부였다), 키스를 시작했다. 베다는 멋지게도 입술을 내밀었고, 덕분에 나는 목표물에서 2센티미터쯤 떨어진 곳까지 접근할 수 있었다. 위치를 좀 높게 잡긴 했지만. 섹스와 낚시에 대한 두 번째 교훈. '입술이 닿은 다음에 눈을 감아라.'

우리는 낚시를 하러 갔다. 나는 자세하게 이것저것 설명했다. 라인 던지기, 티펫(낚싯대 끝을 '팁' 혹은 '티펫'이라고 부른다―옮긴이), 드라이 플라이(물 표면에 내려앉은 날벌레를 흉내 낸 인조 미끼를 사용하는 낚시법―옮긴이)와 웻 플라이(물에 떨어져 가라앉기 시작한 날벌레를 흉내 낸 인조 미끼를 사용하는 낚시법―옮긴이)에 대해 설명하고, 언제 어디서 어떻게 해야 플라이가 잘되고 잘 안 되는지도 말해주었다. 송어 낚시터에서 보낸 가장 멋진 날이었다. 베다에게 백캐스트(낚싯줄을 던지는 예비 동작―옮긴이)를 가르치면서 몸을 밀착시킬 기회를 얻지 못한 게 아쉬웠지만. 그녀는 솜씨가 뛰어났다.

그러다 갑자기 송어 떼가 끊기고 낚시도 끝났다. 낚시와 섹스에 신출내기였던 나는 그녀를 집에 바래다줄 때가 됐다고 생각했다. 그런데 베다는 자기 집 현관 앞에서, 그것도 벌건 대낮에 갑자기 나를 끌어안더니 키스하는 것이었다.

키스가 얼마나 오랫동안 계속됐는지 모르지만, 무릎이 후들거렸다. 게다가 운 나쁘게도 조끼에 걸쳐놓은 6번 스트리머(고기를 흉내 낸 인조 미끼―옮긴이)가 베다의 앙고라 스웨터 가슴선 부분에 걸렸다. 덕분에 기분 좋은 밀착감을 맛보긴 했지만.

베다가 키득거리면서 알아들을 수 없는 소리를 속삭이는 동안 나는 플라이를 빼려고 애를 썼다. 양손으로 플라이를 잡고 있는데, 갑자기 등 뒤에서 문이 홱 열렸다.

윙게이트 씨가 뭐라고 말문을 열었는지 생각나진 않지만, 스트리머를 스웨터에서 빼려는 것이 시간 낭비라고 결론지은 기억은 또렷하다. 그래서 서둘러 작별 인사를 하고, 계단을 내려오는데 리더(가훅과 싱커 사이의 라인―옮긴이)가 바닥에 끌렸다.

내가 현관 앞을 벗어났을 때 리더가 뚝 끊겼다. 여자 애의 가슴에 양손을 대고 있다가 그녀의 아버지에게 들키면 2.7킬로그램짜리 티펫이 아무 힘도 못 쓴다는 사실이 놀랍다. 또 순수한 동기를 가졌던 소년이 방금 전까지 후들거리던 다리로 그렇게 빨리 달아날 수 있다는 사실도.

잰걸음으로 산울타리를 지나, 차에 올라탔다. 이번에도 급한 마음에 기어를 잘못 넣어서, 윙게이트 씨의 차랑 박치기를 한 후 집으로 향했다(그의 차 펜더가 움푹 들어갔다). 6번가와 7번가 사이의 엘름 가에 까만 바퀴 자국을 훈장처럼 남기고.

몇 년 후 대학에 다닐 때, 플라이낚시에 대해 잘 아는 여학생을 만났다. 그녀의 이름은 앤이었다. 백캐스트 솜씨가 뛰어났다. 라인을 척척 던졌다. 로건 강에서 낚시하던 날, 우리는 관계를 시작했다. 그녀의 조끼에 있던 울리버거(물애벌레의 일종. 털쟁이라고도 함―옮긴이)가 내 셔츠에 걸린 것이다. 그걸 빼낼 수가 없어서 나는 그녀와 결혼했다.

러브 스토리

한 일본 낚시꾼 친구에게 들은 이야기로, 아버지를 사랑했던 일본인 낚시꾼의 일기에 나오는 오래된 이야기이다.

일기를 쓴 사람은 아버지가 곧 세상을 떠난다는 사실을 알고는 도시에서 직장 생활을 정리하고 고향에 있는 아버지 집을 찾았다. 아버지는 병이 깊고 늙고 허약해서, 곧 죽음을 맞이하게 될 것 같았다. 이 아들은 사랑하는 아버지를 위해 무엇을 해드릴지 물었다.

기운이 쇠해진 노인은 젊었을 때 높은 산을 넘어 낚시하러 가던 강가에 다닐 수가 없었다. 그래서 아들에게 마지막으로 송어가 사는 강에 데려다달라고 부탁했다. 키가 큰 소나무 밑에 있는 맑은 여울이었다.

아들은 아버지를 따뜻하게 입히고, 등에 업었다. 아버지의 가는 다리를 꽉 잡자, 아버지가 아들의 목에 팔을 둘렀다. 아들은 아버지를 업고 가파른 산길을 올랐다. 막대한 책임을 지고 있으니 다리에 힘이 솟았다.

낚시하기에 더할 나위 없이 좋은 날이었다. 아버지와 아들은 소리 내어 웃었고, 죽어가는 노인은 생애 마지막 송어를 잡았다. 여울물을 끓여 작은 컵에 녹차를 타 마시고, 숯불에 작은 물고기를 구워 먹었다. 노인은 맛있게 고기를 먹었다.

그날 저녁 집에 돌아오자, 노인은 큰 위로를 느꼈고 평생 처음으로 평온했다. 아들이 아버지의 잠자리를 살펴주었다. 그날 밤 노인은 곤히 잠들었고, 아침이 밝았을 때 구태여 다시 깨어날 필요가 없었다.

.

고마워요, 아빠

어느 날 오후, 내가 좋아하는 플라이낚시 카탈로그가 배달되었다. 얼른 얼음 든 컵에 캐나다 버번을 따라서, 큼지막한 파란 의자에 몸을 뉘었다. 독서등을 켜놓고, 카탈로그를 넘기기 시작했다. 아직 내가 두어 개쯤 갖추지 않은 도구가 있을까 싶어서였다. 오래 걸리지 않아 눈에 띄는 물건이 나타났다.

이동용 플라이—매듭 도구
고기가 물렸을 때 알맞은 매듭을 만드느라 애쓰지 마세요.
어떤 나무 표면이든 못을 끼워 사용할 수 있습니다.
123달러 95센트

모든 쇼핑을 그 파란 의자에 앉아서 하는 나는 수화기를 들었다. 속으로 중얼대면서.

"잠깐, 이동용 플라이 매듭 도구는 벌써 있잖아. 오래전에 아버지한테서 받은 게 있다구."

수화기를 들고 내가 대학에 진학해서 집을 떠날 때를 떠올렸다. 플라이를 손수 매는 낚시꾼으로 내게 낚시를 가르쳐준 아버지는 이제는 골동품이 된 플라이 매듭 장비를 내게 주었다. "만약의 경우에 대비해서"라고 말하며 아버지는 깃털과 실, 훅이 든 세트를 내밀었다.

"어떤 경우요? 벌써 플라이 매듭 도구는 갖고 있는걸요."

"얘야, 조끼 주머니에 이 세트를 갖고 다니렴. 이건 생필품이니까. 언젠가 이 도구가 유용할 게다. 낚시꾼의 장비 중 대단히 중요한 부품이란다."

"어째서요?"

내가 묻자 아버지는 씩 웃었다.

"언젠가 네가 외딴 시골에서 혼자 며칠이고 낚시를 할 때면 외로워지겠지. 다른 사람의 목소리를 듣고 싶은 마음이 간절해질 거야. 그러면 이 작은 플라이 매듭 도구를 기억하면 될 거야."

"네?"

"내 말을 믿으렴. 그런 날이 오면, 주머니에서 이걸 꺼내서 훅을 달고, 큰사슴털 플라이를 만들렴. 10초도 안 돼서 다른 낚시꾼이 다가와서 말을 걸걸. '큰사슴털 플라이는 그렇게 매는 게 아닌데!'라고."

· · ·

카누는 언제나 들어올 때보다 나갈 때 더 무거운 것이
중력의 법칙이다.

퀸네트 킬러

어릴 적, 시간이 돈이 되기 전 시절, 나는 배스 플러그(딱딱한 나무나 플라스틱 등의 재질로 만든 물고기, 개구리, 곤충을 닮은 인조 미끼—옮긴이)를 직접 만들었다. 솔직히 말하자면 '내 나름의' 플러그를 만들었다. 여러 개 만들고 싶었지만, 내가 만든 '퀸네트 킬러'를 잃은 날 가슴이 무너져 내리는 슬픔을 느껴서 다시는 못 만들 것 같았다.

"뭘 만들어?"

리처드 햇처가 내 방에 들어오며 물었다. 그는 과일 그릇에서 꺼내온 바나나를 들고 있었다. 리처드는 어린 시절 낚시 친구로, 우리는 가끔 밀러 연못에 같이 들어갔다. 우리는 몇 년째 '올드 배럴 밸리'라는 전설적인 배스를 잡으려 애쓰던 참이었다. 이 배스는 입이 비정상적으로 커서, 아침밥으로 물오리나 작은 개를 먹는다는 소문이 있었다. 아버지는 평판이 안 좋은 악동인 리처드를 '아트풀 도저(찰스 디킨슨의 소설 『올리버 트위스트』에 나오는 소매치기—옮긴이)'라고 불렀다(그때까지는 잘 몰랐지만, 고교 1년 때 찰스 디킨슨의 소설을 읽으면서 그 의미를 알았다. 그때 리처드는 소년원에 있었다).

"배스 플러그."

내가 대답했다.

"어? 배스 플러그? 네 아버지 도구함에서 슬쩍하지 그러냐? 거기 많을 텐데." ('슬쩍하다'는 리처드가 범죄 냄새를 가리려고 할 때 잘 쓰는 말이었다. '빌리다'란 말도 잘 썼다.)

"완벽한 배스 플러그를 만들 생각이야. 이건 안에 들어가서 뜨고, 수면에서 움직이고, 뒤에 달린 프로펠러와 앞에 달린 장치로 소리를 낼 거야. 나는 '퀸네트 킬러'란 이름을 지어줄 테야. 고기가 잘 잡히면 특허를 내서 갑부가 될 거고."

리처드는 어슬렁대더니 프로펠러를 잡아당겼다.

"내가 보기엔 장난감 배같이 생겼는데. 올드 배럴 밸리가 이런 웃기게 생긴 것에 넘어갈 것 같냐?"

"누가 알아? 아직까지 낚시용품점에서 파는 플러그로는 올드 배럴 밸리를 못 잡았잖아."

내 대꾸에 리처드가 쏘아붙였다.

"녀석은 늙은 거지 멍청한 게 아니라구! 장난감 배 따위를 덥석 물지 않을 거라구. 낚시용품점에 가서 우리가 구경하던 플러그를 건져오지그래?"

"그건 2달러나 하는걸."

"누가 돈을 내고 사자고 했냐? 난 그냥 '건져오자'고 했어, 알다시피……."

나는 리처드에게 (천 번도 넘게 말한 바지만) 물건을 훔치면 안 되며, 그도 잘 생각해보면 남의 물건을 가져가는 일이 나쁜 짓임을 알게 될 거라고 말했다.

"그래, 나도 생각해봤다구. 도둑질이 나쁘다는 건 누구나 알아. 성경에도 그렇게 나와 있고. 내 말은 그냥 빌려 쓰자 이거지. 제자리에 갖다 놓을 거라니까!"

"만일 올드 배럴 밸리가 라인에서 플러그를 빼내서 없어지면 어쩌고?"

"참, 그거야 하느님이 하시는 일이지. 안 그래? 신비로운 일이라고."

나는 리처드에게 숙제를 해야 한다고 말했다. 다음 주 화요일이면 '퀸네트 킬러'가 완성될 거고, 밀러 연못에 가서 시험해보자고. 그는 프로펠러를 한 번 당겨보더니, 고개를 내젓고 부엌문으로 빠져나갔다. 그가 집에 있을 때는 눈을 떼지 말아야 한다는 생각이 났을 때는, 이미 부엌의 과일 그릇이 싹 비워져 있었다.

나중에 어머니는 말했다.

"그 녀석에게 일말의 양심이라도 있다면, 양심이 외로워서 죽어버릴 거야."

금요일 밤, '킬러'의 페인트가 다 말랐다. 송어 모양의 디자인이 마음에 들어서, 뒤로 물러서서 비늘 색칠한 것을 감탄하고 있는데, 형 저크페이스가 들어왔다. 형은 '킬러'를 보더니 낚시 루어(생미끼를 흉내 낸 인조 미끼—옮긴이)라기보다는 고양이가 토해놓은 것과 비슷하게 생겼다고 말했다.

"훅을 걸 때까지 기다려봐. 두고보라구."

나는 자신 있게 되받아쳤다.

"성가시게 뭐 하러 훅을 거냐?"

형이 놀렸다. 내가 칼을 집어 들었다.

"미안. 고양이가 토해놓은 것처럼 생기진 않았는걸."

"그렇게 말해야지."

나는 칼을 내려놓으며 말했다.

"장난감 배처럼 생겼다 야."

하지만 나는 어린 나이에도 천재 발명가들은 실력이 증명될 때까지 조소와 경멸을 참아야 한다는 것을 알고 있었다. 영화에서 어린 토머스 에디슨 역을 하는 스펜서 트레이시처럼. 그래서 배 부분에 서툴게 Q라고 쓴 플러그에 큼직한 훅을 박았다. 어머니가 그날 밤 형의 침대 시트를 버려놨다고 꾸짖었지만 그건 그 상황에서 내가 할 수 있는 최소한의 행동이었다.

다음 날 새벽, 리처드와 나는 어둠을 뚫고 밀러 연못으로 향했다. 자전거를 타고 나무 수풀을 지나, 울타리 밑으로 기어들었다. 리처드는 밀러 씨가 자기 연못에 아이들이 오는 걸 싫어하니 그가 일어나서 집 안일을 하기 전인 새벽에 낚시를 해야 한다고 했다. 하지만 밀러 씨의 거룻배를 볼 때마다 마음이 불편했다. 배가 묶여 있는 버드나무에 밀러 씨가 붙여놓은 간판에는 "저세상이 있는지 궁금한가? 들어와서 알아보라구!"라고 씌어 있었으니까.

하지만 리처드는 이렇게 말하곤 했다.

"진심이 아닐걸. 밀러 씨가 기독교인 소년 둘을 죽이진 않을 거야. 게다가 이 연못엔 필요 이상으로 고기가 많고, 우리가 몇 마리 '업어가는 것'뿐인데 뭘. 하느님이 우리가 여기서 낚시하는 걸 원치 않으셨다면, 바로 여기다 연못을 만들지도 않았을 테고 말이지."

리처드의 엉터리 이유를 받아들이는 게 어려울 때도 있었지만, 첫 새벽에 밀러 연못에서 시원한 공기를 마실 때면 그가 둘러대는 구실이 그럴듯했다. 특히 수면 바로 아래에서 송어가 먹이를 먹는 모습이 보이거나, 작은 물고기들이 얕은 물에서 커다란 배스에게 쫓기는 모양을 보노라면.

리처드가 올드 배럴 밸리가 나타난다고 알려진 섬 쪽으로 배를 젓자, 나는 플러그를 묶었다. 물은 잔잔한 잿빛이었고, 희망이 넘쳐났다. 리처드는 섬에서 15미터쯤 떨어진 곳에서 노 젓기를 멈추었다. 그 거리면 우리가 캐스팅을 할 수 있었다. 나는 몸을 뒤로 젖히고 '킬러'를 수초 군락 위로 던졌다. 철썩!

리처드가 소곤댔다.

"이제 그 장난감 배를 한동안 들고 있다가 휙 낚아채."

우린 기다렸다. 수면에 원이 퍼지더니 잠잠해졌다. 한참 지났을 때 리처드가 내게 고개를 끄덕였다. 느슨한 부분을 감은 후 낚싯줄을 휙 당겼다.

다른 낚시꾼들이 그런 일을 겪었다면 얼마나 허풍을 떨었을까. 물이 엄청나게 불었다는 둥, 드럼통만 한 배스가 입에 플러그를 물고 물 위로 튀어 올랐는데 얼마나 큰지 그 위에 트랙터라도 세울 수 있겠더라는 둥. 그 괴물 같은 놈이 수초 사이로 뛰어들어 배 주변을 빙빙 도는데, 탈수 중인 세탁기를 타고 있는 것 같았다는 둥. 배스가 잽싸게 달아나는 바람에 우리가 탄 거룻배는 60센티미터쯤 위로 솟아올랐다는 둥. 녀석이 지쳤겠다 싶었는데, 우리 쪽으로 달려들어 배에 축구공만 한 구멍을 뚫어놨다는 둥. 올드 배럴 밸리는 마지막으로 힘껏 달리더니 나무토막을 발견하고는 낚싯줄을 거기 감아 끊고 자유를 찾았는데 입에 내 플러그 '킬러'를 문 채로 였다는 둥. 우리 할아버지의 낡은 철제 낚싯대를 옷걸이처럼 구부려놓았다는 둥.

하지만 난 그러고 싶지 않았다. 그저 브레이드 라인(여러 가닥을 꼬아 만든 낚싯줄—옮긴이)이 감긴 실감개에서 엄지손가락을 치우니, 실감개 아래쪽 표면이 반짝여서 내 얼굴이 들여다보였다.

리처드가 소리쳤다.

"녀석이었는데! 올드 배럴 밸리였다구! 놈이 눈이 멀었나 봐. 한데 너 왜 그러냐?"

그는 날 의아하게 쳐다봤다.

내가 대답했다.

"아무것도 아냐."

"뭘 보고 눈이 튀어나오게 소리쳤냐?"

고백하건대, 나는 눈물을 한두 방울 뿌렸다. 백만 달러쯤 되는 시제품 플러그를 잃는 일이 자주 있는 일이 아니니까. 하지만 리처드에게 그 순간의 감정을 털어놓을 수가 없었다. "엄지손가락에 잡힌 물집이 따가워서"라는 말이 고작이었다.

"시끄럽게 굴지 마. 낚시꾼이 우는 건 봐줄 수가 없다구. 자연스럽지 않은 일이란 말야."

나는 마음을 진정하고, 리처드에게 올드 배럴 밸리가 눈이 멀었다고 말한 이유를 물었다.

"안 그러면 왜 배스가 장난감 배를 덥석 물겠냐? 정상적인 일이 아니잖아? 그 '킬러'라는 우스꽝스럽게 생긴 걸 플러그로 봤으니 눈이 먼 거지. 맞아, 올드 배럴 밸리는 박쥐처럼 장님이야."

바로 그때 내 가슴속에서 이상한 감정이 밀려 올라왔다. 나는 리처드의 여윈 목덜미를 잡아 배 밖으로 던질 생각을 했지만, 비틀비틀 일어났을 때 밀러 씨가 트럭을 몰고 자갈길 위를 지나는 광경이 보였다.

내가 소리쳤다.

"달아나! 경찰이다!"

경찰에 끌려가고 싶지 않은 리처드는, 밀러 씨가 기독교인 소년 둘을 저세상에 보내지 않을 거라는 주장을 증명할 마음이 없었는지, 전투 중인 배의 노예처럼 힘껏 노를 저었다. 우리는 안전한 물가에 도착했다.

달음질은 대적이 되지 않았다. 밀러 씨는 노인이었고, 우리는 상황이 상황인지라 100미터 달리기 하듯 힘껏 뛰었다. 두 아이가 1.2미터 높이의 가시철사 담장을 아무리 죽어라 뛰어도 넘지 못하리라 생각하겠지만, 우리는 해냈다.

나중에 안전한 곳에 도착해서 속도를 늦추자, 리처드가 말했다.

"이런! 밀러 씨는 못된 노인네야! 이기적이고! 우리에게 욕설 퍼부은 걸 봐! 배스를 혼자 다 차지하고 싶어서 그런 거야. 우린 겨우 거룻배를 빌린 것뿐인데. 게다가 돌려줬잖아. 자꾸 그런 식으로 나오면, 우린 밤에 낚시해야 될 거야."

내가 말했다.

"우리가 돌아가서 사과해야 될 거야. 연못에서 낚시해도 괜찮은지 물어봐야지."

"좋아하네. 법을 지키면 낚시가 무슨 재미냐."

리처드가 응수했다.

나는 그러고 싶지 않았지만, 리처드의 자전거 바퀴살에 내 낡은 철제 낚싯대를 쑤셔 넣었다. 나중에 그는 자전거에서 떨어져 재주넘기를 세 번 했다고 으스댔다. 하지만 그건 거짓말이다. 두 번만 굴렀으니까.

• • •

좋은 낚시 캠프가 되기 위해서는
똑같이 일을 분담하는 걸로는 충분하지 않다.
각자 더 많이 하겠다고 나서야 한다.

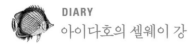

강으로 올라가는 도로는 엉망진창이다. 목재 트럭이 그렇게 만든다. 트럭들은 쉴 새 없이 언덕을 넘고, 커브 길에서 브레이크를 밟는다. 큰 타이어가 덜컹덜컹 튀면서 자갈을 부숴 길이 울퉁불퉁해진다. 하지만 괜찮다. 이런 길 말고도 포장도로가 있지만, 포장도로가 있다는 것은 사람들이 많다는 뜻이니까.

오늘은 비가 내렸다. 온종일. 하지만 그것도 괜찮다. 비가 많이 내리면 모기와 사람들이 줄어드니까.

오늘 아침에 도로 끝까지 운전했다. 강은 사람의 손이 닿지 않는 곳까지 흐르고 있다. 고라니 사냥꾼들을 제외하면 도로 끝을 넘어가는 사람은 많지 않다.

내리는 잿빛 빗줄기 사이로 첫 빛을 보면, 안개구름이 산에서 강가까지 서 있는 검은 상록수를 휘감은 광경이 보인다. 주차장과 야영지, 쓰레기통, 도로, 고속도로, 도시, 강 하류에 밀려드는 사람들을 잠시만 잊는다면, 모든 강들이 이곳처럼 근사한 원시의 모습을 간직했던 풍경으로 돌아갈 수 있다.

셸웨이 강에 들어가서 캐스팅을 하는 것은 시간을 거슬러 올라가는 것과 같다. 오래전 자연 그대로의 풍경이 그려진다. 다리를 끌어당기고, 빗속에서 냄새가 나고, 물결 속에서 소리가 들리며, 손으로 만져진다.

오래전에 바로 이랬다.

무릎 깊이의 강물 속에 잠시 서 있다가 캐스팅을 시작했다. 그런 자연이 조금 남아 있는 것을 기뻐하며 소리쳐야 할지, 자연을 영원히 잃은 것을 슬퍼해야 할지 알 수 없었다.

그래서 두 가지 다 했다.

눈에서 눈물을 닦고, 플라이릴에서 라인을 당겨 캐스팅을 했다.

구경꾼의 행운

저번 날, 친한 친구 테드 헤이스비가 내 사무실에 쌩 하니 들어와서
는, 일곱 살 난 아들 브라이언트(지난 일요일 처음으로 낚싯대를 잡아본
아이)가 무게가 3킬로그램쯤 되는 배스를 잡았다고 자랑했다.

"비드 호수에서?"(비드 호수에 있는 배스의 수는 한 손으로 꼽을 정
도다.)

"그렇다니까."

"작은 물고기를 낚시하고 있었겠지?"

"그렇긴 하지만……."

"연어 알로?"

"어떻게 알았지?"

테드가 뒤로 물러서며 물었다.

"당연하지. 비드 호수에서 그 정도 크기의 배스를 잡을 방법은, 브
라이언트 같은 아이가 배스를 잡을 마음 같은 건 없이 그저 엉뚱한 낚
시도구로 엉뚱한 때에 엉뚱한 곳에 낚싯대를 드리우는 것뿐이라네.

물론 아이가 낚시를 하고 싶어 하지 않는다면 더욱 도움이 되고 말이지."

테드는 내 책상에 털썩 앉았다.

"그것 참 신기하네! 브라이언트는 축구 게임을 하고 싶어 했거든!"

테드는 고개를 젓더니 사무실 밖으로 나갔다. 듣기도 전에 낚시 무용담을 알아맞히는 내 점쟁이 같은 능력에 놀라면서.

나는 테드 같은 사람들, 그러니까 몇 차례 호수 주변에서 어슬렁댄 사람들에게 늘 놀란다. 사람들은 그들이 낚시의 기본에 대해 좀 안다고 생각한다. 예를 들면, 낚시를 다니는 사람들에게 쏟아지는 다양한 종류의 행운에 익숙하다고 짐작할 것이다. 자세히 알고 싶은 독자를 위해 말하겠다. 운의 종류는 이렇다. 행운, 당연한 운, 나쁜 운, 말도 안 되는 운, ****!!! 초보자의 운! 노병의 운(나는 이 부류의 운을 고대하고 있다)! 물론 구경꾼의 운.

테드의 아들이 그런 멋진 배스를 잡을 수 있었던 이유는 간단하다. 최고의 복 두 가지가 한꺼번에 쏟아졌기 때문이다. 초보자의 운과 구경꾼의 운. 그것은 여러 운들 가운데 가장 잠재력이 큰 조화이다. 어디선가 이 두 가지 힘이 합해져서 나타날 기미가 보이면, 카메라맨들을 모아야 한다.

초보자의 행운에 대해서는 누구나 안다. 이 운은 1년쯤 지속된다. 초보자가 낚시가 쉽다는 자신감을 갖고 낚시에 대해 으스대기 시작하면, 행운이 사라져 다시는 돌아오지 않는다. 베테랑급 낚시꾼은 이런 현상을 이해하기 때문에, 초보자가 월척을 해도 불평하지 않는다(약간 푸념을 할지 몰라도, 남이 듣게 불평하지는 않는다).

구경꾼의 운은 좀 다르다. 잘 모르는 분을 위해서 구경꾼의 운이 생기는 과정을 설명해보겠다.

구경꾼은 자연스럽게 구경하고, 빈들거리는 사람이다. 낚시를 하지도 않고 좋아하지도 않지만, 어찌어찌해서 낚싯대를 손에 쥐게 된다. 그런데 어느 낚시터에서든 최고의 물고기를 잡게 된다. 200제곱미터나 되는 호수에서 온종일 누구도 한 마리도 못 잡는다면, 구경꾼이 낚싯대를 드리워서 고기를 잡을 거라고 예상해도 좋다. 그것도 맨 처음 캐스팅에서.

어떤 낚시꾼도 구경꾼이 대단한 고기를 잡는 것을 참지 못한다. 연륜이 쌓인 낚시꾼은 자기가 좋아하는 호수에서 구경꾼이 엄청난 고기를 잡는 걸 보면 웃으면서 축하 인사를 건넨다. 그런 다음 머리를 부딪칠 만한 곳을 찾아 저만치 가버린다. 그게 관례다.

하지만 가끔 운 좋은 구경꾼이 결국은 아주 고약한 끝을 맺기도 한다. 어느 날 아침, '스네이크 강'에서 우리 노련한 낚시꾼 대여섯은 10킬로그램도 넘는 송어에 감탄하고 있었다. 그 고기를 잡은 사람은 큰 소리로 말했다.

"세상에! 처음으로 낚시를 해보는데. 사실 난 골프를 치거든요. 송어 낚시가 이렇게 쉬운 줄은 미처 몰랐네!"

이 젊은이를 가만히 두지 않으려는 낚시꾼들에게 나는 다급히 위협적인 말을 하면서 낚싯대를 흔들어댔다. 얼른 그를 데리고 그의 차가 세워진 안전한 곳으로 가서 내가 말했다.

"내 충고를 들으시오. 얼른 여기서 빠져나가요. 이 친구들 중 몇 명은 2년 동안 월척을 못 해봤으니까."

"월척이 뭔데요?"

청년은 눈이 휘둥그레져서 물었다.

나는 그해에만 그 강에 스물일곱 번째 낚시를 갔는데, 월척을 한 번도 못했다. 그런 마당이니 경솔한 짓을 하고 싶은 유혹을 강하게 느꼈다. 하지만 구경꾼의 행운에 대해 알고는 마음 수행을 한 마당이어서 그 젊은이를 위해 할 수 있는 일을 했다. 하긴 그는 내가 목에 손을 가져가기도 전에 달아났다. 나는 다시 마음을 가라앉혔고, 둥근 돌 위의 내 자리를 지킬 수 있었다. 다른 사람들은 그 자리에 대고 머리를 쿵쿵 부딪치고 있었다.

내가 처음 구경꾼의 행운을 목격한 것은 아직 어린 소년이었을 때다. 지금도 또렷이 기억한다. 그때 행운의 주인공은 존 형이었다. 당시 나는 그와 따뜻한 우애를 간직하고 있었다. 몇 차례 그를 죽일 음모를 꾸민 적이 있긴 했지만. 형은 못생긴 데다 나보다 키가 크고 힘도 세서 얼마든지 나를 이길 수 있었다. 또 형은 늘 이상한 구석이 있었다. 예를 들면, 토요일 아침이면 강으로 낚시를 하러 가는 게 아니라, '로이 로저스' 영화를 보러 가고 싶어 했다. 내게는 아주 고약한 병에 걸린 아이로 보였다.

화창한 여름날 아침, 내가 말했다.

"낚시 가자."

"아니, 영화 보러 가자."

그러면 내가 엄마를 부르곤 했다.

"엄마, 와서 형 체온 재주세요!"

누구도 혼자 강에 낚시하러 가지 않는 게 우리 집의 규칙이어서, 나는 형을 데리고 낚시를 갈 방법을 궁리해야 했다. 협박이 가장 잘 먹혔지만, 문제의 그날 아침에는 50센트를 주고 해결을 봐야 했다. 형 덕분에 나는 자전거를 살 돈을 모으지 못했다. 우리 동네에서 스카이 콩콩

(아래에 용수철이 달린 막대기 발판에 올라타고 뛰는 기구―옮긴이)을 타고 고등학교에 다니는 남학생은 나뿐이었다.

그날 아이오와의 강으로 출발했다. 낚싯대, 벌레, 사과, 부푼 희망까지 모두 챙겼다. 애초에 존 형이 가기 싫어했기 때문에 짐은 내 차지가 되었다. 좋아하는 자리에 도착하자, 우리는 낚시찌를 끼웠다.

20분 후 존 형이 말했다.

"와, 따분하다. 영화나 보러 가는 건데(이 말을 하는 순간, 그는 구경꾼만 알아보고 걸리는 물고기를 릴로 감고 있었다). 하류로 내려가서 동굴이나 찾아봐야겠다."

나는 손을 흔들어 계속 낚시나 하라고 했다. 진도로 봐서, 점심 전에 '분 강'에 있는 메기를 다 잡을 것 같았다.

반시간 후, 형이 터벅터벅 걸어왔다.

"제길! 방금 엄청난 고기를 봤어. 얼른 와봐!"

우리는 빠른 걸음으로 갔다. 형이 앞에서 헤치고 지나간 버드나무가 내 얼굴을 스쳤다―예술의 경지에 이르도록 개발한 기술이었다. 우리는 그가 큰 물고기를 봤다던 지점에 도착했다.

형은 낚싯대 끝으로 가리키며 말했다.

"바로 저기야. 녀석의 그림자를 봤어."

우리는 재빨리 수면에 떠오른 물고기 두 마리를 벌레통에 넣어 물 위에 떠내려 보냈다. 물고기가 담긴 통은 물살을 타고 주위를 떠가다가 커다란 둥근 돌 밑으로 들어가기도 했다. 하지만 큰 물고기는 보이지 않았다.

존 형은 세 번째 캐스팅을 한 후 포기했다. 변화 없는 물에 낚싯대를 드리우고, 모래톱 위에 쭉 뻗고 누웠다. 진정한 낚시꾼인 나는 그

'유령 같은' 물고기를 잡느라 열심이었다.

몇 분 후 형이 비명을 지르며 낚싯대로 달려갔다. 존 형은 낚싯대를 힘껏 당겼다―너무 힘이 세서 미끼를 쫓아다니던 처브(유럽산 잉엇과 황어속의 담수어―옮긴이)가 물 위로 솟아 올라와서 물가에 떨어졌다. 내가 키득대는데, 갑자기 존 형의 낚싯대가 구부러졌다.

"잡았다! 잡았다구!"

릴 손잡이가 윙 소리를 내기 시작하더니, 뒤로 홱 젖혀지며 공중으로 떠올랐다. 낚싯줄이 강 아래쪽으로 내려가기 시작하면서 웅크리고 있던 형은 모래톱에 발을 단단히 박았다.

"녀석이 날 끌어당겨! 도와줘!"

존 형이 소리쳤다.

동생이 아옹다옹하는 형 문제를 이렇게 깨끗이 해결할 수 있는 기회는 많지 않다. 특히 이렇게 멀리 나와서 생긴 사고는 누구라도 믿지 않을 수 없을 테니까. 지금껏 형을 처치하려고 세웠던 계획은 이 상황에 비하면 아무것도 아니었다. 옆에 서서 히죽대면서 형의 실종을 그럴듯하게 둘러댈 구실만 생각해내면, 나는 가만히 앉아서 아버지의 장자가 될 수 있었다.

며칠 후 형이 뉴올리언스 인근의 물가에서 저벅저벅 걸어 나오는 것도 문제였지만, 내가 낚시를 다니려면 형을 동반해야 된다는 점도 마음에 걸렸다. 또 뭐가 형을 물 쪽으로 끌어당기는지도 호기심이 동했다.

먼저 우리는 번갈아 낚싯대를 당겼다. 물고기와의 싸움이 계속되면서 우리는 대단한 팀워크를 보였고, 곧 낚싯줄을 우리 쪽으로 당기게 되었다. 형은 속으로 신을 저주한 반면, 아직 순진했던 나는 무슨 기도를 해야 응답을 받을지 속으로 궁리했다. 엄청나게 큰 물고기가 천천히 머리부터 모습을 드러냈다.

"목을 잡아!"

존 형이 소리쳤다.

나는 시키는 대로 했지만, 상당히 힘들었다(나중에야 물고기는 목이 없다는 걸 알았다). 하지만 어찌어찌해서 우리는 엄청나게 큰 물고기를 물가에 내려놓게 되었고, 어느 형제나 그렇겠지만 두 가지를 두고 다툼을 벌였다. 물고기가 어떤 종이냐와 더욱 중요한 문제인 누가 잡은 물고기냐에 대해서.

물고기에 대해 오래 고민한 결과, 나는 대서양 연어라고 주장했다. 존 형은 창꼬치 어종이라고 했다. 나는 형의 소중한 생명을 구해줬으니 물고기는 내 것이기도 하다고 고집을 부렸다. 그는 다른 견해를 피력하면서 내 목을 졸랐다. 나는 힘이 없어서 내 몫을 고수하지 못하고 20퍼센트 선에서 해결을 봤다.

나중에 할아버지는 이 물고기가 북부 지역에 사는 창꼬치라는 판결을 내렸다.

"몇 해 사이에 그 강에서 잡힌 것 중 가장 크구나! 우리 집안에 낚시꾼이 태어났는걸, 존."

나는 유순한 아이여서 할아버지의 말에 마음을 쓰지 않았고, 부글부글 끓던 질투심도 곧 가라앉았다.

하지만 두어 가지를 배웠다. 구경꾼의 독특한 행운이란 것은 초보자의 행운처럼 분명히 존재하며, 경험 있는 낚시꾼들을 더 배 아프게 한다는 것. 또 형이 큰 고기를 낚기 위해서 멕시코만 쪽으로 끌려가더라도 동생은 저만치 물러서서 모든 영광을 형이 독차지하게 해줘야 한다는 것.

행운의 윤곽선

남동생 짐이 전쟁터에서 집에 돌아올 예정이었다. 나는 짐과 함께 보낸 어린 시절의 일들을 기억했지만, 남자 대 남자로서의 추억은 별로 없었다. 한 시간 후면 그가 내 집에 올 터였다.

소년 시절 우리는 아버지의 인솔하에 높은 산에 함께 하이킹을 갔다. 우리는 함께 송어를 잡았다. 그곳에서 보낸 시절보다 더 좋은 때는 없었다.

나는 기억을 떠올리려 애썼다. 마지막으로 함께 낚시를 갔던 게 1963년 여름, 케네디 대통령이 암살당하기 전이었던가? 확실치 않았다. 존 형은 독일에서 복무 중이었고, 나는 동양에서 복무한 후 돌아와 대학에 복학한 참이었다. 마지막으로 함께 낚시했을 때 나는 어른이라고 생각했고 짐은 열네 살쯤 된 소년이었다. 아마 나는 동생을 아이 취급 했을 테지만 기억이 분명치 않았다. 한 시간 후면, 전쟁이 내 동생에게 무슨 짓을 했는지 보게 되리라.

베트남 전쟁에 대해 이해할 시간이 별로 없었다. 또 형제들과 아버지가 베트남전에 반대하는 이유도 정확히 몰랐다. 우리 집안에서 종교와 낚시에 대한 노선은 선명했지만, 피와 정치 사이의 노선은 존재하지 않았다. 짐과 존 형, 아버지, 어머니가 전쟁에 반대한다면 전쟁은 나쁜 것이리라. 나는 무조건 가족 편을 들었다. 피는 정치보다 진하니까.

전쟁은 우리 모두에게 가혹했다―전쟁에 나가 싸우는 사람에게나 저녁 뉴스를 시청하는 사람에게나. 모든 미국인들처럼 우리는 형제와 아들이 기다란 쇠 박스에 담긴 주검으로 돌아오지 않기를 기도했다.

우리 가족은 늘 운이 좋았다. 사랑에서도, 낚시에서도, 전쟁에서도. 증조부는 남북 전쟁에 참전했다가 무사히 돌아왔다. 아버지는 제2차 세계대전에서 무사히 집에 돌아왔다. 또 남동생은 베트남 전쟁에서 집에 돌아오고 있었다. 숙부들과 친구들은 그렇게 운이 좋지 못했지만, 우리 가족은 운이 좋았다. 행운의 윤곽선이 우리를 감쌌다.

짐은 사람을 죽이는 데 정식으로 반대했다. 그는 부상자를 나르는 일이나 무전 임무를 맡겠다고 했다. 총은 메지 않겠다고. 그는 베트남전에 참전한 미국의 윤리성에 대해 질문했기에, 사나운 훈련 교관은 그에게 살아서 고국에 돌아오지 못할 거라고 장담했다. 하지만 베트남에 도착하자 동정심 많은 대위가 그의 요구대로 무전수가 되게 해주었다. 대위는 짐이 운반해준 야전 전화기로 통화하다가 저격수의 총에 맞아 죽었다.

짐은 운이 좋아서, 그 무서운 살상 현장에서 살아남았고 마침내 집에 돌아왔다. 내가 버스 정류장에 마중 나갔다. 훈장을 달고 있는, 조용하고 지친 그 아이가 전쟁터를 벗어난 지 며칠 지나지 않았다. 짐은 곤히 잘 자야 될 것 같은 얼굴을 하고 있었다.

"아침에 방에 들어오지 마. 정글에서 총을 베개 삼아 베고 잤거든."

나는 그가 시키는 대로 했다.

아침에 커피를 마시면서, 짐이 지금껏 버텨온 모습을 볼 수 있었다. 동생은 이제 열네 살이 아니었다. 아니 스물셋도 아니었다. 그의 영혼은 마흔 살에 가까웠다. 정수리 머리는 잿빛이었고, 눈 주변이 거무스름했다. 하지만 눈은 맑았다. 삶에 대한 불확실성 같은 건 얼씬거리지 않았다. 그렇게 동생과 커피를 마시면서 다시 낚시에 대해 이야기하니 참 좋았다.

"배스 잡으러 갈 준비가 됐니?"

"물론."

그는 의자를 뒤로 밀면서 씩 웃었다.

전쟁에서 살아남은 병사들은 전쟁에 대해 이야기하길 꺼린다고 믿었다. 하지만 다행스럽게도 그는 그러지 않았다. 짐은 말을 많이 하진 않았지만 그의 이야기는 피와 죽음이 얼룩진 아름다운 불교 그림 같았다. 그는 헬기에서 뜨거운 착륙 지점으로 뛰어내리던 일을 이야기했다. 바로 앞에서 뉴저지 출신의 병사가 뛰어내렸다고 했다. 짐은 이 병사가 서 있는 문의 빗장에 수류탄 핀이 매달린 것을 보았다. 그는 기다렸고, 뉴저지 출신의 병사는 산화했다.

"나중에 수풀에서 피 묻은 그의 아내와 아이 사진을 주웠어. 좋은 사람이었지만 운이 없었어. 베트남은 그런 곳이야."

아침 식사 후, 우리는 낚시도구를 내 고물 볼보 차에 싣고 밀밭을 지나 강으로 갔다. 언덕에 봄이 물들고 있었다. 초록빛과 싱그러움과 화사함. 짐은 낚시가 그리웠다고, 그 무엇보다도 생각났다고 말했다. 웅덩이에 송어가 있는지 보려고 고지대의 개천에 수류탄을 던지고 싶은 유혹을 느낀 적도 있다고 했다.

와와와이 협곡에서 스네이크 강으로 접어든 우리는 허기진 배스가 있기를 기대했다.

"두시 호수를 기억해?"

짐이 말했다.

"응."

"정글에서 밤에 보초를 설 때면 늘 그 기억을 떠올렸어. 기억하는 연습을 했어. 높은 산, 좁은 실개천, 발밑에 융단처럼 펼쳐진 풀밭, 강둑에 붙어 있는 금빛 송어 떼, 모닥불을 피우고 나누는 이야기. 그런 기억 덕분에 집에 돌아올 수 있었어."

배스가 우릴 기다리고 있었다.

우리는 바위를 타고 내려가 스네이크 강으로 갔다. 나는 짐의 낚싯대에 7그램짜리 검은 대머리황새 깃을 달아주었다. 그리고 바위를 피해 소용돌이 물살 위 어디에 캐스팅할지 가르쳐주었다.

첫 번째 캐스팅에서 행운이 한 번 더 짐을 따라주었다.

물고기가 준 교훈

　가끔은 물고기한테 한방 맞는 것도 괜찮다. 늘 그러길 바라는 건 아니지만, 이따금 한두 번 찰싹찰싹 맞는 것은 무방하다. 멋진 물고기를 놓치면 겸손해지게 되고, 우리는 그런 작은 겸손을 잘 이용할 수 있다. 또 멋진 고기한테 얻어맞고도 씩 웃으면서 승자에게 경의를 표할 수 있는 나이인 것도 행복하다.

　그렇다고 얻어맞고 싶어서 안달한다는 뜻은 아니다. 그렇지는 않다. 훅이 잘못되지 않는 한은 물고기에게 일부러 지지 않는다. 훅이 잘못 끼워지면 곧 낚싯대를 물고기에게 겨누고 티펫을 끊는다. 멋진 연어를 낚은 후에 그렇게 하자, 가이드가 "왜 그랬습니까?"라고 물었다. 나는 "낚싯대의 연결이 잘못되어서요"라고 대답했다.

　멋진 물고기와의 대단한 싸움에서 진다는 것은, 내가 물고기를 과소평가했거나 낚시를 잘못했다는 뜻이다. 패배의 이유를 운이 나빴다고 둘러댈 수는 없다. 그저 실속 없는 준비와 형편없는 솜씨 탓일 뿐이다. 행운은 이것과 아무 관계가 없다.

아주 큰 물고기를 놓쳤던 일이 지금도 생생하게 기억난다. 그 물고기에게 매듭에 대해 중요한 교훈을 배웠다. 그날은 크리스마스 섬에서 가이드인 사이먼 코리와 낚시를 하고 있었다.

"큰 놈인데요!"

사이먼이 큰 소리로 말하며, 파란 물살을 손짓했다. 바다가 흰 모래가 깔린 평지와 만나는 지점이었다.

"빨리 캐스팅해요! 1시 방향. 12미터 지점!"

커다란 물고기를 보면서 짧게 캐스팅했다. 플라이 라인 사리 몇 개는 발 부근 물속에 남겨두었다. 플라이가 안착했고, 물고기가 그쪽으로 다가왔다. 굉장히 큰 물고기였다. 그 주 내내 본 물고기 중 가장 컸다. 물고기는 플라이를 물더니 방향을 돌렸다. 나는 버텼다.

그 주 내내 큰 물고기를 잡고 싶은 마음이 간절했다. 바로 요놈이었다. 물고기는 쭉 달려 나가면서 수심이 깊은 쪽으로 갔고, 나는 물속에 있던 여분의 라인이 풀릴 때 왼손이 방해가 안 되도록 치우려고 했다.

하지만 너무 늦었다. 라인이 손가락을 휘휘 감아 힘껏 죄기 시작했다. 물고기에게 경의를 표하고 낚싯대를 비스듬히 놓아 방향을 돌리려고 낚싯대를 오른팔 밑에 끼고, 손가락을 누르는 라인을 움켜잡았다. 물고기가 마구 당기자, 손가락을 둘둘 만 낚싯줄에 이상한 매듭이 생기고 손끝이 조여들었다. 아합(구약에 나오는 이스라엘의 왕으로 그가 다스릴 때 큰 가뭄이 닥쳤다—옮긴이)처럼 나는 어쩔 줄 몰랐다.

물고기가 라인을 끊고 도망갔다. 느즈러진 라인을 감아올리며, 손가락이나 낚싯대를 부러뜨리지 않은 데 감사했다. 플라이, 티펫, 리더가 없어졌다. 물고기는 내가 플라이 라인 끝에 묶어 붙여둔 꼰실 리더 고리도 끊어버렸다. 플라이 라인은 바깥쪽 코팅이 벗겨지고, 안쪽에 실

몇 올만 남아 있었다. 큰 물고기는 그 정도의 위력을 갖고 있다.

나는 게임을 안다. 규칙도 안다. 큰 물고기와 겨룰 때는 매듭을 제대로 매야 한다는 것도 안다. 빈손은 몸에서 떼어야 풀려나가는 플라이 라인이 손을 둘둘 말지 않는다는 것도 안다. 기념비적인 물고기를 잡으려면, 기술과 지식을 모아 도전해야 한다는 것도 안다.

흥분하면 지식과 기술이 싹 없어질 수 있는 것은 낚시꾼에게는 매우 다행스러운 일이다. 그렇지 않아 늘 큰 물고기만 잡는다면 우리는 자신에 대해 아무것도 배우지 못할 것이다.

큰 물고기를 잃어서 즐겁지는 않았지만, 가슴이 두근거린 것은 반가웠다. 대어를 놓쳐야 한다면 열정 속에서 놓치자.

"얼마나 크던가요?"라고 사이먼에게 물었다. 그는 내 라인에 새 리더와 티펫을 매주었다. 나는 한바탕 흥분한 후에 허리 아래쪽에 퍼지는 쑤시는 듯한 통증을 가라앉히려고 몸을 굽혀 무릎을 움켜잡았다.

"4.5킬로그램쯤. 어쩌면 5킬로그램쯤요. 그래요, 큰 물고기였어요. 물고기 씨한테 배운 게 있습니까?"

사이먼이 씩 웃으며 말했다.

"그래요. 큰 걸 배웠소."

나는 다시는 5킬로그램쯤 되는 물고기를 보지 못했다.

· · ·

새 친구들과의 낚시보다 더 좋은 일은 단 한 가지,
오랜 친구들과의 낚시다.

내 비밀 비료

가끔 날 험담하는 사람이 있기는 하지만, 나는 언제나 '어머니 대지'에 올바른 일을 하려고 노력하며 살았다. 최선을 다해서, 자연보호 원칙에 합당한 일을 하려 애썼다. 낭비하지 않고, 바라지 않고—그게 내 철학이다. 낚시꾼으로서, 잡아서 먹으려고 죽이는 물고기는 모든 부분을 다 쓰려고 노력한다. 예를 들어 크래피 낚시를 하면서 우연히 메기를 잡으면, 포를 떠서 집에 가져가 먹는다. 아내는 선입견 때문에 메기를 먹지 않는다. 그래서 나는 메기의 살을 발라서 집에 가져가는데 아내에게는 크래피라고 말한다. 크래피 튀김이야말로 아내가 가장 좋아하는 음식이다.

재활용하는 법이 나온 후(1972년) 나는 한 가지 계획을 세웠다. 살을 발라낸 물고기의 남은 부분이 텃밭 작물의 좋은 비료 구실을 할 수 있을 터였다. 물고기 시체를 옥수숫대 밑에 묻는 것은 농업이 시작되면서부터 알려진 방법이다. 1973년 봄, 농부 겸 낚시꾼으로 무척 바쁘게 좋아하는 호수에 드나들면서, 낚싯대와 릴로 이쪽 생태계에서 영양

분을 빼내서, 삽과 땀으로 저쪽 생태계에 뿌려주었다. 먹을 수 있는 부위만 빼고. 한데 5월 말에 문제가 생겼다. 아이들과 내가 유독 배스를 많이 잡아온 후, 아내 앤은 "물고기 내장을 어쩌려구요? 텃밭에 있는데요"라고 말했다.

"걱정 마요. 재활용하려는 거니까."

내가 대꾸했다.

"그건 좋지만, 환경미화원은 목요일이나 돼야 온다구요. 목요일까지 거기 두면 악취가 코를 찌를 텐데."

"쯧쯧."

당시 우리는 교외의 작은 마을에 살았다. 동네에는 교수들, 학교 선생들, 사업가들, 퇴역한 공군 소령이 살았다. 인간 생태계로서 우리는 서로 잘 참았다. 또 내가 물고기 비료 회사를 차린다 한들 누가 신경 쓰랴? 그게 내 생각이었다. 물고기 비료가 인류에게 알려진 최고의 비료라는 것은 원예 전문가들이 보장해주리라. 한 컵들이 깡통 하나면 어떤 식물이든 멋진 마술을 보여줄 수 있으니까.

내 재활용 계획은 소박 그 자체인 연구였다. 간단히 말하면, 물고기의 좋은 부분은 내 집에 있는 인간들을 위해 잘라두고, 나머지 시체는 200리터들이 통에 넣고, 물을 뿌린 후 숙성시킨다. 그걸 땅에 뿌리면 농구공만 한 토마토가 열릴걸. 단백질의 순환이 완벽해지고, 먹이사슬의 맨 위 단계인 우리 인간은 풍요롭고 강해질 것이다. 천재적인 계획이었다. 아무것도 버릴 게 없는.

6월 말쯤, 내가 베란다에서 햄버거를 굽는데 앤이 소금과 후추를 들고 나왔다. 가벼운 바람이 뒷마당에서 집 쪽으로 불었다.

"맙소사!"

아내는 한 손으로 코를 감싸 쥐고, 다른 손은 텃밭 쪽을 향해 흔들 어대며 말했다.

"저기 죽은 게 있어요. 가서 묻어버려요."(고백건대 나는 후각이 예민하지 않다. 물고기가 완전히 썩어야 후각 신경이 자극된다. 아내는 정반대다. 전문가처럼 물고기 냄새를 맡는다.)

"내가 가볼게."

"얼른 해요."

앤은 안으로 피했다.

사실 악취의 근원을 찾는 데는 오래 걸리지 않았다. 생선을 썩히는 통은 새까만 색이고, 일주일 내내 햇빛이 쩡쩡해서 기온이 높았다. 통 안에는 200마리쯤 되는 생선 시체가 있었고, 환경운동가의 꿈속에서 예상했던 대로 제대로 거름이 되고 있었다. 악취 풍기는 회색 거름을 누구라도 좋아하지는 않을 테지만, 나는─일단 구역질이 가시자─골프공만 한 딸기가 열릴 멋진 공상을 즐겼다. 하지만 통 뚜껑을 들쳤을 때 풍긴 냄새는 분명히 지독하다는 것을 깨달았다. 다시 숨을 제대로 쉬게 되자, 나는 집으로 들어갔다.

"물고기였을 뿐이야."

나는 레모네이드를 벌컥벌컥 들이켜, 비료 공장에서 새나온 악취를 씻어내며 말했다.

"물고기요?"

나는 간단한 재활용 실험을 설명했다. 지금부터 1년 후면 야구 방망이만 한 당근을 먹게 될 거라고.

"그러니까……?"

"텃밭에 가득 있어. 최근 물고기 비료 값을 알아본 적이 있소?"

앤은 그다지 자연보호에 열을 올리진 않는다. 예를 들면 무의 윗 부분을 음식물 비료 더미까지 가져가지 않고 쓰레기통에 넣는다. 한편 사교적인 것에는 굉장히 신경을 써서, 이웃들과 좋은 관계를 유지한다. 그녀는 이웃들이 내가 뭘 하는지 알면 소송을 걸 거라고 했다.

우리는 몇 분간 물고기 거름 공장의 장점에 대해 토론했고, 내 짐작대로 아내는 생태학의 명확하고 우아한 논리에 접근했다. 내 발명품의 분명한 미덕에 대해서도.

앤이 말했다.

"당장 그 통을 없애버려요!"

"너무 늦었어. 무게가 200킬로그램쯤 나갈걸. 그걸 옮기다간 디스크에 걸린다고."

"턱이 날아가는 것보다는 디스크가 나을걸요."

"알았어, 알았다구."

재활용 프로젝트가 옳고 윤리적이고, 내 책임이 막중하다는 걸 알았지만, 나는 거름통을 창고 뒤로 옮겼다. 아내가 부엌 창으로 내다봐도 보이지 않는 위치였다.

7월 중순, 거름 공장은 완전히 무르익었다. 매일 아침 해가 뜨고, 기온이 30도 넘게 올라갔다. 약간의 물과 물고기 머리를 더 넣고, 냉장고에서 나온 것들을 붓고 낡은 괭이의 손잡이로 얼른 저었다('얼른'이라고 말한 것은, 그 일을 하면서 순간적으로 의식을 잃을 뻔했기 때문이다). 그래도 3미터쯤 자란 옥수수가 춤추는 장면이 머리를 떠나지 않았다.

그러던 9월의 어느 날, 나는 레이건 소령—그는 우리 텃밭에서 바람 부는 쪽에 살았다—이 베란다에 서서, 쌍안경으로 우리 집 뒷마당을 살피는 광경을 목격했다. 히치콕 감독의 스릴러 영화 〈이창〉에 나온 지미 스튜어트가 생각났다. 그 영화에서 스튜어트는 휠체어에 앉아 지내는 사진작가로, 달리 할 일이 없어서 쌍안경으로 이웃들의 생활을 훔쳐보며 시간을 보낸다. 점차 그는 살인 사건이 일어났고 시체가 꽃밭에 묻혀 있다고 생각하게 된다. 레이건 소령은 길에서 만나면 지미 스튜어트가 〈이창〉에서 보였던 의심스런 표정을 지었다.

일주일 후, 우리 부부는 동네에서 포트럭 파티(각자 음식을 만들어 와서 여는 파티―옮긴이)를 열었고, 가까운 거리에 사는 이웃은 모두 참석했다. 나는 냄새가 새는 것을 막기 위해 거름 공장의 뚜껑을 마스킹 테이프로 밀봉했다. 모두 친절하고 쾌활했다. 또 내가 '신비의 명약'을 뿌려 키운 토마토에 대해 칭찬을 아끼지 않았다.

그들은 이렇게 물었다.

"어떻게 저렇게 크게 자라죠?"

그러면 내가 대답했다.

"비밀 거름이 있죠."

레이건 소령은 눈을 가늘게 뜨면서 물었다.

"그래요, 그것에 대해 물어보려던 참이었소. 정확히 뭘 쓰는 겁니까?"

나는 헛기침을 하고 대답했다.

"저기, 제가 직접 재활용한 겁니다."

정보 담당 장교였던 소령이 내 대답에 만족하지 못하고, 잠시 없어진 사람이 있는지 손님들을 훑어봤다. 그래도 만족하지 못한 소령은 정원 쪽으로 걸음을 옮겼다. 딸기밭 밑에 묻힌 시체라도 찾으러 가는 표정이었다.

디저트가 나온 순간 비극이 일어났다. 십대 아이들 둘이 거름통을 발견하고 주위를 빙빙 돌다가 통을 엎어버렸다. 그 바람에 내 '신비의 명약'이 텃밭 통로에 쏟아져 피크닉 테이블 밑으로 흘렀다. 손님들이 케이크와 파이를 돌리고 있는 그곳에. 그 사고가 가든파티에 미친 영향은 정말로 컸다.

"윽!"

"어머나!"

"도와줘요!"

비명이 가라앉자, 기절하지 않은 사람들은 한 손에 접시를 들고 다른 손으로 코를 감싸고 출구 쪽으로 걸어가기 시작했다. 나중에 아내에게도 말했지만, 나는 사람들이 공포에 질린 순간에도 사교적인 행동을 한다는 데 감명 받았다. 20명쯤 되는 사람들이 히스테리를 일으키려는 상황인데도, 모두 걸음을 멈추고 고맙고 멋진 파티였다고 인사를 했다. 몇 사람은 "안녕히 계세요"란 인사를 어깨 너머로 하면서 걸음을 재촉했지만.

마지막 손님이 지체하다가(다른 손님보다 20초쯤 더 머물렀다) 떠나자, 앤과 나는 솔직한 대화를 나누기 위해 한자리에 앉았다. 부부가 좋은 관계를 지속하고 싶을 때 나눠야 하는 대화를 해야 했다. 나는 조심스럽게 식기와 앤 사이에 자리를 잡았다.

아내가 입을 열었다.

"왜 내가 당신을 죽이지 않는지 몰라!"

"당신은 날 사랑하니까."

불운하게도 궁색한 답변이었다. 하지만 평소 재빠른 솜씨를 익힌 덕에 얼른 그녀를 감싸 안았다. 앤은 몸부림을 쳤고, 나는 쏟아진 거름을 치우고 실험을 중지하겠다고 약속했다. 친구와 이웃들에게도 사과하겠다고. 그러자 아내는 긴장을 풀면서 용서의 미소를 지었고, 나는 포옹을 풀었다.

앤이 내 발등을 밟고 걸음을 옮기며 말했다.

"그러면 좋겠네요."

결국 모든 게 잘 풀렸다. 물고기 거름을 버리고 싶은 마음은 추호도 없었기에, 3리터들이 우유통에 담아, '배상'이라는 명목으로 이웃들에게 나눠줬다. 내가 잘못한 것은 없긴 해도 사람들을 화나게 했으니까. 텃밭을 가꾸는 사람들이 거름에 대해서는 이해하지 못했다. 성경책을 팔러 다니는 사람도 그보다 대접을 잘 받을걸. 레이건 소령은 살인 사건을 파헤치지 못한 데 실망했는지 차를 마시고 가라고 청하지도 않았다.

그래서 늘 경험에서 배우는 나는 자연보호 방침을 바꿨다. 이제 아이들과 나는 호수에서 잡은 물고기의 살을 발라내고 먹지 못하는 부분은 갈매기, 너구리, 가재에게 준다. 내 연구에 따르면 그들은 찌꺼기를 나름의 방식으로 빨리 재순환시킨다. 하지만 여전히 우리는 잡은 물고기 모두를 이용한다. 특히 메기는. 가끔 크래피 튀김을 먹지 못하면 아내는 이만저만 실망하지 않을 것이다.

애송이 보살피고 키우기

내가 여덟 살쯤이었을 때 아버지가 나를 집에 두고 송어 낚시를 가려 했다.

"폴, 미안하지만 넌 어려서 이번 낚시 여행에 데려가지 못하겠구나. 밤새 밖에서 있을 거야."

조르기의 명수였던 나는 곧장 아버지에게 '작업'을 시작했다. 10분 후, 아버지는 한숨을 내쉬며 말했다.

"좋아. 네가 장미 정원에 있는 잡초를 다 뽑으면 낚시에 데려갈 만큼 컸다고 생각하겠다."

한 시간 후 장미 정원은 〈배터 홈즈 앤 가든〉(집안 꾸미기를 주제로 하는 유명한 잡지―옮긴이)에서 사진 촬영을 해 가도 될 만큼 말끔해졌다.

어떤 낚시 캠프에나 어린이―열심히 배우려는 사람, 초보자, 신출내기, 초심자―가 필요하다. 존 웨인은 그들을 '순례자'라고 불렀다. 나는 그들을 '애송이'라고 부른다.

애송이들은 야외 활동 경험의 질을 크게 높여준다. 캠프에서 배우는 사람이 없으면 가르치는 사람도 없게 된다. 게다가 가르칠 애송이가 없다는 것은, 우리가 일을 다 감당해야 한다는 뜻이 된다. 장미 정원의 잡초도 직접 뽑아야 되고.

멋진 낚시 캠프에는 적어도 애송이가 한 명은 있어야 한다. 둘이 있으면 더 좋다. 천막을 치고, 물속에 쓰러진 나무를 치우고, 나무를 쌓아 장작불을 피우고, 요리를 하고, 정돈을 하고. 이 모든 일이 애송이에게는 경험을 쌓는 데 중요하다. 쌀쌀한 봄날 잡은 배스 50마리 중 한 마리를 포 뜨는 법을 보여준 후에, 능숙한 솜씨라면 한 시간 안에 50마리를 포 뜰 수 있다고 슬쩍 농을 친다. 그러면 애송이는 "제가 해볼게요!"라면서 우리를 옆으로 밀어낼 것이다. 애송이를 보는 것만으로도 마음이 따뜻해질 수 있다.

애송이에게 낚싯대와 릴을 사주어도 좋지만, 현명한 선배라면 생일을 기억했다가 도끼, 얼음용 송곳, 낚시용 칼, 작업용 가죽 장갑, 발로 밟는 공기 주입기, 숫돌 같은 기본 도구를 선물할 것이다. 좋은 교육용 도구인 동시에 선배의 일손을 덜어주는 물건들이니까.

요즘 십대들을 어떻게 다루어야 될지 모르는 사람도 있을 것이다. 십대들이야말로 최고의 '애송이'다. 문제아로 성장하다가 결국은 그들 자신이 선배가 된다는 게 영원한 문제다. 그때가 되면 그들의 쓸모는 여지없이 폭락한다.

오래전 어느 아침, 내 애송이 셋 중 막내가 말했다.

"아빠, 배에서 제가 물고기를 다 씻는 동안 아빠는 딴청을 피우는 버릇이 있는 것 같아요. 제 짐작이 맞나요?"

막 열일곱 살이 된 이 애송이는 물고기 손질을 떠맡기는 내 비밀을 눈치챘다. 이제부터 내가 잡은 물고기는 내가 손질해야 된다는 뜻이었다. 한편 그는 트럭을 운전하겠다고 졸라대기 시작했고, 나는 졸면서 안전하게 집에 올 수 있게 됐다.

애송이를 돌봐주면 언젠가 그 애송이가 우리를 돌보게 된다. 숲 속 활동과 아동 심리의 거장이었던 내 아버지는 애송이에 대해 모르는 게 없었다.

"원한다면 장작을 다 옮겨도 좋다, 애송이. 하지만 다 큰 애나 할 수 있을 텐데." 또는 "내가 이 물고기 손질을 다 네게 맡기진 않을 거야. 다만 언젠가 너도 네 칼이 필요할 거고, 그걸 쓰는 방법을 익혀야 될 게다." "폴, 미안하지만 넌 어려서 이번 낚시 여행에 데려가지 못하겠구나. 밤새 밖에서 있을 거야"란 말은 그중에서도 으뜸이고.

다른 사람에 대해선 몰라도, 내 아들들이 언젠가는 애송이 손자들을 낳으리라 기대한다. 운이 좋으면 나는 배스 손질을 안 해도 되겠지.

여러분이 선배 자격이 있는지 궁금한가?

물론 있다.

남녀 불문하고 야외 활동을 해본 애송이가 선배니까.

"보고, 하고, 가르쳐라."

그게 선배의 모토이다.

가르칠 애송이가 없다고?

틀림없이 있을 것이다.

애송이란 성별, 연령, 인종, 혈연과 상관이 없다는 점을 기억하자. 이 나라에는 낚시든 하이킹이든 사냥이든 하고 싶어 하는 어린이가 수백만은 있다. 그러니 애송이는 결코 부족하지 않다. 동네에만도 그런 아이들이 있을 것이다. 없다면 지역 '빅 브라더스'나 '빅 시스터즈'(모두 멘토링 단체―옮긴이)에 연락하면, 배우기 원하는 아이들 명단이 있을 것이다.

그들은 여러분의 전화를 기다리고 있다.

외계인, 도와줘요!

어느 아름다운 오후, 북 아이다호의 클리어워터 강. 사촌 스티브와 내가 무지개송어를 잡고 있을 때였다. 갑자기 제트 스키어 셋이 우리 아래쪽 강굽이를 돌아 나타났다.

나는 옆에 낚시꾼이 있는 것만큼이나 제트 스키어가 싫다. 소망이 있다면, 이곳 북서부에서 제트 스키어를 죽이는 것이 중범죄가 아닌 경범죄가 되는 법안이 제정되는 것이다. 내 판단이 틀리지 않다면, 그 법안은 낚시꾼 사이에서 엄청난 환영을 받을 것이다. 하지만 아직 그런 법안은 통과되지 않았으니, 심령술사든 누구든 불러서 성적인 실험 대상을 찾는 외계인에게 연락해달라고 부탁하는 수밖에 없다. 외계인에게 "희생자를 찾기는 아주 쉬워요. 시끄러운 데만 따라가봐요"라고 전해달라고. 제트 스키 엔진 소리가 벼락 소리 같다는 것을 신은 아신다.

고무로 된 옷을 입고 선글라스를 쓴 삼총사가 우리와 우리의 송어에게 다가왔다. 꼭 케빈 코스트너가 주연으로 나오는 〈워터월드〉의 한 장면 같았다.

나는 사촌 스티브에게 말했다.

"이 작자들은 우리 고기를 다 달아나게 만든 후에나 돌아갈 거야."

"너무 비관적으로 보는군요."

스티브가 말했다.

"자네는 너무 낙관적이군. 그들이 계속 오면 자네가 저녁 사라고."

"그렇게 무례한 사람들이 있을라고요."

스티브가 날 안심시켰다.

하지만 내가 이겼다. 삼총사는 계속 강 위쪽으로 올라왔다. 우리를 향해.

나는 씩 웃었다. 낚시는 망쳤지만, 적어도 공짜로 스테이크를 얻어 먹게 되었으니까. 그렇게 되지 않기를 바라지만, 요즘은 내기에서 비도덕적인 쪽에 걸면 반드시 이긴다. 미국인들의 시민 정신의 몰락을 다룬 책들이 최근 들어 홍수를 이루는 현상을 보면서, 모두들 경각심을 갖기를 바란다. 특히 낚시꾼들은 더. 낚시터에서 예절을 지키지 않는 낚시의 세계는 총질이 난무하는 고속도로와 마찬가지이다. 어떤 곳에서는 이런 미개한 현상이 벌써 일어나기 시작했다.

점점 낚시는 물고기를 잡는 것보다는 고독을 즐기는 것이 되어간다. 낚시꾼들은 정신없이 복잡한 곳에서 떠나 조용한 공간과 자신만의 시간을 누리기 위해 큰 대가를 지불하려 한다. 복잡한 세상에서 낚시터는 '성소'나 다름없다. 미국의 레포츠는 소란스럽게 21세기로 접어들었고, 이런 조류가 계속된다면 우리 낚시꾼들은 많은 것을 잃게 된다.

아직 알아차리지 못한 사람이 있을까마는, 소음은 커지고 고요는 줄어들었다. 현대 미국에는 소음 공해가 너무 심해서 평범한 대화를 하기 위해서도 소리를 질러야 하는데 우리는 이것을 알아차리지 못한다. 더군다나 군중 심리를 연구한 결과를 보면 답답하다. 복잡해질수록 예의범절은 줄어든다. 모두 모르는 사람인데, 굳이 타인을 가족처럼 대할 필요가 있을까.

나는 캐스팅을 하고 한차례 자세를 고친 다음, 노란 줄이 굽이치며 플라이가 초록빛 물속으로 들어가는 광경을 지켜보았다. 이제 제트 스키 소리는 화난 벌레 떼 소리처럼 오후의 정적을 깨뜨렸다. 제트 스키어들이 송어 떼가 있는 곳에서 100미터 반경에 들어왔을 때, 스키어들의 얼굴이 보이지는 않았다. 하지만 그들이 내 얼굴을 볼 수 있기를 바랐다. 이빨을 악문 회색 곰의 모습을.

나는 소음을 뚫고 스티브에게 소리쳤다.

"고급 시거를 걸고 내기할까?"

그는 고개를 저으며 캐스팅에 몰두했다.

"물고기 바로 위로 오는군! 바로 위야!"

내가 소리쳤다.

북서부 사람들은 공개된 낚시터에서 낚시를 즐긴다. 경험 많고 예절바른 송어 낚시꾼이라면, 캐스팅하고 두 발자국 하류로 옮겨 다시 캐스팅하고, 두 발자국 내려가서 다시 캐스팅하는 식으로 자리 이동을 해야 한다는 것을 안다. 상류에서 기다리는 다른 낚시꾼들에게도 고기가 많은 물까지 내려올 수 있도록 배려하는 관습이다. 고개를 끄덕이고 싱긋 웃으며, 가벼운 이야기를 주고받으며 낚시꾼들이 자리를 옮기는 것은 서로에 대한 이해와 존경이 담긴 행동이고, 멋진 전통이 되었다. 가장 좋은 자리를 차지하고 자리를 내주지 않는 것은 무례할 뿐만 아니라, 스포츠맨 정신이 없는 것이다.

낚시터 예절을 모르는 낚시꾼도 있고, 알면서도 동료 낚시꾼들을 배려하지 않는 사람도 있다. 은밀히 제트 스키를 장만하는 결점투성이 부류이리라. 가끔은 무지해서 무례할 때도 있다. 의도적으로 고약하고 무례하게 구는 사람도 있다. 무례의 뿌리에는 욕심이 자리잡고 있다. 예절은 문명화를 가능하게 하고, 예절이 없으면 야만이 맹위를 떨치게 된다.

한자리에서 무지개송어 낚시를 하다가 때가 되면 옆의 낚시꾼에게 자리를 비켜줘야 한다는 것을 모른다고 해서 경찰서에 붙잡혀 가지는 않는다. 하지만 낚시꾼은 성숙해지면서 필요한 예절을 배울 의무를 갖는다. 다른 낚시꾼에게 서둘러 자리를 비키라고 재촉하는 것 또한 불손한 짓이다. 다른 낚시꾼의 물에 캐스팅을 하는 것도 잘못이다. 다른 사람이 낚시하는 곳에 배를 대서, 물고기가 놀라서 떠나게 하는 것도 예의가 아니다. 배를 타고 강을 내려가는데 다른 사람 앞을 지나야 한다면, 적어도 사과의 말을 외치라. 스포츠 낚시는 이런 윤리와 규율, 배려에 따라 멋있기도 하고 형편없어지기도 한다.

지역마다 관습이 다르지만, 모든 이의 낚시의 질을 고양시키는 관습이 낚시 예절의 기준이 된다. 오늘날 고속도로에서 일어나는 무차별 총격 사건을 보면서 얼른 용서하고 이해하고, 예절을 지키고, 잘 처신하는 것의 중요성을 인식해야 한다. 그래야 서로 해치지 않는다. 게다가 무례한 짓을 당하면 하루를 완전히 망칠 수 있다. 더 나쁜 것은— 인정하는 사람은 없겠지만—다른 사람에게 무례하게 대하면 나의 하루도 엉망이 될 수 있다. 우리가 누구고 어떤 사람이 되고 싶은지도 다 잊게 된다.

우리가 낚시하는 곳에서 제트 스키어들이 소란을 떨었다.

좋은 사람이 생각하는 것을 나쁜 사람은 행동한다는 말이 있다. 그렇다면 내가 나쁜 사람이 아니어서 다행이다. 내 스웨덴제 308라이플로 그들을…… 그런 생각을 행동에 옮겼다면! 휴! 또 생각하는 것만으로 체포되지 않는 것도 다행이고.

기본적으로 동료 낚시꾼이 원하는 것은 내가 원하는 것이다. 움직일 수 있는 여지를 달라는 것. 가능한 한 혼자 내버려두라는 것. 위대한 자연의 정적을 즐기게 해달라는 것. 존중해서 대해달라는 것. 여러 명이 낚시할 때는 좋은 자리를 똑같이 쓰게 해달라는 것. 제트 스키어들에게 그런 것을 바라면 너무 과할지 모르지만, 우리 낚시꾼들은 그쯤이야 지킬 수 있지 않은가.

덧붙이는 글:

내기에 이겨 저녁을 얻어먹었다.

하지만 외계인이 나타나지 않아서 슬펐다.

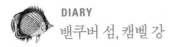

연어 떼를 눈으로 볼 수 있었다. 아니, 제대로 본다기보다는 한 마리가 수면 근처에서 청어 떼를 헤치고 나아갈 때 슬쩍 보였다고 해야 옳다. 청어 떼는 죽음을 피하려고 사방으로 싹 흩어졌다. 나중에 청어가 물에 가라앉을 때 다이아몬드 가루처럼 반짝이는 청어의 비늘이 보였다. 연어 떼가 먹이를 먹을 때 낚시꾼의 가슴이 뛰었다.

캐나다 브리티시컬럼비아 주 밴쿠버 섬의 캠벨 강에 연어 떼의 회귀가 시작되자, 이날 아침 강 주위가 북적댔다. 연어 떼가 돌아오고 있었다. 사방에서 낚시꾼들이 연어 떼를 만나려고 모여들었다. 한데 수천 명이 낚싯대를 드리워도 연어는 잡히지 않고 있다. 사방에서 친 그물에도 걸리지 않았다.

나는 낚싯배의 숫자를 헤아려보려 했다. 너무 많았다. 배들이 계속 움직이며 강을 건넜다 다시 건넜다 하기에, 수평선을 4등분해서 4분의 1 반경 안에 있는 배를 얼른 헤아린 다음 4로 곱했다. 200척의 낚싯배가 함대가 되어 넓은 강어귀에서 낚시를 하고 있었다.

가이드가 루어를 바꾸며 말했다.

"무슨 일인지 이해가 안 됩니다. 한 마리도 미끼를 물지 않는 때가 가끔 있어요."

고기가 잡히지 않자 변명하는 가이드에게 나는 괜찮다는 손짓을 했다. 동료들도 마찬가지였다. 경험 많은 낚시꾼들인 우리는 사정을 이해했다.

오후가 흘러갔다. 아직도 연어는 잡히지 않았다. 이상하게도 이런 사실이 슬그머니 즐거워지기 시작했다. 수백만 불어치의 배와 낚시장비와 가이드 수고비가 이 강에 풀려 있건만, 연어 떼는 헤엄쳐 우리를 지나 강으로 가버린다. 우리의 미끼를 못 본 체하고, 짝짓기를 하고 죽기 전 마지막 청어를 먹으면서.

인간은 연어가 회귀하는 날짜와 시간, 장소까지도 파악했지만 우리의 지식과 기술에는 여전히 한계가 있다. 아직 풀지 못한 신비가 남아 있다. 낚시를 스포츠로만 한다면, 물고기가 우리를 겸손하게 만들 수 있는 것도 참 괜찮은 일이다.

그때 독수리가 보였다.

밑에서도 흰 머리의 독수리가 배들 위를 맴돌며, 하늘 위로 솟아오르는 광경이 보였다. 독수리는 강을 지켜보고 또 지켜보았다.

다른 낚시꾼들도 독수리를 보았다.

가이드가 말했다.

"대머리수리군요. 또 다른 낚시꾼이 수확하러 왔네요."

우리 근처에서 낚시를 하던 또 다른 배의 사람들이 목을 빼고 하늘을 올려다보며 손짓했다. 어떤 이들은 낚시를 멈추고 독수리를 구경했다.

독수리는 하늘에서 천천히 방향을 돌렸다.

그러다 갑자기 날개를 접고 아래로 돌진했다.

그러다 다시 올라갔다. 발톱에 채인 은빛 연어가 덜덜 떨었다.

거대한 함대에서 환호성이 울려 퍼졌다.

금 간 우정

그는 한때 의사였고 이름은 제이다. 나는 그의 학식과 짓궂은 유머 감각 때문에 그를 엄청 좋아했다. 5월 어느 날 오후의 그 일이 없었다면 그와 평생 친구가 되었을 것이다.

제이와 나는 주립 정신병원의 입원병동에서 일했다. 정신병 치료약이 나오기 이전 시대에 정신병동 근무는 그가 없었다면 무섭고 우울했을 수도 있다. 하지만 제이가 재미있고 짜릿하게까지 만들어주었다. 직원들은 그를 좋아했다. 간호사들은 그를 위해서라면 무슨 일이든 하려고 했다. 어느 날 아침, 술 취한 환자 한 명이 의료진에게 달려들었다. 그는 정신병을 앓고 있는 덩치가 어마어마한 벌목꾼이었다. 그러자 제이는 당직 간호사에게 "토스터의 플러그를 꽂아요!"라고 소리쳤다. 그리고 씩 웃으며 덧붙였다. "내가 손보면, 저 개자식은 양손으로 제 엉덩이를 찾지도 못할걸."

제이가 지시한 전기쇼크 요법은 의학적으로 적당치 않았고, 도덕적으로나 윤리적으로도 옳지 않았다. 하지만 그 일이 그를 동료들 사이에서 영웅으로 만들었다. 나는 그가 뭘 잘못했는지 알았지만, 그 일로 우리의 우정이 끝나지는 않았다.

제이는 나를 '신입'이라며 마음을 맞춰주었고, 우리 팀의 특별한 일원으로 느끼게 해주었다. 그는 내가 장래성이 있다고 생각했고, 사람들에게도 그렇게 말했다. 나도 그를 특별한 사람이라고 믿게 되었다. 제이는 낚시를 할 줄 몰랐지만 배우고 싶어 했다. 나도 이쪽 방면에서는 그의 선생이 될 수 있었다. 그는 자신은 학생이고 나는 선생이 된 기분을 느끼게 해주었다.

우리는 더욱 가까운 친구 사이가 되었다. 남자들은 평생토록 친구를 많이 사귀지 못하기 때문에 잘 지낼 만한 사람이 생기면 친구가 되려고 노력한다. 당시 나는 스물아홉 살이었고, 이제 막 사람의 인품을 판단해야 된다는 것을 배우던 참이었다.

낚시를 하는 장소와 방법과 진행되는 상황 때문에, 또 낚시를 하면 그 사람의 공평성과 스포츠맨십, 윤리와 성실성, 신뢰성까지 파악이 되기 때문에, 낚시 여행은 사람의 성품을 알아보는 데 딱이다. 주의를 기울이면 타인뿐만 아니라 자신에 대해서도 많은 걸 알 수 있다. 사람들은 상황에 따라 다른 사람이 되기도 하고, 강에서 낚시를 할 때와 사무실이나 병원, 만찬장에서 전혀 다른 모습을 보이기도 한다. 제이가 바로 그랬다.

그는 자기도 모르게 내게 가르쳐주었다. 좋은 관계는 어떤 일을 놓고 한 번의 말다툼으로 깨지는 게 아니라 점점 작은 균열이 벌어져서 어느 날 가깝다고 여기는 두 사람이 고개를 들어보면 서로 멀어지고 있음을 알게 된다는 것을. 나는 그것을 인간관계의 '대륙이동설'이라고 부르는데 제이가 그걸 일깨워주었다.

미국 서부에 속하면서도 다른 곳과는 다른 지각표층에 있는 남부 캘리포니아 산안드레아스 단층의 남서쪽은 북서쪽으로 향하고 있다. 나머지 북미 대륙은 남동쪽으로 향한다. 남부 캘리포니아가 북서쪽으로 이동한다는 것을 나타내는 것은 고작 작은 요동과 진동판, 지질의 갑작스런 움직임뿐이다. 하지만 두 대륙이 서로 다른 방향으로 움직인다는 사실은 부인할 수가 없다. 또 막을 수도 없다. 언젠가 내가 태어난 도시 로스앤젤레스는 샌프란시스코의 맞은편에 있게 될 것이고, 이런 현상은 누구도 막을 수가 없다.

인간관계에도 단층선이 생긴다. 때로 두 사람은 아주 잘 맞는 것 같지만, 사실은 서로 다른 지층에 서서 다른 방향으로 움직이고 있다. 언젠가 무슨 일이 일어나서 균열선이 드러나게 된다. 나중에 다시 땅이 흔들리면, 금이 쭉 간다. 해결책이 없으면 두 사람은 근본적으로 다른 방향으로 움직이기 시작해, 점점 멀어진다. 한참 후, 양쪽에 대륙의 분리가 점점 선명해지고, 아주 대단한 일이 벌어지거나 심리상담가를 불러들이지 않으면 관계는 틀어지고 만다. 가끔은 가슴 아픈 설전을 벌이고 큰 소리를 내다 이혼에 이르기도 하지만, 때로는 말없이 조용하게 사랑이 죽었음을 인식하기도 한다.

사람 사이의 균열은 누가 움직일 때 시작되는 게 아니라, 머리와 가슴에서 먼저 시작된다. 같은 집에, 같은 방에 살면서도 두 사람은 시간과 공간을 지나 조용히 평행선을 그리며 움직인다. 평행선은 다시 만나지 않으며, 다시는 깊이 사랑하지 못한다. 두 사람은 알고 있다. 한 사람은 북쪽으로, 다른 사람은 남쪽으로 향하고 있으며, 그래도 어쩔 수가 없음을.

멋진 5월의 어느 날 오후, 제이와 나의 관계에 중요한 균열이 생겼다. 우리는 외진 호수에서 무지개송어 낚시를 하고 있었다. 서로 떨어져서 몇 시간 동안 고기를 잡은 다음, 오후 2시에 트럭에서 만났다.

"이걸 봐!"

제이가 숨을 헐떡이며 나를 만나러 왔다. 환한 얼굴이었다.

나는 싸구려 나일론 어망에 들어 있는 지나치게 많은 송어를 보았다. 너무 많았다. 나는 말없이 제이의 눈을 들여다보았다. 그가 낚시 규칙을 알고 있다는 걸 나는 안다. 전에 내가 일러주었으니까.

제이의 눈빛에 후회나 죄책감, 수치심 따위는 없었다. 관리인에게 붙잡히면 두 사람 다 난처해질 것을 걱정하는 기색도 없었다. 벌목꾼에게 전기쇼크 요법을 지시하던 아침과 똑같은 히죽대는 미소가 입가에 어려 있었다.

우리 안 깊숙한 곳에서 인간관계를 떠받치고 있던 뭔가가 움직였다. 진동판이 살짝 움직여서 나만 그 느낌을 눈치챘던 것 같다. 하지만 갑작스럽고도 분명히 우리 사이에는 작지만 부인할 수 없는 균열이 생겼다. 제이는 북쪽으로, 나는 남쪽으로 향하기 시작했다. 그리고 그렇게 된 관계는 어쩔 수가 없었다.

1년 후 제이는 병원을 그만두고 떠나갔다. 다시는 그를 만나지 못했다. 만나려고 노력하지도 않았다.

· · ·

낚시꾼이 주일에 교회에 출석하지 않는다고 해서
반드시 하느님과의 사귐이 끊기는 것은 아니다.

나 젊었을 적에

내가 젊어서 힘이 있고 등이 든든했을 적에는, 3미터짜리 컬럼비아 보트를 1965년산 쉐보레 4륜 구동형 트럭 지붕 선반에 척척 올렸다. 그것도 혼자서. 신음 소리를 내며 툴툴댔지만, 힘이 세서 대여섯 마디의 욕설만 중얼거리면 일이 끝났다. 마흔 몇 살이던 어느 날 등이 고장 나자, 동료와 모르는 사람까지 동원해서 배를 싣고 내리기 시작했다. 결국은 싸구려 배 트레일러를 사들였다.

배가 여러 번 바뀌면서 30년이 흐른 지금도 나는 낡은 컬럼비아 보트를 가지고 있다. 값이 많이 나가지는 않지만, 배를 팔라는 제안을 모두 거절했다. 그보다는 자기 배를 살 형편이 안 되는 젊은 낚시꾼을 만나면—내 마음에 들고, 그가 참된 낚시꾼이 될 거라는 확신이 들면—낡은 컬럼비아를 1, 2년씩 빌려준다. 그들이 낚싯배를 장만할 때까지.

이것은 나의 이익을 위한 일이기도 하다. 의무를 다하는 풍토를 만들어 낚시가 계속되게 하니까. 내가 너무 늙어서 더 이상 낚시를 다니지 못하게 되면, 적어도 이 젊은이들이 내게 들러서 낚시 자랑이라도 할 테니까. 이 정도면 괜찮지?

무덤 너머에서의 플라이낚시

최근 관을 사러 다녀보지 않은 사람이라면, 장례업계에도 낚시가 파고들었다는 사실에 놀랄 것이다. 나도 놀랐다.

한편 안심이 되기도 했다. 죽어서 강에 못 나가게 되었지만 마지막 낚시를 하고 싶은 마음이 간절한 낚시꾼의 마음까지 생각해주다니. 다만 관에 누운 자세로 캐스팅이 될지 모르겠지만.

최근 집안에 초상이 나서 관을 구입하러 다니면서, 무시무시하지만 위안이 되는 유머러스한 생각들을 하게 되었다. 이제 예순 살이 되어가는 마당이니, 오랫동안 알았던 사람들이 좌우에서 죽어간다. 묻지도 않고 훌쩍 떠나기도 한다. 그 결과, 장례식장에 서 있거나 교회에서 조사를 들으며 보내는 시간이 많아졌다.

장례식에 참석하면서, 장례식 관리인들을 몇 명 만났다. 장례식 관리인들이 꽁꽁 숨기긴 해도 유머 감각이 풍부하다는 말도 듣는다. 힘든 일을 하면서도 휘파람을 부는 사람들이니, 장례식 관리인이 슬플 때는 유가족이 만 불짜리 마호가니 관이 아니라 2,295불짜리 싸구려 철제 관을 선택하는 경우뿐이라는 말도 듣는다. 굳은 얼굴로 조용조용 이야기하지만, 장례식 관리인은 죽은 낚시꾼에게 알맞은 관을 보여주면서 진지한 표정을 짓기 어려울 것 같다.

유족이 관 안쪽을 손짓하면 장례식 관리인은 말한다.

"아, 네. 저희는 플라이낚시를 하는 분들의 특별한 욕구를 알고 있습니다. 실크에 수놓은 송어를 보십시오. 잔잔한 호수도 있고……."

장례 산업계가 최근의 플라이낚시의 붐을 기대하는 것이 신경에 거슬리면서 위안이 되기도 한다. 신경에 거슬리는 것은 지금껏 시장 점유율을 높이려는 행위 중 신성한 일이 없기 때문이고, 위안이 되는 것은 적어도 슬픔에 잠긴 사람들이 슬픔과 플라이낚시의 즐거움을 연결 지을 기회가 생겼기 때문이다.

최근 관을 사러 다닌 결과—플라이낚시꾼으로서 시간을 점점 의식하게 되면서—유감스럽게도 죽은 낚시꾼들의 욕구가 완벽하게 충족되지 않는다는 것을 알게 되었다. 예를 들면, 관의 안쪽에 낚시하는 장면이 고인의 눈높이에 맞게 수놓여 있다. 이건 엄청난 실수다. 도수 높은 돋보기나 끼어야 보일 정도고, 관 뚜껑을 닫기 전에 돋보기를 빼주지 않으면 영원토록 어지럼증에 시달리게 생겼다.

또 있다. 관 안쪽에 뛰어오르는 물고기 문양을 누가 디자인했는지 모르지만, 송어에 대해 잘 모르는 사람임이 분명하다. 어류 학자라면 한번 자세히 보기 바란다. 이건 무지개송어도 아니고, 어떤 송어도 아니다. 조잡하게 수놓은 모양은 죽은 사람은커녕 산 사람도 볼 만한 가치가 없다.

유족이 다른 모델을 보기 위해 걸음을 옮기자, 나는 체리목 관에 몸을 굽히고 관 안쪽에 댄 물고기가 수놓인 비단을 다시 보았다. 송어와 비슷한 물고기였지만, 색깔만 봐도 제작자가 어떤 송어를 염두에 뒀는지 알 수가 없었다. 고개를 들고 장례식 관리인을 바라봤다.

"송어 낚시꾼을 위한 관이지요?"

정장을 차려입은 장례식 관리인이 다가오자 캐나다식 억양으로 물었다. 그는 〈젊은 프랑켄슈타인〉에 나오는 마티 펠드먼처럼 다리를 절었고, 짐짓 근심스런 표정을 짓고 있었다. 가발을 썼는데 정말 안 어울렸다.

"저희는 모든 욕구를 충족시켜 드리려 노력합니다."

그가 미소를 지으며 말했다. 오래된 장미 같은 냄새를 풍기는 미소였다.

"난 전문가는 아니지만, 저건 어떤 종류의 물고기인가요?"

장례식 관리인은 관에 몸을 숙이고 수놓은 물고기를 찬찬히 살폈다.

"송어인 듯합니다."

그는 어종을 밝힐 수 있어 흐뭇한 듯했다.

"송어를 표현하려 한 건 알겠는데 어떤 종류의 송어인가요?"

사내의 얼굴에 당황한 빛이 스쳤다. 그는 곧 인상을 찌푸리며 걱정스런 기색이 역력한 목소리로 말했다.

"아드님이신가요?"

"사위인데요. 저기 있는 분들이 관을 결정할 겁니다."

"그렇군요."

그는 몸을 약간 돌려 미소를 지으며 덧붙였다.

"알겠습니다. 양해해주시면 저는 저분들이 원하는 걸 보여드려야겠습니다."

그는 낚시꾼이 아니었고, 다리를 절긴 했지만 두꺼운 카펫 위를 벤츠처럼 휙 지나갔다. 마지막으로 관 안쪽에 수놓인 송어를 보면서, 나는 아내를 불러 말했다.

"여보, 내가 죽으면 이런 가짜 송어 관에 넣지 마. 이집트인들처럼 내 가장 좋은 낚싯대와 릴, 물이 새지 않는 장화와 영원히 두고 볼 작품을 넣어줘. 아니면 화장시키든지."

아내는 희미하게 웃었다. 우리는 그녀의 어머니의 관을 고르는 중이었다.

"애들이 벌써 당신 낚시도구를 두고 제비뽑기했다구요. 그게 무슨 뜻인지 알겠죠?"

아내가 형제들이 있는 곳으로 가기 전에 내가 말했다.

"애들이 날 관에 넣기 전에 내가 진짜 죽었는지 확인해줘."

이 슬픈 날의 일은 잘 처리되었다. 우리는 내 사랑하는 장모님의 관을 고르고 돈을 치렀다. 낚시하는 분이었으니 형편없는 물고기 그림을 택하지 않은 걸 이해하셨을 것이다.

나는 개인적으로 중요한 결정을 했다.

내 장례식 예배에는 사방에 낚시할 때 찍은 스냅 사진들을 많이 펼쳐놓게 하리라. 특히 다과를 대접하는 곳 주변에. 유서를 다시 써서, 장례식에 다음과 같은 유품을 비치하게 할 작정이다. 낡은 장화 바지 한 벌, 연어와 송어 플라이 수십 개, 좋아하는 낚싯대 한두 개, 진짜 송어와 물고기 사진 많이. 조문객들이 내가 아끼던 것들을 만져보면 좋겠다. 전시품 밑에는 이런 글이 적혀 있을 것이다—눈물 고인 눈으로 보겠지.

"나 때문에 슬퍼하지 마십시오. 신나게 낚시했으니!"

낚시 친구에게 보내는 편지

　노먼 브레이버먼 박사는 '전국건강협회'의 연구 심리학자로, 오래된 내 낚시 친구이다. 또 게리 라슨의 유명한 만화 몇 편에 나오는 '놈(Norm)'이기도 하다. 라슨의 만화에서, 어떤 남자가 배에 가득 실린 물고기들과 함께 상류로 향하고 있다. 거기에는 '놈의 산란 서비스'라는 문구가 있다. 이 만화와 만화가가 유명해지고 여러 해가 지났을 때, 놈은 게리 라슨이 워싱턴 주립대에서 그의 심리학 수업을 들었던 학생이었음을 기억해냈다. 우리는 그곳 대학원 출신이었다. 놈과 나는 같은 학부생들을 가르쳤으므로, 라슨이 내 수업에도 들어왔을 것이다. 놈이 학생들에게 우리가 같이 간 송어 낚시 여행에 대해 이야기했으므로, 그는 만화에 나오는 '놈'이 자기인지 궁금했다. 그래서 게리 라슨에게 편지를 보냈다. 이런 답장이 왔다.

친애하는 놈에게.

맞습니다.

게리 라슨

최근 나는 놈에게 편지를 보냈다.

놈에게,

오늘 밤에 낚시를 하러 가려 했는데 못 갔습니다. 창꼬치를 잡고 싶었지만 친구가 약속 시간에 나타나지 않아서 나도 취소했어요. '미친' 낚시꾼인 당신 같으면 이런 상황에서도 절대 포기하지 않았을 겁니다.

차를 몰고 동네 호수 두어 곳에 가서 송어 구경을 했지만, 송어가 뛰어오르지 않아 이번 여름에 낚시를 한 번 더 하기보다는 집에 가서 당신에게 편지나 쓰자고 생각했지요.

머리가 좋아서 의과 대학에 갔다는 낚시하는 아드님 말인데요, 여기 〈사이언스 뉴스 다이제스트〉에 게재된 신경 근육 연구의 발전에 관계된 글을 동봉합니다. 당신이 지난번에 보낸 편지에 아드님이 관심을 갖는 분야라고 했던 말이 기억나서요. 글에 실린 내용을 바탕으로 지성적인 질문을 만들어서, 다음에 아들과 식사할 때 불쑥 말을 꺼내세요. 예상치 못한 데서 예기치 못했던 질문을 꺼내면 멋지게 한방 날리게 되거든요. 가끔은 별로 노력하지 않고도 높은 점수를 딸 수 있어요.

젊은 사람들의 인품을 키우는 데 겸손이 필수적이라는 믿음 때문에 이런 권유를 합니다. 다른 이들에게 관대하고 연장자를 존중하는 품성을 키울 수 있을 거예요. 우리 연장자들은 그런 대접을 받아야 하고, 젊은이들은 대접을 할 필요가 있어요. 좋은 거래지요. 그러니 너무 늦기 전에 아드님을 위해 그런 성장의 기회를 마련해주세요.

우리 둘이서만 하는 얘기지만, 가끔 자식들을 겁주는 게 중요하다는 걸 깨닫게 됩니다. 특히 아이들이 저 알아서 살기 시작한 후에는요. 부모로서 송어 낚시터나 모닥불 주위에서, 커피를 마시면서도 그럴 수 있을 거예요. 자식이 군에 입대한다면 군 교관에게 그 일을 맡길 수도 있겠지요. 통과의례를 거쳐 받아들여져야지—반드시 그렇게 되어야지—안 그러면 우리 아이들은 어른이 되지 않을 겁니다.

필요하다면 허세를 부립시다. 허세를 부리거나 놀리거나, 건방진 젊은이들에게 인정사정없이 도전한다고 해도 괜찮지요. 이 분야는 교관이 전문가지요. 신께서 그런 기술을 가진 그들을 축복하시길. 수백만 년 전부터 자녀 양육에 이런 도구가 동원되었으니, 우리에게 와서 멈추어선 안 됩니다. 세상에는 남자든 여자든 끈질긴 사람들이 필요해요. 우리가 자녀를 위해 할 수 있는 최악의 일은 그들에게 부드럽게 대하고, 훅에 미끼를 걸어주고, 그들의 감정을 너무 걱정하는 것이지요. 감정도 중요하지만, 난처한 상황에서야 끼어들 틈이 없지요.

감정 이야기가 나와서 말인데, 제 부친은 4년 전 오늘 돌아가셨어요. 오늘 밤 창꼬치를 잡고 싶었고, 송어 낚시 대신 이렇게 편지를 쓰고 싶었던 것도 그 이유 때문입니다. 창꼬치는 아버지가 좋아하는 고기였거든요. 잡아서 먹는 것도 좋아하셨어요. 중서부에서 유년기를 보낸 아버지에게 창꼬치는 꿈의 고기였어요. 아버지가 병석에 들기 전해에, 제가 도와서 생애 가장 큰 창꼬치를 잡으셨으니 다행이지요. 아버지는 '스프라그 호수'의 돌이 많은 지점에 가재 플러그를 캐스팅했지요. 낚아 올린 창꼬치는 우수리 없이 2.7킬로그램이나 나갔어요.

놈, 제 부친은 진정한 남자였어요. 겉은 엄격하고 마음은 따뜻한 분이었죠.

가족과 가난한 자들, 약한 자들을 힘껏 보호하는 분이었어요. 자신을 방어하지 못하는 사람들에게 막되게 구는 사람을 보면 한방 먹이는 분이었어요. 아버지랑 저는 교육적인 배경이 달랐지만, 아버지는 힘든 질문을 던질 줄 아는 분이었어요. 정말로 아버지가 그립습니다.

8월, 드라이 플라이로 컷스로트 송어를 잡으러 갈 때 만나요.

폴

강물에 돌 하나

오래전 한 낚시꾼과 친구가 되었다. 우리는 여러 차례 같이 낚시했고, 함께 지내는 걸 즐겼다. 나로선 낯선 일이었지만, 그는 늘 자기가 운전하겠다고 했고 자기 배를 가져갔고, 점심을 샀다. 그는 내가 아직 모르는 좋은 낚시터를 알게 되면, 나를 데려가겠다고 말했다. 한편 나는 비밀 장소로 그를 데려갔다. 오랜 세월이 걸려서 알게 된 나만의 장소로. 그런 후에야 그는 날 배신했지만, 그런 일이 벌어지게 한 장본인은 나였을뿐더러 내 잘못이기도 했다.

우리가 사귄 이듬해, 알 수 없는 이유로 그와 낚시를 같이 가면 불편해지기 시작했다. 바쁘다는 핑계를 대고 싶은 마음도 있었다. 나도 모르게 그에게 전화하는 횟수가 줄었고, 그도 내게 전화를 덜했다. 어느 날, 묘한 기분이 들어서 전화기를 들었다.

내가 말문을 열었다.

"토요일에 '커피팟 호수'에 가자구. 하지만 운전도 내가 하고 집에 오는 길에 점심도 살게."

"아니야, 친구! 내가 자네에게 큰 빚을 졌는데! 내가 운전할 거야. 더 이상 아무 말도 말게."

나는 포기했다.

불편한 감정은 계속되었다. 우리 사이의 모든 게 괜찮아 보이는데도 어쩐지.

그러다 초봄의 어느 토요일 아침, 나는 머리를 식힐 겸 혼자서 90킬로미터쯤 떨어진 송어 낚시터로 갔다. 인적이 없는 곳으로, 내가 지난가을에 그 친구에게 소개해준 곳이었다. 그곳은 개인 목장에 둘러싸여서 강물로 가려면 들어가는 길이 하나뿐이었다. 강물 부근의 비포장도로에는 차를 세울 곳도 한 군데뿐이었다.

주차장 부근의 작은 미루나무 아래에 내 친구의 차가 세워져 있었다. 내가 좋아하는 호수 끝에서 낯선 사람이 캐스팅하고 있었고, 그 뒤로 호수 앞머리에 내 친구가 있었다. 둘 다 나를 못 봐서 얼른 차를 돌렸다.

선생이 배신당했고, 안내받은 사람이 안내자가 되었다. 화가 난다는 표현만으로는 그때 내 심정을 다 설명할 수 없다.

맞설 필요가 없었다. 내가 그를 낚시에 데려갔으니까. 우리 사이는 그대로 끝났다. 영원히. 심한 처사란 걸 알지만, 일단 누가 어떤 선을 넘으면 그는 다시는 돌아올 수 없다. 매달려도 소용없다. 사실 난 그 '선'이 어디까지인지 모른다. 상대가 그 선을 넘을 때 비로소 알게 된다.

이런 단점을 자랑스러워하는 건 아니지만, 선을 넘고도 그런 줄 모르는 사람들과 낚시하며 시간을 낭비하는 건 아깝다는 것을 오래전에 알아버렸다. 인생은 너무 짧은 것을.

이 사건이 있고 두어 해 후에 뉴욕의 어느 출판사에서 일반 독자를 위해 '용서'의 심리학적 장점에 관한 책을 집필해달라는 의뢰를 했다. 이틀쯤 그 일을 생각하다가, 옛 친구의 배신을 떠올리고 내 감정 상태를 점검해봤다(여전히 펄펄 끓었다). 그래서 출판사에 전화를 걸었다.

"못 하겠군요. 하지만 제의는 감사합니다."

"왜 그러세요? 훌륭한 책이 될 텐데요."

편집자는 물었다.

"미안하지만, 아직도 용서가 뭔지 모르겠어요. 나이를 더 먹으면 더 현명해지겠죠."

나는 다시 고맙다고 인사하고 전화를 끊었다.

나는 작은 일들을 금세 용서한다. 적을 용서하는 일은 쉽다. 적의 동기야 뻔하니까. 친구와 동료, 나 자신을 용서하기는 더 어렵다. 훨씬 더 어렵다. 진심 없는 용서는 오만이다. 신뢰가 깨져서 분노와 미움이 너무 커서 진정하지 못하는 때가 많다. 나는 오랜 세월에 걸쳐 대여섯 명의 심리치료사를 해고했고, 환자의 약점을 이용하고 신뢰를 깬 심리치료사를 매장시킨 일도 있다. 그런 일을 한 후에는 잠을 잘 잤다. 내가 법정에서 환자와 잠자리를 함께한 심리치료사에게 불리한 증언을 한 후, 한 동료는 내게 말했다.

"자네는 친구로는 멋진 사람이지만, 적으로는 무시무시한 사람이구면."

나는 그 말을 칭찬으로 받아들였다.

그 낚시 친구를 신뢰했는데 그가 날 배신했다. 하지만 어떤 면으로는 내가 나를 배신한 셈이었다. 내 생각은 이렇다.

행위든 말이든 어떤 제안, 선물, 선심은 가치와 가격표를 가진다는 점을 염두에 두자. 가격표가 보이지 않는다는 이유만으로 거기에 가치가 없는 것은 아니다. 우리는 이 가격표를 무시하는 위험을 저지른다.

나 역시 선심, 특히 내가 베푸는 선심을 애매하게나마 의심하게 되었다. 내가 뭔가를 '공짜로' 줄 때 내가 바라는 건 뭘까? 진짜 추구하는 것은 무엇일까? 때때로 주는 기분이 좋고, 그러면 내가 멋진 사람이 되니까 받는 것보다 선심을 베풀 수도 있다. 또 어떤 경우에는 내 만족을 위해서 그런다. 훨씬 의심스럽다. 완전한 익명이 아니라면, 선심은 타인에게 의무감을 부과한다. 미묘하게든 은근하게든 보답을 기대한다. 테레사 수녀는 자비심 때문에 성인 반열에 오르겠지만, 하느님께서 그녀에게 큰 빚을 졌다는 생각이 든다.

빚을 돈으로 갚는 것은 쉽다. 그리고 깔끔하다. 적은 이자라도 붙여서 갚을 수 있다면 좋다. 내가 은혜를 아는 사람이 되니까. 하지만 정신적인 빚은? 정신적인 빚은 깨지기 쉽다.

정신적인 빚에는 가격표가 붙어 있지 않고, 이자율 따위도 없고, 지금부터 몇 년 후에 상환해야 된다고 정해진 날짜도 없다.

돈을 빚지면 계산도 하고 장부도 있고 고지서도 있고, 관련법도 있어서 채무자와 채권자 사이에 문제가 없다. 정신적인 빚에는 육감과 본능, 머릿속에 있는 장부밖에 없다. 그것은 의식적으로 누구에게 무엇을 빚졌는지 머릿속에 기록하는 것이다.

작은 장부는 모든 것의 진정한 가격을 안다. 그는 초록색 보안경을 쓰고, 연필을 들고 고개를 숙이고, 우리와 관련된 사람들 사이에 쌓인 정신적인 빚과 은혜를 적어 내려간다.

행복하게 살려면, 이 작은 장부를 무시하면 안 된다.

장부가 저녁 식사 빚이나 낚시 여행, 어떤 종류의 정신적·사교적

빚을 갚아야 할 때가 됐다고 하면, 금방 빚을 갚도록 하자. 시간을 끌지 말자. 복리 이자가 더해지니까.

머릿속의 장부가 빌려준 것을 받으라고 하면 얼른 받자. 시간을 끌지 말자. 복리 이자가 더해지니까.

나와 내가 마음 쓰는 사람들 사이에 주고받는 것이 조화를 이루면 우리는 어울림이 있는 오랜 관계를 유지하게 된다. 장부가 조화를 이루지 못하면 어울리지 않는 갈등의 관계를 갖게 된다. 처음에는 빚진 사람이 우리의 발을 밟고, 나중에는 가슴을 밟는다.

정신적인 빚을 갚을 수 없으면 세 가지 방법밖에 없다. 채무자를 피하라. 빚의 가치를 낮춰서 아무것도 아니라고 주장하라. 혹은 은혜를 베푼 사람의 의도를 헐뜯으라. 인심을 너무 쓰면 상대에게 갚을 수 없는 빚을 만들어주는 셈이 된다. 그러면 상대는 우리를 피하고, 우리가 베푼 것의 가치를 깎아내리고 우리의 동기를 험담한다. 어떤 것도 멋지거나 고상하지 않다.

우리가 때맞춰 정신적인 빚을 갚지 못하거나 사람들이 우리에게 신세를 갚도록 격려하지 못한다면, 우리는 인간 상호 관계의 법칙을 깨는 것이다. 중력의 법칙만큼 중요한 이 법칙은 인간이 상호 관계를 맺게 하고, 평등하게 나누게 해준다. 나눔은 품위 있게 주는 것뿐만 아니라 품위 있게 받는 것도 의미한다. 친구가 내게 바가지를 씌우려 의도했는지 모르지만, 내가 우리 사이의 빚과 의무를 청산해야 되는 것을 너무 오래 모른 체했고, 아무 일도 하지 않았다. 내가 일찍이 평등한 관계를 지향했더라면, 사정은 달라져 있을 텐데.

그날 용서할 수 없었기에 그 강에서 친구를 잃고 몇 년 지난 후, 나는 찾던 교훈을 얻었다. 그것을 셰익스피어의 글귀에서 발견했다. 그는 "지나친 선심은 가슴을 돌로 만든다"라고 썼다.

. . .

낚시꾼이 된다는 것은 처음 잡은 물고기에 빠지면 낚시꾼이
된다는 공식만큼 간단한 것은 아니다. 사실 여기에는 세 단
계가 있다. 먼저 낚시꾼은 고기를 좀 잡아야 한다. 그다음에
더 큰 고기가 작은 고기를 잡는다. 그다음에는 훨씬 큰 고기
가 낚시꾼을 잡는다. 낚시꾼이 운이 좋다면, 큰 물고기에게
쩔리지 않을 것이다.

낚시의 미래

오래전 나는 낚시의 심리학을 다룬 첫 번째 책 『파블로프의 송어』를 홍보하는 여행을 했다. 돈을 안 들인 순회 여행이었다. 리무진 같은 건 없었다. 기사도 없었다. 근사한 호텔도 없었다. 신문 홍보도 없었다. 무제한으로 쓸 수 있는 홍보비도 없었다. 출판사와 홍보 여행 비용을 똑같이 부담하기로 했기 때문에, 나는 싸구려 모텔 방에서 치즈와 크래커를 먹는 경우가 많았다. 그러면서 내가 진짜 문필가라고 스스로 믿으려 애썼다.

미니애폴리스까지 비행기 3등석을 타고 가서, 싸구려 승용차를 렌트해서 2주간 중서부 위쪽을 돌았다. 조사에 따르면 미국 낚시꾼의 26 퍼센트가 그 지역에 살고 있다. 출판업자인 크리스 베슬러와 약속한 내용은 비행기 요금, 자동차 렌트 비용, 연료비, 모텔비, 식사 비용 등을 포함해서 모든 경비를 50 대 50으로 지불하는 것이었다. 나는 작은 읍, 도시, 서점을 누비며 독자에게 글을 읽어주고, 기자들에게 이야기를 하고, 낚시 전문점을 돌며 사람들을 만나고 책을 팔았다. 우린 베스트셀러를 만들어서(실제로 북부 미시간에서는 3주간 베스트셀러를 기록했다), 모든 이익을 나누고 부자가 되자고 했다. 또 '부자'를 어떻게 정의하느냐에 따라서, 부자가 되었다고도 할 수 있겠다.

하지만 내가 여행을 한 이유는 돈 때문만은 아니었다…… 적어도 나는 그랬다. 또 다른 이유는 핵심 지역에서 낚시를 하는 것이었다. 평소 나는 낚시에 일을 너무 많이 섞지 않으려고 노력한다. 책 홍보 여행은 낚시를 하기에 좋은 핑계거리였다. 게다가 1987년에 뉴욕의 출판업자와 책 홍보 여행을 해본 적이 있었다. 자살이 나쁜 이유를 다룬 책이었다. 일고여덟 군데 도시에 1등석을 타고 날아갔고, 수십 군데 라디오와 TV의 진행자들과 인터뷰했다. 내 책을 읽어보지도 않은 사람들이었지만. 또 전국에 방송되는 토크쇼 몇 개에도 나갔지만, 별다른 소득이 없었다.

그 홍보 여행과 비교할 때, 낚시책 홍보 여행은 훨씬 좋았다. 사실 아주 좋은 시간을 보냈다. 멋진 사람들을 만났다. 미국 중부 지방의 낚시꾼들에 대한 읽을거리도 얻었다. 미시건의 작은 읍에 있는 호수에서 한 여성을 만났는데, 그녀는 딸에게 블루길을 잡는 법을 가르치고 있었다. 음료수와 팝콘통이 옆에서 분위기를 돋우었다. 다른 고장에서 만나서 점심 식사를 한 여성은 남성 전용 플라이낚시 클럽에 가입하는 데 성공했다는 이야기를 했다. 몇몇 회원의 저항이 있었지만, 멋지게 해냈다고 했다.

그러던 중—'워비곤 호수'였을 것이다—나는 중앙로에 있는 햄버거 가게에 차를 댔다. 가게 옆에는 플라이낚시를 할 만한 강물이 잔잔히 흐르고 있었다. 맑은 강물이 그 고장의 중심부를 흘렀다. 강가에는 공원이 있었고, 강변에는 시멘트 인도가 있었다. 점심 식사를 주문하고, 소년이 깊은 웅덩이에 캐스팅하는 광경을 바라보았다.

식사를 마치자, 나는 길을 건너서 소년이 있는 잔디밭에 앉았다.

"좀 잡았니?"

내가 물었다.

"아뇨."

소년은 열세 살쯤 되어 보였다.

"이 부근에는 어떤 물고기가 있니?"

"온갖 종류가 다 있어요. 저는 창꼬치를 잡으려고 해요. 매년 이맘때면 나타나거든요. 캐스팅을 하면 금방 잡게 돼요. 해보실래요?"

소년은 빙그레 웃으며 말했다.

"아니. 난 다른 고장에서 왔고 낚시 허가증이 없어. 지나는 길이란다. 하지만 네가 고기를 잡는 걸 보고 싶구나."

"참고 기다리면 돼요. 참으면 다 되거든요."

나는 고개를 끄덕였다.

우리는 말없이 낚시를 했다. 소년이 캐스팅을 하고 릴을 감는 것을 지켜봤다. 한참 후 나는 차에 가서 내 책을 한 권 가져왔다.

"너한테 책을 주고 싶구나. 이름이 뭐니?"

"제이슨요."

나는 책에 '제이슨에게 드립니다'라고 써서 소년에게 주었다.

소년은 놀랐다. "감사합니다"라고 말하더니 그는 책을 보다가 표지의 송어 사진에 감탄하고, 얼른 내려놓고 낚시에 몰두했다.

그가 다시 물었다.

"정말 캐스팅하지 않으실래요?"

"응. 하지만 생각해줘서 고맙구나."

"낚시 같은 건 없어요. 세상에 낚시같이 멋진 건 없어요."

"누가 모를까 봐."

내가 맞장구쳤다.

푸른 잔디에 누우니, 따스한 햇살이 얼굴에 쏟아졌다. 나는 제이슨이 캐스팅하는 소리를 들었다. 미끼가 떨어지는 소리와 릴 감는 소리. 듣기 좋은 소리였다. 위로가 되고 긴장을 풀어주는 소리. 나는 모자를 눌러썼다.

한참 후 나는 일어났다.

"좋은 소식 있니?"

"아뇨. 하지만 아직 이른걸요. 몇 번 캐스팅해보실래요?"

이번에도 사양하고, 떠나야 한다고 설명했다. 낚시의 미래가 밝다는 생각이 들었다.

차를 몰고 중앙로를 달릴 때, 제이슨은 캐스팅을 멈추고 고개를 돌리고 웃었다. 그는 휠체어에 앉은 채 손을 흔들었다.

• • •

풋볼과 비교할 때 낚시는 인격을 만들어준다.
물고기한테 져도 심판 탓을 하지 않는다.

낚시에 미쳐서

미친 낚시

"5시 정각에 집으로 데리러 가지. 장비를 챙겨서 현관에서 기다리고 있지 않으면 그냥 떠나겠네. 사적인 감정 때문이 아니라, 낚시가 아무도 기다려주지 않기 때문이네. 나도 그렇고."

30년 전 낚시 여행을 떠나기 앞서, 나는 그렇게 '미친 낚시'를 소개받았다. 그 말을 한 사람은 말 그대로 할 사람이었다. 나보다 스무 살 연상이었던 우디는 제2차 세계대전 참전 용사로 (안지오 해안에서 독일군 8밀리포에 부상을 당해) 한쪽 폐밖에 없는 사람이었다. 그는 시간의 소중함을 잘 알았다. 우디는 낚시에 대해서라면 허튼소리를 하지 않았다. 그가 우리 집 앞에 왔을 때 내가 길에 서 있지 않으면, 그는 브레이크도 밟지 않고 그대로 달릴 터였다.

우디는 남들에게 사랑받는 것 따위엔 신경 쓰지 않았다. 고기를 잡는 데만 마음을 썼다. 곁에서 입 다물고 서서 지켜보기만 해도 많은 것을 배울 수 있는 낚시꾼이었다. 그는 내게 처음으로 창꼬치를 잡는 법과 여울에서 무지개송어를 잡는 것이 얼마나 간단한지 가르쳐주었다.

우디는 이렇게 설명했다.

"힘껏 고기를 잡아야 해. 20년쯤 지나면 쉬워질 거야."

열심히 낚시하라.

오래 낚시하라.

고기가 미끼를 물지 않을 때 낚시하라.

고기가 미끼를 물 때 낚시하라.

고기가 미끼를 물지 않으면, 물 때까지 계속 낚시하라.

물고기를 잡으려면 기술과 타이밍만큼이나 인내가 필요하다. '미친 낚시꾼'은 계속 낚시하고 낚시하고, 또 낚시한다.

이제 우디는 세상을 떠났지만 나는 그 규칙을 지키려 노력한다. 고기가 일찍 미끼를 물면 일찍 물가로 나오고, 늦게 물면 가장 늦게 물가로 나온다. 누군가 "비가 올 것 같으니까 며칠 기다려보죠"라고 말하면, 다시는 그에게 낚시 가자고 청하지 않는다. 약속 시간에 일어나지 못하는 사람도 두 번 기다려주지 않는다.

저번 날, 남부 캘리포니아로 여행을 가야 했다. 나는 미리 플라이낚시 클럽에 전화를 걸어서, 낚시팀에 넣어줄 수 있는지 알아보았다. 어떤 고기든 괜찮다고. 6월에 목숨 걸고 로스앤젤레스로 가는데 물고기 한두 마리는 잡아야겠다고. 그렉이라는 사람이 내게 전화를 걸었다. 그는 "큰입배스도 괜찮습니까?"라고 물었다.

"네."

"밤낚시도 괜찮습니까?"

"네."

"새벽 2시부터 동틀 때까지 하는 낚시도 괜찮습니까?"

"네."

"튜브에서 낚시할 때 큰 메기가 발가락을 깨물어도 괜찮습니까?"

"상관없습니다."

"좋습니다. 그럼 장화 바지와 8웨이트짜리 낚싯대를 가져오십시오. 아주 좋은 배스 낚시터가 있으니까요. 튜브와 물갈퀴는 제가 준비하죠."

나는 그렉이란 사람을 몰랐다. 하지만 그가 던진 질문으로 봐서 알아야 할 것은 다 알았다. 그는 '미친 낚시'를 실천하는 낚시꾼이었다. 배스를 잡지 못한다 해도 우정은 얻으리라. 우리는 서로를 알아보았다.

처음 크리스마스 섬에 낚시하러 갔을 때, 친구 릭과 그의 죽마고우 닉과 동행했다. 첫날 아침 채비를 마치자 다른 사람이 우리 일행에 합류했다. 낚시의 신들이 미소를 지어주었다. 우리 모두 '미친 낚시꾼'들이었다.

우리는 맨 먼저 일어났다. 아침 식사도 맨 먼저 했다. 점심을 싸들고, 처음으로 해변이나 보트로 가는 길에 나섰고, 처음으로 물에 들어갔다. 물속에서 걷고 캐스팅하고 걷고 캐스팅하고 걷고, 훅을 던지고, 고기와 싸우고. 걷고, 걷고, 걷고 캐스팅하고, 캐스팅하고 캐스팅하고 고기와 싸우고, 걷고 걷고 걷고, 캐스팅하고 캐스팅하고 캐스팅하고. 좁은 곳에서는 얼른 캐스팅하고 걷고 캐스팅하고, 뙤약볕도 무시하고 점심도 거르고, 입술이 달라붙을 때까지 물 마시는 것도 잊고. 걷고 캐스팅하고 걷고 캐스팅하고 걷고 걷고 걷고, 캐스팅하고 캐스팅하고 캐스팅하고…… 해가 지기 시작해서 흰 모래밭과 물고기 그림자를 구분하지 못할 때까지 똑같은 일을 반복했다는 걸 상상해보길.

해가 지도록 우리를 도와준 가이드에게 시간 외 수당을 지급했고, 자동차 전조등을 켜고 숙소로 돌아왔다. 저녁밥이 식어버렸다. 평범한 낚시꾼들은 브랜디를 마시고 있었다. 저녁 식사를 마치고 잠자리에 들기 전까지 우리는 내일 쓸 '크레이지 찰리' 플라이를 맸다. 어떤 사람이 우리 방갈로 앞을 지나다가 옆 사람에게 말했다.

"저 사람들이야. 제정신이 아니라구. 미친 낚시꾼들이라니까."

오래전 나는 미시시피 출신의 전우인 멀과 일본에서 바다를 내다보며 삿포로 맥주를 마시고 있었다. 우리는 일본 신사와 종일 목선을 타고 미끼낚시를 했지만, 성과가 별로 없었다. 햇볕에 화상을 입고 갈증이 난 데다가 젊었던 우리는 작은 술집을 발견하고는, 맥주를 벌컥벌컥 마셔댔다.

영어를 잘하는 바텐더가 물었다.

"미국인들은 왜 그렇게 술을 서둘러 마십니까?"

멀은 바텐더와 눈을 맞추며 천천히 대답했다.

"왜냐하면 여기 있을 시간이 2년밖에 안 되니까요."

'미친 낚시꾼'들도 시간이 짧다는 걸 안다. 우리는 햇빛이든 달빛이든 까만 밤이든 다른 낚시꾼을 기다리며 시간을 낭비하고 싶지 않다. 다른 날 낚시터에 갈 계획을 세우고, 아침 식사를 한 후에 캐스팅을 하기까지 꾸물대는 그들을 기다리기 싫다.

그게 우리들이다.

• • •

다른 사람이 낚시 이야기를 하거든 입을 다물고 집중해서
들어야 한다. 그러지 않으면 친구를 잃는다.

미친 무리에 가까이

"어디 가세요?"

"밖에."

"오래 걸리세요?"

"한 시간쯤. 어쩌면 그보다 더."

"점심 드시러요?"

"아마도."

"알았어요."

사무실에서 내 일거수일투족을 감시하는 비서 리타가 히죽히죽 웃으며 말했다.

"2시에 오실 것 같네요. 뭐라고 둘러대면 좋을까요?"

"아니, 그건 리타가 알아서 하라구."

나는 시계를 봤다.

11시 55분.

출근을 하면 잔소리하는 어머니는 집에 두고 오는 걸로 생각한다.

그러나 그렇지 않다. 비서 학교에서는 상사에게 죄책감을 심어주는 교육을 시키나 보다. 리타는 그 코스에서 A를 받았을 거다. 그녀는 "점심 잘 드세요"라고 인사했다. 내가 스캔들 기사라도 날 만한 부적절한 짓을 하러 가기라도 하는 듯한 말투였다.

리타는 왜 내가 화끈한 데이트를 할 거라고 짐작했을까? 내가 싱긋 웃어서? 초조하게 손목시계를 들여다봐서?

물론 나는 약간의 조치를 취할 생각이었다. 내 나이의 사람에게 '약간의 조치'야 괜찮으니까. 하지만 누구를 만날 계획인지 비서에게 말할 필요가 있을까? 그녀가 나 같은 중년 노친네가 점심시간을 길게 보내는 이유를 마음대로 상상하게 내버려두어도 무방했다.

차를 몰고 도시를 가로지르며, 사람이 가끔은 미친 짓을 할 필요가 있다고 자신을 다독거렸다. 안 그러면 인생이 두부처럼 물컹해질 거라고. 파란 신호등 네 개를 연달아 달린 끝에 텅 빈 주차장에 들어갔다. 12시 02분.

아무도 없었다. 좋았어. 목격자가 없었다. 내 위의 도시에서는 정신 없는 무리들이 보였다. 트럭과 자동차가 강 위에 놓인 다리를 휘휘 달렸다. 높은 건물에서 튀어나온 파이프에는 연기가 피어올랐다. 경적 소리, 사이렌 소리가 들렸다.

하지만 도시 아래 60미터 지점인 여기 강 부근은 조용했다. 완벽한 고요는 아니지만, 내가 좋아하는 레스토랑에 비하면 무덤과 다름없었다. 차에서 내려 코트를 벗고, 점퍼를 걸쳤다. 11월이었고 추웠지만 화창했다. 강 계곡으로 바람이 불었다. 위치는 완벽했다. 춥지만 더할 나위 없었다.

주차장에서도 맑은 물이 보였다. 물이 찰 테지만 지나치게 차진 않을 터였다. 너무 찬 물에는 송어가 없다. 나는 넥타이를 느슨하게 당겼다. 평생 처음으로 와이셔츠와 실크 타이 차림으로 낚시를 할 참이었다. 너무 화려한 차림이었다. 내가 물에 빠져도 신께서 도우소서.

얼른 5웨이트짜리 낚싯대를 맞추고, 줄을 늘어뜨렸다. 완두콩만 한 노란 코르크 송어 찌를 앞줄에 달고, 부러진 이쑤시개를 제자리에 끼워 넣었다. 1.2미터짜리 앞줄이 코르크 밑에 늘어졌다. 거기에 8번 '토끼귀 플라이'를 맸다. 겨울에 쓰기 좋은 플라이였다. 내 데이트 상대가 나타난다면, 그녀도 거부하지 못할걸.

그녀(혹은 그)가 나타날지 자신이 없었다. 몇 군데 믿을 만한 소식통으로부터 강에 송어가 있다는 얘기를 들었다. 20년 전에는 여기서 고기를 낚기도 했다. 하지만 그 뒤로 강이 오염되어 아무도 성심껏 낚시하지 않았고, 이 강에서 잡은 송어를 먹으면 곧장 병원행이라는 소문도 돌았다.

한데 이제 사정이 달라졌다. 강이 깨끗했다. 쓰레기차가 강을 죽이는 일도 없어졌다. 강이 살아나고 있었다. 청소―트럭 타이어, 욕실용 신발, 맥주 깡통 같은 것들―는 필요했지만 강이 돌아오고 있었다. 물고기도 마찬가지였다. 주로 갈색송어와 무지개송어가.

따뜻한 모자를 쓰고 바위를 내려가기 시작했다. 미리 살펴둔 곳은 내 독차지였다. 그것도 마음에 들었다―머리 위 도시에 25만 명이 있고, 그중 절반은 복잡한 레스토랑에서 자리가 나기를 기다리고 있으리라. 한데 나는 혼자였다. 잔물결이 있는 깊고 넓은 곳을 향해 나아갔다.

예상보다 물살이 빨라서, 다음에는 지팡이를 가져와야겠다고 생각했다. 약간 비틀거리면서 노란 빛을 따라 나아갔다. 나와 수면 사이에 놓인 둥글고 큰 돌들을 지나거나 빙 돌아서 강으로 들어갔다. 무릎 바로 위까지 물이 닿자, 첫 캐스팅을 했다.

'토끼귀'에 무게를 더하지 않았고, 노란 명중 표시기가 소(강의 깊은 수심층―옮긴이)의 옆 부분에서 흔들리자, 충분히 깊이 캐스팅했는지 의심스러웠다. 두어 차례 캐스팅을 한 후에 납을 추가할 작정이었다. 캐스팅이 형편없이 되자, 나는 그 이유가 첫 물고기를 잡으려고 마음이 급하기 때문임을 알아차렸다. 오래전 첫 송어를 잡은 이후, 첫 물고기를 잡으려는 조바심이 집중을 방해했다. 내가 낚시를 가는 것도 그 때문이었다. 시간은 12시 18분.

세 번째 캐스팅에서 고기가 나타났다. 송어가 찌를 물어도 너무 얌전해서 느낌이 없는 경우가 있다. 물 흐름에 흔들리는 줄이 잠시 멈추거나 명중 표시기로만 고기가 찌를 문 것을 안다. 나는 그런 순간에 대처하는 방법을 남에게 가르칠 때는 이렇게 말한다.

"우스꽝스럽게 보이면 훅을 거세요!"

틀림없이 물고기였다. 명중 표시기인 노란 코르크가 심하게 아래위로 흔들렸다. 노련한 송어 낚시꾼인 나는 눈을 깜빡이고 숨을 들이쉬었다. 생각에 잠겨 가만히 있다가, 1초의 몇 분의 1쯤 후(점심시간에 진짜 명중이 됐다는 충격에서 벗어난 후에) 낚싯대의 초리(맨 윗부분―옮긴이)를 당겼다.

그걸로 충분했다. 송어는 튀어 올라 아치형을 그렸다. 녀석은 수면을 뚫고 나와 공중으로 솟구쳤다. 송어가 다시 점프를 했다. 다시 한 번. 또 한 번. 다시 한 번. 두어 차례 달아나려는 고기를 재빨리 무릎께로 끌어냈다. 엄지와 중지로 가늠해보니 무지개송어의 길이가 40에서 43센티미터쯤 됐다. 나는 훅을 빼고 송어를 놓아주었다. 재빨리 강으로 헤엄쳐 달아나는 송어를 보면서 말했다.

"다음에 또 점심을 같이하자. 아니, 내가 대접하지."

12시 23분.

그 후 몇 분 동안 명중 표시기는 세 차례 더 움직였다. 나는 세 번 모두 놓쳤다. 다시 열두어 번쯤 캐스팅을 했지만 성과가 없었다. 플라이를 살펴보니, 금실(플라이 묶기의 재료인 실—옮긴이)이 씹히고, 훅 뒤의 실 몇 올이 풀려 있었다. 울리버거로 바꿔 끼워 묵직하게 만든 후, 코르크를 리더 위로 옮겼다.

빙고! 다시 한 번 고기가 걸렸다.

이번 역시 묵직했다. 곧 고기는 물 흐름을 타고 달아났다. 작은 송어인 듯했다. 낚싯줄을 풀면서 물고기가 잡히기를 기도했다.

두 번째 송어는 길이가 45센티미터쯤 됐고, 첫 번째 송어처럼 강하고 멋있었다. 곧장 송어를 놓아주었다. 두 마리 모두 옆구리에 35밀리미터 필름 같은 선홍색 줄무늬가 있었다.

시간은 12시 57분. 가야 할 시간.

계속 캐스팅을 하고 싶은 마음이 간절했지만, 어릴 적 부모님이 심어준 죄책감이 발동했다—오랜 세월 그걸 없애려고 노력했건만.

강에서 나와 낚싯대를 해체하면서, 지켜보는 사람이 있는지 주변을 둘러봤다. 아무도 보이지 않았다. 하나도 아닌 둘이나 되는 '미인'이랑 약간 위험하고 기분 좋은 장난을 친 셈이었다. 기분이 그럴듯했다!

1시 15분. 내가 바람처럼 사무실에 들어서자 리타는 알 만하다는 미소를 지었다.

"어머나, 뺨이 빨개지셨네요. 점심은 잘 드셨어요?"

"먹는 걸 잊었어. 너무 바빠서."

내가 대답했다.

"먹는 걸 잊어요? 넥타이를 고쳐 매는 것도 잊으셨군요."

리타는 대강 훑어보더니, 소문을 퍼뜨릴 거리가 더 있을까 해서 찬찬히 살폈다.

"2시나 되어야 돌아오실 줄 알았어요."

"생각처럼 오래 걸리지 않더군. 남자가 나이가 들면 어떤지 알잖아."

리타의 눈이 휘둥그레졌다.

나는 약간 거들먹거리며 그녀의 안내 책상으로 다가가서, 다른 사람이 못 듣게 몸을 숙이고 말했다.

"리타, 내 나이의 남자에게는 약간의 일을 벌이는 게 좋거든. 다시 젊어진 기분이 든단 말이지. 이제부터는 일주일에 한 번씩은 해야 될 것 같아. 아니 두 번쯤. 내가 좀 늦게 들어와도 리타가 알아서 처리해 주겠어? 물론 그렇게 해주겠지. 그리고 이건 우리 둘만의 비밀로 합시다! 어때?"

나는 손을 뻗어 리타의 턱을 가만히 들었다. 그녀가 입을 꾹 다물었다.

. . .

낚시가 스포츠에 불과하다면,
다른 스포츠 서적 정도의 관련 서적만 나왔을 것이다.

경험담 지참 바람

낚시 여행을 가는 이유가 오직 낚시 때문이라면 그 사람은 완전 초보다. 고기를 잡는 일은 낚시의 일부, 아주 작은 일부에 불과하다. 사실 낚시는 물속에서 헤엄치는 것보다 훨씬 중요한 뭔가를 잡는 일이다. 낚시는 경험담을 건지는 일이다.

멋진 고기를 잡으면 경험담 건지는 일에 도움이 되기도 하지만, 완전히 망쳐버릴 수도 있다. 빈손이 되는 것 자체로도 상당한 경험담의 원천이 될 수도 있다. 세계 기록인 블랙배스를 놓치고 빈손이 되는 것이 좋은 예다. 8월에 매디슨 강에서 이틀이나 낚시하고도 한 마리도 못 잡아도 마찬가지다. 고기를 아주 많이 잡은 동료들 틈에서 유일하게 복 없는 낚시꾼이 되어도 전설이 될 수 있다. 부러움을 살 것 없는 전설이긴 하지만.

낚시 여행은 경험담을 얻을 기회가 된다. 배에서 떨어지거나 조상에게 물려받은 낚싯대를 부러뜨린 일, 허리케인 때문에 강에서 떠밀려 나온 일은 큰 양동이가 넘칠 경험담이다. 송어를 찾아서 나무가 빽빽

한 숲을 지나다가, 뇌조(들꿩과의 새―옮긴이)를 밟는 바람에 수류탄을 밟은 줄 알고 가슴이 서늘한 일은 작은 컵 분량의 경험담이다.

낚시 경험담은 골프나 풋볼, 테니스 같은 관람용 스포츠 일화와는 다르다. 낚시는 필드에서 하는 스포츠이니만큼 낚시 경험담은 개인적으로 쌓게 된다. 낚시회 회원들에게서 들어서 쌓을 수 있는 게 아니다. 친근한 분위기의 선술집에서 낚시꾼 두어 명의 자리 가까이에 앉아 대화를 엿들어서 쓸 만한 경험담을 얻을 수 있는 것도 아니다. 살 수도, 훔칠 수도, 빌리거나 구걸할 수도 없다. 직접 나가서 자기가 쌓아야 한다.

낚시 경험담은 허풍이 아니라 진짜이기 때문에 소중하다. 진짜 경험담을 손에 넣으려면 물가로 나가서 일이 터지기를 기다려야 한다. 물론 경험담을 쌓으려고 애쓸 수는 있지만, 그렇다고 척척 얻어지는 것은 아니다. 특이한 일은 저절로 벌어진다.

경험담은 수심이 낮다고 짐작했는데 들어가보니 가슴 깊이의 물일 때 생긴다. 갑자기 돌풍이 불어서 배스 플라이가 궤도를 벗어나 머리에 쓴 모자를 홱 칠 때도 경험담이 생긴다. 갈라진 입술, 바지 속까지 스며든 물, 접질린 발목…… 그런 게 경험담이다.

가장 멋진 경험담은 죽을 뻔한 사건이다. 낚시꾼이 상어에게 공격을 당하고 살아났다는 이야기를 상상해보라. 나라면 상어 사건을 경험할 수 있다면 무슨 일이든 하겠다. 부상을 당해 꿰매는 상황만 되지 않는다면. 연어가 있는 강물에서 알래스카 곰이 달려들어 할퀴었다면 최고의 경험담이 될 것이다. 폭풍이 불어 낚싯배에서 떨어지거나, 배가 가라앉아도 그렇고.

최고의 낚시 경험담은 평생을 간다. 글로 쓰면 멋진 경험담은 영원히 지속된다는 것을 우리 낚시꾼 글쟁이들은 안다. 그래서 언젠가 그 글을 읽게 될 목격자가 있으면, 우리는 아무리 힘들어도 실제 사실 그대로 기술해야 한다.

진짜 낚시꾼이라면 과장한 경험담을 처음부터 알아차린다. 말이 안 되는 것을 금방 깨닫는다. 상대가 아무리 떠들어대도 공허할 뿐이다. 이야기를 툭 던져도 제대로 반응이 오지 않는다. 아마추어들이나 말도 안 되는 경험담을 늘어놓는다. 갈색송어가 무지개송어처럼 뛰어올랐다는 둥. 창꼬치가 갈색배스처럼 뛰어올랐다는 둥. 가끔 낚시를 안 하는 사람이 들어도 가짜라고 눈치챌 만한 이야기도 떠들어댄다. 허풍선이 경험담은 악취를 풍긴다.

낚시꾼이라면 쉽게 높은 점수를 줄 경험담을 집어낼 수 있다. 창꼬치는 몇 년 지나면 몇 인치 부풀어질 수도 있지만, 낚시꾼의 손가락에는 사나운 창꼬치의 작은 하얀 이빨 자국이 남기 때문에 그 낚시꾼의 경험담이 진짜인지 알 수 있다.

경험담이 모르는 사람들에게도 전해질 수 있지만, 친한 낚시 친구들과 이야기할 만한 새 경험담이 필요하다—이것이 내가 계속 낚시를 하는 이유 중 하나다. 낚시꾼이 열심히 일하느라 작년에 두어 번만 낚시를 나갔고, 별다른 경험담 없이 연례 낚시 캠프에나 참가하는 것처럼 안쓰러운 일은 없다. 두어 가지 이야기를 하면 바닥이 난다. 그는 앉아서, 하릴없이 모닥불만 멍하니 응시한다. 인생을 또 낭비한 셈이다. 그가 작년에 낚시를 못한 대신 돈을 얼마나 벌었는지 이야기하거나 사이비 경험담을 급조하거나, 어디서 읽은 내용을 이야기한다 해도 신께서 용서하시길.

경험담을 소중히 여기면, 경험담이 저절로 생겨난다. 새로운 경험을 하면 좋겠다는 생각을 할 여가도 없어진다. 낚시 캠프에서 폭풍우에 붙잡힐 수도 있고, 한 무리의 낚시꾼들과 외진 섬에서 발이 묶일 수도 있다. 그렇지 않더라도 며칠이고 몇 주, 몇 달 동안 계속 이상한 일을 당하게 된다. 식량과 물과 술이 바닥나는 것도 큰일이지만, 낚시 경험담이 바닥나는 것은 큰 재앙이다.

낚시는 물고기를 잡는 것이 아니라, 경험하기 전에는 찾고 있는 줄도 몰랐던 풍요로움을 발견하는 일이다. 무게도 없고, 나이나 가격도 없으며 가족사진처럼 다른 것으로 대신할 수 없는 낚시 경험담은 다이아몬드보다도 귀하다. 경험담은 아무리 많아도 부족하다.

한 가지 더.

낚시에 데려가는 자녀와 조카들, 이웃 아이들에게 경험담을 쌓는 기술을 전해주면, 그것은 근사한 구전 전통이 되고 민담이 된다.

송어 낚시터에서 숲을 지나 집에 걸어오면서, 바다나 호수, 냇가에서 차를 몰아 집에 오는 길에, 특히 낚시를 마치고 모닥불을 피울 때 그곳이 경험담 교습소가 된다. 아이들에게 낚시 경험담을 쌓고 자기 것으로 만드는 법을 가르쳐주는 게 낚시꾼이 할 일이다. 경험담을 보살피고, 바닥이 나지 않게 하고, 되풀이해서 이야기하는 방법을 가르쳐줘야 한다. 언젠가 경험담을 이야기할 기회가 오면 그 경험담이 휘황찬란한 빛을 발할 거라고.

나이 들수록 후배들을 이끄는 일이 커지고, 그것이 낚시의 장래에 대단히 중요한 일이 된다. 그렇지 않으면 그런 경험담들이 어떻게 계속 전해질까?

나는 경험담 교습 캠프를 많이 운영했으니 '낚시꾼의 경험담 아카데미'를 열까 한다. 비공식적인 모임으로, 화요일에 격주로 우리 집에

서 만나면 어떨까. 모닥불을 피우고 모여 앉는다. 회비는 없다. 캐주얼
한 옷차림이면 된다. 회원이 되기 위한 조건 두 가지. 아이를 데려올
것, 경험담 지참 바람.

낚시의 법칙

인적 없는 섬에서 종일 낚시를 하다가 나무 밑에 앉아 쉬는데, 나무에서 코코넛이 떨어져 머리에 맞았다. 뉴턴처럼 세상이 돌아가는 것에 대한 새로운 아이디어가 떠올랐다. 내 경우에는 낚시의 세계를 지배하는 법칙에 대한 새로운 통찰력을 얻었다. 여기 다섯 가지 법칙을 말해본다.

첫 번째 낚시의 법칙 : 가장 근사한 낚시는 어제 경험했다.

두 번째 낚시의 법칙 : 가장 훌륭한 낚시는 지난주였다.

세 번째 낚시의 법칙 : 오늘의 최고 월척은 낚시하러 오기 싫어했던 사람이 차지하는 경향이 있다.

네 번째 낚시의 법칙 : 올해의 최고 월척은 초보자가 낚는 경향이 있다. 그 초보자가 아이인 경우에는 10년 사이의 가장 큰 고기일 수도 있다.

다섯 번째 낚시의 법칙 : 물고기는 낚시의 법칙을 모른다.

머리에 난 혹을 문지르면서 얼른 진토닉을 마시고, 낚시와 관련된 법칙을 열댓 가지 생각해냈다. 여기 싣는 순서는 중요성과는 관계없다.

송어는 쉽게 잡히다가도 정말 잡아야 될 때는 잡히지 않는다.

큰입배스는 스피너 베이트(뱅글이 미끼)를 쓰면 플러그를 좋아하고, 플러그를 쓰면 스피너 베이트를 좋아한다.

어떤 색상의 고무 벌레를 쓰나 작은입배스는 다른 색깔을 더 좋아한다.

큰 연어는 커피를 한 잔 마시려고 낚싯대를 내려놓은 후에야 바늘이 입에 박히곤 한다.

작은 배에서 캐스팅을 하면, 플라이 줄이 낚시꾼의 발밑으로 옮겨간다. 고기 떼가 몰려가면, 플라이 줄이 발밑에서 발견된다. 큰 고기떼가 지나가면 줄은 양발 밑에 깔려 있기 마련이고.

마침내 눈에 들어온 큰 고기는 헤엄을 쳐서 달아난다.

고기 떼 중 제일 작은 놈이 가장 먼저 플라이에 달려든다.

메기는 멍청해서 어느 때, 어느 곳에서든 잡힌다. 한데 메기를 먹고 싶은 때는 이 법칙이 예외이다. 필요할 때는 전혀 잡히지 않는다. 무지개송어는 지나가다 들른 고교생에게 잘 잡힌다.

창꼬치는 다른 낚시꾼의 배 밑에만 있다.

우연히 잡힐 때까지는 과소평가되는 잉어가 낚시꾼들을 잡는다.

청새치는 보이긴 하지만 걸리진 않는다.

줄무늬배스는 방금 떠나버리고 없기 십상이다.

그리고 이제 나도 그렇다.

무지한 낚시꾼과 입씨름 벌이지 말라.
그대는 얻을 게 없고, 그는 잃을 게 없다.

낚시꾼들은 늘 우수리를 올린다

어제저녁 인근 호수에서 길이 58센티미터, 무게 2.7킬로그램이나 되는 갈색송어를 잡았다. 녀석은 검정 울리버거 플라이를 덥석 물고 몸에는 오렌지색 셔닐 실을 칭칭 감았다. 5웨이트짜리 낚싯대로 잡느라 씨름깨나 했다.

내가 길이 57센티미터, 무게 2.4킬로그램인 갈색송어를 잡았다고 말하면 여러분은 믿을는지?

몸통이 53센티미터이고 꼬리가 56센티미터 눈금에 닿을까 말까 했다고 말한다면?

저울이 없었으니, 송어의 무게는 2.2킬로그램이었을 수도 있다. 놓아주기 전에 녀석이 마구 몸부림을 쳤으니 더 무겁게 느껴졌을 수도 있다는 뜻이다. 여기서는 과학적인 측량을 얘기하기 힘들다.

그래서 우수리를 좀 올렸다.

그게 어때서?

우수리를 올리는 것은 낚시꾼들이 생각해낸 방법이었다.

우수리를 자르면 매사가 간단해진다. 올림하든 내림하든 끝자리가 없으면 계산이 간단해진다. 언제 올리고 언제 내리느냐가 도덕적인 문제로 남는다.

나는 센티미터든, 달러든, 킬로그램이든 5 이상이면 반올림하라고 배웠다. 5보다 작으면 내려야 한다. 자신과 타인에게 정직하게 지내왔으므로 결국은 모든 게 제대로 돌아간다.

낚시꾼들만큼은 이 법칙에 따르지 않는다. 그들은 늘 우수리를 올린다.

숫자와 씨름하며 사는 사람들도 있다. 통계학자, 스포츠 열성팬, 국제 낚시협회 회원, 낚시 대회 출전자들이 그 부류이다.

남자가 여자보다 숫자에 민감하다. 그래서 여자 낚시꾼들은 남자 낚시꾼들보다 경쟁심이 적다. 프로 낚시 대회에서 프로 풋볼 경기에 이르기까지 기록을 올리고 싶은 욕망을 누르기 위해—서로 죽이지 않기 위해—남자들은 숫자를 고안해야 했다. 그다음에는 스톱워치, 저울, 줄자, 심판, 벌금, 벌칙까지 도입했다. 전쟁의 규칙을 지키기 위해 이제는 누구나 측량 제도를 이용해야 한다.

나는 숫자를 두고 법석을 떠는 사람들을 보면 초조해진다. 회계사 친구 몇 명을 제외하면, 대부분의 회계사들은 행복해 보이지 않는다. 늘 우수리를 올림하는 낚시꾼들과는 달리, 회계사들은 절반 정도는 내림을 해야 한다. 내림을 당하는 사람들은 힘들 것이다.

내 회계사 짐에게—자신이나 국세청 사람이나 심각하게 생각하지 않고, 반올림과 반내림을 똑같이 수월하게 하는 사람—숫자를 정확히 따지고 살아야 하는 회계사와 앨런 그린스펀 같은 경제 전문가의 차이가 뭐냐고 물어보았다.

짐은 대답했다.

"아, 그거야 쉽지요. 회계사는 인품을 제거한 경제 전문가라고 보면 됩니다."

크기 제한이 있거나, 큰돈이 걸린 낚시 대회, 세계 신기록을 세우는 때가 아니라면, 낚시꾼들은 계속 우수리를 올릴 것이다.

그래야 한다.

결국 우수리를 올리면 더 큰 고기를 잡은 셈이 되니까.

고기를 잡아서 놓아줄 때, 우수리를 올리기가 더 쉬워진다. 우수리를 올리는 것은 속 좁은 사람들에 대한 방어가 된다. 예를 들어 우수리를 올리고 고기를 놓아주면, 고기를 잡았을 때는 56센티미터였는데 풀어줄 때는 58센티미터가 된다 한들 누구도 뭐라고 할 수 없으니까. 빡빡한 태도와 자를 가진 국세청 직원이나 같은 물고기를 53센티미터까지 끌어내리게 하겠지 뭐.

우수리를 올리면 숫자가 커지지만 늘 재미를 준다.

우수리를 올리면 생활이 간단해진다.

우수리를 올리면 긴장이 풀린다.

의사한테서 들은 말인데, 우수리를 올리면 정신 건강에도 좋다고 한다.

짐스홀

'짐스홀'은 나와 짐만이 아는 곳이다. 지도에도 나오지 않는다. 긴 강이 흐르는 계곡에 있는 짐스홀에는 표지판도 없다. 깎아지른 듯한 바위 벽 아래로 맑은 강물이 흘러 컷스로트 송어가 살기에 맞춤한 곳이다. '짐의 홀'이라는 뜻으로 짐과 내가 붙인 이름이다.

내가 알기로는 '피트스리플'이나 '해리스런'도 이렇게 해서 생긴 이름이다. 오래전 빙 크로스비가 플라이낚시를 한 강물은 '빙스홀'이 되었다. 북부 아이다호의 이 멋진 낚시터에 빙 크로스비나 나와 여러분, 또는 장래의 낚시꾼들이 찾아오기 전에, 네즈퍼스족(아이다호 주의 북미 인디언—옮긴이)이 부른 이름이 있었을 것이다. 인간은 땅을 소유한 게 아니라, 이름을 지어 빌리는 것뿐이므로.

어떤 곳에 이름을 붙이면 거기가 어디인지, 어떻게 다시 찾아갈지 알게 된다. 어떤 곳에 이름을 붙이면 그곳을 소유했다고 믿게 된다. 영원히는 아니더라도 잠시만이라도. 우리가 연인을 애칭으로 부르고 자녀에게 자기 이름을 주고, 좋아하는 낚시터에 자기만의 이름을 붙이는 것도 그런 이유 때문이다. 뭔가에 이름을 지어주면 우리가 권리와 위력과 특권을 갖는 기분이 든다. 실제로는 그렇지 않은데도.

이름이 중요하기에 심리치료사들은 새로 환자를 만나면 맨 처음에 "제가 뭐라고 부를까요?"라고 묻는다. 그러고 나서 환자가 원하는 이름으로 부른다. 나는 첫 상담의 긴장을 완화시키기 위해, 다음의 과정을 밟는다. "자, 제가 빌이라고 불러도 괜찮겠습니까?" 환자가 고개를 끄덕인다. "좋습니다." 나는 미소를 지으며 덧붙인다. "그럼 저를 퀸네트 박사라고 부르셔도 좋습니다." 이 대목에서 환자는 웃고, 심리치료를 할 때 생기는 불편한 관계가 원만해지는 데 도움이 된다.

말이 상처를 주기 때문에, 누군가에게 욕을 하면 공격이 된다. 나무에 붙은 껍질처럼 어떤 이름은 계속 붙어 다녀 떼어낼 수가 없다. 그런 이유 때문에 사람들은 어릴 적의 별명을 싫어한다. 내 형은 몸이 말라서 별명이 '뼈다귀'였다. 나도 비쩍 마른 데다가 한 살 아래였기에 한때 '작은 뼈다귀'로 불렸다. 그러다 내가 '작은 뼈다귀'라고 부른 녀석의 코에 주먹을 한방 먹인 이후 나는 다시 '폴'이 되었다.

어릴 적 별명이 싫은 사람은, 어른이 되어 그렇게 불리지 않게 되면 반가워한다. 나는 환자와 상담할 때, 어릴 때 별명이 따라다닌 적이 있느냐는 질문을 자주 한다. 많은 사람이 그렇다고 대답한다. 평생 별명을 벗어나기 위해, 그 별명을 지우기 위해 살았다는 사람들도 있다. 누군가의 이름을 알고 제대로 발음해주는 것이 상대방에 대한 존경의 표시가 된다.

사람들에게 이름이 얼마나 중요한지 알고 싶다면, 자녀나 친구나 애인을 엉뚱한 이름으로 불러보도록. 처음에는 용서해주고, 두 번째는 발음을 고쳐주고, 세 번째는 가만있지 않을 것이다.

웬델 베리는, 그 사람이 어디 출신인지 모르면 그에 대해 알기 어렵다고 말했다. 우리의 삶은 우리가 사는 고장의 이름으로 의미가 생긴다. 조지아 사람들은 죽을 때 천국에 가고 싶어 하지 않고 애틀랜타(미국 조지아 주에 있는 도시—옮긴이)로 돌아가고 싶어 한다는 말이 있다. 심리학적으로 보면, 우리에게는 이름의 사슬, 우리가 생겨난 땅과 연결된 유대가 필요하다. 고향, 가족, 인종, 종교, 진실로 돌아갈 수 있는 난간이 필요하다. 이런 것 없이 우리 자신을 설명하기란 어렵지 않을까? 이런 것 없이 우리는 우주 미아가 될 위험성이 있지 않을까?

교통사고로 딸과 사위를 잃은 친구가 있다. 엄청난 슬픔이 가라앉자, 친구는 갑자기 농장에 있는 모든 사물에 이름을 지어주기 시작했다. 트랙터는 '허비'란 이름이 붙었다. 떠돌이 고양이는 '늙은 수다쟁이', 딸이 놀던 집 뒤에 있는 미루나무 숲은 '교회'이다. 오래된 사물과 지역에 이름을 지어주면, 잃어버린 것을 되찾을 수 있기라도 한 듯 친구는 모든 것에 이름을 지어주었다.

어떤 사람이 좋아하는 강물이나 여울, 냇가를 생각하며 이름을 지어 부르면, 다른 사람들이 그 이름을 사용하기 시작한다. 언젠가 그 이름이 지도에도 기록될지 모르지만, 대개는 이름을 지은 날 그 자리에 있던 사람들만 그 이름을 부른다. '행맨스밸리(교수형 집행인의 계곡)', '메리스팃(메리의 젖꼭지)', '블러디 딕 크리크(잔인한 딕 시내)' 같은 이름을 더 괜찮은 이름으로 바꾸기는 어려울 것이다—내가 낚시하는 서부에 실재하는 지명이다.

짐은 연달아 송어 열 마리를 잡은 후 소리쳤다.

"여긴 내 거예요! 지금부터 이 강물은 '짐스홀'이라고 부를 거예요!"

난 그와 입씨름할 생각이 없었다. 달리 원하는 이름도 없었고.

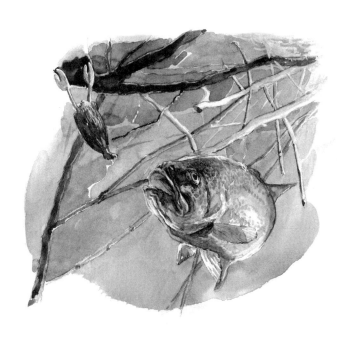

1일째. 새벽 5시 20분. 커피 타임. 마침내 기대를 끝내고, 낚시하러 갈 시간이다. 오늘은 11월 19일. 호놀룰루에서 크리스마스 섬까지 날짜선을 날아왔고, 호놀룰루로 돌아갈 때도 다시 날짜선을 넘는다. 만일 2000년을 맞는 날 밤을 여기서 보내고 다음 날 아침에 호놀룰루로 향한다면, 뉴밀레니엄을 맞는 파티를 두 번 할 수 있다. 나한테야 너무 무리지만.

2000년 1월 1일 아침에 크리스마스 섬에서 낚시를 한다면, 21세기 첫 해가 뜨는 걸 보는 사람이 된다. 크리스마스 섬은 해가 처음 뜨는 곳이다. 새 세기, 첫 해맞이, 첫 낚시, 첫 물고기…… 그보다 좋은 게 또 있을까?

저녁. 크리스마스 섬은 이상한 곳이다. 멋진 사람들을 만난다. 지난번에 만났던 사람들을 또 만난다. 새로운 사람들도 만난다. 우리는 어제 늦게 비행기를 타고 들어가서 짐을 풀고, 낚시장비를 챙겼다. 간단하게 식사를 한 후 나가서 평바닥(물의 깊이가 일정한 평평한 바닥―옮긴이)에 자리를 잡았다. 활주로에는 동체에 'JN-1'이라고 쓰인 제트기가 서 있었다. 'JN-1'은 잭 니클라우스의 머리글자이다. 그는 낚시를 하고 조종사들을 쉬게 해주려고 홍콩에서 이곳에 와 있었다. 그는 우리와 술을 마셨고, 저녁 식사를 한 후 다시 떠났다. 그는 열한 마리를 잡았다. 골프를 하는 사람치고는 나쁘지 않은 실적이었다. 나는 그와 악수를 했다. 거인의 손치고는 굉장히 작았다. 아주 다정한 사람이었다.

이틀째. 오늘 밤은 그믐달이었다. 낚시하기에 맞춤한 날이었다. 잭 니클라우스는 어제 고기 열한 마리를 잡았고, 나는 오늘 열네 마리를 잡았다. 그런 것 같다. 골프와는 달리 나는 가끔은 수를 헤아리고 어떤 때는 헤아리지 않는다. 오늘 우리 가이드는 사이먼 코리로, 어제 니클라우스를 가이드한 사람이다. 사이먼은 니클라우스가 혼자 낚시하기를 좋아하며 "캐스팅 선수"라고 말했다. 상상해보시길.

오늘 밤 평바닥 위로 구름이 잔뜩 끼어서, 고기를 보기가 힘들었고 특히 나는 더 그랬다. 플라이가 고기 머리에 부딪치는 소리가 나고, 캐스팅을 잘못해서 고기를 놀라게 하고, 바늘에 잘못 꿰이고, 고기가 줄을 끊고 달아나는 등 별별 일이 다 벌어졌다. 그런데도 나는 어제 잭 니클라우스가 잡은 것보다 오늘 더 많이 잡았다. 상상해보시길.

사흘째. 일몰 후 호텔 옆 해변에 앉아 있다. 태평양에서 바람이 불어온다. 태평양의 아름다운 뭉게구름이 둥근 달 앞을 휘휘 지나고 있다.
달과 물고기는 함께 간다. 바늘과 실처럼.

곧 물고기들이 '패리스 평바닥'으로 밀려들겠지. 모두 밀물이 되어 큰 물고기가 오기를 기다린다. 우리는 깊은 곳에 들어가, 무거운 '크레이지 찰리'를 캐스팅할 것이다. 물고기는 50센티미터, 아니 75센티미터쯤 될 거고 기록이 될지도 모른다. 기대가 기대를 낳는다.

오늘 고기를 많이 봤고, 바늘에 많이 꿰었고, 날카로운 산호에서 줄줄이 다섯 마리를 놓쳤다. 그즈음 고기 떼는 평바닥을 지나 깊은 물로 뛰어들었다. 온종일 낚싯대가 휘었다. 저편 평바닥에서 친구가 적도의 청록색 하늘 아래, 휘어진 낚싯대를 들고 있는 광경보다 아름다운 모습이 있을까. 거기서 가슴은 노래한다.

오늘 내가 누린 것 같은 날을 하루라도 누린다면 행운이다. 오늘 같은 날은 쳇바퀴 돌듯 살아가는 우리에게 저편을 보게 해준다. 오늘 같은 날은, 돈을 움켜쥐고 빨리 달려야 하는 노이로제에 걸려 사는 선진국의 풍경에 위협을 가한다. 오늘 같은 날이 정신에는 안정제가 되고, 영혼에는 감로수가 된다.

내일 우리는 큰 물고기를 잡겠지. 7킬로그램짜리 티펫과 여분의 뒷줄, 낚싯줄, 낚싯대를 준비하라고 한다. 그저 모든 게 과장일지 모른다. 낚시꾼들의 허풍일지 모른다. 아니면 모든 게 사실이겠지. 낚시보다 좋은 것은 낚시를 기대하는 것. 내일…… 내일.

• • •

제대로만 하면 낚시는 스포츠가 아니라
인생을 사는 방법이다.

텐바츠가 낚시꾼 발진을 치료하다

이번 글을 마무리 짓기 전에 '텐바츠'가 누구인지 설명할 것이다. 장난꾸러기 일본 신이 사방팔방 헤집고 다니는데도, 그를 아는 사람이 많지 않으니 놀라울 뿐이다.

먼저, '낚시꾼 발진'이란 무엇인가?

낚시꾼 발진은 낚시 때문에 생기는 심한 '간지럼증'이다. 치료제는 따로 없다. 감염된 낚시꾼은 아주 끔찍한 곳에서 발병한다. 몬태나의 송어 강에서, 알래스카의 케나이 반도에서, 바자 해안에서, 오 세이블 강에서, 슈페리어 호에서, 폰태나에서, 크로올리에서, 루이지애나의 숲에서, 농장의 연못에서, 온갖 모양의 강과 개천, 피오르드(높은 절벽 사이에 깊숙이 들어간 협만―옮긴이)와 호수에서, 깊은 바다에서. 낚시를 하는 사람이 전부 다 걸리는 것은 아니지만 일단 걸리면 평생의 지병이 된다.

나는 20센티미터짜리 '로그 강' 무지개송어 때문에 낚시꾼 발진에 걸렸다. 일곱 살 때였다. 송어에 손댄 순간, 미끌미끌하고 반들거리는 송어가 핑 소리와 함께 내 안으로 들어오던 일을 지금도 잊지 못한다. 손가락을 타고 올라와 가슴을 펼치며, 머릿속 깊은 곳에서 솟구치던 느낌. 외계인의 침범과 다르지 않은 바이러스 같은 것이 내 몸과 영혼을 사로잡았다. 그 후 나는 이전의 나로 돌아가지 못했다.

유년기 내내 발진은 가라앉지 않았고, 나는 몹시 고생했다. 학교를 빠지고 '밀러 연못'에서 송어를 낚는 것을 치료법이라고 여기지 않았던 부모님 때문에 힘들었다.

여드름이나 멋쩍게 구는 것은 사라졌지만, 낚시꾼 발진은 떨쳐버리지 못했다. 낚시를 줄이면 증상이 악화되었다. 어른이 되어 '일 먼저, 낚시는 나중에'란 원칙을 지키려 노력하면 발진은 잠잠해졌다. 하지만 언제나 재발했다.

중년이 되면서 화창한 어느 봄날 회사 사무실에서 회의를 할 때면, 나도 모르게 몬태나 멕시코, 노스캐롤라이나에서 낚시를 하는 공상에 잠기곤 했다. 그러면 몸이 근질근질해지기 시작했다. 살을 꼬집으면서 당장의 중요한 안건에 정신을 집중하려고 노력했다. 한순간 플라이북(지갑 모양의 플라이낚시 쌈지—옮긴이) 대신 수첩을 쓸 수 있다는 생각을 하기도 했다.

낚시는 기다렸다 나중에 하면 된다고 자신을 타일렀다. 정말로 낚시를 해야 한다면, 누군가 회의실 문을 박차고 들어와서 "이만하면 충분합니다! 이 호텔에서 20분만 가면 송어 낚시터가 있는데요. 낚싯대를 챙기세요!"라고 소리칠 거라고 생각했다.

하지만 아무도 그러지 않았다, 내가 나설 때까지는.

하지만 처음에는 상황을 파악해야 했다.

오랜 세월 발진이 일어날 때마다 주시한 결과, 계절과 관계가 있음을 알게 되었다. 겨울에는 잠복했다가 봄이면 발진이 일어났다. 여름 밤, 배스가 잘 잡히는 물가 가까이 있으면, 개구리 소리가 병을 악화시킬 수도 있었다. 비터루트, 산후안, 크리스마스 섬 같은 말을 들으면 몸이 참기 어렵게 근지러워졌다. 발진이 두어 달쯤 잠잠하면, 어느 날 갑자기 아무 생각 없이 차를 몰고 강변도로를 달려 고기가 뛰어오를 만한 강물을 찾았다. 그런 곳을 발견하면, 몸이 근지러워 잠을 이룰 수가 없었다.

1976년 스페인 남부를 방문했을 때 저녁에 레스토랑 창가에서 지중해를 내려다보다가 물살이 일어나는 광경을 보았다. 문득 낚시가 하고 싶어 미칠 것 같았다. 그날 밤 자지 못하고 뒤척이다가 다음 날 종일토록 낚싯대와 릴, 미끼를 모았다. 캐스팅을 하고 나서야 정신을 차릴 수 있었다.

발진이 심하게 일어났을 때 일시적으로 완화시키는 방법은 간단했다. 그냥 낚시를 가는 것. 가서 물속에 들어가고, 배를 타고 통통 떠서 캐스팅을 하고, 릴을 감고, 고기를 잡고, 고기를 사랑하고. 그러면 폭식한 사람이 졸린 것처럼, 캠프로 돌아와서 술을 한잔 마시고 잡아가도 모르게 곯아떨어질 수 있었다.

어둠이 내릴 때까지 오랫동안 몰두해서 낚시를 하고 나면, 편안히 완벽하게 잘 잘 수 있었다. 걱정과 근심이 끼어들지 않았다. 고기를 많이 잡는 꿈을 꾸었다. 일주일 내내 낚시를 하면, 발진은 잠복기에 접어들었고 그 후 3주일간은 괜찮았다.

하지만 발진은 재발했다.

중년의 나이를 넘겼고, 살아온 세월이 살아갈 세월보다 길다 보니, 낚시꾼 발진의 임시 치료법을 알게 되었다. 그의 이름은 '텐바츠'다.

텐바츠가 치료법을 찾는 시간을 줄여준다.

텐바츠는 고대 일본 신으로, 장난삼아 하늘에서 몸을 내밀고 사람들의 머리를 때리기를 좋아한다. 그러면 여기서 번개가 치고, 저기서 사업이 망쳐지며, 갑자기 이혼하는 일이 생긴다. 텐바츠의 전공은 갑자기 불행을 내리는 것이다.

그는 장난삼아 목재 트럭을 낚시터에 뛰어들게 해서, 낚시꾼이 목숨을 잃고 저세상으로 가게 만들 수도 있다. 텐바츠는 그 사람이 착한 사람이든, 나쁜 사람이든 상관하지 않는다. 그는 사람들이 낚시하느라 바쁜지, 사랑을 하거나 돈을 버느라 바쁜지 상관하지 않는다. 사려 깊고, 친절하고, 도덕적인 사람이든, 교회에 나가든 나가지 않든, 물고기를 잡아서 놓아주든 전부 다 죽이든 상관하지 않는다. 왜 그 사람 혹은 그 옆 사람을 골랐는지 이유를 설명해주지 않는다. 신이므로 그럴 필요가 없다. 그래서 사업을 잘하고 좋은 삶을 사는 사람이라도, 텐바츠가 손을 뻗어 심장마비에 걸리게 하면 당할 수밖에 없다.

텐바츠가 잠을 자지 않고, 기도나 제물도 받지 않는다는 점을 염두에 두면, 낚시 같은 일들이 '해야 할 일' 목록이 되기 시작한다. 텐바츠가 장난치는 걸 보면(낚시꾼 익사, 버스 사고, 항공기 추락 등등) 낚시 치료법은 두 번째가 아니라 첫 번째 할 일이 된다.

텐바츠를 믿는 것이 최우선이다. 출장을 떠날 때 흔히 '안경, 지갑, 손목시계'를 챙기지만 나는 거기에 '낚싯대, 릴, 접이식 고기 바구니'를 덧붙인다.

나는 낚시가 들어가지 않는 멋진 출장은 없다고 결론지었다.

내 장례식 때문이 아니라면 낚시 초대를 거절하지 않기로 했다— 텐바츠가 이미 장례식을 준비해놨을지도 모른다.

이제 나는 엉망이 된 것이 제대로 통제될 때까지 낚시한다. 크래피나 배스, 연어를 잡으면서 간지러움증을 치료할 수 있다. 혹은 사무실 부근의 강에서 15분만 지내도 발진이 가라앉는다. 플라이를 만지기만 해도 많이 좋아진다. 플라이를 매면 도움이 된다. 낚싯줄을 가다듬고, 장화 바지를 손질하고, 낚시용품점에만 가도 훨씬 낫다. 하지만 낚싯줄을 물에 던지지 않고 1, 2주 이상 지나가면 다시 간지러움증이 생긴다. 50년 전 '로그 강' 무지개송어에게 낚시꾼 발진이 걸렸을 때와 똑같은 간지러움증이다. 그 증세는 내 몸 깊이 들어 있다. 약간의 간지러움증. 치유되지 않아서 얼마나 다행인지.

플라이낚시 나치들

느릿느릿한 다코타 사투리.

"폴, 당신이 낚시에 빠져 있다는 걸 알아서 그런데요. 저를 좀 도와주실 수 있을까 해서 전화드렸어요. 곧 아버지 생신이 다가와서, 우리 가족들은 '웜박스(warm box ： 온열 상자)'를 선물할까 해요. 아버지께서 하나 사야겠다고 말씀하셨는데, 어디 가야 웜박스를 살 수 있는지 알 수가 있어야죠."

낚시를 한다는 소문이 나면서 이런 전화를 자주 받는다. 나는 그 부인에게 물었다.

"더 자세히 얘기해줄래요?"

"아버지가 원하는 것은 바닥에 따뜻한 장치가 되어 있는 거예요. 그러다가 상자를 뒤집으면 윗부분이 따뜻해지겠지요. 그 위에 앉을 수도 있을 거예요. 크기가 얼마나 한지, 값이 얼마나 되는지 모르겠지만 어디서 그런 걸 살 수 있는지 가르쳐줄 수 있으세요?"

"흠."

나는 순간 난처했다. 웜박스? 거꾸로 뒤집으면 따뜻해지는 상자? 얼음 낚시꾼들이 쓰는 새로 나온 도구인가?

낚시 기고가이기에 별별 낚시도구를 소개하는 우편물을 다 받아보지만, 거꾸로 뒤집으면 따뜻해지는 낚시도구에 대해선 본 적이 없었다. 당황한 나는 전화 건 부인에게 물었다.

"아버지께서 얼음낚시를 하시나요? 미끼낚시를 하시나요? 아니면 플라이낚시를 하시나요?"

"모르겠어요. 낚시찌를 사용하실걸요."

"웜박스? 혹시 '벌레(worm. 발음이 warm과 비슷하다―옮긴이)'를 말하는 게 아닌가요?"

"벌레라뇨? 벌레든 뭐든 그런 이름을 가진 멋진 상자를 어디 가면 구할 수 있죠?"

수수께끼가 풀리자 그녀에게 가장 가까운 낚시용품점을 가르쳐주었다. 그녀는 양쪽에 뚜껑이 있는 벌레 상자를 구입한 후, 고맙다고 전화했고 덕분에 내 체면도 섰다.

'벌레'와 '따뜻한'이라는 발음을 한참이나 혼동하면서, 그것을 둘러싼 미스터리에 대해 생각하기 시작했다. 그 부인의 질문을 받고 쩔쩔맨 이유가 내가 '플라이낚시 나치'가 되어가기 때문이라는 생각이 들었다. 늘 플라이낚시를 최고로 여기는 사람들이 못마땅했던 터라, 내가 그런 사람이 되어간다는 게 내키지 않았다.

플라이낚시 나치는 제대로 된 낚시는 한 가지뿐이라고, 그러니까 인공 제물을 쓰는 플라이낚시뿐이라고 여기는 사람이다. 최악의 엘리트 의식을 가진 그들은 다른 낚시법은 인정하지 않고, 그 기원에 의문을 표한다. 그런 자들은 자만심이 넘쳐서, 한껏 뽐내는 멍청이들이다.

실제로 알고 보면 신경 쓰고 싶지 않은 그런 자들.

오래전부터 내가 벌레, 개구리, 연중모치, 연어 알, 치즈, 마시멜로 같은 것을 이용해서 낚시하지 않는 것은 사실이다. 물고기를 잡을 때는 완전히 인공 미끼로 바꾸었다. '먹이'로 유혹하는 낚시에서 '솜씨'로 고기를 속이는 낚시법으로 바뀌었다고 할 수 있을 것이다. 이런 진화적인 여정은 낚시에서 별난 것이 아니다. 플라이낚시를 한다고 해서 다른 낚시꾼들을 깔봐도 되는 도덕적인 근거를 마련한 것은 아니라는 점만 알면 된다. 사실이 그렇지 않으니까.

낚시꾼으로서 이즈음 나는 플라이낚시에 매료되었다. 특히 플라이에. 송어 플라이, 배스 플라이, 연어 플라이, 무지개송어 플라이, 크래피 플라이, 창꼬치 플라이…… 어떤 물고기든 그것을 잡을 수 있는 플라이가 있다. 내 마음도 거기 잡혔다.

나는 대부분의 플라이를 직접 묶는데, 내 이름을 딴 '사이비' 플라이까지 있다. 뭐 대단한 낚시꾼이 된 것 같지만 진짜 낚시에 헌신한 이들의 공헌에 비하면 아무것도 아니다. 플라이낚시꾼은 누구라도 약간의 실과 꼰실, 깃털 두어 개, 독한 술 한 병만 있으면 새 플라이를 만들어낼 수 있다. 그렇게 만든 제물을 다른 사람들이 사용해서 명성이 높아지는 것은 별개의 문제다.

내가 플라이낚시 나치가 되지 않게 해주는 두 가지가 있다.

먼저 나는 중서부 강과 농장의 웅덩이들, 송어, 메기, 벌레에 뿌리를 내리고 있다는 사실이다. 낚시꾼은 낚시를 시작한 시절을 잊지 않으며 그때를 부끄러워하지도 않는다.

둘째는, 플라이낚시꾼들이 인정하기 싫어하는 단순한 사실이다. 송어, 배스, 연어, 무지개송어, 여울멸 할 것 없이ㅡ뭐든 이름만 대시라―제대로 미끼를 떨구기만 하면 어떤 미끼가 왔느냐에는 신경 쓰지 않는다는 점이다.

물론 플라이를 무는 놈들이 때로 법석을 떨 수도 있다. 하루살이만 찾아다니고 다른 것은 거들떠보지도 않는 놈들도 있다. 하지만 플라이로 고기를 잡는 것도 고기가 배가 고프면 식은 죽 먹기다. 물고기가 허기지면―또 플라이가 이상한 짓만 하지 않는다면―입에 맞는 플라이는 뭐든 덥석 문다. 배를 채우겠다는 생각은 물고기와 낚시꾼이 크게 다르지 않다. 우리는 굶주렸을 때는 캐비어도 좋지만, 땅콩버터와 잼도 상관없다. 배고픈 물고기를 플라이로 낚고서 미끼를 안 쓰고 낚시했다고 잘난 체하는 낚시꾼은 무식할 뿐 아니라, 바보 멍청이다.

오랜 세월 이런저런 낚시터를 전전하면서 플라이낚시 나치 몇 명을 봤다. 그들은 흥미로운 '잘난 체'의 표본임을 증명하고, 소인배가 어떤 일에 성공했을 때 어떤 꼴이 될 수 있는지 보여준다. 어느 노인 낚시꾼이 "사방에 깊은 물만 있으면, 그대가 왜 낚시 같은 얼간이 짓을 하는지 이해가 되네. 하지만 왜 그대가 그 얼간이를 다시 데려오는지는 이해가 안 된다네"라고 말했다. 플라이낚시 나치야말로 노인이 말한 그 '얼간이'인 것을.

. . .

인생에서 믿을 수 있는 것은 두 가지이다.
조만간 송어가 뛰어오르리란 것과,
송어가 무엇 때문에 뛰어오르든
낚시꾼의 플라이 통에 든 것과는 무관하다는 것.

좋아하는 낚시터는 어디지요?

흠흠.

다들 그렇게 묻는다. 나로선 준비한 대답을 할밖에.

좋아하는 낚시터는 남편이나 아내, 애인 같은 게 아니라고. 몇 군데쯤은 가족처럼 모여 있어도 아무 문제가 없는 법이라고. 하지만 콕 찍어 말하지 않으면 다시는 낚시를 못 하게 될 거라는 협박이라도 받는다면, 아주 특별한 한 곳을 말해줄 수밖에 없겠지. 컷스로트 크리크라고.

사실 컷스로트 크리크는 실재하지 않는다. 적어도 그런 이름은 아니다. 내가 사는 서부에는 컷스로트 크리크가 수백 군데도 넘지만, 거의가 벌채와 광산 사업에 위협을 받고 있다. 여러분에게도 나름의 컷스로트 크리크가 있을 것이다. 물론 내게도 있다. 우리 지역의 야외 활동 관련 신문의 필자인 리치 랜더스는 좋아하는 낚시터를 보호하기 위해, 그곳을 '컷스로트 강'이라고 부른다. 나는 내가 좋아하는 낚시터에 '크리크(개천이라는 뜻—옮긴이)'라는 단어를 붙여 부른다.

이런 낚시터들은 특별한 공통점을 가진다. 길이 없다는 것, 물가가 정돈되지 않았다는 것. 1년 내내 차고 맑은 물이 깊이 흐르며, 웅덩이는 더 깊고, 돌이 많은 얕은 곳은 몇 킬로미터고 뻗어 있어 숨 막힐 정도로 완벽한 송어의 서식지가 된다. 천연의 높은 산에서 물줄기가 흘러내리기 때문에, 컷스로트 크리크는 무지개송어나 갈색송어가 살기에는 물이 너무 차다. 그래서 원래부터 그곳에 사는 야생 송어만 잡게 된다. 인간이나 신이 있기 이전부터 거기 살았을 물고기만.

이런 강에 사는 물고기 중, 가장 많이 잡히는 것은 웨스트로프 컷스로트 송어이며, 마운틴화이트 피시, 불트라우트, 둑중개가 그 뒤를 잇는다. 20세기 초만 해도 불트라우트는 악명 높고, 다른 치어를 먹어치워서 그 수가 많지만 그건 어떤 종류의 송어든 마찬가지다. 요즘 불트라우트는 사람들의 편견과 벌채용 도로 유역에 생긴 개흙과 싸우느라 안간힘을 쓰고 있다.

이곳에서 낚시하다 보면, 3킬로그램짜리 불트라우트가 어둡고 깊은 수중에서 솟아올라 아끼는 드라이 플라이를 채가버린 놈을 집어삼키는 장면보다 통쾌한 것은 없다. 거대한 불트라우트가 수면을 가르며 아깝게 놓친 고기를 공격하면 줄이 느슨해지는 것도 모른 채 놀라움에 입을 다물 수가 없고 가슴은 콩닥콩닥 뛰게 된다. 잠시나마 이 위대한 약탈자의 힘을 느껴보는 것이다. 마치 저 멀리 야생 늑대의 울음소리를 듣는 것처럼 흔치 않으면서도 경탄스러운 일이다.

최상의 컷스로트 크리크들은 아직 이런 불트라우트가 서식할 정도로 자연 상태 그대로다. 이놈들만 겨냥해 낚시할 수 있을 정도다. 그러나 대개는 그럴 만한 인내심이 없다. 나를 포함해 몇몇 낚시꾼들이 이 녀석들만 노리고 낚시해본 적은 있으나 대부분은 웨스트로프 컷스로트 송어에 만족하는 편이다.

최고의 컷스로트 크리크 낚시는 물속으로 멀리 걸어 들어가 잡았다 놓아주는 낚시다. 깊이 들어갈수록 물은 더 깨끗하고 고기는 더 야생적이고 낚시 또한 거칠어진다. 도로에서 4킬로미터쯤 떨어져 들어가다 보면 길조차 희미해진 지역이 나온다. 그런 곳에서의 야생 컷스로트 송어 낚시가 모르몬교의 찬송가와 동일한 수준이라는 것을 알게 된다.

수년 전 어느 깊숙한 컷스로트 크리크에서 3시간 동안 플라이낚시를 하면서 30센티미터도 넘는 놈을 약 100마리 정도 잡았다 놓아줬다. 그날은 마치 천사들이 합창을 해주는 기분이었다. 하지만 자랑은 아니다. 거기서라면 누구라도 그 정도 성적은 거뒀을 것이다.

컷스로트 크리크는 어찌나 아름답고 깔끔한지 초보자라도 수면 위로 떠올라 먹이를 채가는 아름다운 송어를 목격할 수 있다. 그런 기후에서는 어떤 곤충이라도 먹이로 사용할 수 있다. 낚시하기 가장 아름다운 장소를 꼽으라면 아마 하느님도 이곳을 선호할 것이라고 굳게 믿는다.

나는 이런 컷스로트 크리크에서 수많은 송어를 잡았다 놓아줬다. 이런 즐거움이 가득 쌓여 있는 나는 이제 컷스로트 크리크로 올라가면 낚시에 집착하기보다는 나무꾼이 남겨놓은 나무 아래에서 잔디밭에 편안히 누워 한가롭게 쉬는 것으로 만족한다. 저 먼 세상으로 위대한 모험을 떠나기 전 단 하루 마지막 낚시 여행을 가게 된다면 당연히 컷스로트 크리크가 될 것이다.

컷스로트 크리크는 플라이낚시꾼에게는 옛날 시인 로버트 프로스트가 말했던 고향 집과 같은 의미를 지니고 있다. "송어 낚시꾼에게 컷스로트 크리크는 신의 허락을 얻어야 고기를 건질 수 있는 그런 곳이다."

"낚시 금지!"

'낚시 금지' 팻말 뒤에서 몰래 낚시해본 경험이 있다는 걸 부인하지 않겠다. 어린 시절, 남의 땅에 들어가서 낚시를 하곤 했다. 자전거나 도보로 갈 수 있는 거리에 있는 낚시터는 밀러 연못뿐이었다. 한데 검은 글씨로 '낚시 금지'라고 적힌 흰 팻말이 사방에 꽂혀 있었다. 밀러 씨가 써놓은 '낚시 금지!'라는 글씨를 읽을 때마다, 내 안에서 범법자 근성이 살아나 '낚시하시오!'로 읽히곤 했다.

개구쟁이 사내아이 시절을 보냈거나 아들을 키워본 사람이라면, 한동안 사내아이들이 유혹에 굴복하기 마련이라는 걸 잘 안다. 기회만 있으면 '하지 말라는 일이 없나?' 하고 사방을 두리번거리는 게 사내아이들이니까.

금지된 일이 있든 없든 사내아이들은 저지르고 볼 것이다. 어떤 심리학자는 내게, 사내아이 코에 흰 콩을 올려놓고 싶으면 "무슨 일이 있어도 코에 흰 콩은 얹지 마라"고 말하면 된다고 했다.

금지된 낚시야말로, 내가 저지른 가장 쉽고 간단한 일이었다. 게다가 나는 밀러 씨의 트럭이 1킬로미터 밖에서 달려오는 소리도 들을 수 있었고, 그가 왔을 때는 수풀을 지나 울타리를 뛰어넘어 도망치고 있었다. 부모님의 노력에도 불구하고, 죄를 지으면 짊어져야 하는 기독교인의 죄책감 따위는 없었다. 매듭 같은 게 풀려버렸다. 죄악을 저지르면 대개 발치에 물고기가 쌓이는 것으로 끝났다. 다시는 그러지 않을 생각이었을 것이다.

어릴 적 교회 학교에서 마음으로 죄를 짓는 것과 실제로 죄를 짓는 것은 다르지 않다고 배웠다. 그 시간 동안에는 죄를 진 것이니까. 생각만으로도 죄를 짓는 게 된다면, 실제로 그 죄를 지어서 재미를 봐도 손해될 게 없을 것 같았다.

내게 몰래 낚시를 하는 것은 결코 큰 죄가 아니었다. 기껏해야 죄와 죄 아닌 것의 경계 정도랄까. 제철이 아닐 때 낚시를 하는 것이나 필요 이상으로 물고기를 죽이는 것, 물고기를 잡으려고 남의 땅에 피해를 입히는 것과는 다른 수준의 일이었다. 고작 놀이의 일환으로 물고기를 잡으러 남의 땅에 들어가는 것뿐인걸.

낚시는 시골 사람들의 놀이였음이 판명되었다. 유럽에서는 왕족이 모든 땅과 물을 소유했고, '아랫것들'이 들어와서 사냥하지 못하도록 팻말과 울타리를 세웠다는 사실을 오랜 후에야 역사를 통해 알게 됐다. 나야 부계가 프랑스 왕의 사생아의 후손이었고, 모계가 스코틀랜드 왕족의 피를 이어받은 걸 제외하면, 나와 가까운 친척은 '아랫것들'이었을 확률이 높다. 그러니까 대개 가난한 스코틀랜드인이거나, 감자를 캐 먹고 밀렵하고 남의 땅에 들어가는 아일랜드인이었을 것이다. 내가 짐작하기에 조상들이 궁전에서 시간을 보낸 것은 재판을 받을 때뿐이었을 것이다. 만일 가문에 문장이 있었다면 '물고기, 모피, 깃털을 훔쳤으나 신의 눈에는 죄악이 아니리'라고 씌어 있겠지.

옛 인디언들의 속담에는 도둑이 죽으면 영원까지 훔친 물건을 등에 지고 다닌다는 말이 있다. 나는 인디언이 아니어서 천만다행이다. 왜냐하면 밀러 연못에서 낚시한 것도 '훔친 것'에 들어간다면, 송어를 담을 트랙터 트레일러가 필요할 테니까. 밀러 연못에는 송어가 아주 많았다.

소년 시절, 남의 구역에 들어가면서 많은 것을 배웠다. 한눈팔지 않는 법, 멀리서 나는 트럭 엔진 소리에 귀 기울이는 법, 두려움을 믿는 법, 또 편집증을 친구로 삼을 수 있다는 것, 나보다 큰 적이 다가오면 몸을 숙이고 수풀 속으로 숨는 법. 하나같이 군대에서 다시 배울 필요 없는 중요한 교훈이었다.

낚시 금지 구역에서는 두려움의 '아슬아슬한 맛'이 있었다. 1킬로그램도 못 되는 배스 한 마리 훔친 죄로 붙잡혀서 재판받고, 목매달려 죽을 위험이 감도는 느낌. 또 일단 '낚시 금지!' 팻말의 저쪽 편에 닿으면 또 한번 벌을 받지 않고 해냈다는 기쁨에 날아갈 듯한 기분도 느낄 수 있었다.

2년쯤 밀러 연못에서 도둑질을 해오던 어느 날, 밀러 씨가 차도가 아닌 집에서 걸어 나왔을 때 나는 크게 실망했다.

그는 조용히 내 등 뒤로 다가와서 속삭였다.

"뭘 좀 잡았니?"

2년 동안 팽팽하게 억눌렸던 편집증이 터져 나와, 나는 감전된 황소개구리처럼 연못으로 뛰어들었고 하마터면 내 낚시찌 위에 엎어질 뻔했다.

푸푸 소리를 내며 물에서 나와, 더듬더듬 말했다.

"며며 몇 마리요."

밀러 씨는 씩 웃으면서 홀딱 젖은 내 꼴을 보며 말했다.

"다음에는 집에 들러서 허락을 구하렴. 누가 들어와 있는지 알고 싶거든. 행운을 빈다, 애야."

불편 호수

실제로 호수 이름이 '불편'은 아니고, 불편하기로 유명한 데라서 그렇게 부르기로 한다. '불편 호수'는 내가 뭔가 힘든 일이 필요할 때, 끈기와 어려움이 요구되는 일이 필요할 때 찾아가는 곳이다. 거기까지 가는 데는 약간의 위험이 따르고, 현대인에게는 가끔 치명적은 아니지만 두려움 같은 게 필요하다. 그래야 피가 뛰고 우리가 아직 살아 있다는 느낌을 맛보게 되니까.

불편 호수까지 가는 위험과 노력에 비하면 낚시는 그다지 대단하지 않다. 보람은 물고기에 있는 게 아니라 심장 박동이 빨라지는 느낌에 있다.

어디서 시작하든 호수까지는 자동차로 가기에도 먼 길이며, 주로 비포장도로를 달리게 된다. 일단 호수에 도착하면, 가파른 계곡 벽이 물가를 에워싸서 어마어마한 바람벽을 만들고 있다. 갑자기 돌풍이라도 불면 물에 빠져서 금방 가라앉을 수 있고, 구조될 희망 같은 것은 아예 없다.

불편 호수에는 물가가 없다. 집도 없다. 휴양지도 없다. 전화도 없다. 야영장도 없다. 변소도 없다. 접근 도로도 없다. 배 선착장도 없다. 미끼 가게도 없다. 거기 가려면 걷거나 배를 타거나, 4륜 구동형 자동차를 몰아야 한다. 차를 타고 가려면 승인을 받아야 하는데, 거의 불가능하다. 어떤 길로 가든 위험 요소가 있다. 걸어가면 방울뱀과 폭포들이 있고, 배를 타고 가자면 강 하류에 나무 기둥들이 어지럽게 널려 있고, 용케 차량 통행 허가를 받았다 해도 절벽 길이 좁아 위험하다.

한때는 좁고 울퉁불퉁한 도로의 이용 허가를 얻었다. 땅 임자의 조부가 1890년대에 절벽을 다이너마이트로 폭파해서 낸 길이다. 젖소의 얼굴보다 가파르고, 도로 폭은 손수레보다 넓지 않아서 바퀴가 조금만 방향을 잘못 잡아도 절벽으로 떨어지고, 길 안쪽으로 붙으면 바위에 차 문이 긁힌다. 절벽 한가운데 있는 '좁은 길'에 다다르면 아버지는 내게 트럭을 세우라는 손짓을 하곤 했다. 그리고 "나는 늙은이란다. 걸어가게 해다오. 인생은 생각보다 짧거든"이라고 말하곤 했다.

하지만 우리는 언제나 안전하게 호수에 도착했고, 때로는 어망 가득 크래피를 잡았다. 이따금 벽에 걸어둬도 될 만한 늙은 '블랙마우스' 배스를 잡기도 했지만 배스가 번식하도록 호수에 놓아주고 떠나왔다. 그러던 어느 해, 어떤 멍청이가 호숫가에 모닥불을 피우고 끄지 않는 바람에, 땅 임자의 겨울 우막사가 연기에 휩싸였다. 다음에 내가 차량 통행 허가를 신청하자 땅 주인은 이렇게 말했다.

"당신이 한 일이 아닌 줄 알지만, 사람들이 어떤지 알잖습니까."

불편 호수에서 흐르는 실개천은 폭이 노 두 개 길이고, 짙은 홍차 빛깔이 난다. 오랫동안 낚시꾼들이 찾는 곳이므로 공개적인 물길이라 할 수 있다. 실개천은 넓은 초지를 지나 호수의 남쪽 끝으로 3킬로미터쯤 굽이굽이 흐른다. 겨울 동안 스스로 옮겨가는 것 같은 크고 둥근 돌 몇 개를 제외하면, 카누나 차에 싣고 다니는 소형 보트가 지나기에 아주 나쁜 길은 아니다. 모터를 켜고 가면서 지형지물을 완벽히 기억 못하지만 않는다면. 오래전 나는 이 개천에 '투 핀 크리크'라는 이름을 지었다. 실개천(크리크) 가에 있는 둥근 돌들 때문에 시어핀(구동장치 축에 있는 안전장치 — 옮긴이)이 평균 두 개는 망가져야 모터 달린 배를 타고 호수에 들어갔다 나올 수 있으니까.

투 핀 크리크에는 주차장이 없다. 간판도 없다. '낚시 가이드'란 간판이 걸려 있지도 않다. 처음 온 사람을 위해 호수 방향을 가르쳐주는 표지판조차 없다.

지난여름 호수에서 나오는데, 투 핀 크리크 주변의 땅 임자가 내게 다가왔다. 그는 벌초를 하다가, 낫을 내려놓고 이야기를 하러 왔다. 목적이 있었다.

"어디서 오셨소?"

그는 투박한 농부의 손을 내밀면서 인사를 했다. 그는 나를 모르지만, 나는 전에 봐서 기억하고 있었다.

"여기 자주 오시오?"

"여름마다 몇 차례씩 오지요. 댁의 땅에 주차하게 해주셔서 감사합니다."

"바로 그 이야기를 하고 싶어서요. 당국에서 땅을 조금 사서 시설을 갖추고 싶다는군요. 화장실이랑 주차장을 만들겠대요. 야영도 허가하고. 하지만 어떤 사람들은 이곳을 야생지대로 보존하고 싶어 하지요. 개발하도록 내버려두지 말아야 한다고요."

"여긴 야생지지요."

나는 호수와 높은 절벽을 힐끗 쳐다보며 대꾸했다.

"하지만 일이 벌어지기 쉬운 시골이기도 해요. 밑에서 불이 나면 소나무 숲이 불길에 휩싸일 수 있거든요. 진입로가 없어서 마냥 타게 내버려둘 수밖에 없습니다."

나는 그에게 화재 사고에 대해 안다고 말했다.

"뭐 좀 물어봐도 될까요?"

나는 고개를 끄덕였다.

"이 지역을 개발하는 것에 대해 어떻게 생각하시오? 당국에서는 사람들이 쉽게 드나들게 만들고 싶어 합니다. 실개천에 있는 둥근 돌들을 들어내고 싶어 하지요. 작은 포장도로도 놓고. 한 번에 사람을 몇몇씩 들어오게 하고요. 왜 알잖아요, 명부에 이름을 적어야 들어가게 해주는 거요."

"화장실도요?"

내가 물었다.

"네. 화재 경보도 만들고요. 하지만 좀 마음에 걸려요. 낮에는 캠핑을 하게 하고 싶어요. 한데 사람들이 어떤지 알잖습니까."

"사람들이 어떤지 알지요."

내가 대답했다.

"내가 어떻게 해야 할까요? 선생은 이 지역에서 투표하는 주민이지요?"

나는 잠시 생각에 잠겼다. 여긴 내 땅이 아니었다. 이기적인 낚시꾼의 입장만 아니라면 내 문제도 아니었다. 투 핀 크리크는 이미 공공연한 낚시터가 됐으니, 땅 주인이 노력해도 사람들의 출입을 막을 수는 없을 것이다. 하지만…….

"어떻게 할까요?"

농부가 물었다.

"저라면 웃기지 말라고 하겠어요."

"안 된다…… 그다음에는요?"

"안 된다고 하고 내버려두세요."

"모두 다 안 된다고 할까요? 화장실까지도요?"

나는 고개를 끄덕였다.

"하지만 그건 단지 제 의견일 뿐입니다. 자연 그 자체가 접근을 제한하고 있는 것 같아서요."

나는 집 근처 어디에서 인생에 위험 요소를 주고 피를 끓게 만드는 야생을 찾을 수 있겠냐는 이기적인 생각을 했다.

농부는 실개천을 바라보았다. 바람이 아직 자르지 않은 풀잎을 스쳤다. 불편 호수를 숨기고 있는 높은 절벽도 응시했다. 한낮이어서, 돌 절벽 위로 열기가 피어올랐다. 땅 주인은 밀짚모자를 벗고 이마의 땀을 훔쳤다.

"그럼 그냥 둬야겠군요."

"저는 그 편을 택하겠습니다."

그는 다시 모자를 쓰며 대답했다.

"고맙소. 집사람도 그렇게 말하더군요. 아내는 낚시를 하는데, 낚시꾼이라면 자기편을 들 거라네요."

나는 씩 웃으며 말했다.

"글쎄요, 우리 중 일부는 그럴 겁니다."

낚시 여행

편안하려면 집에 머무르라. 낯선 곳은 보통 사람을 편안하게 만들어주려고 있는 게 아니다. 그곳에 어울리는 사람들을 편안하게 해주려고 있는 것이다.

—클리프턴 패디먼

몇 해 전, 낚시 관련지의 편집자이자 친구가 전화해서, 내게 낚시 여행자의 심리에 대한 간단한 글을 부탁했다. 나는 좀 생각을 해보겠다고 약속했다. 돈이 되는 일 같았으면 많이 생각했겠지만 그 일은 돈이 생기는 일은 아니었다. 그래서 낚시 여행자의 심리에 대해 간단히 생각한 바는 이렇다.

멀리 낚시 여행을 떠날 때면 사람들은 묻는다.

"뭘 가져가야 될까요?"

이것은 잘못된 질문이다.

올바른 질문은 이런 것이다.

"뭘 두고 가야 하나요?"

많은 미국인들은 미국적인 것을 가져간다. 커다란 가방은 필요한 도구를 담는 게 아니라, 미국인의 면모를 드러내기 위해 필요하다. 당연히 낚시도구는 제대로 챙겨야 되지만, 나머지는 집에 두고 가도록. 집에 두고 가는 게 많을수록 가볍게 여행하게 되고, 다른 세상은 어떻게 돌아가는지 더 많이 배우게 될 것이다. 어쩌면 자신에 대해서도 알게 될지 모른다.

여기 집에 두고 갈 것들 열 가지가 있다.

시간을 지키는 것.

우월감을 느끼는 것.

목표를 세우고 결과를 조정하는 것.

재미를 보려고 너무 열심히 노력하는 습관.

돈에 대해 생각하는 습관.

남들에게 멋있어 보이려는 것.

맨 처음 가장 큰 고기를 잡으려는 것.

음식 습관.

빠른 서비스를 받을 거라는 기대.

TV 안내 책자와 리모컨.

이제 가져가야 될 열 가지가 있다.

경이감.

모험심.

낚시꾼의 윤리.

스포츠맨 정신.

타인에게서 배우려는 의지.

자연을 사랑하는 마음.

팁으로 줄 넉넉한 동전.

원주민과 낚시 가이드들에게 줄 물건 몇 가지.

고국에 대해 들려줄 좋은 이야기 한두 가지.

유머 감각.

먼 곳에서 낚시를 하고 돌아와 고국 땅을 밟으면, 다시 현대적인 면모를 지니면 된다. 개를 껴안고 도로시(『오즈의 마법사』의 주인공—옮긴이)가 "아, 토토. 집 같은 곳은 없을 거야!"라고 말한 의미를 알면 되는 것이다.

창꼬치를 싹쓸이하는 암펑아리

몇 년 전, 북서부 지역에서 야외 활동 집필가로 활동하는 사람들은 앨버타 주정부의 초청으로 며칠간 낚시터를 방문할 기회가 있었다. 우리는 시골 분위기를 만끽할 수 있었다. 모든 비용을 댄 관광업계 인사는, 우리가 주지사의 전용기를 탈 거고, 낚시를 한 후 앨버타 주에 대해 알게 될 거라고 했다. 나중에 경험한 바를 호의적으로 써주면 된다고. 우리 방문단은 그의 설명 그대로 했다.

즐거웠냐고?

다시 생각해보자.

낚시에 대한 글을 쓰는 것은 진지한 일이고, 때로는 위험하기도 한 일이다. 어디로 낚시를 갈 것인지 까다로운 선택을 해야 한다. 작은 비행기에서 파손되지 않도록 낚싯대와 릴을 조심스레 싸야 한다. 몇 종류의 플라이도 준비해야 하고, 수첩과 카메라도 점검해야 한다. 백지와 새 필름도 챙겼는지 재차 점검해야 한다. 낚시꾼 겸 필자는 손목 증후군과 큰 물고기와 씨름할 때 생기는 등의 통증에 주의해야 한다.

낚시터에서 과음하거나, 지나치게 낚시 경험을 허풍 떠는 것, 태양에 너무 노출되는 것도 위험하다. 가장 중요한 것은 낚시 관련 집필을 놀면서 돈 버는 일로 여기는 국세청 직원에게 웃는 모습을 들키지 않도록 미소는 가방에 넣어둬야 하는 것이다. 오해 말기를. 이 일은 심장약한 사람이나 뛰어난 세무 변호사를 고용하지 못한 사람은 못할 노릇이니까.

이 위험한 임무에 초대받은 사람 중에 배리 손턴이 있었다. 그는 송어와 연어 플라이낚시 전문가로 나오는 오랜 친구 사이다. 일행 중 플라이낚시꾼은 배리와 나뿐이었고, 우리는 기분 전환 삼아 송어가 아닌 창꼬치 낚시를 가기로 했다. 둘 다 플라이로 창꼬치를 잡아본 적이 없었다. 우리가 비용을 내서 낚시를 하겠다고 했고 또 '거대한 창꼬치'를 잡을 만한 플라이가 거의 없었기에, 다른 캐나다인 필자는 우리를 '플라이 사나이들'이라고 불렀다.

여행을 떠나기 전, 경험 있는 창꼬치 낚시꾼에게 큰 훅에 밝은 색 닭털만 듬뿍 매면 창꼬치를 잡을 수 있다고 들었다. 그래서 나는 큰 훅에 밝은 색 닭털을 매고 만반의 준비를 했다.

"끔찍하구만. 그걸로 창꼬치가 잡힐까?"

배리는 내가 만든 훅을 보며 중얼댔다. 우리는 작은 보트를 타고 '아일랜드 레이크'로 갈 채비를 했다. 야생 그대로의 모습을 간직한 큰 섬에는 낚시꾼의 발길이 거의 닿지 않았다.

"모르죠."

내가 답했다.

그 플라이가 창꼬치를 붙잡았다. 강력계 형사처럼. 배리와 나는 첫날 아침에 창꼬치를 잡았고, 온종일 그리고 밤까지 사흘 내리 창꼬치 낚시를 했다. 같은 호수에서 플러그와 스푼(물고기를 유인하기 위해 낚싯줄에 달아서 회전시키는 숟가락 모양의 쇠붙이 조각─옮긴이), 스피너(수중에서 회전하는 작은 금속 조각이 달린 인조 미끼─옮긴이)로 던질 낚시를 하는 사람들과 비교할 때 우리 플라이 사나이들은 맨 먼저 가장 큰 고기를 잡았고, 1.2미터가 넘는 대단한 물고기 두 마리를 잡아 트로피를 받았다.

그 낚시 여행에서 고기를 잡은 것은 2번 연어 훅에 맨 10에서 12센티미터쯤 되는 오렌지색과 흰색이 섞인 닭털 여덟 개였다. 플라이에는 머리나 눈, 특별한 무엇도 없었지만 물속에서 멋지게 움직였다. 세상에서 가장 흉한 플라이다. 배리는 그것을 '창꼬치를 싹쓸이하는 암평아리'라고 불렀다. 내가 만든 플라이는 이렇다. 크고 촌스럽고, 잊혀지지 않고, 별다른 기술을 요하지 않아서, 손재주나 침착함 따윈 필요치 않다.

플라이 사나이들이라고 놀림을 받은 후에 최고의 월척을 낚아서 내기에 이긴 것은 기분 좋은 일이다. 또 '던질낚시꾼'들의 코를 납작하게 만들었고, 플라이에 이름도 생기고, 우리가 낚은 고기는 인정을 받아 위신을 세우고 보니, 던질낚시꾼들이 한통속이 되어 잘난 체하는 것을 눌러주고 싶은 유혹을 느꼈다. 그들을 경멸하는 연습까지 했다.

하지만 그런 마음을 꾹 눌렀다. 영웅적으로 참았다.

다음 날 우리는 캘거리로 돌아갔다. 앞장서서 우리를 조소했던 노스웨스트 주에서 온 사람이 나를 한쪽으로 불렀다. 그는 캐나다 억양으로 말했다.

"나한테 플라이 한 개만 줄래요?"

나는 플라이 세 개를 주었다.

플라이낚시꾼은 설교가 아니라 모범으로 던질낚시꾼들을 플라이낚시꾼으로 만든다. 물론 그들보다 월등하게 낚시를 잘하면, 그들의 눈가에 시샘의 눈물이 맺히기 시작한다.

빗속의 은빛 물고기

수요일부터 금요일까지 줄곧 비가 내렸다. 하지만 몇 달 동안 비가 내리지 않고 하늘만 잔뜩 흐리던 참이었다. 사람들은 워싱턴 주 하면 줄기차게 비가 내린다고 생각한다. 일부 맞는 선입견이다. 하지만 워싱턴 주에는 시애틀이나 올림피아, 포트 타운샌드만 있는 게 아니다. 워싱턴은 스포캐인과 리츠빌, 풀먼을 뜻하기도 한다. 지금까지 동쪽은 다른 지역보다 건조하다.

금요일 오후 '선셋힐'을 넘어 운전하는데 비가 차 앞 유리만 적신 게 아니라 내 마음도 적셨다. 라디오 주파수는 뉴스 채널에 맞췄다(낚시꾼들은 농부들처럼 제트 기류에 관심을 쏟는다). 기상 캐스터는 유감스럽지만 주말에도 비가 내리겠다고 말했다. 동 워싱턴에서 북 아이다호와 서 몬태나까지 비가 내릴 거라고. 종일토록 '실버 호수'에 나가서 한두 시간 낚시를 할 꿈만 꿨건만.

사람이 나이 들수록 날씨에 민감해진다고들 말한다. 추워도 못 살고. 바람이 불어도 못 살고. 더워도 못 살고. 마흔 살 이후에는 몸의 자동 온도 조절 장치가 나가버린다고도 한다. 집으로 향하는 국도에 접어들었을 때, 그 말이 참 맞는 것 같았다. 내가 나쁜 날씨에는 낚시를 중단한 지 5년쯤 됐으니까. 차 안에 달린 거울에 얼굴을 비춰보며 중얼댔다.

"이게 좋은 때를 넘긴 얼굴이란 말이지?"

계단을 오르는데 아내 앤이 물었다.

"설마 이런 날씨에 나갈 건 아니죠?"

"모르겠어. 하지만 곧 낚시를 가지 않으면 미칠 것 같은데. 애들은 어딨소?"

"모두 저녁 약속에 갔어요. 당신 혼자 가지 않았으면 좋겠어요. 특히 이런 날씨에는."

안락의자에 주저앉아서 신문을 펼쳤다. 나쁜 소식들, 비열한 행동들, 사소한 송사, 십여 군데 전쟁터에 드리운 포화, 기근, 백악관의 추문, 온 나라가 몇몇 은행에게 채무를 불이행하겠다고 위협한다는 소식. 내가 몇 푼 저축해둔 그 은행들에. 살인, 약탈, 테러, 우리 이웃에 방사능이 유출될 수도 있다는 것에 대한 사설. 난 낚시를 가야 했다.

"비가 내리고 있어요. 날씨도 춥고요. 바보같이 굴지 말아요."

앤이 말했다.

"난 가고 싶은데."

"두어 시간 후면 어두워질 거예요. 기온도 11도밖에 안 된다고요."

"난 낚시 가고 싶어."

"잠깐만 진정해요. 마음이 가라앉을 테니까."

신문을 탁자 위에 던졌다.

"이렇게 말해보지. 꼭 낚시하러 가야겠소! 안 가면 미쳐서 날뛸 것 같아."

앤은 참을성을 발휘하며 씩 웃었다.

"그렇게 심하게 말할 것 없어요, 여보."

내 오랜 낚시 친구들에게 당장 '실버 호수'로 낚시하러 가자고 하면 다들 다음에 가자고 할 터였다. 보슬비라고 해도 비 내리는 금요일 밤에 가자고 하면. 그때 짐이 떠올랐다. 얼마 전에 알게 된 사람이었다. 길 바로 아래 사는 물리학 교수로, 디너파티에서 낚시에 대해 이야기하다가 "언제든 몹시 가고 싶을 때 전화하세요"라고 말했다. 나는 지금 몹시 가고 싶었다.

"짐, 폴입니다. 낚시 갈래요?"

"언제요?"

"지금요."

"지금요?"

"너무 갑작스럽게 말한다는 건 알지만, 난 꼭 가야겠어요."

"비가 오는데요."

"알아요."

저쪽에서는 한동안 말이 없었다. 그사이 이 괴짜를 어떻게 처리할지 아내와 의논했을까. 잠시 후 그가 다시 말했다.

"5분만 주실래요?"

"좋아요."

내가 말했다.

나는 책상 의자에 걸쳐놓은 낚시용 조끼를 챙기고, 응접실 구석에 놓아둔 낚싯대 케이스를 꺼냈다. 서둘러 나가서 낚시도구를 챙기면서, 앤에게 다른 낚시꾼이 가까이 사니 얼마나 좋으냐고 소리쳤다. 그 말에 아내는 "하나님, 저희를 도우소서!"라고 외쳤다.

짐의 집을 빠져나오면서 그에게 말했다.

"미친 짓이라고 생각하겠지요. 이런 날씨에 야외에 가려 하니."

"미치광이나…… 낚시꾼이나…… 다를 게 있나요?"

차를 몰고 실버 호수로 가면서, 우리는 여러 가지에 대해 비평했다. 그라파이트 낚싯대, 때 이른 하루살이, 봄의 각다귀, 침강 줄, 옐로스톤으로의 요란한 여행. 남자들은 친구가 되려면 시간이 걸린다. 하지만 윈도 와이퍼가 삐걱대고, 마음에는 송어가 뛰노는 가운데 빗길을 달리노라니, 우린 오랜 친구가 된 기분이었다.

실버 호수는 기대했던 것처럼 우리 차지였다. 배도, 물가에서 낚시하는 사람도, 구경꾼도 없었다. 줄기차게 내리는 빗줄기가 호수에 떨어졌다. 잘 훈련된 팀처럼 우리는 배를 띄울 준비를 했다. 첫 시도에 배를 내려 물에 띄울 수 있었다.

"물애벌레는 힘들겠는걸."

내가 말했다.

"어떤 걸 추천하시겠습니까?"

"모기붙이(작은 날벌레 플라이―옮긴이)요. 검정이나 초록색으로, 그게 중요하다면."

짐은 리더에 플라이를 매면서, 이런 계절에는 송어를 잡아본 적이 없고 시도해본 적도 없다고 말했다.

우리는 티펫에 마지막 15센티미터 부분까지 기름을 먹이고, 진짜 미끼처럼 보이게 하려고 노력했다. 배를 세우니 자연히 낚시할 준비가 갖춰졌다.

첫 고기는 내 차지였다. 힘차게 뛰는 놈이어서 서너 차례 톡톡 튀면서, 지난 며칠간 쌓인 불안감을 싹 가시게 했다. 30센티미터 은빛 송어였다. 새 동전 같은 은색 몸통에 옆구리에는 선홍색 줄무늬가 있었다. 녀석은 힘껏 싸운 후에 옆으로 누워 끌려왔다.

"이걸 먹나요?"

내가 물었다.

"거의 안 먹지요."

나는 무지개송어의 입에서 플라이를 빼내고, 녀석이 물속으로 사라지는 광경을 지켜봤다.

두 마리를 더 잡은 후, 짐에게 내 14번 검은 모기붙이 플라이를 써 보라고 권했다. 그는 그렇게 했다. 두 번 캐스팅을 한 후에 빠른 속도로 고기를 낚았다.

비가 계속 내렸고 하늘이 어두워졌다. 어디선가 태양이 하루의 일과를 접고 있었다. 짐은 훌륭한 우비를 갖췄지만 장갑은 챙겨 오지 않았다. 나는 손가락 부분이 없는 모직 장갑을 갖고 있었지만, 장화 바지는 없었다. 내 헐거운 비옷에 빗줄기가 들이쳐서, 청바지가 홀딱 젖었다.

짐이 주먹을 호호 불면서 말했다.

"장갑을 챙길 생각은 못했는데요."

"실컷 했습니까?"

내가 물었다.

"아직요."

낚시꾼을 알려면 악천후에 같이 낚시를 해봐야 한다. 손이 퍼렇게 되어야 그가 낚시에 얼마나 미쳤는지 알 수 있는 법이다. 짐의 손이 퍼렇게 얼고 있었다.

한참 후 내가 물었다.

"집에 몇 마리 가져갈까요? 여긴 잡은 고기를 가져가도 되는 호수
예요. 고기가 기분을 좋게 할 텐데요."

"고기는 영혼에 더 도움이 되죠. 몇 마리 가져가죠."

짐이 대꾸했다.

마지막 몇 분간 비를 맞고 추위에 떨면서 우리는 고기를 끌어냈다.
물고기 머리를 재빨리 배 가장자리에 내리쳤다. 너무 어두워서 플라이
가 보이지 않았고, 빗물이 목덜미를 타고 줄줄 흘러내렸다. 마침내 우
리는 즐거웠다고 인정했다.

차를 몰고 집으로 돌아오면서 짐이 말했다.

"전화해주셔서 정말 기쁩니다. 재미있었습니다. 진작 이렇게 나올
걸 그랬어요."

"다음에는 비가 안 오겠지요."

내가 말했다.

짐은 씩 웃었다.

"비가 와도 상관없어요. 언제든 전화주십시오."

"당신도 언제든 전화해요."

내가 말했다.

"저는 송어를 얼리지 않습니다. 싱싱하게 먹든지 집에 가져가지 않
든지 하지요. 숙녀분들이랑 모여서 요리해서 저녁 식사를 하면 어떨까
요?"

"좋지요. 당신 집에서 할래요, 우리 집에서 할까요?"

비 내리는 날 돌아다니는 것은
미친개와 낚시꾼뿐

빗속에서 낚시하는 걸 좋아하지 않는 낚시꾼도 있다는 사실에 주목하게 되었다. 좋다.

나는 빗속에서 낚시하는 걸 좋아하고, 가끔은 낚시하면서 노래도 부른다. 비 때문에 낚시꾼들이 집에 머문다면, 그것도 괜찮다. 노래도 잘 못하니, 듣는 사람이 없는 게 더 좋다.

오래전 나도 빗속에서 낚시하는 걸 좋아하지 않았다. 비가 온다는 예보를 들으면 집에 머물렀다. 젖은 것들을 낚시하는 건 괜찮았지만, 낚시하면서 젖는 건 싫었다.

그러던 어느 날, 물고기들은 비가 와도 상관하지 않는다는 생각이 머리를 스쳤다. 오히려 물속에 먹이가 풍성해질 뿐이었다. 비는 벌레가 휩쓸려 내려가게 하고, 그 외의 맛난 것들이 물고기의 저녁 식탁에 차려진다.

물고기의 저녁 식탁은 그들이 사는 물이다. 때로는 식탁이 풍성하고 때로는 식탁이 텅 빈다. 비가 내리면 식탁은 풍성해지기 시작한다.

비가 줄기차게 내리면 잔치가 벌어진다. 코스를 알리는 나팔 소리까지 난다.

바보 낚시꾼이나 이런 물고기들의 잔치에 초대받지 못한다. 비가 줄기차게 내려 물고기의 잔이 넘치게 되면, 낚시꾼들이 나설 때가 된다. 정신 나간 물고기들이 리넨 턱받이를 하고 입을 헤벌리고 음식을 씹고 삼키고 빨아 먹으면, 그때가 그들을 속일 수 있는 기회다.

그래서 난 빗속에서 낚시를 하고 때로 노래를 부른다.

사랑에 넋이 나가 빗속에서 춤추고 노래하는 진 켈리처럼, 나도 사랑에 넋이 나가—내 경우는 해가 뜨든 비가 오든 낚시와 인생 사랑에—빗속에서 노래하며 낚시한다.

그러니 비 내리는 날, 어느 호수나 강을 지나다가, 헐렁한 방수 코트를 입고, 무릎까지 올라오는 고무장화를 신고, 챙 넓은 모자를 쓰고, 송어 낚시 플라이를 던지는 미친 낚시꾼을 보면 걱정하지 말기를. 그 미치광이가 바로 나니까.

아니면 나 같은 미치광이거나.

정말로 미쳤다니까.

그리고 카인은 아벨보다 많이 낚았다

플라이낚시 대회는 새로운 일이 아니다. 내가 형 존과 1953년에 만들어낸 경기니까. 생일이 1년 차이도 안 나는 우리 형제는 라이벌이었다. 이 사연에서 존은 카인이고 나는 아벨이다(구약성경에 나오는 아담의 자식들로, 하느님이 동생 아벨의 제사만 받자 카인은 동생을 죽였다—옮긴이). 어느 여름날 '그린 레이크'에서 아버지가 끼어들지 않았다면 우리 형제는 성경 속의 이야기를 재현했을지도 모른다.

원래 카인과 아벨이 플라이낚시꾼들이었는지는 확실히 모른다—고대 그리스어를 번역하면서 혹시 그 부분이 누락됐을지도 모른다. 하지만 인공 플라이는 고대에도 사용되었고, 낚싯대도 처음부터 있었으므로 카인과 아벨이 플라이낚시꾼이었을 거라는 가정도 있을 법하다. 아마 아버지 아담에게 낚시를 배웠겠지. 낚싯대와 손으로 매는 플라이가 없었다면, 에덴동산이 진짜 천국이었다고 보기 힘들다. 천국의 이쪽이든 저쪽이든 '낚시 금지'란 팻말은 없었을 것이다. 지옥에나 그놈의 '낚시 금지' 팻말 있겠지.

1953년 플라이낚시 대회가 시작된 것은 높은 산에 있는 호수 그린 레이크에서였다. 무지개송어를 잡는 경기였고, 상금은 내 기억으로는 현금 2달러였다. 무기는 낚싯대와 12번 드라이 플라이, 송어가 의지와 상관없이 참여했고, 좋은 캐스팅 지점을 잡으려고 앞서서 달음박질한 카인이 아벨보다 앞서고 있었다. 세 마리 대 한 마리.

"네 마리다! 다섯 마리!"

형이 소리쳤다.

나는 노력했지만, 카인처럼 캐스트를 잘하지 못했다. 30분 동안 낚시했지만 잡은 송어는 아직 한 마리뿐이었다.

"야! 여섯 마리!"

카인이 아벨의 코를 납작하게 눌렀다.

형제를 미워하는 것은 남을 미워하는 것과는 다르다. 더 낫다. 훨씬 낫다. 피붙이를 미워할 때만 진짜 강렬하고 아주 특별한, 죽일 것 같은 분노가 생긴다. 바로 이 사람이 싸우면 사과해야 하고, 목숨을 건지려고 악수해야 하고, 생일 선물로 받은 2달러를 내줘야 하는 그 사람인 것. 한때 미워했지만 지금은 사랑하는 두 형을 둔 나로서는, '형제의 날'이 없는 게 하나도 이상하지 않다. 편지 폭탄을 담을 만큼 큰 카드와 봉투가 없는 것, 생각이 글귀로 적힌 카드가 있다고 해도 안에 적당한 독약이 들어 있지 않다는 사실도 이상할 것이 없다. 사랑하는 부모님이 지켜보고 중재하지 않으면, 형제간의 애증은 얼음처럼 차고, 칼날처럼 날카롭고, 검은 심장처럼 증오스러워서 시실리 사람들이 배반자를 죽이러 가기 전에 느끼는 감정과 비슷할 것이다. 구약시대의 카인과 아벨이 어떠했든, 한 가지는 분명히 말할 수 있다. 그 애증을 벗어나기 전까지는 아주 괜찮은 느낌이라는 것을.

카인은 일곱 마리째 송어를 낚더니 몸을 돌리고 히죽히죽 웃었다. 나는 칼집이 있는 나이프를 집었다. 하지만 착한 기독교도 소년이었던 나는 형의 머리칼 하나 건드리지 않을 작정이었다. 특히 시체를 버릴 수도 없는 곳에서는.

나는 캐스팅하기 좋은 곳을 찾는다는 핑계로 여울을 건너, 카인의 등 쪽으로 다가갔다. 요즘의 낚시 대회와는 달리, 그때는 참가자가 지켜야 되는 규칙 따윈 없었다. 나는 부근에 있는 긴 나무 막대기를 주워서, 카인이 캐스팅을 하려고 몸을 숙일 때 등을 찔렀다. 놀랍게도 약간 힘을 줬을 뿐인데, 형은 비틀거리면서 호수에 빠졌다. 400미터 아래서 아버지가 소리쳤다.

"송어가 뛰는 거였니?"

엄청난 고함과 비명 소리가 터져 나왔다. 카인은 물속에서 허우적댔다. 그러더니 지난번에 나를 죽이려 할 때와 똑같이 뻘건 눈을 하고서 물속에서 나왔다. 나는 아버지한테로 달아났다.

사람들은 아벨이 죄가 없고, 성격 나쁜 카인이 이유 없이 동생을 죽였다고 생각할 것이다. 그런 게 아니다. 내 돈이 말해준다. 아벨이 자초한 일임을.

아버지 덕분에 제1회 플라이낚시 대회는 피를 뿌리지 않고 끝났다. 돈을 주고받지도 않았다. 캠프로 가서 그날 저녁은 낚시 금지 명령이 떨어졌고, 아버지에게 둘 다 혼났다. 아이들을 키워본 사람은 알겠지만, 둘 다 혼내는 것이 잘못해도 중간은 되는 판단이니까.

또 아버지는 플라이낚시 세계에 시합과 돈내기 따위는 없다는 점을 분명히 했다. 지금도―자선을 목적으로 기금을 모으는 행사가 아니면―나는 돈내기를 하지 않는다. 시합하고 돈내기하는 플라이낚시에 대한 생각을 하면, 자다가도 벌떡 일어나게 된다. 결국 나는 아벨이 어쩌다 죽었는지 잘 안다.

여러분은 카인이 아벨에게 보복했는지 궁금하리라. 당연히 했다. 내 배낭 밑바닥에 돌이 들어 있었다. 카인의 침낭에는 솔방울이 들어 있었고. 그렇다, 카인은 아벨보다 고기를 많이 잡았지만, 잠을 잘 자지 못했다.

즉흥 낚시

비행기 연결 편을 놓쳤다. 연어 캠프로 가는 다음 경비행기는 다음 날 아침에 있다고 했다. 그러니까 오후부터 저녁까지 알래스카의 코르 도바에서 하릴없이 보내야 한다는 얘기였다. 그래서 항공사 카운터의 여직원에게 괜찮은 호텔을 묻고 택시를 불렀다.

운전수는 내 짐을 트렁크에 실으며 "어디로 가십니까?"라고 물었다.

나는 호텔 이름을 말해주고 운전석 옆 자리에 앉았다. 택시 운전수 들은 대부분 지역 사정에 훤하고, 일부는 낚시 정보를 잘 안다.

우리는 이름을 말하고 이야기를 나눴다. 대부분의 알래스카 주민이 그렇듯, 운전수 니노도 다른 곳에서 왔고 안 해본 일이 없었다. 직업 어부, 통조림 공장일, 아이들 가르치기, 그리고 격투기 사범으로 일한 경력도 가지고 있었다.

"가이드도 하나요?"

내가 물었다.

"네. 하지만 돈 받고는 안 합니다."

"돈을 안 받으면 좋지요. 여기 어디 낚시할 곳이 있습니까?"

"그럼요. 바로 저기서 하죠."

덩치가 큰 필리핀 사람 니노가 대답했다.

그는 창밖으로 강 계곡을 손짓했다. 푸른 전나무가 뒤덮인 거대한 산봉우리 사이의 계곡이었다. 그가 덧붙였다.

"은빛 연어가 있지요."

"알겠어요. 그래서 내가 여기 온 거군요. 내일 아침에 캠프 커크룩에 갈 예정이거든요."

"TV 때문에 낚시가 인기가 없어요. 세상에는 TV가 너무 많지요. 폭력도 너무 많고. 증오심도 너무 많고. 나쁜 일은 많고 좋은 일은 부족하고요. 잘 모르지만, 내가 보기에 세상이 무너지고 있는 것 같아요."

"여기 코르도바도 그렇습니까?"

"글쎄, 여기야 좀 덜하지요. 그래서 여기 살고 있어요. 하지만 다른 곳은 어디든 똑같죠."

우리는 세상의 악에 대해 철학적인 이야기를 나누었다. 개인적인 관점을 이야기하면서 우리가 기질이 맞는 사람들임을 알았다. 도심으로 들어가다가 다른 강에 놓인 다리를 건넜다. 선견지명이 있어 여기 오기라도 한 듯이 거기서 플라이낚시꾼들이 낚시하는 것을 볼 수 있었다.

니노가 차의 속도를 늦추며 말했다.

"직업 낚시꾼들이 데모하는 중이어서, 저 친구들이 짭짤하게 재미를 보고 있을걸요. 저 지역은 플라이낚시만 하는 곳이에요. 플라이낚시를 하십니까?"

낚시꾼 한 명이 큰 고기가 걸린 낚싯대를 기울이는 광경을 보자, 아름다운 여인이 아무도 안 보는 줄 알고 스타킹을 끌어 올리는 광경을 본 사내처럼 피가 끓어오르기 시작했다. 낚시할 계획을 세웠다.

내가 말했다.

"나를 호텔까지 데려다주고, 내가 수속하고 장화 바지를 입을 때까지 기다렸다가 다시 여기로 데려다줄 수 있습니까?"

"그럼요. 두어 시간 후면 나도 일이 끝납니다. 딸이랑 저녁 식사를 마친 후, 해질녘에 그곳으로 갈 수 있어요. 그때는 내 차를 가지고 가겠습니다. 그러면 손님은 택시비를 내지 않아도 되지요. 그 후에 코르도바 구경을 시켜드리죠."

나는 궁금해졌다. 니노가 워낙 좋은 사람이어서 그런가? 아니면 알래스카가 이렇게 좋은 곳인가? 아니면 둘 다인가?

반시간 후, 니노는 나를 강에 내려주고 U턴해서 도심으로 들어가는 도로를 타고 사라졌다.

나는 낚싯대를 조립해서, 큰 호수 아래쪽의 웅덩이로 향했다. 몇 명이 초록빛 호수에 캐스팅하고 있었다. 한 시간쯤 흘렀는데도 한 마리도 걸리지 않았다.

"이걸로 해보시죠."

키가 큰 젊은이가 나를 도와주러 물속을 걸어왔다. 그는 자주색과 빨간색 대머리 황새 깃이 달린 큼직한 플라이를 내밀었다. 그가 싱긋 웃으며 말했다.

"녀석들이 이걸 아주 좋아하거든요. 잃어버리면 저한테 말씀하세요."

우리는 몇 분간 이야기를 나누었고, 젊은이는 내 아래쪽으로 내려갔다.

가끔 플라이낚시꾼들은 모르는 사람이 베푸는 친절에 의지해야 한다. 중서부 출신인 이 청년도 친절했던 옛날 미국인과 같은 사람이어서 동료 낚시꾼에게 자기의 행운을 나눠주려 했다. 그의 이름은 제이크였고, 아버지와 플라이낚시를 하면서 성장했다고 했다. 헤밍웨이라면 '미시간 윗동네 아이'라고 썼을지 모르겠다. 그는 알래스카에서 낚시하는 것을 행복해했고, 그가 직접 묶은 플라이를 내가 받아주는 것을 기쁘게 생각했다. 또 미 해안 경비대 소속으로 조국을 위해 봉사하는 걸 자랑스럽게 여겼다.

해질녘에 약속한 대로 니노가 왔다. 멋진 고기가 훅에 걸렸는데 놓쳤다. 니노에게 미시건 출신의 청년에게 구제받았다는 이야기를 했다. 장화 바지를 벗고 낚싯대를 풀었다. 니노가 나를 차에 태우고 도심으로 들어가면서, 그의 생활과 자녀, 알래스카에 대한 사랑을 이야기했다. 우리는 요즘 세상에서 예의와 관용이 사라지는 것 같다고 걱정했다. 평균적으로 폭력이 심하고, 증오가 심하고, 인종차별주의가 심하고, 사랑과 친절과 이해심이 없다고.

호텔에 도착해서 우리는 악수를 나누었다. 따뜻한 웃음을 나누며 작별 인사를 했다. 우리가 나눈 세상의 잘못된 점을 우리와 미시건 출신의 청년 같은 사람들이 바로잡을 수도 있을 것 같았다.

나만의 캐스팅

소년은 아버지를 대단한 존재로 생각하게 마련이다. 당연한 일이다. 그렇지 않으면 아이는 아버지에게 남자가 되려면 어떻게 해야 되는지 배우려 들지 않을 테니까. 하지만 아이가 자라서 어른이 되고 자기 세계에 접어들면, 아버지는 보통 사내가 되어버린다. 나는 아버지에 대한 중요한 사실을 받아들인 그날, 내 아버지를 보통 남자로 생각하게 되었다. 아버지가 플라이를 제대로 캐스팅하지 못한다는 사실을 받아들인 그날.

다른 아이들처럼 나도 아버지에 대해 허풍을 떨었다. 지금도 그렇다. 또 그럴 만하다. 아버지는 재능이 많은 분이었다. 강인하고 정직하고, 영성이 풍부하고, 싸움꾼인 동시에 친구이고, 약한 이들의 챔피언이었다. 스포츠맨이고, 송어 낚시꾼에 플라이를 직접 묶었고, 낚싯대를 만드는 분이었다. 내게 멋진 것을 많이 가르쳐주었다. 하지만 그 가운데 플라이를 캐스팅하는 법은 없었다.

물론 내가 플라이낚시를 한 첫 45년간은 이런 사실을 몰랐다. 플라이낚시에 대해 이해하게 되자, 캐스팅은 낚싯줄과 그것을 따라오는 플라이의 움직임이었다. 캐스팅은 목적을 이루는 수단에 불과했다. 낚싯대와 어울리는 줄은 중요하다. 앞줄을 점점 가늘게 하는 것은 좋은 아이디어다. 이런 것이 플라이를 뒤집는 데 도움이 되고, 얇은 티펫은 고기가 놀라서 도망가게 하지 않으니까.

플라이를 물고기가 물게 하려면 낚싯대를 심하게 앞뒤로 휘저어야 했다. 저으면서 목표물에 닿을 때까지 줄을 충분히 풀어야 했다. 또 젖은 플라이를 말리기 위해 낚싯대를 휘저었다. 그러면 됐다. 내가 플라이 캐스팅에 대해 아는 것은 그게 전부였다.

내가 아는 것은 다 아버지를 지켜보고 배운 덕이었다. 안 그러면 1950년대에 나 같은 아이가 어떻게 플라이낚시를 배울까? 비디오를 보고 배울 수도 없고.

1930년대에 아이오와 시골에서 캘리포니아로 이주해서 송어 낚시를 알게 된 아버지는 플라이 캐스팅을 독학했다. 결과를 보면 훌륭한 솜씨는 아니었다. 내가 어른이 되어, 플라이 캐스팅을 하는 법을 아는 사람들을 만나 같이 낚시하면서 그것을 알게 되었다. 그들의 매듭과 던지는 거리와 비교하면 내 솜씨는 형편없었다. 솔직히 말해 형편없는 게 아니라, 비참했다.

꽤 먼 거리를 던지는 법을 터득한 것은 사실이지만, 그나마 캐스팅을 잘못해서 바람 매듭(잘못된 플라이 캐스팅으로 줄에 생기는 매듭—옮긴이)이 생기기를 수없이 한 끝에야 가능했다. 오랫동안 낚시의 요정들이 내 등 뒤에서 장난을 친다고 생각할 정도로 뜻대로 되지 않았다.

나는 뱀 던지기나 젖혀 던지기, 캐스트를 당기는 법을 몰랐다. 처음 '이중 당김'이란 말을 들었을 때는 무슨 뜻인지 감도 못 잡았다. 바람이 조금만 불어도 맥을 못 추었고, 루프가 얼마나 올라갔는지 뒤돌아 보지도 못했다. 그래서 한번은 비싼 그라파이트 낚싯대의 초리를 부러뜨리기도 했다. 깊은 물에서 송어를 수도 없이 놓쳤다.

그러다가 그날이 다가왔다. 어느 오후 몬태나의 송어 낚시터 옆에서 쉴 때였다. 나는 아버지가 송어가 뛰어오르는 넓은 수면에 캐스팅하는 모습을 지켜봤다. 매사에 내 우상이었던 아버지가 캐스팅을 제대로 못한다는 사실을 인정할 수밖에 없었다. 줄이 엉키고 짧았다. 감탄할 만한 구석이 없었다. 그래서 아버지가 보통 사내임을 인정하고, 나는 더 나은 낚시꾼이 되기 위해 짧고 순탄치 않은 여정을 시작했다.

책과 기사, 다른 사람을 관찰하는 데서 공부를 시작했다. 강과 호수에서, 뒷마당에서도 한두 번 연습했다. 빨리 배우지 못해서 10여 년 걸려서야 낚시 공부를 매듭지었다. 내 나름의 기준으로—믿을 만한 심판이나 도움이 되는 코치, 객관적인 판단에 기대지 않았다. 내가 열망하는 아름다운 루프와 부드러운 캐스팅에 대한 환상만 깨질 테니까— 그랬다는 뜻이다.

그러던 중 낚시를 시작한 지 45년 후에야 뒤늦게 첫 캐스팅 교습을 받았다. 의도한 것은 아니지만, 일이 그렇게 진행되었다. 공짜로 가르쳐주겠다는 제의가 아니었으면, 나는 교습을 받지 않았을 것이다. 하지만 마이클 C. 맬로니는 내게 두 차례, 그것도 공짜로 가르쳐주겠다고 했다. 세계 최고의 플라이 캐스팅 선생이 공짜로 캐스팅을 가르쳐주겠다는데 어느 바보가 거절할까.

캘리포니아의 카마릴로에 있는 자택 앞에서 마이클은 내가 캐스팅하는 모습을 살폈다. 마침내 그가 말했다.

"백캐스트(낚싯줄을 뒤로 던지는 예비 동작—옮긴이)는 기가 막히군요. 포워드캐스트(낚싯줄을 앞으로 던지는 예비 동작—옮긴이)는 완전 엉망이고요."

그는 웃음을 터뜨리더니 덧붙였다.

"포워드캐스트의 속도를 높이면 더 멀리 던질 수 있다고 누가 그러던가요?"

나는 고인이 된 아버지를 존중하는 마음에 거짓말을 했다.

"내 생각입니다."

마이클이 내게 가르쳐준 것은, 앞으로 던지는 속도를 늦춰서 바람 매듭이 생기는 문제를 해결하라거나 공중에서 캐스팅하는 법을 수정하는 것 정도가 아니었다. 그는 내게 새로운 가능성의 세계를 보여주었다. 거장인 그는 "캐스팅으로 충분해요. 고기를 잡으면 즐겁고 좋지만, 캐스팅을 잘하는 것만으로도 충분합니다"라고 말했다.

나중에 좋아하는 낚시터에서 나는 한동안 낚시질을 멈추고 물이 흐르는 광경을 지켜보았다. 작은 송어가 하루살이를 먹자 여기저기 잔잔한 거울 같은 수면이 흔들렸다. 나는 중얼거렸다.

"고기를 잡는 데는 신경 쓰지 마. 캐스팅을 하자구."

다음 한 시간 동안 캐스팅에 몰두했다. 마이클 맬로니가 가르쳐준 대로 해봤다. 루프를 따라가는 것과 노란색 줄이 초록색 물에 내려앉는 것을 즐기게 되었다. 도중에 나타나는 송어는 유쾌한 방해물이 되었다. 긴장을 풀었다. 밖으로는 낚싯줄의 속도를 늦추고, 안으로는 나의 속도를 늦추었다.

그랬더니 이상한 일이 벌어졌다. 아주 신기한 일이. 내 자신이 고기를 잡으려는 구식 캐스팅에서 벗어나, 더 풍요롭고 온전하고 보상이 되는 것으로 들어가게 되었다. 아버지의 캐스팅에서 벗어나 내 자신의 캐스팅으로 들어서는 기분이었다.

     • • •

장비를 많이 챙기지 않는 낚시꾼은
다른 일에서도 신뢰받지 못한다.

숙녀들이 보낸 엽서

얼마 전, 오랜 친구 조앤 휘트록한테서 엽서를 받았다. 그는 오클라호마의 툴사에서 플라이낚시 대변인실을 운영하는 낚시꾼이다. 나는 크리스마스 선물로 조앤에게 훈제 연어를 보냈다. 그녀는 크리스마스 축하인사 겸 이렇게 적어 보냈다.

"방금 170여 명의 여성이 참가한 제2회 국제 플라이낚시 여성 축제에서 돌아왔어요. 40년간 강에서 홀로 외로웠는데, 얼마나 기분이 좋았는지 상상도 못 할 거예요."

일주일도 안 지나서 나는 〈여성 릴 뉴스〉를 우편으로 받았다. 낚시하는 여성들을 위한 첫 번째 전국 소식지였다. 축제에 대한 기사와 더불어, 표지에는 1996년 '전국 스포츠 용품 협회'가 조사한 내용이 실려 있었다. 전국의 호수와 강에서 낚시하는 여성 수는 1,300만 명이며, 300만 명 이상이 바다낚시를 한다고 했다. 여성 낚시꾼은 남성 스포츠 낚시꾼의 3분의 1이다.

이제는 '낚시꾼'보다는 '낚시인'이라는 용어가 더 어울릴 것이다. 개인적으로는 사람들이 날 뭐라 부르든 상관없다. 낚시하는 사람이라는 뜻만 담겨 있으면.

나는 여성 낚시꾼 수십 명을 알고 있다. 그래서 그 소식이 더할 수 없이 기뻤다.

서두르자! 나가자! 내겐 적당한 역할 모델이 필요한 손녀가 넷이나 되니.

DIARY

플라이 묶기

방금 송어 플라이 일곱 개를 완성했다. 전에는 열두어 개를 묶었지만, 플라이를 묶거나 그걸로 고기를 잡을 때 생산량 같은 것에 매달리지 않았다. 낚시에는 생산량 같은 개념이 들어설 자리가 없다.

이것들은 모깃(닭의 목덜미 부분의 깃털—옮긴이) 플라이였다. 분홍색, 갈색, 노란색, 올리브색의 플라이를 송어의 변덕을 받아낼 수 있게 묶었다.

이런 플라이는 수면에서 낚시하거나, 가라앉는 줄에 달거나, 나룻배 뒤에서 깊이 떨어뜨려 천천히 끌어당길 때 사용한다. '젖은 플라이'나 '유성충'이라고도 불리며, 물벌레로 통하기도 한다. 송어가 그것들을 물기만 하면 그것이 무엇으로 간주되든 나는 상관없다.

송어는 그런 플라이를 잘 문다. 잔목깃털 플라이에 작은 몸통 재료를 실로 몇 번 감아 묶고, 자고새 가슴 깃털을 모깃의 덜미에서 한두 번 감아 매듭을 지은 다음, 머리를 붙이면 완성이다.

시계 만드는 사람 같은 손재주는 필요치 않다. 인내심도 필요 없다.

대단한 기술도 필요 없다. 섬세한 손놀림이 없어도 된다. 필요한 것은 약간의 시간과 플라이를 맬 수 있는 밝기의 빛, 작은 희망뿐이다.

내가 모깃 플라이를 좋아하는 이유는, 헝가리 자고새를 총으로 쏴서 거기서 모깃을 얻기 때문이다. 나는 고전적인 베레타 실버 스나입 12구경을 사용한다. 30년 전에 산 엽총이다. 매해 가을이면 새를 두세 마리 잡아 깃털과 고기를 얻는다. 새고기는 좋은 백포도주에 넣어 천천히 조리해서, 밥과 싱싱한 아스파라거스를 곁들여 낸다. 깃털은 말려서 송어 플라이를 만드는 재료로 쓴다.

베레타 엽총 이야기를 하자면, 아내와 두 아이 그리고 희망이라곤 한 줌밖에 없던 대학원 시절이 떠오른다. 빚은 엄청나게 많고, 견습생의 월급으로는 이탈리아제 엽총을 살 형편이 아니었다.

하지만 내가 결혼한 여자는 희귀하고 마법 같은 여인이었다.

앤은 언제나 사랑하는 이들에 대해 두 가지를 믿었다. 아무리 비싸거나 큰 대가를 치르더라도 그들이 가슴으로 소망하는 것을 거부당하면 안 된다는 것. 또 사랑하는 사람에게는 싼 게 비지떡이라는 것. 베레타 엽총은 내가 가슴으로 소망하는 것이었고, 결코 싸지 않은 물건이었다.

그 엽총을 사고 싶었을 무렵, 어느 대학의 심리학 통신 강좌에서 강의하고 받은 돈이 조금 있었다. 내가 가르칠 내용을 보내면, 학생들이 보고서를 써서 보내고 그걸로 성적을 주었다. 학기가 끝나자, 우편으로 괜찮은 액수의 수표가 날아왔다. 그러자 앤은 "엽총을 사요"라고 말했다.

나는 사양했지만, 확실하게 밀어붙이지는 않았다.

거실에 놓을 소파부터 TV, 아이들 겨울 코트까지 필요한 게 많았지만, 아내는 베레타 엽총을 사라고 했다.

나는 지금도 그 총을 갖고 있고, 지금도 그녀가 내 아내이다.

그대를 사랑해서 그대가 필요하다고 여기는 값비싼 장난감을 갖게 해주고, 물고기를 찾아서 온 세계를 여행하고 싶어 하는 열정을 후원하는 여인이라면 진정으로 특별하고 멋진 인간이다.

나는 이 여인에게 하루에 두 번씩 사랑한다고 말한다.

지금 당장 위층에 올라가서 그 말을 해야겠다.

물고기를 상냥하게 대하라

AOG

때때로 사람들은 내가 그 많은 일을 다 하면서 낚시를 다닐 시간을 내는 데 놀란다─가끔은 나도 놀랍다. 나는 많은 일을 한다. 보통 때 나는 바쁘게 가정에서 생활하고, 수천 킬로미터씩 날아다니며 강연하고, 20여 편의 에세이와 칼럼을 쓰고, 책 한 권의 절반을 구성하고, 환자를 보고, 전국적인 워크숍을 주선하고, 작은 클리닉을 운영한다. 그러면서 야외 활동에 종일 또는 몇 시간씩 80일을 보낸다. 그런 날들이 몇 주일이 되고, 몇 달이 되고, 몇 년이 되면 나는 죽어서 아무도 상관 않게 될 것이다.

그것도 괜찮다.

한편 나는 충만하고 즐거운 생활을 누린다.

내가 추구하는 것은 충만하고 즐거운 생활이다. '즐거움'을 강조하며 산다. 찰리 채플린의 말마따나 "웃음이 없는 하루는 하루를 낭비" 한 것이다. 나는 하루에 약간의 독서와 약간의 배움, 약간의 돈벌이, 약간의 글쓰기, 약간의 사랑, 약간의 나눔, 그리고 훌륭한 식사나 낚시를 덧붙인다. 그런 것이 없는 하루는 하루를 낭비한 것이다.

그런 낭비가 무서워서 나는 시간을 낭비하지 않는다. 시간을 헛되이 보내지 않는 것은 오랜, 아주 오랜 습관이다. 신문 배달원을 하던 시절부터, 아니 그 이전부터 몸에 밴 습관이다. 어릴 적 나는 딸기를 따고 한 상자에 25센트를 받는 일을 했다. 딸기밭에서 손이 느리면 돈을 못 벌거나 해고당했다. 제수 산체스라는 아이와 경쟁을 벌였는데, 평생 처음이자 마지막으로 일자리를 빼앗겼다.

"파블로가 해고됐다! 파블로가 해고됐다!"

놀리고 싶은 마음을 참았던 목소리가 딸기밭에 퍼졌다. 나는 수치심에 머리를 숙이고 딸기밭을 걸어 나왔다.

딸기를 따면서 얻은 교훈? 세상에는 굼벵이와 게으름뱅이가 필요하지 않다는 것. 내가 딸기를 제때, 그러니까 태양이 뜨거워지기 전에 따지 않으면, 세상은 다른 사람을 찾는다는 것. 딸기 따기는 내게 극기를 가르쳐주었지만, 닭은 내게 효율성을 가르쳐주었다.

열네 살 때 작은 양계장에 가서 일했다. 형에게 물려받은 일자리였다. 나는 잡일하는 아이였다. 수필가 E. B. 화이트에게는 미안한 말이지만 양계장 일보다 더러운 일은 세상에 없을 것이다. 그는 멍청하고 비위 상하고, 의리 없고, 이리 뛰고 저리 뛰고, 피에 굶주리고, 더럽고, 변덕스러운 것들을 키우는 데서 즐거움을 누리는 전원생활 이야기를 글로 썼다. 하지만 내가 보기에 닭의 존재 이유는 오믈렛에 넣을 달걀과 요리에 쓸 고기와 낚시용 플라이를 만들 화려한 색 깃털을 제공하는 것뿐이다.

내가 닭을 좋지 않게 볼 만한 충분한 이유가 있다—지울 수 없는 감정적인 이유가. 40년이 넘도록 고스란히 남아 있는 이유가. 나는 청

소년기의 절정기 3년을 닭똥을 치우고, 닭똥을 뿌리고, 닭똥 냄새를 맡고, 달걀에서 닭똥을 닦아내며 보냈다. 몸에서 닭똥 냄새가 떠나지 않았고, 닭똥 묻은 신발을 신고 학교에 갔다. 그런 건 닭에게 쪼이고 긁힌 것에 비하면 아무것도 아니다. 닭장 문을 열면 멍청한 자식들 수십 마리가 나를 못 알아보고, 미친 듯 날아오르며 똥 묻은 먼지를 날렸다. 덕분에 내 콧구멍에는 더러운 먼지가 쌓였다. 코감기에라도 걸리면 냄새를 못 맡아 닭똥을 먹어야 했다. 그러면 입가에 갈색 자국이 남았다. 그건 초콜릿을 흘리고 먹었을 때 생기는 자국과는 완전히 달랐다. 맛도 달랐다. 닭이나 오리는 독이다. 전 세계적으로 인간보다 4배는 많다. 샌더스 대령이 '켄터키 프라이드치킨'을 세운 것이 닭에게는 악몽일지 모르지만, 내게는 그가 구원병의 선봉에 선 신적 존재였다. 이런 어마어마한 개인적인 경험으로 인해 내 당당히 말하건대, 괜찮은 닭은 바비큐 판에서 지글지글 익는 닭고기뿐이다.

그래도 닭에게 큰 빚을 졌다. 닭을 미워해서 매일 저녁 6시 이전에 일을 싹 마치고 싶었다. 그 덕에 엄청난 효율성을 배웠다. 방과 후에 재빨리 모이와 물을 주고, 달걀을 모을수록 빨리 '밀러 연못'으로 낚시를 하러 갈 수 있었다. 배스와 블루길이 많았던 밀러 연못과 양계장은 800미터쯤 떨어져 있었다.

낚시를 하겠다는 마음의 동기와 닭이 싫은 이유로 나는 20킬로그램이 넘는 곡식 부대도 베개처럼 가뿐히 들어 던질 수 있었고, 한 번에 두 부대를 손수레에 담아 나를 수도 있었다. 산더미처럼 쌓인 닭똥을 치우느라 삽질을 어찌나 빨리했던지 버스터 키튼이 나오는 영화에서 뱀을 삽으로 파내는 소년 같았다. 한 손에 물을 들고, 다른 손으로는 흙을 이기는 법도 익혔다. 두 가지 일을 동시에 해서 시간을 절약했다.

어떤 때는 세 가지 일을 한꺼번에 하기도 했다. 한 걸음, 한 동작, 단 1분도 헛되이 하지 않는 것을 배웠다. 일을 시작했다 하면 땀이 날 때까지 하는 것임을 그때 배웠고, 3년간 땀이 그치지 않았다. 아무도 나선적이 없지만 나는 '세계 최고로 빠른 양계장 일꾼'이 되었다.

방과 후에 양계장 일을 시작했을 때, 하루 업무를 마치는 데 4시간이 걸렸다. 18개월 후에는 1시간 33분 만에 일을 마쳤다. 시간당 1불 25센트를 받았지만, 주인이 거기 없어서 나는 4시간분의 임금을 청구했다. 그러니 시급을 3배나 받아 챙긴 셈이었다. 아동 노동 착취자였던 주인은 내게 토요일과 일요일을 포함해서 297일을 연이어 일을 시켰다. 그래서 나는 시간당 3불 75센트의 임금을 받는 것으로 그를 골탕먹였다. 하지만 그는 책임감 있는 일꾼을 얻었으니, 내 어린 마음에 공평하다는 생각이 들었다. 결국 양계장이 내 직업윤리의 바퀴에 기름을 먹인 셈이었다. 몇 년이나 앞서서.

AOG는 '게임의 선두(ahead of the game)'를 뜻한다. 나는 미군에서 모스 부호를 배웠다. '딧(모스 부호의 단음―옮긴이)'과 '다(모스 부호의 장음―옮긴이)'가 이어폰을 통해 귀에 들어오면, 손끝으로 타자기의 자판을 두드려야 했다. '딧-다(한 번 짧게, 한 번 길게)'는 'A'를, '다-딧-딧-딧(한 번 길고, 세 번 짧게)'은 'B'를 뜻한다. 이런 식으로 알파벳 철자와 숫자가 표시된다. 외우고, 잘 듣고 타자를 쳐야 한다. 귀와 뇌와 손가락을 연결하는 것을 동료보다 빨리 익히면, 반에서 1등을 한다. 게임의 선두가 되는 것이다.

그 주의 AOG 배지를 받는 사람은 수업을 빼먹고, 도서관에 가서 군대 역사에 관련된 책을 읽거나 매점에 가서 담배를 사서 피울 수 있다. 고기를 잡으러 밀러 연못에 가는 것과 비슷한 보상이었지만, 모스 부호의 스타카토 음 때문에 머리가 뒤숭숭한 뒤이니 더 좋은 상인 셈이었다.

양계장과 다르지 않게 군대에도 치울 '닭똥'이 많다. 그게 어디 쌓여 있는지 파악하는 데 일주일쯤 걸렸다. 나는 타자를 칠 줄 알았고, 모스 부호를 외우는 일은 양계장 일과 아주 비슷했다. 그래서 첫 주말 외박 때 보스턴으로 가는 버스에서 모스 부호를 공부하기 시작했다. 창밖을 내다보면서 광고판에 나온 글자를 부호로 읽었다. 다-다-딧, 딧-다, 딧-다-딧, 딧-다-딧-딧, 다-딧-딧-딧, 다-다-다, 딧-다-딧, 다-다-닷 : "말보로."

그다음 광고판도, 그다음 것도.

그다음에는 레스토랑 메뉴판. 그다음에는 도로 표지판. 다-딧-딧-딧, 다-다-다, 딧-딧-딧, 다, 다-다-다, 다-딧…… 이런 식으로 나는 주머니 속에 '보스턴'을 집어넣었다.

그다음 주에 나는 AOG가 되었다.

그다음 주에도.

6개월의 훈련 프로그램이 끝날 때까지 매주 AOG가 되었다. 덕분에 군대 역사에 대해 많이 알았을 뿐 아니라, 반에서 수석으로 졸업해서 세계 어느 곳에 있는 정보대든 선택할 수 있었다. 동료들보다 머리가 좋은 게 아니라, 남들보다 빨리 닭똥을 퍼내는 방법을 알고 있었던 것이다.

군대는 내게 효율성과 자신을 위한 시간을 내는 것이 중요하다는 것을 가르쳐주었다. 배워야 할 것은 남이 가르쳐줄 때까지 기다리지 말라. 독학하라. 늦게 시작하더라도 확실히 끝내라.

요즘은 게임의 선두가 되고 싶어 하는 사람이 많은 것 같다. 하지만 남이 방법을 가르쳐줄 때까지, 혹은 남이 줄의 맨 앞으로 이끌어줄 때까지 기다린다. 또는 걸음마를 시작할 때 다른 사람이 손을 잡아주기를 기다린다. 그런 식으로는 잘되지 않는다. 인생은 보호 장치가 된 연습장이 아니다.

좋은 교사의 가르침이 중요하지 않다는 말은 아니다. 그걸로 충분치 않다는 뜻이다. 어떤 게임에서든 대단한 천재여야 선두가 되는 것은 아니다. 매일 참석하고, 제수와의 딸기 따기 경쟁은 피하고, 옆에 있는 사람보다 열심히 똑똑하게 임하는 의지만 있으면 된다. 먹고살기 위해 누군가를 위해 일해도 좋지만, 직장에서 집에 가져오는 게 돈뿐이라면 그것은 본인의 잘못이다.

나는 평생 살면서 뛰어든 게임에서 예외 없이 선두를 차지했다. 어릴 때는 운 좋게도, 일하는 것의 본질과 의미를 가르쳐주며 당신들도 열심히 일하는 부모님이 계셨다. 그분들은 열심히 일하는 것은 저주가 아니라 축복임을 가르쳐주셨다. 힘든 일은 삶의 목적을 준다. 힘든 일은 가치를 가르쳐주고, 공동체로 돌아갈 기회를 준다.

닭똥 덕분에, 효율성과 서둘러 일하는 법을 터득했다. 물론 나는 일을 망치기도 하고, 실수도 하고, 이 일 저 일 헷갈리기도 한다. 하지만 적어도 얼른 실수한다. 일을 망치려면 빨리 망치는 게 낫지 않은가? 여기서 1초를 아끼고 저기서 1분을 되찾고, 저 멀리서 1시간을 구하면 곧 1주 내내 낚시 여행을 가게 된다.

. . .

불운하게도 뇌는 아픈 경험을 잊지 않는다.

그래서 낚시꾼은

멋진 고기를 놓친 실망감을 거듭 겪어야 한다.

피라냐*의 키스

젊었을 때 해야 될 일이 있다. '판단력'이라는 게 생기기 이전에. 판단력은 살아 있는 재미를 빼앗아갈 수가 있다. 온전한 판단을 너무 많이 하면, 플라이낚시로 피라냐를 잡지 못할 것이다.

이 모든 걸 생각하게 된 것은 어느 날 오후였다. 나는 경비행기를 타고 아마존 우림 위를 날고 있었다. 그때 엔진 두 개가 쿨럭대더니 멈춰버렸다. 프로펠러가 멈추자, 비행기는 곤두박질치지 않고 미끄러지듯 나아가, 조용히 정글이 이루는 지평선 위쪽 푸른 하늘을 날았다. 파일럿이 상황 설명을 해주지 않았고, 나는 어찌나 당황했는지 묻지도 못했다.

젊고 분별력 없고, 판단력의 방해를 받지 않던 시절, 무덤덤하지 않은 삶을 살겠다고 맹세했다. 어느 날인가 어른이 되더라도 소년으로

---

* 피라냐는 남미산 민물고기로 사람이나 가축도 물어 죽인다 ―옮긴이.

남아 있겠노라고. 적어도 안으로는 그렇게 살겠다고. 나는 여자들이 만나는 남자가 아니라, 그들이 안에서 찾는 소년의 모습에 사랑을 느낀다고 믿었다. 언제까지나 소년으로 남겠다는 이 열망을 후회해본 적이 없었다. 경비행기의 엔진이 멈추기 전까지는.

처음 떠오른 생각은 공포가 아니라 마음에 들지 않았던 쇼가 끝났다는 조용한 묵상이었다. 지금 당장. 바로 여기서. 이젠 가족도 없고. 낚시도 못 하고. 아무것도 아닌 것도 끝나고. 시간이 다 되었다. 그 시간은 우리 모두에게 다가오고, 이제 그 시간이 내게 왔다. 무슨 이유에선지 W. C. 필즈의 말이 떠올랐다.

"웃기는 구닥다리 세상이다. 살아서 나가는 사람은 운이 좋다."

하지만 행운을 빌고 후회를 하기 시작했을 때, 엔진이 살아났다. 파일럿 옆 자리에 앉은 낚시꾼은 우리 모두를 돌아보며 말했다.

"파일럿이 연료 탱크를 바꾼 거라구요! 한쪽을 먼저 다 쓴 다음에 다음 것을 시작한 거죠!"

휴.

다시 생명이 돌아왔다. 우리끼리 말이지만, 가여운 미국 여행자들을 몇 초 동안이나마 아마존 우림에 떨어뜨려놓고, 이유도 설명 안 해주는 건 심하다 싶다. 월요일 아침이면 실존에 관한 비명을 지르게 마련이지만, 새 낚시터에 가는 길에까지 그런 기분을 느끼고 싶진 않다. 한데 생각해보면, 집에 머무는 쪽을 택하는 '온전한 판단'을 하지 못하는 사람은 이런 일을 당하게 마련이다. 집에나 있을 것이지 물고기를 찾아서 아마존 밀림을 헤매고 있으니.

다시 숨을 쉬기 시작하자 낚싯대 케이스를 꽉 쥔 손이 스르르 풀리면서, 내가 플라이로 피라냐를 얼마나 잡고 싶은지 새삼 깨달았다. 소년, 남자, 할아버지가 한데 뭉쳐져서 내가 좋아하는 구절을 읊조렸다.

"젊은 것은 한 번만 할 수 있지만, 성숙한 것은 평생 할 수 있다."

사흘 후 캠프를 벗어나 '벤투아리 강'을 타고 올라갔다.

공식적인 낚싯감은 피코크배스였지만, 나는 피라냐를 원했다. 그것도 플라이로. 플라이낚시꾼이라면 생미끼로 피라냐를 잡겠다고 아마존 우림 한가운데에 가진 않는다. 물론 그럴 수도 있고, 그런다고 잡혀가는 것도 아니지만, 플라이낚시꾼은 괴팍하기 마련이다. 다른 낚시꾼들—미끼낚시꾼들—은 나를 괴팍하다고 생각했을 테지만 나야 원래 그런 사람인 것을.

그래서 나는 급류 옆 바위에 서서 노랑과 하양이 섞인 플라이를 던질 준비를 했다. 가벼운 낚싯대로 헛손질을 거듭하기 시작했다.

한 번만 사람을 먹는다는 고기를 잡고 싶었다. 인간과 피라냐 사이에는 대단히 공평한 뭔가가 있다. 사람이 잡으면 피라냐를 먹고, 피라냐가 잡으면 사람을 먹는다는.

소년 시절, 일요일 아침이면 조니 와이스뮬러가 '정글짐'으로 분한 모험 영화를 보곤 했다. 정글짐은 정글의 법이고 정의였지만, 처형자는 야생동물들이었다. 과학자의 딸을 납치하거나, 정글 신의 이마에 박힌 에메랄드를 훔치고 원주민들을 죽인 대가는 피라냐의 키스였다.

키스치곤 대단했다. 정글짐에게 추적당해 강 쪽으로 도망친 나쁜 놈들은, 갑자기 면도날 같은 이빨과 엄청난 식욕을 가진 보이지 않는 물고기 수천 마리에게 휩싸인다. 단번에 물고기에게 물린 놈들은 비명을 지르면서 물속으로 사라졌다. 물방울이 뽀글뽀글 올라오면서 강이 빨갛게 물들었다. 완벽하고 흠잡을 데 없는 정의. 수임료 비싼 변호사도 없고, 보석도 없고, 재판 장소 변경이나 언론 플레이도 없고, 배심

원단 선택이며 미결정 심리, 선고 유예 같은 것도 없고. 물론 아무것도 하지 않고 빈들거리는 행태도 없고. 재빠르고 날렵하고, 완전하고 순수한 정의. 어머니 자연이 악의 없이 멋지게 베풀어준 정의.

나는 7킬로그램짜리 티펫에 '레프티 디시버'를 맸다. 이쪽 오리노코 강 유역의 피라냐는 2킬로그램 정도 크기여서 7킬로그램 정도면 놈의 이빨을 손상시킬 수 있을 것 같았다. 피라냐는 물살 위로 뛰어오르지 않으므로, 낚싯대를 던졌다. 플라이가 물속으로 들어갔다. 가이드인 루이스에 따르면 송어가 '끝내주게' 많은 초록빛 물속으로 플라이가 살며시 떨어졌다.

뻣뻣하게 당기는 기운이 있었다. 나는 훅이 꽂히도록 낚싯줄을 힘껏 챘다. 물고기가 몸을 돌리니, 낚싯줄이 느슨해졌다. 릴을 감아, 리더 끝을 점검했다. 손톱깎이로 자르기라도 한 것처럼 리더 끝이 잘려나갔다. 루이스가 싱긋 웃으면서 짧은 영어로 말했다.

"와이어를 써요."

하지만 나는 집에서 묶어온 리더들(18킬로그램짜리 티펫을 단 9킬로그램짜리)에 손을 뻗어, 플라이를 매기 시작했다.

내가 지구 한편에서 잡게 될 피라냐는 거기만 있는 게 아니었다. 세상에는 피라냐가 넘쳐난다. 살을 찢는 악한 입으로 세상과 관계 맺는 자들은 피라냐인 것을. 전에 알던 형사 사건 변호사의 집에는 피라냐가 가득한 수족관이 있다는 소문이 자자했다. 재판이 있는 날 아침이면 피라냐에게 먹이를 주며 정신을 가다듬는다나. 나는 늘 그 변호사가 일부러 낸 소문이라고 생각했는데, 어느 날 전문가의 증인으로 그에게 반대 심문을 받게 되었다. 별로 마음에 들지 않았다. 그는 피라냐 못지않게 상대의 살을 찢을 수 있는 사람이었다. 피라냐 수족관 이야기는 사실이었다.

하지만 18킬로그램짜리 티펫이라면 어떤 피라냐라도 잡을 수 있다. 18킬로그램짜리 티펫은 로프다. 새 플라이를 던지고 몸을 움직여, 미끼가 떨어지는 것을 지켜봤다. 초록색 물에서 은빛이 번뜩이더니 강한 당김이 뒤따랐다. 이번에는 물고기가 날뛰었다. 나는 목을 잡아챘다. 라인이 느슨해졌다.

릴을 감으면서, 밀짚모자를 눌러쓰고 바위에 앉은 루이스를 힐끗 쳐다봤다. 그가 미소 짓는지는 확인할 수 없었다. 하지만 그가 다시 "와이어"라고 말하는 소리가 들렸다.

나는 어느 곳의 환경에 적응한 다음에는 늘 습관대로 하기를 좋아한다. 늘 맞아떨어지는 것은 아니더라도 그렇게 한다. 아내는 그걸 재능이라고 말한다. 피라냐의 키스가 깨끗하게 잘라버린 모양을 살피고는 플라이를 다른 방식으로 18킬로그램용 티펫에 묶었다.

이번에는 몇 차례 캐스팅해야 했지만 녀석이 왔다. 날카로운 신호가 오더니 아무 기척이 없었다. 라인을 보니 초록색과 노란색의 가짜 북극곰 모양의 플라이가 여전히 달려 있었다. 하지만 이발사가 매만지기라도 한 것 같았다. 훅 위쪽에 달린 털이 잘려나갔다. 깔끔하게. 키스를 받은 것이었다. 루이스는 조는 거 같았다.

마침내 와이어에 손을 뻗었다. 코팅된 9킬로그램짜리 티펫이 달린 22센티미터짜리 와이어였다. 다음번 움직임이 오자, 낚싯대를 걸어 올렸다. 싸움이 계속되었다. 물고기계의 아널드 슈워제네거였다. 우리는 꽤 씨름을 했지만 결국 내가 이겼다. 1.3킬로그램짜리 물고기를 서 있던 바위에 놓았을 때 루이스는 옆에 와서 섰다(어린 시절 〈정글짐〉 영화를 본 덕분에, 피라냐에게 다가가지는 않았다). 루이스가 씩 웃으면서

"펜치"라고 말했다.

그에게 펜치를 건네주었다. 루이스는 물고기의 날카로운 이빨을 내게 보여주고, 조심스럽게 돌려서 불그레한 은빛 옆구리와 금빛 목구멍, 불그스름한 황금빛 아가미와 그 뒤쪽의 검은 줄을 보여주었다. 물고기는 어깨가 있는 크래피의 모양새였다. 루이스는 '와이어 리더' 덕분이라고 되뇌더니, 캠프의 규칙에 따라 피라냐를 놓아주었다.

늦은 시간이었다. 우리는 피라냐 한 마리를 잡은 것으로 낚시를 접고, 저녁 식사를 하러 캠프로 향했다.

모자와 머리에 맨 수건을 벗고, 밀림의 공기에 몸을 식혔다. 배는 강 아래로 내려갔다. 기분이 좋고 마음이 진정됐다. 꿈이 이루어졌고, 소년의 삶의 사이클이 완성되었음을 알았다. 50년 만에 피라냐를 잡은 것이다. 사람을 잡아먹는 고기를 잡았으니, 어느 때고 아마존 한가운데서 엄청난 녀석을 잡은 이력으로 동료 낚시꾼들의 콧대를 눌러줄 수 있게 된 것이었다.

배가 강 하류로 내려갈 때, 붉은 해가 밀림에 내려앉았다. 거대한 초록색 커튼 앞의 흰 촛불처럼 석양이 나무에 걸터앉은 따오기 떼를 감싸 안았다. 대화를 할 시간이 된 것이다. 스페인어를 잘했으면 좋으련만.

해질녘 강변의 원주민 마을을 지나면서, 어린 소년들이 낚시도 하고 물가에서 뛰노는 모습을 보았다. 물살이 빠른 갈색 바위에 앉은 아이들은 낚싯대나 릴도 없이 손으로 낚싯줄을 드리우고 있었다. 작은 돌에는 훅과 미끼가 매달려 있었다. 고기 잡는 소년들은 낚시에 몰두하다가 미끼를 다시 물속으로 던지곤 했다. 우리에게 손을 흔들 때만 잠시 고개를 들 뿐이었다.

"어떤 종류의 물고기인가요?"

나는 루이스에게 고개를 돌리고 더듬더듬 스페인어로 물었다.

"로스 니노스 엘 페즈."

루이스는 싱긋 웃으며 말했다.

"아이들의 물고기라고?"

내가 반문하자 그가 대답했다.

"그렇습니다. 피라냐죠."

2월의 송어

집에서 정확히 80킬로미터 떨어진 곳에 외딴 송어 강이 있다. 2월에 정말 송어를 잡아야 될 때 송어 신들이 한 마리 잡게 해주는 곳이다.

두 마리도 아니고. 세 마리도 아니고. 딱 한 마리. 1년 내내 대단히 착하게 지냈다면, 두어 마리 더 허락받을지도 모른다. 2월에 잡는 아름다운 무지개송어 한 마리는 대단한 선물이다.

한 마리라도 좋다…… 좋은 것 이상이다. 특히 2월에는.

하지만 2월에 이 작은 강에서 무지개송어를 잡으려면, 신들이 요구하는 게 뭔지 알아야 한다.

이 작은 강을 다스리는 신들은 기묘하다. 그들은 기도에 응답하지 않는다. 그들은 기도를 멋지고 명예로운 삶을 위한 싸구려 대용품이라고 믿기라도 하는 것 같다. 그들은 말한다. "약속을 지켜라." "우리에게 선행을 보여라." 아마 이 신들은 미주리 주 출신일 것이다. 그들은 낚시꾼에게 선행을 요구한다. 하루 동안도 아니고 한 주도 아니고, 심지어 한 달도 아니고 1년 내내 선행할 것을 요구한다.

그래서 나는 이 강물의 낚시 신에게 기도하지 않는다. 그들에게 날 믿어달라고 기도하는 걸 오래전에 중단했다. 하지만 그들의 특징을 알게 되었고, 그들 또한 내가 나에 대해 아는 것을 안다고 생각한다. 그러니 그들을 화나게 하고 싶지는 않다. 결국 겨울에 이 강에서 낚시하려면 그들을 깨워야 하니까. 양심의 잠에서 깨우면 그들은 짜증을 낼 수도 있다. 나는 조용히, 몸가짐을 단정히 하고 낚시한다. 그들이 내게 송어 한 마리를 허락한다면 정말 기쁠 것이다.

2월에는 송어 한 마리로 족하지 않은가? 그걸 잡으러 160킬로미터쯤 차를 몰고 왔다고 해도. 물론이다.

적어도 내게는 그렇다. 땅에 흰 눈이 소복소복 쌓이고, 찬바람 속에 얼음이 어는 2월에 송어 한 마리를 잡는 것으로 차고도 넘친다. 한 마리면 기쁘다. 그걸로 마음이 충만하다. 감사한 마음이 생긴다. 엄청난 대가를 치렀다 해도.

이 신들이 2월의 송어를 주며 요구하는 것은 구식이다. 그들은 옳은 행동, 친절, 명예로운 처신을 요구한다. 무엇보다도 우리 인간들이 서로 친절할 것을 요구한다. 이것이 그들에게는 노래가 되었다.

그들은 우리가 타인을 배려하고, 대가를 바라지 말고 이웃을 돕길 바란다. 꼭 필요한 경우가 아니면 자동차 경적을 울리지 않길 바란다. 우리가 모르는 사람들에게 미소 짓고, 농부들에게 손을 흔들기를 바란다. 교통 체증 속에서도 다른 운전자들에게 말이나 손짓으로 욕하지 않기를 바란다.

2월의 송어를 잡으려면, 우리는 남을 먼저 생각하고, 노인들에게 미소 짓고 가능하면 말을 걸어야 한다. 운이 나쁜 사람들에게 얼마간의 돈을 기부하고, 시간을 내어 좋은 일에 자원하고, 나쁜 사람들에게 대항해야 한다. 꼭 투표하고, 감사장을 보내고, 사는 법을 배우고 잘 살아야 한다. 사람과 모든 피조물을 위해 지구를 보살펴야 한다. 그래야 여름 오후에 소풍을 나갈 곳이 생길 테니까.

낚시 신들은 우리가 처녀를 바치거나 맏아들을 죽여야 2월의 송어를 허락하는 것은 아니다. 다만 팁을 넉넉히 주고, 개를 걷어차지 말 것을 요구한다. 또 세상을 돌아가게 만드는 사람들을 잘 대접해야 한다. 안내원, 웨이터, 버스 기사, 비서, 주유소에서 기름을 넣어주고, 아파트를 정돈해주고, 음식을 날라주는 사람들, 특권도 없고 큰돈도 못 벌지만 우리에게 미소로 인사하고 도와주려는 마음을 가진 사람들.

이런 사람들을 박대하면—내가 뭐랄 위치는 아니지만—2월의 송어는 물 건너갔다고 봐야 한다.

나는 오랜 세월 이 작은 강에서 낚시를 했다. 여름에도 오고 겨울에는 더 자주 온다. '슈퍼볼' 대회로 시끄러운 날이면, 눈이 오더라도 나는 아침나절 이 강으로 온다. 경기가 시작될 시간이면 낚싯대를 준비해서 눈 쌓인 계곡으로 들어선다. 강줄기가 길게 굽이진 그곳에 2월의 송어가 기다리고 있다.

낚시터로 가면서 지난 한 해 동안의 내 삶을 돌아본다. 정직하게 계산해본다. 자족하지만 거만을 부리지는 않으면서, 훅을 늘어뜨리고 미늘을 살핀다. 손끝 사이에 끼워진 리더에서 기억이 타오르면, 상류 쪽으로 캐스팅하면서 첫 애원을 한다.

이것이 2월에 송어를 잡는 방법에 대한 내 이론이다. 진부한 이론이라는 것은 알지만, 지금껏 잘 통하는 방법인 것을.

욕설 계좌

나는 그를 '본피시(여울멸과의 물고기 ―옮긴이) 펠릭스'라고만 안다. 다른 이름이 있을 테지만, 낚시 가이드와 스포츠 세계에서는 본명과 관계없이 처음 만날 때 부른 이름으로 통한다. 이쪽 동네의 관습이고, 특별한 일이 없으면 가이드와 낚시꾼 사이의 관계는 우호적이지만 제한적이다. 세월이 흐르면서 이 불문율이 깨지지 않으면, 그들은 함께 낚시하면서도 서로에 대해 잘 모른다.

"반갑습니다."

그는 내게 손을 내밀면서 인사했다. 꼭 잡거나, 무슨 정보를 나눠야 하는 의미의 악수가 아니었다. 그냥 '잘해봅시다' 정도의 의미랄까.

내가 말했다.

"폴입니다. 만나서 반갑습니다."

"펠릭스입니다. 다들 본피시 펠릭스라고 부르죠."

그는 키가 크고 힘이 좋은 바하마 사람으로 머리가 희끗희끗했다. 체구가 굉장히 컸다. 나는 그에게 내 나이로 보인다고 농담했지만, 알고 보니 나보다 다섯 살이나 연상이었다. 왜 나이 든 사람이 젊은 사람이나 할 일을 할까? 낚시 가이드 일에 열정을 느껴서일까, 꼭 일을 해야 되기 때문일까? 아는 게 이것뿐이어서? 교육을 못 받아서 다른 일을 할 줄 몰라서?

그 답을 찾고 싶은 의도가 없었다면 본피시 펠릭스와 내 관계는 우리가 낚시하던 '사우스 안드로스 섬'의 평바닥만큼이나 얕았을 것이다. 휴가를 왔으니, 도움이 필요한 사람을 상담해주는 일을 막으려면 그를 '가난하고 교육 못 받은 흑인'으로 치부하는 편이 안전했다.

인간 안에 뭐가 있기에 낯선 사람, 특히 다른 인종에 대해 서둘러 부정적인 결론을 내리는지 모르겠다. 아마 편견을 갖는 것은 손쉽고 시간이나 개인적인 탐구를 요하지 않기 때문일 것이다. 게으른 사람들에게는 편견을 갖는 게 편리하다. 타인에 대해 조심스럽게 결론을 내리려고 늘 노력하지만, 결국 알고 있는 전형적인 타입에 의거해서 수월하게 인간을 이해해버린다. 내가 나은 사람이면 좋겠는데 그렇지 못하다.

물론 일터에서는 이런 식의 사고방식을 갖지 못한다. 상담소를 운영하는 심리학자로서 힘들이지 않고 남을 이해할 수는 없는 노릇이다. 오히려 모든 선입견, 전형적인 타입, 가정은 옆으로 내려놓고, 개인적인 정보를 알아내서 한 사람이 타인에 대해 가질 수 있는 최대한의 이해를 끌어내야 한다. 이 임무에서 실패하면, 환자뿐만 아니라 자신과 직업에 대해서도 실패하게 된다.

하지만 본피시 펠릭스에 대해서는 얼마나 알아야 할까? 얼마나 알고 싶을까? 낚시 가이드에 대해 물고기를 발견하고 포인트를 찾아내는 기술 외에 뭘 알아야 할까? 내가 한두 가지 질문을 한다고 해도, 펠릭스가 그런 질문을 던진다면 나는 진지하게 대답할까? 심리치료사의 좋은 점은 온갖 흥미로운 질문을 던지지만 답을 하지 않아도 된다는 것이다. 하지만 반짝이는 물가에 나와서는 그런 규칙이 필요 없었다. 게다가 누군가에게 '내가 심리치료사'라고 말하면, 상대방의 하루를 망치게 될 수도 있었다.

그런데 온종일 펠릭스와 낚시를 하면서 그의 신상이 마음에 걸렸다. 물가에 나가서 2.2킬로그램쯤 되는 물고기를 잡고 나자 가이드와 낚시꾼의 긴장 관계가 풀렸고, 나는 펠릭스를 칭찬하면서 물었다.

"가이드를 한 지는 얼마나 됐습니까?"

"26년요. 오래됐죠."

그는 웃으면서 배를 조용히 무릎 깊이의 수심으로 밀었다. 우리는 다음 고기를 탐색했다.

나는 궁지에 빠졌다. 낚시터에서 일주일을 보낸 후에도 지루하다고 고백하지는 않을 테지만, 솔직히 태평양 북서쪽의 집에 가고 싶을 터였다. 가서 산을 보고, 서늘한 바람도 느끼고 다시 솔향기도 맡고 싶을 터였다. 아무리 낚시라 해도, 같은 곳에서 같은 일을 같은 방식으로 26년간 하다니, 믿을 수가 없었다.

펠릭스도 내 생활에 대해 똑같이 느낄 테지만, 나는 그에게 지적인 자극이 필요하며 그가 정신적인 삶을 가졌다면 그것은 우리가 낚시하는 풍경만큼이나 황폐할 거라는 결론을 내렸다. 이런 결론이 잘못일지 모른다는 것을 알았고, 오해를 바로잡기 위해 심리학적인 질문들을 퍼붓고 싶은 유혹을 한순간 느꼈다. 하지만 내가 휴가 중임을 되새기면서, 울긋불긋하게 춤추는 빛과 물고기가 춤추는 물에 비친 그림자에 관심을 쏟았다.

낚시는 참선과 비슷해서, 완전히 침묵을 유지해야 한다. 아무것도 찾지 않아야 모든 것을 볼 수 있다. 안 그러면 너무 문명화된 삶 때문에 마음에 쌓인 먼지와 티끌 속에서 물고기를 못 보고 만다.

뒤에서 펠릭스가 외쳤다.

"왼쪽! 2시 방향요! 15미터 지점. 보입니까?"

나는 물고기를 봤다. 두 마리가 우리 쪽으로 오고 있었다. 캐스팅을 시작했지만, 고기의 속도를 따라가지 못하고, 플라이를 고기 위쪽에 떨구었다. 녀석들이 놀라서 달아나버렸다. 사흘 동안 본 것 중에서 가장 큰 고기였다. 나는 "젠장!"이나 "빌어먹을", 혹은 더 심한 욕설을 내뱉었던 것 같다. 정확히 뭐라고 했는지는 기억나지 않지만, "왜 이러지!" 정도가 아니었다는 것만은 분명하다.

믿기 힘들겠지만, 낚시꾼들은 자주 욕설을 퍼붓고…… 물론 그것을 합리화한다. 월척을 놓쳤다거나 캐스팅에 실수했다거나, 훅이 골치를 썩이면, 소위 억압된 욕설이 터져 나올 수 있다. 억압된 욕설은 통장 계좌와 비슷하다. 평소 도시의 직장이나, 머리를 돌게 하는 공무원들과 만날 때나, 누구든 욕이 나오게 하는 사람들과 부딪힐 때 솟구치지만, 상황이나 예절 때문에 혹은 상대방이 총을 쏠까 봐 차마 발설하지 못하는 욕설이 모두 포함된다. 이런 욕설을 계좌에 차곡차곡 모아뒀다가, 나중에 낚시를 할 때 뭔가 잘못되면 양해되는 상황에서 쏟아내는 것이다―어떤 경우는 다른 낚시꾼들이 채근하기도 한다. 우리 심리학자들이 "쏟아버려요!"라고 말할 때의 그런 쏟아냄. 총천연색의 욕설을 쏟아낼 때의 치료 효과에 대해 정식으로 발표된 심리학적인 연구는 많지 않다. 하지만 가끔 욕설 계좌에 있는 것을 쏟아버리면 심장 발작은 막을 수 있을 것이다.

그랬다. 친구들과 나는 펠릭스와 다른 가이드들과 낚시하면서, 독성 욕설을 쏟아냈다⋯⋯ 모두 정신 건강에 좋다는 핑계로.

주말에 친구 릭과 나는 마지막 날의 낚시를 펠릭스와 함께했다. 우리는 '리틀 크리크'의 선착장에서 만났고, 펠릭스가 작은 배를 준비하는 동안 나는 창꼬치용 낚싯대를 챙겨 두어 차례 산만하게 캐스팅을 했다. 연두색의 피라미 플러그를 사용했다. 두 번째 캐스팅을 시작했을 때, 커다란 창꼬치가 플러그로 달려들더니 훅에 걸렸다.

이상하게도 펠릭스가 낚싯대를 넘겨달라는 몸짓을 했다. 그는 '싫다'고 말하기가 힘든 타입이어서, 나는 낚싯대를 넘기고 물러났다.

일보러 가는 사람들―학생들, 낚시꾼들―이 모여들어 노인이 큰 물고기와 씨름하는 광경을 지켜보았다. 창꼬치는 바다로 달아났지만 다시 끌려왔다. 그러다가 다리 아래로 달아났지만, 다시 펠릭스가 되감아 올렸다. 창꼬치가 정박한 작은 배들 밑으로 힘껏 달아났지만, 펠릭스는 녀석을 선착장으로 끌어당겼다. 창꼬치가 싸움을 포기하려 할 때, 한쪽으로 몸을 비틀며 스르르 훅에서 벗어났다. 다시 자유로워진 창꼬치는 천천히 바닥으로 헤엄쳐 바다로 나갔다.

펠릭스는 욕설을 퍼붓지 않았다. 욕을 하거나 욕설 계좌에 든 것을 쏟아내지 않았다. 오히려 혼잣말로 중얼대면서 낚싯대를 내게 돌려주었다. 그는 씩 웃으며 "이런 게 낚시지요"라고 말했다.

우리는 마지막 날 늦도록 고기를 잡았고, 펠릭스에게 늦게까지 열심히 도와줘서 고맙다고 팁을 듬뿍 주었다. 그는 한 주일 내내 열심히 일했다. 15분간의 점심시간을 빼고는 일을 멈추지 않았다. 도움을 주면서도 까다롭게 굴지 않고, 다정하지만 주제넘게 나서지 않았다. 펠릭스는 완벽한 가이드였다. 나는 그에 대해 짐작했던 것만으로 만족하며, 확인하려 하지 않았다.

마지막에 그가 물었다.

"다시 올 거지요, 폴?"

"그렇겠죠."

나는 별 의미 없는 악수를 하며 말했다. 그가 7개월간 가이드를 하면서 하루도 못 쉬었다는 것을 알고 내가 덧붙였다.

"적어도 내일은 하루 쉬겠네요."

펠릭스는 소리 내어 웃으며 대답했다.

"아, 아닙니다. 내일은 일요일이지요. 일요일은 하나님을 위해 일합니다."

"그래요?"

내 선입견이 흔들리는 기분을 느끼며 내가 대꾸했다.

그가 설명했다.

"여기 나와 있을 때도 늘 주일에 대해 생각합니다. 설교에 대해 생각하지요. 성서에 대해, 사람들에게 필요한 것에 대해 생각해요. 머릿속으로 설교문을 쓰고, 나중에 집에 가서 글로 옮기지요. 말은 안 했지만, 나는 이 고장의 침례교회 목사랍니다."

"세상에, 이럴 수가……."

나는 그동안 뱉어낸 욕설들을 떠올리며 말꼬리를 흐렸다.

펠릭스가 웃으며 말했다.

"여기 즐기러 오셨잖아요. 내가 또 어떤 일을 하는지 알면…… 낚시하는 분들이 즐거운 시간을 망칠 수도 있거든요."

허풍

얼마 전 나는 '스네이크 강 의학 포럼'의 초청 연사로 초대되었다. 이 포럼은 의사들이 1년에 한 차례씩 만나서 의학적인 견해도 나누고 사교도 하는 모임이다. 제약 회사가 자기네 약을 처방해달라고 의사들에게 음식과 와인을 대접한다. 좋은 의사들은 약간의 의학 교육 시간을 가지면서 즐기기도 한다. 히포크라테스 선서에 자본주의가 더해져, 내가 보기에는 여러분과 나를 포함해서 모두 승리하는 구도이다.

나는 의사들과 일하고, 그들에게 강의하고, 그들을 존중한다. 내게도 주치의가 있고, 대부분의 미국인 의사들에 대해 불평하지 않는다. 그들은 세계 최고니까. 불운하게도 그들은 관리가 심한 의료보험제도 안에서 일해야 한다. 의료보험제도는 너무 엉터리여서, 이미 보험사가 우리를 죽일 권리를 갖고 있는 판국에 왜 의사가 환자의 자살을 도운 사건에 대한 토론에 열을 올리는지 모르겠다. 기본적으로 돈은 보험사가 벌고, 욕은 의사가 먹는다. 이것은 스트레스가 생기는 일이며, 애초에 내게 '스네이크 강 의학 포럼'에서 강연해달라는 요청이 온 것도 이 때문이다.

내 강연 제목은 '섹스, 희망, 낚시의 심리학'이었다. 청중들이 기분 전환을 하고, 잠시 생활을 돌아볼 시간을 갖게 하며, 가벼운 마음으로 귀가하게 하는 것이 연설의 목적이었다. 강연이 막바지에 접어들자, 나는 너무 바쁜 의사들에게 '시간이 돈'이라는 옛 미국의 속설은 잘못된 생각이며, 그 반대로 돈을 버는 데 시간이 너무 많이 든다는 관점에서 봐야 한다고 지적했다. 내 허풍을 듣고 언짢아하는 사람도 있었다.

내 지적에 부정적인 반응을 하는 이유는 내가 사람들에게 사는 속도를 늦추고 생활을 즐기고 지나치게 열심히 일하지 말라고 채근하기 때문이었다. 은퇴를 앞둔 나야 그렇게 말하기 쉬울 것이다. 현대의 개업의들을 지배하는 경제 규칙은 다음과 같다. 시간당 9명의 환자를 보면 생활을 영위한다. 시간당 6명의 환자를 보면 병원 직원을 절반으로 줄여야 한다. 시간당 4명의 환자를 보면 병원 문을 닫아야 한다. 미국 의학협회에 쇄도하는 불만이 "내 주치의가 말을 들어주지 않는다"라는 것도 그럴 법하다. 어떤 의사가 시간이 있을까? 미국에서 시간이 있는 의사는 딱 한 명이다. TV에 나오는 닥터 마커스 웰비. 그는 일주일에 딱 한 명의 환자만 보니까.

강연을 마무리 지으면서 나는 치사한 말을 꺼냈다. 돈 얘기. 의사들과 배우자들에게, 아무리 돈이 많아도 낚시를 못하고 지나간 하루를 살 수 없다고. 자녀나 손자들, 형제나 친구들과 함께할 시간을 놓치면 돈으로 되살 수 없다고. 낚시는 물고기를 잡는 일이 아니라 몇 시간 자유롭게 지내면서 사랑하는 이들과 같이 지내는 일이라는 점을 상기시켰다. 돈으로 사랑을 살 수 있다는, 돈으로 행복을 살 수 있다는, 심지어 시간이 돈이라는 속설을 재고해보라고 촉구했다. 돈을 벌려고 흘려

보낸 시간은 단 1초도 돈 주고 살 수가 없다고.

"아무리 돈이 많아도 일하느라 놓쳐버린 일몰을 되살 수는 없습니다. 아무리 돈이 많아도 읽었어야 할 책, 나누었어야 할 사랑, 강가로 데리고 나가 처음으로 낚시를 하게 도왔어야 할 자녀들과의 시간을 되살 수는 없습니다."

내가 쓴 책에 나온 소망에 대한 글을 읽어주는 것으로 강연을 마쳤다.

하지만 모두가 손뼉을 친 것은 아니었다. 식사 후에 심리학자가 슬금슬금 다가와서 아픈 데를 찌르는 걸 싫어하는 사람들도 있다. 그가 살아가는 유일한 방식을 재고하라는 요구를 싫어하는 이도 있다. 나중에 어떤 의사가 커피를 들고 다가와서, 왜 열심히 일해야 하는지, 왜 즐길 시간이 없는지, 왜 어쩔 도리가 없는지 자세히 설명했다. 어떤 사람은 자신의 라이프스타일에 대해 사과했다.

나는 자문해보았다.

'이 사람은 전혀 모르는 나란 사람한테 왜 사과를 하고 있을까? 나의 어떤 말이 그를 그렇게 당황하게 만들었을까?'

어떤 의사는 내게 다가와서 이렇게 말했다.

"정말 도움이 됐습니다. 많이 배웠어요. 내년에는 시간을 내서 낚시를 해야겠어요."

이때가 3월이었다.

나는 강연을 할 때마다 이야기를 끝낸 후 한 바퀴 돌면서, 이야기 소재를 얻고 여러 가지 배우기도 하고, 낚시에 초대하기도 한다. 적지 않은 사람들이 자기가 아니라 다른 사람의 사정을 말하며 은근히 심리 상담을 하기도 한다. 나는 귀담아듣지만 오래 들어주지는 않는다. "내게는 답이 없습니다. 질문만 할 뿐이지요. 우리 각자가 자신의 답을 찾아야 합니다"라는 말로 선을 긋는다. 그런 자리가 사업을 목적으로 하는 것은 결코 아니지만, 강연 후에 개인적으로 상담을 받으러 찾아오는 사람도 있다.

그날 저녁 감사 인사와 악수와 작별 인사를 나눈 후, 나는 늦게 길에 나섰다. '루이스턴 그레이드'를 타고 동 워싱턴의 집으로 차를 몰았다. 운전하면서 내 삶을 돌아보는 시간을 가졌다.

설교하는 사람들은 자기는 반도 실천하지 않으면서 위선에 빠지기 쉽다. 건전한 조언과 헛소리는 습자지 한 장 차이이므로, 때때로 자기가 떤 허풍이 가치가 있는 내용인지 점검하는 것이 좋다.

적어도 그 강연 내용이 내게 위선은 아니었다.

모텔에서 자지 않고 늦은 밤 차를 몰아 집에 가는 이유가, 다음 날 새벽 두 손녀딸을 데리고 낚시를 가기로 한 약속 때문이었으니까. 처음으로 두 아이가 윌리엄스 호수로 낚시 여행을 가기로 한 날이었다. 아이들은 송어를 잡았다. 할아버지가 별로 돕지 않았는데도.

· · ·

자연에서는 모든 해결책이 당분간의 방법일 뿐이다.

플랜 B

조금 있다가 이유를 설명하겠지만, 나는 사무실 책상에 여권을 보관한다. 짙은 청색 미국 여권이다. 안에는 잘못 나온 사진이 붙어 있다. 여권은 환자들의 눈에 안 띄는 전화기 뒤에 놓여 있다. 하지만 내 자리에서는 잘 보인다. 여권을 거기 두는 이유는 아주 중요한 것을 일깨워 주기 때문이다. 바로 플랜 B를.

니체는, 인생의 모든 가능한 조건 중에서 우리 인간은 이유만 알면 뭐든 견딜 수 있다고 믿는다고 했다. 나 역시 이유만 알면 우리는 뭐든 견딜 수 있다고 믿는다. 하지만 삶은 인내심 시험장이 아니라는 것도 믿는다. 사람들은 나쁜 직장, 끔찍한 결혼 생활, 심지어 별로인 낚시까지 참아내긴 하지만, 그런 것들의 존재는 몹시 우울하다.

인생살이가 고통이라는 부처의 말이 있지만, 아무리 그래도 이유를 안다는 이유만으로 왜 우울해야 할까?

삶이 오직 참는 것이고, 고통이고, 우울해서 입술 끝이 뻣뻣하게 올라가는 거라면, 무슨 의미가 있을까?

내게 오는 환자들은 '플랜 A'를 감내하는 우울하고 참담한 사람들이다. 나는 그들에게 그런 질문을 한다. 그들의 표정으로 봐서, 생전 처음 들어보는 질문임을 알 수 있다.

'플랜 A'는 지금 우리가 살고 있는 생활이다. 내일 아침 눈을 떠서 밤에 눈을 감을 때까지, 그 사이에 하는 모든 일이다. 우리는 몇 년 혹은 몇십 년, 아니면 평생토록 플랜 A 속에서 허우적대며 산다.

대부분의 사람은 별 생각 없이 플랜 A에 빠져 산다. 플랜 A는 대학 공부까지 시켜준 사려 깊은 부모가 안겨주는 것일 수도 있다. 또 엄격한 숙부의 기대감이나, 커서 글을 쓸 수 있겠다고 말해준 고교 영어 선생님 때문에 생기기도 한다. 혹은 경찰 시험을 보자는 친구의 권유나 알래스카로 같이 낚시를 떠나자는 친구 때문에 생기기도 한다. 어느 날 누군가 문을 두드려서, 또는 예상치 못한 전화가 걸려 와서, 유기화학에서 F를 받는 바람에 천문학이 아닌 유기화학을 공부한 것이 계기가 되기도 한다.

살고 싶은 삶을 선택할 수 있지만, 그런 경우는 별로 없다. 독립적이고, 자유 의지가 있고, 멋진 커리어를 가진 사람들은 인정하기 싫을 테지만, 대부분의 사람들은 플랜 A를 살아가는 걸로 인생을 마친다. 다른 사람에게는 인정하기 싫지만, 애매하고, 사소하고, 무의미한 의미 때문에.

나는 환자들에게 묻는다.

"플랜 A가 제대로 안 돌아갈 때 어떤 플랜 B를 갖고 계시죠?"

그들은 되묻는다.

"플랜 뭐요?"

"플랜 B 말입니다. 지금 사는 인생이 제대로 돌아가지 않으면 그때는 어떻게 살 거냐구요?"

대부분의 환자는 자기가 계획대로 살고 있다는 사실조차 모른다. 아무리 우연히 계획되고 불만족스럽게 만들어져도 어떤 계획에 의해 살고 있는데도. 그 계획이 문자 그대로 그들을 잡아먹고 있는데도.

플랜 A에서 고초를 겪어도 대부분의 사람들은 플랜 B를 마련하지 않는다. 문제의 새로운 해결책에 대해 잠시도 생각하지 않는다. 어떻게 돈벌이를 할지, 누구와 사랑에 빠질지, 갑자기 가난해지거나 갑자기 부자가 된다면 어떻게 할지, 어디서 의미와 보상과 기쁨을 찾을지, 어떻게 진정한 기쁨이나 멋진 송어 낚시를 추구할지.

모든 문제 해결 연구법은 말한다. 우리는 망치를 들고 있다가 더 큰 문제에 부딪히면, 다른 도구가 아니라 더 큰 망치에 손을 뻗는다고. 그대가 망치라면, 모든 문제는 못처럼 보이게 마련이다. 그러니 플랜 A가 작동을 멈춰버리면, 우리는 더 열심히 망치질을 하려고 노력하고 그로 인해 비참하고 우울해진다. 몸도 마음도, 영혼의 행복도 짓밟힐 수 있다.

그러면 플랜 B는 무엇인가?

플랜 B는 지금 하는 일과는 다르다. 플랜 B는 새것이든 낡은 것이든 대안이다. 플랜 B는 오늘, 여러분이 이 책을 읽는 이 순간 앞을 획획 지나는 횡재의 기회일 수도 있다. 플랜 B는 여러분이 어렸을 때 리본을 매달아둔 꿈일 수도 있다. 혹은 '언젠가 이런 꿈대로 살 것이다'라고 서랍 속에 보관해둔 꿈일 수도 있다.

어린 시절, 우리는 꿈을 좇았다. 뭐든 가능하다고 믿었다. 하지만 살면서 누군가—어떤 선생님, 어떤 기관, 성적표나 낙제 통지서에 적힌 내용, 심리적인 평가—그 꿈을 우리에게서 몰아냈다. 누군가 나를 실제 나보다 못하다고 판단했다. 슬픈 것은, 우리가 그 평가에 짓눌려서 꿈을 버렸다는 사실이다. 그 순간 우리는 플랜 A를 시작했다.

사람들은 내게 "당신의 플랜 B는 뭡니까?"라고 묻는다.

내 플랜 B는 이것이다.

오랫동안 스페인으로 이주해서 글을 쓰는 것을 플랜 B로 삼았다. 돈을 많이 못 벌 테지만, 플랜 A에서는 벗어날 수 있으리라. 사무실 책상에 놓인 여권에는 스페인 비자 도장이 찍혀 있다. 우리 형 내외가 스페인에 살아서, 1976년 우리 부부는 스페인에 가서 플랜 B를 진척시킬 만한지 알아봤다. 우리는 음식을 먹어봤다. 와인도 마셨다. 사람들도 만났다. 마을도 구경하고 임대료도 알아봤다. 돈을 아끼면 스페인에서 괜찮게 살 수 있을 터였다. 그럭저럭 꾸려나갈 수 있을 것 같았다. 스페인의 음악과 문학, 날씨, 역사, 전통, 아름다운 풍경이 마음에 들었다. 또 산에서 플라이낚시를 할 수도 있었다. 저술가 친구에게 내 플랜 B에 대해 말했다. 그는 멋진 생각이라면서, 아내와 직장 일을 접고 스페인으로 갔다. 거기서 3년간 살았다.

스페인에서 글 쓰는 생활은 여러 가지 플랜 B 중 하나일 뿐이다. 나는 20년간 그 플랜 B를 갖고 살았다. 이제는 다른 플랜 B가 생겼다. 수백만 가지의 플랜 B가 있다.

우리 부부는 여러 가지 플랜 B를 세웠다. 고민하고 계산을 해보고, 오랜 대화를 통해 꿈의 영역을 탐구했다. 또 가깝고 먼 곳들을 가보기도 했다. 대안을 상상하는 데는 커다란 영혼의 자유가 있다. 또 인생이 우연이 아니라 선택에 따른 것임을 이해하게 된다. 니체의 말을 다시 인용해보면, 우리 인간은 플랜 B를 가질 때 뭐든 참을 수 있다.

월요일 아침마다 '선셋힐'을 운전해 사무실로 가면서, 자신에게 묻는다.

"오늘 내가 진정으로 하고 싶은 일이 이건가? 이번 주에? 이번 달에? 남은 여생 동안?"

대답이 "그렇다"라면(아주 오랜 세월 "그렇다"였다) 계속 언덕길을 내려가서, 플랜 A대로 열심히 산다.

하지만 그 월요일 아침, 질문에 대한 대답이 "아니다"라면 사직서를 내고, 소지품을 챙겨서, 책상 위에 있는 여권을 들고 집으로 달려가 플랜 B에 시동을 걸 것이다. 플랜 B가 거기서 기다리고 있다. 낚싯대도 준비되어 있고 시동도 걸려 있다.

플랜 B가 없으면, 나는 플랜 A대로 사는 것을 사랑할 수 없었을 것이다. 충만하지 못하고 따분하게 살았을 것이다.

여러분에게는 플랜 B가 없는지?

하나 만들기를.

두 얼굴의 사나이

내가 소년이었던 1950년대에, 〈두 인생을 살았네〉라는 TV 시리즈가 인기 있었다. 기억을 떠올리자면, 주인공은 '허브 필브릭'이라는 안 어울리는 이름을 가진 FBI 비밀요원이었다. 허브의 임무는 공산당 조직에 침투해서 파괴 공작 증거를 입수하고 위험한 공산주의자들로부터 나라를 보호하는 것이었다. 다른 것은 떠오르지 않지만 허브가 적들에게 접근해 신뢰를 얻으면서도 걱정스런 표정을 짓고 이마의 땀을 자주 훔치던 장면은 기억이 생생하다. 어린 소년이었던 나는, 만일 러시아인들이 핵무기로 우리를 휩쓸어버리지 않아서 내가 어른이 된다면, 비밀요원이 되거나 두 가지 인생을 살지는 않겠다고 다짐했다. 그런데 지금 나는 두 얼굴로 산다.

한 가지 얼굴은 플라이낚시꾼이자 낚시 집필가이다. 겉으로 봐서도 유쾌하고 느긋하고, 안으로도 유쾌하고 느긋하다. 겉모습과 속모습이 똑같다. 다른 얼굴은 임상심리학자. 밖으로도 전문직답고, 안으로도 전문직답다. 자연스런 분위기에서 만나면, 나는 심리학자가 아니라 플라이낚시꾼으로 처신한다. 친한 친구와 가족, 동료, 상담하러 오는 내담자를 제외하면, 폴 퀴네트가 심리학자란 사실은 20년간 비밀이었다.

70년대 초반에 처음 비밀을 갖기 시작했다. 그 무렵, 임상심리학자라는 사실을 알면 상대방이 입을 다물어버린다는 사실을 깨달았다. 당시는 비행기 옆 자리에 앉은 사람에게 '정신과의사'라고 말하면, 〈월스트리트 저널〉지를 탁탁 펴는 소리와 함께 대화가 끊기던 시절이었다.

대화를 하고 싶으면 낚시 관련 집필가라고 밝히면 그만이었다. 사람들은 글 쓰는 사람과도 낚시꾼과도 이야기를 하니까. 대화하고 싶지 않으면 임상심리학자라고 하면 그만이다. 그래서 나는 두 얼굴로 살기 시작했다.

오래전 사회 심리학자들은, 낯선 두 사람이 이름을 밝히기 전에 두 번째로 교환하는 정보가 그 사람의 직업임을 알아냈다.

A : 네, 시카고까지는 두 시간쯤 걸리죠. 한데 무슨 일을 하세요?
B : 두 시간이면 그리 길지 않네요. 영업을 합니다. 선생님은요?
A : 저는 주식 중개인입니다. 작은 규모의 거래를 하죠.

직업을 알면 대화를 계속할 것인가, 중지할 것인가를 결정한다. 비행기 안에서 옆 사람과 대화하고 싶으면 영화감독이나 이국적인 댄서, 낚시 가이드라고 대답해보도록. 낮잠을 자고 싶다면 장례식 진행자나 보험 영업사원, 국세청 감사라고 대답하고.

오래전 심리치료사들은 직업을 말하면 성가신 대화를 피할 수 있다는 사실을 알아냈다. 하지만 필, 오프라, 샐리 같은 토크쇼 진행자들 덕분에 한때는 친밀하고, 개인적이고, 치료 목적이었던 심리 상담이 이제는 공개적이고, 인기 있고, 재미난 것으로 변해버렸다. 왜곡된 사랑, 가족 살해, 변태적인 섹스, 외도, 페티시즘, 외계인 납치, 자살, 말기 여드름이 센세이션을 일으키면서 평범한 문화의식을 가진 미국인들이 자연스럽게 이것들을 받아들이게 되는 결과를 낳았다. 이제 어디 가서 심리치료사라고 말하는 것도 안전하지 않다.

몇 년 전, 로스앤젤레스에서 마이애미로 가는 비행기에서 딱 한 번 신분을 노출했다. 이륙 직후, 옆에 앉은 사람이 건축업자라면서, 과테말라인가 어딘가로 교회를 대신해 자선사업을 하러 간다고 자기를 소개했다. 그가 내게 무슨 일을 하느냐고 물었다.

나는 낚시 집필가의 가면을 벗고 "임상심리학자인데요"라고 대답했다.

그랬더니 사내는 손뼉을 치면서 "와! 잘됐네요! 저는 발기불능에 스트레스성 설사를 하거든요!"라고 말하지 무언가.

나는 "별로 뛰어난 심리학자가 아니어서요"라고 슬쩍 빠졌다.

하지만 너무 늦었다. 우주 어딘가에서 플로리다로 귀환하는 우주선을 제외하면, 그렇게 긴 비행이 또 있을 수 있을까.

모르는 사람에게 심리학자라고 밝히고 싶은 유혹을 느낀 적이 한 번 있었다. 두어 해 전, 스포캔에서 미니애폴리스로 가는 비행기에서 내 옆에 뱀파이어가 앉았다. 평범한 생각을 가진 중산층의 아이가 아니라 뱀파이어였다. 창백한 피부에 기다란 손톱, 요란한 장신구, 검은 망토에 바늘처럼 뾰족한 송곳니를 드러내며 짓는 미소라니.

나는 세 번이나 송곳니를 쳐다봤다. 물론 너무 티 내지 않고. 뱀파이어를 흘끔거리다 들키면 곤란하니까. 뱀파이어가 미소 짓자 나는 얼른 눈을 돌렸다. 뱀파이어를 만나면 무슨 말을 해야 할지 모르겠다. "그 이빨, 진짜예요?"라는 뻔한 질문을 피하려면 뭐라고 해야 하지? 영화에서는 뱀파이어를 쳐다보다가 일을 당하던데, 공연히 쳐다보다 걸리면 곤란하지. 뱀파이어가 심리학적인 질문을 어떻게 받아들일지 몰라서, 나는 아무 말 없이 소설책에 얼굴을 박고 자연스럽게 행동하려고 애썼다.

토크쇼 때문에 심리학자라고 하면 사람들이 가만두지 않는 것처럼, 로버트 레드포드가 나오는 〈흐르는 강물처럼〉이란 영화 때문에 낚시꾼이라고 하면 사람들이 가만두지 않는다. 플라이낚시에 대해 아무것도 모르는 사람들도 낚시에 대해 이러쿵저러쿵 말할 수 있게 되었다. 이제 세 번째 얼굴이 필요할 때가 됐나 보다.

그래서 생각 중인데……

치과의사는 내게 넣었다 뺐다 하는 뱀파이어 송곳니를 만들어줄 수 있다고 장담한다. 피곤에 지친 중년 낚시꾼 심리학자가 이코노미 클래스에 앉아 여행하다가, 옆 사람과 대화하느니 차라리 자는 게 낫다 싶으면 쓱 변장을 할 수 있겠지.

공짜 심리 상담을 원하는 여행자들이나 낚시에 대한 조언을 구하는 신출내기 낚시꾼들을 피해 잠을 자고 싶으면, 비행기가 활주로를 미끄러질 때 창 쪽으로 얼굴을 돌리고 뱀파이어 틀니를 낄 것이다. 승무원이 음료수 주문을 받으러 오면, 옆에 앉은 사람들에게 활짝 웃어주면서 말해야지.

"앵두 주스 주세요. 따뜻한 걸로요."

낮잠을 자게 되겠지. 걱정스런 표정으로 이마의 땀을 훔치는 일은 안 해도 될 테고. 얘기인즉슨, 사람들은 상대가 무슨 일을 하는지 알아내면 곧 흥미를 잃기도 한다.

• • •

나는 처음 이야기할 때 늘어놓는 낚시 경험담은

믿지 않기로 했다.

사람들은 몇 차례 그런 얘기를 늘어놓은 후에야

진실을 털어놓기 시작하니까.

유머

오래전 이른 봄날, 나는 사회학 교수를 모시고 플라이낚시를 하러 갔다. 대학원에 다닐 때였는데 나는 이 기회에 아부를 해서 좋은 점수를 받으려는 속셈이 있었다. 교수님도 그걸 알았고 나도 알았으니, 나 혼자만 약삭빠른 것은 아니었다.

사회학자들은 묘한 사람들이다. 영국 신사와 휴대용 계산기 중간쯤 될까. 스미스 박사는 까탈스러운 아일랜드인으로, 강의하러 올 때나 피자가게에 갈 때나 셔츠에 넥타이 차림이었다. 내가 협박하지 않았더라면 송어 낚시를 하러 가면서도 넥타이를 매고 왔을 것이다.

우리가 낚시하려던 낚시터에는 봄 물살이 넘쳐흘렀다. 나는 포플러 가지를 무릎으로 잘라서 지팡이를 만들었다. 교수님에게도 그렇게 하라고 권했다. 그러나 그는 "난 물속을 걷는 데는 전문가라네"라며 거부했다.

"알아서 하시죠."

나는 대꾸하면서, 그를 앞서 걷게 하겠다고 다짐했다.

스미스 박사가 앞서 걸었다. 그는 물살 속을 세 발자국쯤 걷더니 미끄러졌고, 모직 모자만 둥둥 떠내려갈 뿐 그의 모습은 보이지 않았다. 그는 영국 귀족이 탁한 송어 강에 빠지는 장면처럼 품위 있게 사라졌다. 조용히, 침착하게, 팔다리를 허우적대며 비명도 지르지 않고. 사향뒤쥐가 사지를 흔드는 정도의 몸짓밖에 없었다.

스미스 박사는 마침내 웅덩이 끝자락에서 모자를 손에 쥔 채 모습을 드러냈다. 나는 눈물이 나도록 웃으면서 손을 흔들며, 물속에 뭐가 있더냐고 물었다. 괜찮은 송어라도 보셨어요? 몇 번 캐스팅할 만하던가요? 물속에 있는 것들이 어떤 플라이를 좋아할 것 같던가요?

물을 뚝뚝 흘리면서―그의 몸에서 웅덩이가 쏟아지는 것 같았다―스미스 박사는 내 질문에 대꾸하지 않았다. 그는 차디찬 눈길을 던질 뿐이었다. 이 교수님, 찰리 채플린 영화도 못 본 건 아닐까?

그날 우리는 송어를 많이 잡지 못했고, 스미스 박사는 기분이 좋아지지 않았다. 내가 불을 피워 그의 몸을 따뜻하게 해주고 옷을 말려주는데도, 그는 유머 감각을 살리지 못했다. 찰리 채플린 영화도 못 본 사람이랑 낚시 가고 싶은 사람은 없으리라 믿는다.

목을 빼고 기다려서 낚시를 갔는데, 갑자기 폭풍이 불어서 철수해야 될 때도 있다. 6시간이나 차를 몰아서 강에 와보니, 지금껏 고기가 잘 잡히던 곳이었는데 그날따라 물고기 꼴도 못 보게 될 때도 있다. 좋아하는 낚싯대가 부러질 수도 있고, 손을 베일 수도 있다. 닻을 들다가 선착장에서 떨어질 수도 있고, 배의 칸막이에 머리를 부딪힐 수도 있다. 너무 뱃멀미가 심해서 죽는 게 낫겠다 싶을 때도 있고, 친구 몸에 훅을 걸거나 친구의 훅에 내 몸이 걸릴 수도 있다. 낚시든 인생이든 그런 일은 끝없이 일어나게 마련이다. 그때마다 즐거움을 발견하지 못한다면, 어디서 즐거움을 찾을까?

낚시꾼은 불쾌하거나 아프거나 심지어 비극적인 일을 참는 것만으로는 부족하다. 그런 일을 음미해야 낚시꾼 자격이 있다. 결국 우리가 하루살이나 물고기와 다른 점은 그런 웃긴 일을 겪는다는 데 있으니까. 유머가 있어야 우울을 떨칠 수 있으니까.

웃음 없는 낚시 여행은 낚시 여행이라고 할 수 없다. 낚시터에 가는 동안 우스운 일이 일어나게 마련이다. 나쁜 일도 웃긴 일로 바뀐다. 특히 어떤 사람에게는 나쁘고 웃긴 일이 잘 일어난다―투덜이에게는.

그런 사람이 일행 중에 없다 해도, 어쨌거나 나쁜 일은 일어나게 마련이다. 진정한 낚시꾼한테는 초보자가 큰 물고기를 놓치는 것도 재미난 일이지만, 이런 이야기가 진정한 유머가 되려면 이력이 많이 쌓여야 하는 법인 것을.

· · ·

중년의 즐거움 가운데 하나는,
멋진 물고기를 놓쳐도 화가 나지 않는다는 것.

선샤인 낚시꾼

누구나 확실한 것을 원한다. 적어도 꽤 확실한 것을. 낚시꾼도 마찬가지다. 어떤 낚시꾼은 화끈할 것 같았던 낚시 여행이 썰렁해지면 마음을 드러낸다.

"종일토록 한 마리도 못 잡았잖아요. 지난주에는 끝내줬다면서."

이런 사람들은 '양지'만 좋아하는 낚시꾼들이다.

낚시는 불확실한 일이다.

낚시는 불확실하게 마련이다.

낚시가 불확실하지 않다면, '물고기 퍼담기'라고 부르겠지.

낚시는 도박의 한 형태지만, 로또같이 멍청한 짓은 아니다. 전문 도박사인 친구 말로는, 로또를 사는 것은 '봉'이 되는 도박이란다. 새로운 학교를 만들고 길을 놓을 기금을 확보하기 위해서는 그런 봉이 많아야 되고, 그 때문에 정부에서도 관여한다. H. L. 맥켄의 말처럼 "미국인들의 지성을 과소평가해서 파산한 사람은 없다".

로또가 사람을 속이기 쉬운 것은, 지식이나 재능, 기술, 훈련, 타이밍 같은 게 필요하지 않기 때문이다. 오직 아이처럼 마법을 믿기만 하면 된다. '서커(sucker, '봉'이라는 뜻)'란 말은 낚시꾼들 사이에서 '빨판상어'를 뜻한다. 잡기 쉬워서 낚시로 간주하지도 않는 물고기다. 로또에 돈을 쏟아 붓는 사람들을 '서커'라고 부르는 것도 그런 이유에서다.

낚시는 그런 눈먼 도박이 아니라, 오히려 '블랙잭'에 가깝다. 도박장(서식지)과 게임(물고기)과 확률(물, 먹이, 기상 여건)에 대해 알면 알수록 승리할(물고기를 잡을) 수 있다.

낚시가 도박이라면 적어도 '지성적인' 도박이며, 행운은 아주 작은 역할만 한다. 그것도 다른 사람에게만 행운이 돌아간다. 운이란 원시적인 개념이다. 초등학교를 졸업하고도 낚시에서 운을 믿는 낚시꾼이 있다면 놀랄 일이다.

낚시—블랙잭—에서 이기려면 두 가지를 갖춰야 한다. 두뇌와 기술. 그리고 게임을 해야 한다. 생각만 해서는 블랙잭에서 이길 수 없고, 생각만 해서는 물고기를 낚을 수 없다. 가서 낚시를 해야 물고기를 낚을 수 있다.

블랙잭에서 이길지, 물고기를 잡을지, 사랑에 빠질지, 사업에 성공할지, 대박이 터질지 알아낼 방법은 운을 걸고 해보는 것뿐이다. 그렇지 않으면, 이길 가망성이 없다. 그게 인생 아닌가.

'양지'만 좋아하는 낚시꾼들은 확실한 것을 원한다.

그들은 묻는다.

"우리가 확실히 물고기를 잡게 될까? 고기가 잡히지 않으면 낚시하러 가기 싫은데. 시간 낭비가 안 되리란 걸 어떻게 확신하죠?"

'양지'만 밝히는 낚시꾼이라는 진단이 떨어지면, 나는 그들에게 낚시를 권하느라 시간을 낭비하지 않는다.

　또 그런 사람들에게 다시 낚시를 가자고 청하지 않는다. 확실한 걸 원하면, 집에서 TV를 보고 로또를 사는 게 낫다. 그러면 적어도 결과는 있을 테니까.

꿈의 시간에서의 낚시

"어디 갔었어요?!"

"낚시."

"아뇨, '어디' 가 있었느냐구요? 사람들이 종일 전화해댔단 말예요!"

"낚시…… 당신도 알잖아. 송어 낚시."

"오늘이 무슨 요일인지 알아요?"

"당연하지, 월요일이잖소. 내일은 일터로 돌아가는 날이고."

앤이 믿을 수 없다는 듯 고개를 절레절레 흔들며 말했다.

"당신, 보통 큰일이 아니네요! 당신은 약속과 회의를 모두 놓쳤다구요. 사람들이 온종일 전화했어요. 내가 수색대에 연락할 참이었다구요. 오늘이 화요일이란 걸 모르겠어요?"

"아니야, 화요일일 리가 없다구. 화요일이라면 일터로 돌아갔게? 오늘은 월요일이라구."

"오늘이 화요일이라는 데 100달러 걸겠어요."

나는 아내의 초록색 눈을 응시했다.

"내기해요!"

아내가 손을 뻗으며 말했다.

"오늘 신문을 줘봐."

"내기부터 해요!"

'벼락'이라는 이름의 말 때문에 100달러를 잃은 적이 있었기 때문에 기분이 안 좋았다. 100달러를 아내에게 잃는 것도 별로 즐겁지 않았지만, 적어도 이번에는 그녀가 내게 그 돈을 써줄 확률이 있으니까. 내 생일과 크리스마스가 다가오고 있었다. 어쩌면 앤은 무슨 요일인지 알라며 새 손목시계를 사줄지도 모르는 일이었다. 물론 꿈의 시간에 낚시를 하면서 내가 손목시계를 보진 않겠지만.

꿈의 시간은 정상적인 시간이 아니다. 꿈의 시간에서 시계는 중요하지 않다. 몇 분인가도 중요하지 않다. 몇 시인가도 문제가 안 된다. 그저 해가 지고 배가 고프면 하루가 끝나고 있음을 알 뿐이다.

꿈의 시간에서 우리는 시간 여행을 할 수 있다. 시간을 지나 앞으로 나아가기도 하고, 뒤로 거슬러 가기도 한다. 시간의 화살이 핑 하고 옆을 지나칠 때도, 가만히 서서 캐스팅을 하기도 한다.

이제 문명화된 세상 속에서는 꿈의 시간에서 여행을 할 수가 없다. 시계가 우리를 내버려두지 않는다. 신문이 내버려두지 않는다. 라디오와 TV에서 알려주는 시간이 우리를 그냥 두지 않는다. 직장의 출퇴근 카드를 체크하면, 거기 시간이 찍혀 있다. 스케줄 수첩도 우리를 달리게 만든다. 앞으로 6개월의 작업 일정은 칠판의 무거운 끝을 들고 있는 것과 비슷하다. 등 아래쪽부터 무게가 느껴진다. 시간이 살금살금

다가오는 걸 확인하려고 시계를 차지 않던가.

꿈의 시간 속에서 낚시를 하느라 하루를 잃어버리면서, 나는 시간에 관해 연구를 해봤다. 우리가 시간에 심하게 중독되어 있다는 걸 알아냈다. 우리는 VCR부터 토스터 오븐, 자동차 계기판에 이르기까지 모든 것에 박힌 시간과 얼굴을 맞대고 산다. 미국인들은 1993년 한 해에만 4,700만 개의 시계를 샀고, 한 가족당 평균 6개의 시계를 가지고 있다. 시계가 발명된 지 300년이 안 됐는데, 시간을 워낙 세밀하게 쪼개 쓰는 사람들은 다 "시간이 없다"고 말한다. 비싼 롤렉스 시계의 숫자 판에서도 위안을 찾을 수 없다.

컴퓨터는 우리 삶을 나노세컨드로 추적한다. 나노세컨드는 10억 분의 1초다. 생활이 10억 분의 1 단위로 나뉘는 마당에 꿈의 시간으로 들어가기란 힘든 노릇이다. 나노세컨드를 발명한 과학자들의 책임이라는 생각이 든다.

옛날 낚시꾼들은 나노세컨드는 고사하고 시계도 갖고 있지 않았다. 시간 여행은 쉬웠다. 달과 하루의 길이, 봄 홍수, 여울로 돌아오는 연어의 회귀, 남녘이나 북녘으로 날아가는 기러기 떼…… 그런 게 있었을 뿐이다. 자연의 시계 안에서 어슬렁거릴 수 있었다. 지금도 그럴 수 있다. 하지만 우선 낚시를 갈 때 시계는 두고 가야 한다.

꿈의 시간에 들어가려면, 초점을 집중해야 한다. 산만해서는 안 된다. 속도를 낼 때와 늦출 때, 가만히 서 있을 때를 알려면 외부의 방해꾼 모두를 제거해야 한다. 똑딱거리는 시계, TV 스페셜 프로그램, 신문, 종소리, 기차, 이렇게 소리치고 저렇게 비명 지르고.

무의식적으로 마음은 주변을 에워싼 일들로 시간을 가늠한다. 움직임이 많을수록 마음이 감지하는 시간은 휙휙 지나간다. 맨해튼에서 두어 시간만 있으면 10년은 지난 것처럼 느끼는 것도 그 때문이다.

이번 낚시 여행을 같이 간 론과 나는 어디선가 시간 여행으로 들어 갔다. 그곳에서 시간 여행을 많이 했다. 큰 몬태나 강에 난 구멍으로 빠져들었으리라. 우주에서 시간을 뒤트는 블랙홀처럼, 송어가 사는 강 물에도 '홀(구멍)'이 있다. 강이 크고 넓을수록 구멍이 더 많다.

구멍에, 꿈의 시간에 발을 디뎌 시간 여행을 시작해도 알아차리지 못하는 경우도 있지만, 빠져나올 때는 확실히 안다. 손목시계를 힐끗 보면서 "이런! 그 긴 시간이 다 어디 갔담?"이라고 중얼거린다.

꿈의 시간 속에서 며칠간 낚시하고 캠핑한 후 론이 말했다.

"차를 몰고 마을에 가서 식사를 해야겠는데? 파이라도 좀 먹어야겠 어."

"그러지. 좋네."

내가 맞장구쳤다.

우리는 차를 몰고 산을 빠져나와 작은 마을로 들어갔다. 어찌나 동 네가 작은지 중앙로의 끝에서 끝이 '엎어지면 코 닿을' 거리였다. 넓은 터는 주유소였고, 작은 식당 겸 바가 하나, 언제든 부탁하면 문을 여는 식품점 한 곳이 있었다. 이 마을 역시 '구멍'에 있었다. 너무 깊어서 최 근 신문이 일주일 전 거였다.

"이게 가장 최근 신문인가요?"

내가 종업원에게 물었다.

그녀는 미안한 기색도 없이 대답했다.

"일주일이면 괜찮은 편이죠. 스테이크에 케첩을 뿌려드릴까요?"

방향 감각을 잃은 기분은 아니었다. 구멍에서 너무 오래 낚시를 해 서 이번주에서 지난주로 되돌아갔다는 공포감도 없었다. 결국 지난 신문이라 해도 신문 같은 것에서 벗어나기 위해 자연으로 낚시를 가는 것 아닌가. 우리는 파이를 배불리 먹은 후 캠프로 돌아갔다.

어디서 날짜를 놓쳤는지 확실히 모르겠다. 하지만 나중에 생각해 보니, 토요일이 실은 일요일 밤이었나 보다. 토요일 밤이었다면 인근 100킬로미터 주변에 하나밖에 없는 바였으니, 더 많은 카우보이와 벌채꾼들이 소란을 떨며 주먹다짐이라도 벌였으리라. 그랬다면 우리가 화요일을 월요일로 착각하지도 않았을 테고.

낚시의 '속도 조절 바퀴'를 굴리려면 노력과 연습이 필요하지만, 일단 이틀만 지나면 모든 것이 점점 수월하게 돌아간다. 결국은 아침에 눈을 뜨고, 발로 땅바닥을 딛고, 장화 바지를 신고 강물로 들어가기만 하면 된다. 그러면 낚시 속으로 들어가게 된다.

마침내 어느 날 저녁 론이 말했다.

"음식이 거의 떨어졌어. 집에 돌아갈 때가 된 것 같은데."

채비를 했다. 아침 낚시를 한 후 철수했다.

"내가 문제가 있나?"

나는 개인 수표에 100달러라고 적으면서 초록 눈의 아내에게 물었다.

아내는 수표를 반으로 접어 한쪽에 치우고는 내게 공책을 건넸다.

"오늘 전화해달라는 사람들 명단이에요."

그녀는 씩 웃으며 덧붙였다.

"뭐 마음이 쓰여서 묻는 건 아니지만, 어떻게 낚시를 하느라 하루를 잃어버릴 수 있죠?"

나는 재치 있는 대답을 떠올리느라 안간힘을 쓰면서, 공책에 적힌 명단을 보는 체했다. 드디어 내가 맞받아쳤다.

"난 하루를 잃어버린 게 아니야, 여보. 하루를 찾은 거지."

 . . .

내가 아는 노인은 해마다 봄이면 낚시를 가겠다고 으름장을 놓았다. 15년간 말로만 그랬다. 그는 화를 내면서 이렇게 말했다. "이런, 올여름에는 기필코 낚싯줄을 물에 담그고 말 테다! 날 못 말릴걸!" 하지만 언제나 뭔가가 그를 말렸다. 그는 낚싯줄을 물에 담가보지 못하고 죽었다.

버리지 못하는 사람, 버리는 사람

사람들은 두 그룹으로 나뉜다. 버리지 못하는 사람과 버리는 사람
으로. 낚시꾼도 마찬가지다. 버리지 못하는 사람들은 뭐든 간직한다.
쓸모없고 닳아빠지고 생전 안 쓰는 물건도 갖고 있으면 제 값을 할 거
라고 믿는다. 하지만 버리는 사람은 말한다.

"이건 반년 동안 안 썼고 자리만 차지하니까 버려야겠어."

한데 버리지 못하는 사람과 버리는 사람이 평생 짝이 되는 경우가
많다. 서로 다른 사람끼리 사랑에 빠지는 경향이 있는 것처럼. 어떻게
그렇게 되는지 모르겠지만.

우리 아버지는 낚시꾼이었고 버리지 못하는 사람이었다. 어머니는
낚시꾼이 아니었고 버리는 사람이었다. 두 분은 평생 동반자로 살았
다. 아버지가 세상을 떠나자 어머니에겐 버릴 물건이 많이 생겼다. 50
년이나 벼르러오던 일인 것을.

특히 어머니는 아버지의 플라이들과 낚싯대, 낚시도구, 루어 만드는
도구상자 수십 개를 처분했다. 이 '보물'들은 아들들과 손자들에게 넘

겨졌다. 나도 내 몫을 챙겨 집에 왔다. 요즘도 실이나 훅, 페인트 같은 게 필요하면 아버지가 남겨준 물건 더미를 뒤진다. 그러면 아버지가 그 물건을 산 날짜, 가격, 어디 쓰려 했는지 적은 메모지가 나온다. 추억이 밀려든다.

나는 버리지 못하는 사람이고 아내는 버리는 사람이다. 창고를 둘러보면서 아내 앤은 말하곤 한다.

"이런 쓰레기를 쌓아두고 있다니, 버려야겠어요!"

그녀가 버리고 싶은 것에 남편은 포함되지 않으니 그나마 다행이다.

아직까지는 그렇다. 성격을 연구해보면, 사람들은 달라지고 싶어 하지만 처음 모습 그대로 끝나는 경향이 있다. 자궁에서 시작해서 특히 생후 5년까지 형성된 성격이 평생 지속된다. 늙어 죽을 때가 되면, 결국 허쉬펠드(⟨뉴욕 타임스⟩의 카투니스트—옮긴이)의 캐리커처들처럼 모든 선이 과장된 모습이 되고 만다.

버리지 못하는 사람과 버리는 사람도 결코 변하지 않는다. 그 성향이 더 강해질 뿐이다.

그래서 어느 버리지 못하는 늙은 낚시꾼의 이야기도 놀랍지 않다. 그는 모든 낚시도구를 죽는 날까지 보관했다. 장례식이 끝나자, 그의 아내와 자녀들은 그가 보관해온 온갖 물건을 정리하는 슬프고도 행복한 일을 하게 되었다. 가족 중 가장 버리기 좋아하는 사람이 앞장섰다.

그의 방에는 서랍 몇 개가 달린 책상이 있었다. 맨 위 서랍에 낡은 낚싯줄을 싸구려 연애 소설책에 말아놓은 실감개 여러 개가 있었다. 실감개마다 '보관할 낚싯줄'이라고 적힌 꼬리표가 달려 있었다.

그 아래 서랍에도 낡은 낚싯줄을 말아놓은 실감개들이 있었다. 실감개마다 매달린 꼬리표에는 이렇게 적혀 있었다. '버릴 낚싯줄'.

새 낚싯배

"설마 또 시작하려는 건 아니겠죠."

내가 침대 옆 자리에서 베개를 매만지자, 아내가 물었다.

"당연히 해야지. 내 나이의 남자들은 어떤 욕망을 갖고 있다구."

"하지만 여보, 매일 밤 꼭 그래야 하나요?"

"응. 적어도 모든 게 해결될 때까지는."

그러자 아내 앤은 베개를 매만지더니 몸을 돌려 독서등을 껐다. 그리고 말했다.

"언젠가 우리도 평범한 결혼 생활로 되돌아갈 수 있었으면 좋겠어요. 그게 뭐든 간에."

아내의 날카로운 말에 상처를 받고 당황한 나는, 침대에 흩어져 있던 보트 카탈로그를 집어 바닥에 던졌다. 사랑과 내 욕망의 시간을 감당하기가 너무 버거웠다.

남자든 여자든 낚시꾼이라면, 결혼의 유대감이 워낙 무거워서 그걸 지고 가자면 두 사람이 필요하다는 걸 안다. 때로는 카누도 한 척 필요하다. 행복한 결합에는 카누뿐 아니라, 50마력의 모터가 달린 5미터 길이의 보트가 필요하다. 구명 튜브 두어 개가 달린.

낚시꾼 부부는 새 배를 놓고 싸움을 벌이는 일이 많아서, 결혼 상담 전문가들이 중재에 나설 수밖에 없다. 변호사들 말로는 "모든 고약한 이혼 뒤에는 6미터 길이의 배가 있다"고 한다. 문제를 피하기 위해, 주요 일간지에 난 개인 광고문을 인용해보겠다.

급구. 아이를 사랑하고 배를 가진 여성 낚시꾼 구함. 배 사진 우송 요망. P.O. Box 999, Salmon, Idaho.

나는 어느 여성 낚시꾼이 낸 똑같은 광고를 본 적이 있다.

나는 낚싯배 네 척을 갖고 있다. 플로팅 튜브는 빼고. 보트마다 쓰임 새가 있고, 아주 괜찮지만 그 이야기로 여러분을 지루하게 하진 않겠다. 낚시에 미친 사람은 알겠지만, 낚싯배 네 척으로는 충분하지 않다. 그 정도는 시작에 불과하다.

낚시꾼이 배를 갖는 것은 매달 할부금을 내고 마법 양탄자를 사는 것과 비슷하다. 영적이고 여성적인 배는 우리의 정신을 드높여주는 물가로 데려간다. 배는 그냥 배가 아니라, 인간 정신의 기적이며, 아름다움이다.

욕망은 남자가 아름다운 여자를 볼 때 느끼는 것이고, 그녀가 그에게도 같은 느낌을 가지기를 바라는 것이다. 사랑은 늦게 올 수도 있다. 낚시꾼과 아름다운 낚싯배도 마찬가지다.

불운하게도 욕정은 사랑보다 아둔하고 충동적이다. 새 보트를 보면 수표를 쓰게 만드는 것은 탐욕이고, 그 돈을 지불하게 하는 것은 사랑이다.

마지막으로 탐욕은 언제 문을 닫아야 할지 모른다.

"아직 안 자?"

잠시 후 내가 앤에게 물었다.

"네."

"물어볼 게 있는데."

"그래요?"

"내가 50마력 모터를 견딜 수 있을 것 같아?"

잠시 침묵이 흐른 후에 아내가 대답했다.

"모르겠어요. 당신은 진동을 견딜 수 있을 거라고 생각해요?"

사랑은 모든 걸 참지만, 새 낚싯배를 향한 욕정은 사랑을 시험한다.

이런 문제와 비슷한 문제에서 나는 아내의 인내심을 이해하지 못
했다. 그것은 우리 관계의 신비 중 하나이다. 난 너무 세밀히 따져보고
싶지 않다.

· · ·

낚시꾼이 반나절만 다녀오겠다고 말하면,

12시간을 말하는 것이다.

낚시는 안 하는데 배만 크고

『옆집의 백만장자The Millionaire Next Door』라는 책이 〈뉴욕 타임스〉 베스트셀러에 올랐을 때 마침 나는 낚시 여행 중이었다. 썰물이어서 점심시간에 쇼핑몰에 들렀다가, '반즈&노블' 서점에 들어가서 그 책을 집었다. 앉아서 읽을 만한 의자가 있어서, 쭉 훑어봤다. 덕분에 22불 95센트를 절약했다. 자린고비 백만장자도 생각 못한 절약 방법일걸.

나는 백만장자가 아니다. 백만장자와는 거리가 멀다. 하지만 백만장자들과 같은 습관을 여러 개 갖고 있다고 말하게 되어 기쁘다. 나는 3년 된 중고차를 사서 바퀴가 너덜너덜해질 때까지 탄다. 3년 된 보트를 사서 수십 년간 낚시를 한다. 힘들게 번 돈을 화려한 라이프스타일에 쏟아 붓지 않는다. 버는 것보다 적게 쓰고, 많이 투자한다. 주택 융자금을 제외하면 빚이나 신용카드 이자를 물어야 할 일도 없다. 어떤 이유로 일하지 못하게 되면, 투자해둔 돈으로 몇 년간 낚시를 다닐 수 있다.

아내가 주장하는 것보다는 적은 액수지만, 낚시 여행과 장비에 적지 않은 비용을 지출한다. 다른 의무를 다하는데, 못 그럴 이유가 있을까? 좋아하는 일에 돈을 쓰지 않는다면, 또 어디에 쓴단 말인가? 호사스런 관을 사는 데?

낚시꾼으로서 많은 걸 가져야 행복한 것은 아니다. 하지만 행복이 헤엄쳐 올 경우에 대비해서, 알맞은 때 알맞은 장비를 갖고 알맞은 곳에 가 있을 필요는 있다.

'알맞은 곳'이란 물고기들이 있는 곳이고, '알맞은 장비'란 고급 장비이다. 나는 1988년산 쉐보레 4륜 구동형 차를 운전해서 송어 낚시를 할 강까지 달려간다. 주행거리는 20만 킬로미터이다. 차는 고물이지만, 내가 찾아다니는 우아하고 아름답고 힘찬 물고기에 어울리는 낚싯대를 쓴다. 열정에 큰돈을 쓰는 것을 합리화하는 얘기처럼 들린다면, 맞는 말이다. 열정을 쏟는 일을 합리화하지도 못한다면 크고 무거운 머리를 뭐 하러 달고 다닌단 말인가?

게다가 '큰돈'이란 것도 상대적이다. 돈을 즐기려면 돈에 대한 관점을 갖고 있어야 한다. 돈이 본인에게 무슨 의미인지, 얼마나 적은 의미를 가져야 하는지 파악해야 한다. 나는 오랫동안 아래와 같이 합리화하며 살았다. 공짜로 여러분에게도 알려주려 한다.

보통 사람은 평균 약 2만 8,000일을 산다. 대부분의 나날은 학교와 직장, TV 시청이나 인터넷 사이트를 뒤지면서 흘려보낸다. 2만 8,000일로 고급 낚싯대와 릴, 의복 구입비용인 1,200불을 나누면, 하루에 5센트도 되지 않는다(4.29센트). 다시 크리스마스 섬까지 주말 낚시를 다녀오면 3,000불이 드는데, 이것을 2만 8,000일로 나누면 하루에 10센트쯤 된다(10.71센트). 더하면, 새 낚싯대와 릴을 사고 낚시 여행을 다녀오는 데 하루에 정확히 15센트가 드는 셈이다.

이 논리가 납득이 안 된다면, 그 사람은 낚시꾼이 아니다.

성경에는 '돈은 좋은 하인이지만, 불쌍한 주인'이라는 대목이 있다. 돈이 좋은 하인이 되려면, 돈으로 낚시장비를 사고 낚시 여행을 가고, 가이드에게 팁을 주고, 웃으면서 집에 돌아와야 한다. 돈이 이런 식으로 쓰이지 못하면, 좋긴 뭐가 좋단 말인가?

가장 중요한 것은 돈이 종노릇을 하려면, 낚시를 갈 '시간'을 살 수 있어야 한다는 것이다. 나는 돈이 많고 값비싼 장비와 큰 배가 많지만 낚시를 가지 않는 사람들이, 낚시를 '가고 싶다' '갔으면 좋겠다'고 떠드는 경우를 많이 본다. 그들은 돈은 있지만, 시간이 없어서 낚시를 가지 못한다. 돈이 그들의 몹쓸 주인이 되었다. 그런 사람들은 몹쓸 주인에게 먹혀버렸다.

딱 한 해 동안만 미국에서 사용되지 않는 낚싯대 하나당 5센트씩만 받으면 좋겠다. 미국의 차고들에는 쓰지 않는 낚싯대와 아직 상자에 든 새 릴, 거의 사용되지 않는 배와 모터보트, 장화 바지가 쌓여 있다. 어느 날인가 장화 바지는 '거의 새것, 한 번 착용!'이라는 팻말을 달고 차고 세일에 등장할 것이다.

문제는 너무 많은 사람들이 물건을 소유하는 것과 그 일을 하는 것을 혼동한다는 점이다. 근사한 낚싯대와 릴을 갖고 있으면 근사한 플라이낚시꾼이 된 것으로 생각한다. 배스 낚시용 큰 배를 갖고 있으면 전문적인 배스 낚시꾼이 된 걸로 생각한다. 그런 식이다.

우리 자신은 우리가 행동하거나 생각하거나 느끼는 것이 아닌 소유한 것으로 보여진다. 때로는 소유한 것이 본인이 생각하는 것과는 다른 모습을 만들기도 한다.

나는 고급 낚시장비를 좋아하지만 여전히 싼 장비로도 낚시를 즐겁게 할 수 있고, 오랫동안 그랬다. 고급 장비는 낚시의 기본적인 즐거움에 가치를 더해주지만, 반드시 필요한 것은 아니다. 물질주의를 향해 기나긴 행진을 하는 동안 어디선가 돈과 소유가 행복, 기쁨과 섞여버렸을까 걱정스럽다. 그래서 돈과 소유 없이는 행복과 기쁨을 얻지 못한다고 믿을까 봐 걱정이다.

결국 모든 것은 선택과 관계가 있다. 2만 8,000일밖에 못 살고, 그 시간 동안 돈을 벌거나 행복하고 즐거운 삶을 영위할 수 있다. 돈을 어떻게 쓸 것인가가 우리가 삶을 어떻게 살기로 선택하느냐를 결정짓는다.

『옆집의 백만장자』에 나오는 일화다. 어느 조용하고 점잖은 텍사스의 백만장자는 돈을 외모를 가꾸는 데 쓰는 사람들에 대해 "모자만 컸지 소 떼는 키우지 않는다"고 말한다.

낚시를 하지도 않을 거면서 큰 배를 살 돈을 버느라 애쓰는 낚시꾼에게도 비슷한 말을 할 수 있을 것이다. "배만 컸지 고기는 잡지 않는다"라고.

• • •

낚시의 즐거움은 고기를 잡는 데만 있는 게 아니라,
고기가 잡히는 곳에도 있다.

대단한 야외 아인슈타인 효과

서두르는 사람은 문명화된 사람이 아니다.

　—윌 듀랜트

역사학자 윌 듀랜트에 따르면 나는 문명화된 사람인지 의심스럽다. 아내도 얼른 동의할 것이다. 낚시 여행을 떠날 채비를 하는 나를 보며 그녀는 말한다.

"천천히 해요. 한 시간쯤 빨리 간다고 다를 게 뭐 있어요."

"천천히 하는 거야."

나는 움직임의 속도를 늦춰 단단한 데 부딪치지 않으려 애쓰면서 덧붙인다.

"게다가 거기 가면 긴장이 풀릴 거야."

"그렇겠죠."

모든 걸 잘 아는 아내는 조소한다.

도시에서 노예처럼 일하는 사람들처럼 나도 쌩하니 일하고, 시간이 아까워서 서두른다. 중요한 곳까지 달리기 경주라도 하는 사람처럼. 사실 뒤로 물러서서 잠시만 바라보면, 우리들이 뛰는 경주는 달리기에서는 고사하고 이길 가치도 없는 것들임을 알게 되는 것을. 너무 서두르다가 오후 5시쯤 되면 공기 속으로 사라질까 봐 걱정되는 날도 있다.

다른 낚시꾼은 어떤지 모르겠지만, 나는 강에서 이틀쯤 시간을 보내면 느긋해지고 조용해진다. 도시에서 신나게 1초씩 움직이는 인위적인 시간의 흐름에서 벗어나려면 며칠이 걸린다.

낚시하러 온 첫날, 나도 모르게 시간을 점검한다. 아침을 먹으면서 시간을 본다. 낚싯대를 준비하면서 시간을 본다. 아침나절 물가에서 낚시하면서도 시간을 본다. 이렇게 시간을 의식하는 것은 하루 이틀쯤 계속되다가, 점점 사라진다. 노예의 팔목에 찬 쇠사슬처럼 점점 의식하지 않게 된다.

셋째 날, 시간은 완전히 자취를 감춘다. 넷째 날에는 "어두워진 후에 돌아올게" "점심시간에 만나면 좋겠지만, 아니면 기다리지 마"라고 말하게 된다. 하루하루 지나면서, 리듬이 더 자연스럽고 물고기와 비슷하게 변한다. 도시의 똑딱 시계는 멈춰버린다.

여러 해 동안 운전하면서 속도위반 딱지를 딱 두 번 끊었다. 두 번 다 낚시하러 가는 길이었다. 한 번은 송어 호수로 가면서 작은 읍내를 쏜살처럼 질주하다가, 한 번은 배스 낚시를 하러 가는 길에. 집에 가는 길이나 출퇴근길에 속도위반으로 적발된 적은 한 번도 없었다.

나는 이것을 '대단한 야외 아인슈타인 효과'라고 부른다. '대단한 야외 아인슈타인 효과'는 이렇게 작동된다. 낚시터를 향해 더 빨리 움직일수록 시간은 더 느려진다. 광속으로 가면 시간은 정지한다. 빛의 속도보다 빨리 낚시장비를 챙기면, 도로 사정에 따라 떠날 때보다도 강에 먼저 도착하게 된다.

불행하게도 내 낚시 상대성 이론은 교통경찰에게는 안 통한다. 그들은 속도계로만 판단한다. 어느 경찰관은 내게 속도위반 딱지를 주면서 말했다.

"정신 차려요. 나도 낚시를 좋아합니다. 자, 소환장 받아요."

채플홀의 낚시 방해꾼

　머나먼 곳에 잡은 고기를 놓아주어야 하는 플라이낚시 전용 개울이 있다. 나는 그곳을 신성하게 여겨서 주중에만 그곳에 간다. 다른 사람의 방해 없이 혼자만 낚시할 수 있기 때문이다. 타인의 방해가 없을 때가 좋다. 이기적이긴 해도 개울 전체를 독차지할 수 있으니까. 나는 이 개울을 '채플홀'이라고 부르고, 보통 거기서 혼자 낚시한다. 특별한 경우에 그곳을 찾는다. 한번은 집필하던 책을 완성한 날 갔고, 아버지의 죽음을 애도할 때도 그곳을 찾았다.

　'채플홀'에서 낚시하려면 오래된 삼나무 숲을 800미터 정도 걸어 들어가야 한다. 나무 그늘이 진 아름답고 조용한 산책길이다. 천상의 빛줄기처럼 햇살이 산책로 끝에 비쳐들고, 그곳에서 강줄기가 바위 절벽 밑을 흐른다. 검은 바위 아래로 폭이 4.5미터쯤 되는 좁은 여울이 흐른다. 여울은 천천히 길고 깊은 웅덩이로 이어지고, 땅거미가 질 무렵이면 그곳에 야생 송어가 뛰어오른다.

　'채플홀'에는 늘 크고 멋진 커스로트 송어 떼가 있다. 여름 오후, 큼

직한 노란색 메뚜기 플라이를 멀리 강둑에 바싹 붙여 캐스팅하면 된
다. 큰 송어는 플라이를 먹으려고 물을 튀기지 않기 때문에 강에서 뛰
어오르는 소리만 난다. 플라이를 쫓아가면 점이 많은 넓적한 진녹색
머리가 흰 낚싯줄을 물고 끌려오는 것을 볼 수 있다. 이렇게 한번 플라
이를 물었다 놓쳐도 고기는 다시 돌아온다. 고기를 잡았다가 놓아주는
규칙을 지키기 때문에, 그 물에는 언제나 고기가 낚시꾼을 기다리고
있을 것이다.

이 훼손되지 않은 한적한 곳의 아름다움을 표현하기란 쉽지 않지
만, 자연이 만든 물길과 땅, 하늘에 인간의 손길을 가미해서 더 낫게
할 수 있는 부분은 없다는 점은 분명하다.

딱 한 가지만 빼고.

몇 분간 목소리가 들렸다. 여자 목소리였다. 소리는 강 상류에서 내
쪽으로 다가오고 있었다. 웃고 서로 부르면서 튜브를 타고 내려오는
모양이었다. 여름 내내 많은 사람들이 튜브와 카약, 카누 같은 기구를
타고 물놀이를 한다. 나처럼 그들도 도시의 더위와 더러움을 피하고
싶어 한다. 하지만 수요일에, 그것도 이렇게 먼 강까지 나오다니. 이곳
은 물놀이를 하는 강이 아니라 낚시터인데.

여자들의 목소리가 협곡에 퍼지자 내 마음에 짜증이 일어났다. 저
쪽 여울에 던진 '조스 하퍼' 플라이를 커다란 고기가 물어서 약을 올리
던 참이었다. 다음 캐스팅으로 고기를 낚게 될 터였다. 한데 시끄럽고
아둔한 사람들이 내 성전을 둥둥 떠가다니.

불쑥 그들이 굽이를 돌아 내게로 다가왔다. 금발 미녀 셋은 대학 친
구들 같았다. 나는 캐스팅을 멈추었다. 그들은 나와 내 고기 바로 앞을
지나갈 터였다.

"죄송해요."

첫 번째 아가씨가 환하게 웃으며 말했다. 그녀는 튜브에 앉아서 다리를 튜브 밖으로 걸치고 있었다.

"죄송해요."

두 번째 아가씨는 예쁜 손으로 물을 휘저었다.

"미안해요. 선탠 중이거든요."

세 번째 아가씨도 활짝 웃으면서 손을 흔들었다.

나도 웃으면서 손을 흔들어주었다. 그들이 가버리는 게 안타까웠다. 더할 나위 없이 사랑스러운 세 명의 아가씨는 '채플홀'에 새롭고 더 숭고한 자연의 아름다움을 바치려고 온 신녀(神女, 영원한 정결을 맹세하고 여신의 제단의 성화를 지킨 처녀—옮긴이)들이었다.

그들 때문에 송어가 몇 분간 나타나지 않았지만 나는 마음 쓰지 않았다. 결국 그들은 자연의 의도대로 '벌거벗은' 몸으로 태양을 숭배하러 오지 않았던가.

· · ·

송어 낚시꾼에게는 10월의 빛이 낚시하기에 가장 좋다.

형 짐과 조카 에린과 함께 송어를 낚았다. 에린은 낚시가 처음인데 빨리 배운다.

좋아하는 강굽이부터 길고 가파른 길을 오르는 것이 오늘은 더 힘들었다. 중간쯤에서 거대한 전나무에 기대 숨을 돌렸다. 그사이 쉰다섯 살이 되었다. 하지만 불평하는 건 아니다. 대부분의 러시아인은 내 나이에는 이미 이 세상 사람이 아니다. 로마인들은 겨우 서른일곱 살의 나이에 세상을 떠났다. 우리 할아버지는 예순네 살에 돌아가셨고, 남북전쟁에 참전해서 살아남은 증조부는 예순 살을 넘기지 못했다. 그러니 내가 불평할 이유는 전혀 없다.

현대 의학은 우리를 장수하게 해주지만, 대가는 상당하다. 오래 살수록 병치레하는 기간도 길어지니까. 미국인의 87퍼센트가 천천히, 돈을 많이 쓰며 죽어간다. 우리가 낸 세금을 의학 연구에 쏟아 붓는데도 왜 그런지 알 수가 없다.

천천히 죽는 것에 대한 생각을 하자니, 낚시 여행의 마지막에—바라건대 시작이 아니고─심장을 부여잡고 주저앉을 수 있다면 꽤 괜찮을 것 같다. 막 요양원 입소에 대해 의논한 그 주에 그렇게 되면 더욱 좋겠지. 누구나 가야 하는 법이고, 자살하지 않을 거라면 빨리 죽는 심장발작도 괜찮지 않은가.

죽는 부분을 빼면, 나이 드는 데는 좋은 점과 나쁜 점이 있다.

나이 드는 것의 좋은 점은, 젊을 때처럼 사물에 대해 강하게 느끼지 않는다는 것이다. 운전하며 고기 떼가 수면에서 잔물결을 일으키는 걸 보느라 차가 절벽 밑으로 떨어지거나, 송어를 잡으려고 너무 깊은 물에 들어가는 따위의 멍청한 짓을 하다가 얼떨결에 죽는 꼴을 당하지 않는다는 뜻이다.

나이 드는 것의 나쁜 점은, 젊을 때만큼 사물에 대해 강하게 느끼지 않는다는 것이다. 운전하며 고기 떼가 수면에서 잔물결을 일으키는 걸 보느라 차가 절벽 밑으로 떨어지거나, 송어를 잡으려고 너무 깊은 물에 들어가는 따위의 멍청한 짓을 하다가 얼떨결에 죽는 꼴을 당하지 않는다는 뜻이다.

길을 올라갔다가 무사히 캠프로 내려왔다. 우리는 모닥불을 피우고 스테이크를 구웠다. 숨었다가 하늘에 나온 별 이야기를 했다. 날씨도 좋고, 물고기도 좋고, 인생도 좋고. 내 티펫을 낚아챌 시기가 오면, 단번에 재빨리 낚아채지면 좋으련만.

낚시꾼도 우울증에 걸려요

"잠자는 게 힘든가요?"

내가 물었다.

"네."

"음식을 씹으면 종이를 씹는 것 같고요?"

"어떻게 아십니까?"

"지난 석 달 사이에 체중이 줄었습니까?"

"20킬로그램 가까이요."

"잠자리는요?"

"별로요."

"울고 싶으신가요?"

"아뇨…… 사실은 가끔은 그렇지만 실제로 울진 않습니다."

"네, 물론 그렇겠죠. 늘 노곤한가요?"

"네."

"야구도 안 하고, 낚시도 안 한다구요?"

"맞아요."

"전에도 이렇게 침체된 적이 있었나요?"

"아뇨."

"죽음이나 자살에 대해 생각해봤나요?"

"네. 하지만 그런 짓은 안 할 겁니다. 아내와 아이들이 있는걸요."

나는 이 낚시꾼 환자에게 우울증에 걸렸다고 말하면 안 된다는 것을 알았다. 또 환자가 자기 병을 진단하는 것이 전문가의 진단만큼 중요하다는 걸 알기에 이렇게 말했다.

"뭐가 잘못됐다고 생각하는지 말해보겠습니까?"

마흔세 살의 경찰관은 고개를 숙이고 눈물이 그렁그렁해서 대답했다.

"글쎄요, 그냥 될 대로 되라인 것 같아요."

"그래요. 그렇다면 진단이 내려졌군요. 나도 '될 대로 되라' 증후군이라고 생각합니다. 다행스럽게도 이 병에는 뛰어난 치료법이 있습니다."

나는 우리가 치료에 있어 동맹군이 되었으며, 치료와 회복을 향해 첫 걸음을 내디뎠다는 것을 확인시키기 위해 슬쩍 미소 지었다.

이 환자는 '될 대로 되라' 병에 걸렸다. BMW를 몰고 벽돌 담장에 뛰어들어 자살을 시도했던 변호사는 내게 "그저 일이 돌아가는 게 마음에 안 들어서요"라고 말했다. 또 우울증에 걸린 의사는 내게 "난 우울하지 않다구. 그냥 피곤한 것뿐이야!"라고 소리쳤다.

여성들도 자가 진단을 하면서 가끔 같은 실수를 저지른다. 최근 5개월째 심한 우울증에 시달리면서도 약을 먹지 않은 한 간부는 이렇게 말했다.

"그래요, 내가 심드렁한 것은 사실이지만, 우울증은 아닙니다."

우리 문화에서 남자 어른은 울지 않는다. 남자들은 우울해하지 않고 여자들은 우울해한다. 우울증은 남자가 겪는 질환이 아니다. 우리 남자들이 뽀로통하고, 냉소적이고 침울하고, 시무룩하고 비관적이고, 짜증을 잘 내고, 화를 내고, 심각하고 뚱할지 몰라도, 우울하다고는 생각하지 않는다. 속으로는 우울증으로 죽어가면서도 프로작(우울증 치료제—옮긴이)은 먹지 않고, 대신 권총을 잡는다. 그렇게 자살하면 신문에서 거든다. "그가 의기소침한 이유는 아무도 모른다"라고.

우울증에 대해 자세한 설명은 생략하고 간단히 정리해서 말하겠다.

임상학적으로 우울증은 생명을 위협하는 질환이다. 우울증이라는 진단이 내려지는 증후군에 대해 어떤 이름으로 부르든 위험한 병이다. 『하버드 정신 건강 레터』에는 고혈압의 60퍼센트와 심장마비의 50퍼센트가 우울증과 상당한 관련이 있다는 내용이 실렸다. 수술 후 우울증을 앓는 환자는 그렇지 않은 환자보다 회복이 더디다. 우울증 진단을 받고 치료를 받지 않는 사람 중 15퍼센트는 결국 자살하며, 세계적으로 자살의 60퍼센트는 우울증 때문이다. 우울증을 치료하지 않으면 개인의 사회적, 심리적, 육체적, 감정적, 영적 행복에 부정적인 영향을 미칠 수 있다. 이것은 낚시 시간이 심각한 타격을 입는다는 뜻이기도 하다.

마틴 루터 킹 박사에게는 꿈이 있었다. 내게도 꿈이 있다. 내 꿈은 이런 것이다.

언젠가 우리의 정신질환에 대한 무지가 깨지기를 꿈꾼다. 우리가 당뇨병이나 심장질환처럼 뇌질환에 대해 이해하는 날이 오기를 꿈꾼다. 언제나 우리를 에워싼 생명을 위협하는 무서운 증후군을 떨치고 일어나서, 우리가 바라는 대로 치료받기를 바란다.

여러분의 도움이 필요하다. 마음을 열자. 우울증과 다른 정신질환에 대해 배우자. 아는 사람 중 고통을 받는 이가 있는가? 손을 내밀어 돕자. 그들을 검사받게 하자. 본인이 우울증을 앓는다고 생각되면 도움을 구하자. 기다리지 말자. 생명이 위험하니까.

다행스럽게도 우울증 치료는 놀라울 정도로 잘되어 있다. 매년 우울증을 앓는 수백만 명의 미국인 중 3분의 1만 적절하게 진단받아 치료한다는 게 문제다.

그 결과가 무엇이냐고? 우울증에서 비롯된 질환과 자살로 인해 수십만 명의 낚시인이 줄어들고, 불필요하게 이혼하고 가정이 해체되고, 실직하고, 죽음에 이르고 장애를 당한다. 낚시가 치유력이 크지만, 낚시꾼조차도 우울증에 걸린다. 낚시꾼이 낚시를 중단하는 것은 도움을 받을 때가 됐다는 뜻이다, 신속히.

내가 꿈을 이루도록 도와주시길. 정신질환에 대한 중세적인 사고를 빨리 극복할수록, 개화된 사회에서 사는 시기가 앞당겨진다.

얼마 전, 30년간 정신치료 경력 중 처음으로 개화된 환자를 만났다. 21세기에서 온 사람 같았다.

전화의 속성상 재빨리 이름을 말한 후, 그는 이렇게 말했다.

"안내서에서 우울증에 대해 봤습니다. 9가지 증후군이 있던데 맞습니까?"

"그렇습니다."

내가 대답했다.

"저는 그중 8가지에 해당되더군요."

우리는 상담 시간을 정했다.

그 환자는 우울증 진단을 제대로 내렸다. 연속적인 커다란 스트레스로 인한 우울증이었다. 현명하고 능력 있고, 정보를 제대로 이해한 이 보잉 사 소속 엔지니어는 치료 반응이 좋았다. 남자의 자부심보다 본인의 건강을 중요하게 여긴 사람이었다. 마지막 면담 때 그는 이런 말을 했다.

"제가 여기 찾아온 것은 선생님이 우울증 전문가이기 때문입니다. 이제 금속의 노후에 대한 조언이 필요하시면 절 찾아주십시오."

바로 이것이 우리가 함께 만들어갈 미래의 세상에서 내 꿈이 이루어진 광경이다. 우울증에 대해 이해해서, 자가 진단을 내리고 전문가의 진단을 받고, 때맞춰 치료를 한다. 그 결과는? 큰 기쁨과 행복을 얻고 낚시를 하게 된다.

우리가 타는 비행기를 만드는 보잉 사에서 이 환자 같은 직원만 채용한다면, 나는 안내방송 때 "편안한 비행을 즐기시기 바랍니다"라는 부기장의 말대로 편안히 비행할 수 있을 것 같다. 정말로 그렇다.

치유의 교훈

내 아들 브라이언은 키가 2미터로, 3년째 NBA의 '뉴욕 닉스'팀 선수로 뛰고 있다. 그 아이는 고릴라만 한 손가락을 가졌지만, 가장 섬세한 솜씨가 필요한 18번 '패러슈트 애덤스' 송어 플라이를 척척 맬 줄 안다.

참 이상한 일이다.

섬세한 송어 플라이를 매는 일은 손동작이 민첩한 작은 체구의 사람들에게나 어울린다―치과의사, 시계 수리공, 은퇴한 뇌수술 전문 외과의 같은 사람이나 할 일이지 NBA 농구 선수와는 안 어울린다. 손바닥으로 농구공을 잡는 아들애가 등을 굽히고 플라이를 매는 것은 참 부자연스러워 보인다.

나는 그 아이의 아버지고 또 유전자의 절반을 차지할 테니 적어도 솜씨가 절반은 되어야 마땅하다.

한데 그렇지가 못하다. 사실 내가 수월하게 매는 송어 플라이는 오직 2배 크기의 울리버거뿐이다. 그건 고릴라도 맬 수 있다.

작은 플라이를 매는 게 힘들지만, 나는 그래도 플라이를 만든다. 나름의 이유가 있다. 한 가지는 개인적인 치유 때문이다.

플라이를 직접 만드는 사람들과 비교할 때, 고백건대 나는 굼벵이다. 서툴기 짝이 없다. 망치기 일쑤다. 엄지가 네 개이거나 손가락이 여섯 개인 사람 같다. 아님 그 반대인가? 어쨌든.

'서툴다'란 의미가 정확하지 않다면, 적어도 나는 정돈이 되어 있지 않은 사람이다. 내가 플라이를 매는 작업대는 돌풍이 휩쓸고 지나간 양계장이나 크리스마스 장식품을 버린 쓰레기 더미랑 비슷하다. 이렇게 혼란스러운 덕분에, 또 특별한 모양이 필요할 때 찾지 못해서 나는 여러 가지 플라이를 고안했다. 몇 가지로는 고기를 잡기도 했다. 새로 만든 송어용 플라이를 친구에게 보여주고 맞기까지 했다.

나는 어릴 때부터 플라이를 만들었고, 십대 시절에는 동네 낚시용품점에 크래피 플라이를 팔아 몇 푼 벌기도 했다. 아버지는 플라이를 만들어 파는 것을 정직한 일이라고 했지만, 나는 지루한 일로 여겼다.

어느 날 빨간색과 흰색의 크래피 플라이를 똑같이 만 개쯤 만들었을 때, 대단한 비전이 떠올랐다. 크래피 플라이를 맬 시간에 공부를 해서 대학에 간 다음 큰돈을 벌어, 고교 중퇴생이 만든 플라이를 사면 된다는. 몇 번 길을 잘못 들긴 했지만 나는 그 비전과 비슷한 방향으로 가게 되었다.

이제는 딱 세 가지 이유에서 플라이를 만든다. 낚시용품점에 내게 필요한 플라이가 없다는 점. 때로 난 세상에서 가장 심한 거렁뱅이가 된다는 점. 내게 치료가 필요하다는 걸 안다는 점.

세 번째 이유가 가장 중요하다. 나는 적어도 한동안은 내 삶을 완벽하게 제어한다는 기분을 맛보려고 플라이를 만든다. 그 일을 할 때면 내가 우두머리고, 우주의 통치자이며, 책임자이다…… 어떤 식인지 이해가 될 것이다.

플라이를 매노라면 생계에서 벗어나, 다시 운전석에 앉게 된다. 그러면서 스트레스가 줄어든다. 스트레스는 요구가 많고 제어는 안 되는 환경에서 비롯된다. 그런 작업 환경으로는 〈왈가닥 루시〉(미국에서 인기 있었던 TV 코미디 시리즈—옮긴이)에 나오는 초콜릿 공장이 있다. 루시와 에델은 거기서 초콜릿을 포장하는 일이 정말 쉬울 거라고 생각했다.

멋진 직장일 듯했다. 좋은 동료와 가벼운 일, 공짜 초콜릿.

그런데 컨베이어벨트의 속도가 빨라진다.

점점 빨라진다.

계속 빨라진다.

많은 사람이 그 장면을 기억할 것이다. 아무리 손을 빨리 움직여도 초콜릿을 다 포장해낼 수가 없다. 초콜릿을 주머니에 넣고, 입에 넣지만 그래도 포장할 초콜릿은 계속 나오고 그들은 속도를 따라잡지 못한다. 대혼란이 일어난다. 몇 장면 사이에 천국이 지옥이 된다.

많은 미국인은 이런 초콜릿 공장의 덫에 걸린다. 우편물 정리, 식료품점 계산원, 관제탑 근무, 경찰관, 응급 구조대원, 어떤 때는 우리가 직접 '초콜릿 공장'을 만들기도 하고, 어떤 때는 아니기도 하다. 때로는 혈압이 지붕을 뚫고 올라가 쓰러지고 나서야, 우리가 '초콜릿 공장'에서 일한다는 사실을 깨닫기도 한다.

플라이를 매면 그런 초콜릿 공장에서 벗어나게 된다.

플라이 매기에는 아무런 요구 사항도 뒤따르지 않는다.

플라이를 매면 완벽한 제어력을 얻는다.

완벽하게 제어하고 요구 사항도 없고, 대답할 일도 없고, 기준을 맞출 필요도 없고, 전화해줄 필요도 없고, 목표를 달성할 필요도 없고, 마감도 없고, 벌점을 피할 필요도 없고, 달아나고 있는 것을 잡느라 사력을 다할 필요가 없을 때 우리는 평온을 찾게 된다.

흡족함도.

만족도.

저혈압도.

플라이를 만드는 것은 요구는 적고 제어력은 큰 환경이다. 최근의 건강 연구에 따르면, 요구가 적고 제어력이 큰 환경은 더 나은 건강 상태와 장수로 이어진다.

장수한다는 것은 낚시할 시간이 더 많아진다는 뜻이다.

300년 전, 낚시의 아버지였던 아이작 월턴은 평균 수명이 쉰 살이던 시절에 90년을 살았다. 그 나이가 되기 위해 그는 플라이를 직접 만들어 썼다.

선물

어릴 때 아버지는 내게 엄하게 대했다. 심하게는 아니고 그냥 엄하게. 아버지는 투덜대거나 게으름을 피우는 분이 아니었다. 사람이 일을 할 때는 열심히 해야 했다. 놀 때는 열심히 놀아야 했고, 넘어져서 무릎이 까지더라도 벌떡 일어나서 아픔을 떨쳐버려야 했다. 하이킹과 낚시를 즐기던 아버지는 우리 형제들을 힘든 산행에 데리고 다녔다. 송어를 찾아서 캘리포니아의 시에라 산맥까지 들어갔다. 산길이 가파르고 힘들수록 우리는 즐거운 시간을 가졌다. 어린아이였던 나는, 발에 물집이 잡히고 다리가 뻐근하고, 고도가 높아 숨이 가쁘지 않으면 재미가 없는 줄로만 알았다.

아버지는 두 가지 원칙을 지키며 살았다. 인생에서 쉽게 오는 것은 가치가 없다. 고통이 오는 걸 멈추게 해서는 안 된다. 여러 해가 지난 후, 두 가지 다 아버지의 판단이 옳았다는 생각이 든다.

군 신병 훈련소가 내게는 잘 맞았다. 완전 군장을 하고 1.6킬로미터를 뛴 후, 옆에서 뛰던 동료가 신음 소리를 내며 말했다.

"우릴 어쩌려는 거야, 죽일 셈인가?"

내가 물었다.

"재미있지 않아?"

그 친구가 쏘아붙였다.

"정신병원에 가봐야겠군!"

아버지는, 그 일로 죽지만 않으면 강인해질 수 있다고 믿었다. 사건 자체가 아니라 사건을 대하는 태도가 문제라고. 무슨 임무든, 어떤 직업이든, 어떤 목표든, 아픔이나 고통을 견뎌야 하는 일이라면 태도만 갖추면 된다고. 전망이 없으면 불가능한 것은 불가능하게, 받아들일 수 없는 것은 받아들이지 못하게 된다고. 어떤 일을 할 수 없다고 믿으면, 그 일은 되지 않는다고. 왜냐하면 아예 시작하지도 않을 테니까. 그래서 사람들은 첫 발을 떼기도 전에 힘든 여정은 포기해버리는 거라고. 모든 역경이 다 마찬가지다. 낚시 여행이든 돈 버는 일이든, 삶에서 피할 수 없는 상처를 회복하는 일이든.

오래전 나는 지병을 앓는 환자의 심리 상태를 검사하는 일을 맡았다. 환자는 산업 재해로 손가락 두 개를 잃은 후에도 잘린 손가락에 참을 수 없는 통증을 느낀다고 호소했다. 통증을 없애느라 그는 마약 중독이 되었다. 그는 다친 손에 바세린을 잔뜩 바른 가죽 장갑을 끼고 팔 전체를 어깨에 삼각건으로 매고 다녔다. 실직자에 부부 관계도 악화되자, 그의 삶은 끝장에 이르렀고 오직 다친 손에만 신경을 썼다. 그의 육신은 부상을 입었지만, 그의 정신은 장애를 입었다.

그를 검사하고 몇 주일 후, 장애 판정을 내려야 할 어떤 여성과 면담이 약속돼 있었다. 그녀의 남편이 대기실에 함께 와서 기다렸다. 그의 왼팔 전체에 빨간 흉터가 있고 살이 일그러진 것이 눈에 들어왔다.

호기심이 극에 달하면 퉁명스러워지는 버릇이 있는 내가 그에게 불쑥 물었다.

"팔이 어떻게 된 겁니까?"

사내는 싱긋 웃으며 대답했다.

"기계에 잘렸어요."

"이런! 아팠겠군요."

내가 얼굴을 찌푸리며 말했다.

"그랬죠. 죽을 뻔했습니다."

"어떤 진통제를 복용했습니까?"

나는 마약 중독자가 된 환자를 떠올리며 물었다.

"아무것도 안 먹었어요. 약을 싫어합니다."

"그럼 어떻게 하셨지요?"

"털어냈죠."

"털어내다니 뭘요?"

"팔을 털어냈죠."

"그랬더니 통증을 없애는 데 도움이 되던가요?"

"약간은요."

"통증을 털어내는 데 얼마나 걸렸나요?"

사내는 아내를 쳐다봤다.

"얼마나 걸렸지, 여보? 1년쯤인가?"

두 사람이 당한 부상은 크게 다르지 않았지만, 부상을 대하는 태도는 전혀 달랐다. 나는 아버지가 오래전 내게 가르쳐준 것을 내가 가르치는 대학원생들에게 이야기해주었다. 어떤 것 때문에 죽지 않으면, 그것 덕분에 강인해질 수 있다. 문제는 사건 자체가 아니라, 그 사건을 대하는 태도다.

. . .

낚시하지 않는 사람들이 안쓰럽다.

그들은 아침에 일어나면,

온종일 그런 기분으로만 지내게 된다.

바보의 언덕

내가 자랄 때 어머니는 "바보 언덕에 올라가지 마라"라고 말했다. 하지만 나는 '바보 언덕'에 올라갔고, 너무 자주 발자국을 남겼다. 오늘날에도 가끔 가팔라 보이지 않는 바보 언덕에 끌린다.

내가 거듭 바보 언덕에 오르는 것은, 남부 캘리포니아의 문화에서 성장했기 때문이다. 그곳에서는 질문을 하는 게 멋진 일이 아니었다. 바보들이나 질문을 했다. 질문이 많을수록 멍청이 취급을 받았다.

내가 여러 언덕에 남긴 발자국 중에는, 낯선 도시에서 길을 잃고(하지만 그건 멋진 일이다) 헤매면서 남긴 것도 있다. 나는 길을 묻지 않고 헤매는 편을 좋아했다. 멋을 아는 사람들은, 6시간 동안 헤매는 것이 자존심 상해가며 길을 묻는 것보다 낫다는 것을 안다. 진짜 멋쟁이들은 평생 길을 잃고 헤맬 수도 있다.

아주 오래전 어느 날 저녁, 낚시꾼 한 명이 내 캠프로 들어왔다.

"트리플 서전 매듭 묶는 법을 가르쳐주실 수 있겠습니까?"

무거운 앞줄을 들고 내가 피운 모닥불가로 오다니, 멍청이가 분명했다.

"그러죠. 가르쳐드리지요."

멍청이의 도움을 받지만 않으면 멍청이를 도와주는 것도 괜찮다는 게 멋쟁이들의 규칙이다.

난 멋진 사람이고 누구에게 뭘 묻지 않았으므로, 트리플 서전 매듭은 스포츠 잡지에 실린 그림을 보고 배웠다. 그 결과 25년간 나는 엉터리 트리플 서전 매듭을 묶었던 것이다. 수십 년간 그 바보 언덕에 고집스럽게 오른 결과, 자유를 사랑하는 물고기들이 수천 번이나 매듭을 끊어버렸다.

하지만 그가 매듭 만드는 법을 가르쳐달라고 부탁하기 1년 전, 의사인 친구가 그 매듭 묶는 법을 제대로 가르쳐주었다. 멋지게 굴어야 했으므로 물론 내가 먼저 부탁하지는 않았다. 친구가 먼저 가르쳐주겠다고 했다. 이런 선물은 받아도 좋지만 이미 알고 있는 체해야 한다는 게 멋쟁이들의 규칙이다. 나는 고개를 까딱하면서 "아"라는 말로 반응을 보였다.

이마에 평평한 부분이 있는 이유가 다 있다. 멍청하게 굴었던 것을 깨달았을 때 손바닥으로 자기 이마를 찰싹 때리라고 있는 것이다. 내 이마에는 평평한 부분이 아주 넓다. 손바닥으로 마구 때려서 해가 갈수록 점점 넓어진다. 마침내 트리플 서전 매듭을 제대로 묶는 법을 배우자 이마를 찰싹 때리고 싶은 충동이 생겼다―그날 밤 불이 꺼지고 아무도 날 못 볼 때까지 기다렸다가 '실시'했다.

"무슨 소리가 났지?"

어두운 텐트 속에서 누군가 말했다.

"큰 모기가 있어서. 아주 크던걸."

내가 대답했다.

멋쟁이들은 자기가 잘못했다는 사실을 인정하지 못한다.

모닥불로 다가온 낚시꾼에게 곁에 앉으라고 하고, 천천히 매듭 짓는 법을 가르쳐주었다. 세 번의 시범과 30초에 걸친 코치로 그는 제대로 해냈다.

그가 환하게 웃으며 말했다.

"고맙습니다. 늘 그 매듭을 배우고 싶었거든요. 이번 여행에서는 고기를 별로 못 잡았지만, 잊지 못할 걸 배우게 됐네요. 다시 한 번 감사드립니다."

그는 밤 속으로 사라졌다. 깊은 잠을 자겠지. 멍청이들이 뭔가 배우고 이루는 잠을.

나도 배운 게 있다. 언제라도 배울 수 있는 것이다.

진실 알아내기

내 친구 폴 워트는 범죄 심리학자이다. 그는 살해, 강간, 양육 분쟁, 가정 폭력, 성폭행 등 실망스런 인간 행위에 관련된 사건에서 누가 진실을 말하는지, 누가 진실을 말하지 않는지 밝히며 긴 시간을 보낸다. 법정과 관계된 직업이기에 그는 진실만을 추구해야 되는 곳이 법정이라고 말한다.

하지만 낚시꾼으로서 그는 다른 낚시꾼들에게서 진실을 열심히 알아내지 않는다.

낚시꾼에게서 진실을 알아내기는 어렵다. 그 '진실'이라는 게 누구의 단골 낚시터와 관계된다면 더욱 그렇다.

나도 진실 전체를 밝히지 않은 적이 한두 번은 있기에 그걸 안다. 몇 해 전, 친구가 내게 근사한 무지개송어를 잡은 곳이 어디냐고 묻기에 "스네이크 강"이라고 대답했다. 진실이긴 하지만, 진실 전체를 밝힌 것은 아니었다. 스네이크 강은 2,400킬로미터나 되는 긴 강이니까.

낚시꾼이라면 누구나 살피고, 조사하고, 찔러보고, 검증하고, 묻고,

유도심문하고, 탐색하고, 빙빙 돌려서 말한다. 아니면 다른 낚시꾼들을 괴롭혀서 낚시 정보를 알아내려 한다. 좋은 낚시 정보가 없으면, 불필요하게 힘들여 낚시를 해야 한다. 하지만 개울이나 호수, 강가, 비밀 호수의 구조, 웅덩이, 여울목의 정확한 위치와 가는 길을 아는 데는 특별한 정보 수집 능력이 요구된다. 비열한 방법을 동원해서라도 알아내야 한다.

나도 새로운 낚시터를 탐색하는 나름의 방법이 있지만, 잘되지는 않는다. 보통은 새로운 정보를 얻기 위해 내가 확보한 정보를 내주는데, 결국 손해만 보는 경우가 있다.

인간 행동을 연구하는 사람으로서, 물리적인 고문이 필요하지 않은 진실 탐색 방법 몇 가지를 알게 되었다. 지금껏 아는 바에 의하면, 이런 식으로 진실을 알아내는 방식은 불법 행위는 아니다. 하나는 치과에서, 하나는 법조계에서, 하나는 병원에서 쓰는 방법이다.

내가 다니는 치과의 의사는 내가 낚시꾼이라는 걸 알고 자연스럽게 정보를 알아낸다. 그는 다음의 세 단계를 밟는다. (1) "안녕하세요? 잘 지내셨지요?" (2) 그는 간호사에게 주사기를 달라고 해서 내가 볼 수 있게 높이 든다. 그다음에 (3) "최근 낚시하러 어디 다녀오셨습니까?" 난 거짓말을 하지 못한다.

변호사 친구는 일로 만나는 사람들에게서 정보를 빼낸다. 그를 보호하기 위해 그냥 '제리 카트라이트'라고만 부르겠다. 제리는 의뢰인을 고소한 원고에게 심문을 하면서 아래의 과정을 밟는다.

"목뼈 골절로 인해 플라이낚싯대를 잡으면 목과 어깨에 심한 통증이 생겨서 이제 낚시를 못 하시겠다고 되어 있군요? 맞습니까?"

"네."

"통증은 캐스팅하는 동안에 심합니까, 물고기와 씨름하는 동안에 심합니까?"

"둘 다입니다."

"그러면 그런 통증을 유발하는 물고기는 얼마나 큰가요?"

고소인은 자기 변호사를 쳐다본다.

"이 질문에 대답해야 하나요?"

그의 변호사는 어깨를 으쓱하며 고개를 끄덕인다.

"어떤 크기나 그렇지만 큰 놈일 때 가장 아프지요."

"송어인가요?"

"네. 큰 무지개송어입니다."

"그렇군요. 그럼 통증을 유발하는 무지개송어를 잡은 곳은 정확히 어딘가요?"

고소인이 대답하기도 전에 제리는 고개를 끄덕이며 덧붙인다.

"기억하십시오, 증인은 선서를 했습니다……."

하지만 낚시꾼에게 진실을 빼내는 데 있어 최고수의 영광은 내가 아는 심장 수술의에게 돌아갈 것이다. 그는 낚시꾼 환자의 어떤 곳에 문제가 있는지 확인한 후에 수술을 시작한다.

그는 수술복을 입고 마스크를 쓴 채 말한다. 오른손에는 칼을 들고서.

"자, 존스 씨. 여기 있는 마취과의가 얘기했던 대로 기분이 좋아지는 가스를 주입하면 잠이 들 겁니다. 모든 게 끝날 때까지 아무것도 느끼지 못할 겁니다. 그런 다음에 얘기를 나누도록 하죠."

눈이 왕방울만 해진 환자는 고개를 끄덕인다. 그러면 외과의는 말한다.

"참, 댁의 농장에 있는 배스 호수에 오라고 말씀하신 걸 기억하시죠?"

마취과의가 마취용 마스크를 씌울 때 환자는 입에 튜브를 꽂은 채 웃는다.

"언젠가 가서 낚시를 하고 싶습니다."

환자가 고개를 끄덕이기 시작한다.

의사는 간호사에게 고개를 돌리고 지시한다.

"존스 씨가 배스 낚시에 초대했다는 내용을 기록해두라구."

직업 관계를 이용해서 낚시 초대를 받는 일은 직업윤리를 어기는 것이다. 나는 막 일을 시작한 젊은 심리치료사로서 병원에 갓 입원한 환자를 맡게 되었다. 첫 번째 치료 시간에 환자의 아버지가 큰 목장을 갖고 있으며 거기 근사한 개인 소유의 송어 낚시터가 있다는 걸 알게 되었다. 환자는 내게 언제 들러서 낚시라도 하지 않겠냐고 물었다. 치료가 끝난 후, 나는 주임 심리치료사에게 달려가―그도 낚시꾼이었다― 행복한 소식을 전했다. 그는 엄격하게 말했다.

"그런 생각은 하지도 말게."

그는 내가 말뜻을 알아들었는지 확인하기 위해, 목소리를 낮추고 다시 말했다.

"그런 생각은 아예 하지도 말라고."

생각하지 말라는 말 때문에 더욱 간절히 생각하게 됐다.

하지만 그것도 고작 3, 4년뿐이었다.

• • •

나는 특히 TV에서 중계하는 스포츠를 좋아한다.

그 덕분에 송어가 사는 물에 쓰레기가 줄어드니까.

퍼시 도브윙스의 개종

저번 날, 친구 퍼시 도브윙스와 작은 배에서 배스 낚시를 하는데 바람이 휙 불어서 루어가 엉뚱한 곳으로 날아갔다. 갑자기 루어가 멈춰버린 느낌이 들자, 어느 낚시꾼이라도 할 일을 했다. 챔질을 한 것이다. 결과적으로 그럴 필요가 없었다. 훅은 고기가 아닌 퍼시의 귀에 꽂혔으니까.

1급 신사인 퍼시는 천천히 내가 던진 플라이가 어느 귀에 꽂혔는지 보여주었다. 그는 "미늘이 들어갔나?"라고 물었다.

"아니."

내가 대답했다.

"그럼 자네가 훅을 제거하는 친절을 베풀어주려나?"

"물론이지."

"고맙네."

내가 퍼시 도브윙스를 좋아하는 것은 이 때문이다. 침착함. 차분함. 세련미. 유머 감각. 우연히도 내가 자주 사소한 응급 상황을 빚는 것은 조사해볼 필요가 있지만, 플라이낚시꾼으로서의 나의 불운은 중요하지 않다. 퍼시는 내게 '폴 퀸네트 캐스팅 헬멧'을 발명하라는 제안을 한 것 외에는 "배스 낚시꾼이라면 이런 일을 예상해야겠군"이라고만 말했다. 물론 여기서 모험담이 펼쳐진다.

퍼시가 송어 낚시에 빠진 모습을 본다면 절대로 배스 낚시를 할 사람으로 보이지 않을 것이다. 물론 여러분은 퍼시 도브윙스가 내 친구의 본명이 아님을—본명은 험프리 듀캐슬이다—알아차리겠지만, 나는 책에 실명을 쓰지 않겠다고 그와 약속했다. 그가 어떤 것이 적절하고 그렇지 않은가에 매우 민감한 사람이라는 사실이 밝혀질 테니까.

그는 경제학 교수이다. 파이프 담배를 피우고, 영국산 스웨터를 입고, 방수포 외투를 걸치고, 아일랜드산 모직 모자를 쓰고, 수제 지팡이를 들고 신사 낚시꾼의 풍모를 풍기는 사람. 그는 그런 차림으로 강의를 하러 간다. 물가에 있는 그를 봐야 한다. 퍼시는 '미국은 문명화되지 못하고 원시 상태에서 타락으로 흘렀다'라는 말의 예외 인물이기도 하다.

그가 배스 낚시를 하기 전에 배스와 배스 낚시꾼에게 어떤 태도를 가졌는지는 이렇게 요약할 수 있다. 어느 날 배스 낚시의 장점에 대해 입씨름을 벌인 후 그가 말했다.

"끔찍한 악몽을 꾸었다네. 식은땀을 흘리면서 일어났지. 아래를 보니 무시무시하게도, 내가 '배스에 입맞춤을'이라고 적힌 티셔츠를 입고 있지 뭔가!"

"치료 방법이 있는데."

내가 말했다.

"그래?"

"가끔 나랑 가자구. 배스를 잡으면 인생이 바뀔 수 있네."

"배스는 거친 물고기야. 그걸 잡는 인간들도 마찬가지고."

퍼시가 마음을 바꾸던 날, 우리는 갈색송어와 무지개송어를 잡으러 호수에서 낚시를 하고 있었다. 그는 호수 낚시를 좋아하지 않지만, '옐로스톤'과 '골든트라이앵글'에 가기에는 아직 이른 계절이었다. 내가 낚시에 초대하자 그는 "채점하는 것보다야 낫겠지"라며 따라나섰다.

오전 11시쯤이었다. 큰입배스가 있는 걸 보고, 나는 두 번째 낚싯대를 챙기고 조끼에서 딱정통을 꺼냈다.

"맙소사. 그게 뭔가?"

"배스 딱정."

"뭐?"

"배스 딱정."

"윽."

퍼시는 교수들이 엉뚱한 짓을 한 학부생을 공개적으로 망신 줄 때 짓는 표정을 지었다(그의 여러 표정 중, 발을 헛디뎌 매디슨 강에 머리부터 처박히기 직전에 지었던 표정을 가장 보고 싶다).

나는 배스 딱정을 2.7킬로그램 테스트 티펫에 묶었다.

"송어는 그만 낚는 건가?"

"그렇네."

"아."

퍼시는 비난조로 내뱉더니 말을 이었다.

"자네가 안 그럴 줄 알았는데. 차라리 잉어를 낚아보지그래? 남은 샌드위치로 떡밥을 만들 수 있을 텐데."

나는 그의 영국제 플라이 상자에 큰 지렁이를 채우는 환상과 싸우면서, 발사나무로 된 화려한 색상의 배스 딱정의 끝을 매서, 구경하라고 퍼시의 코앞에 들이밀었다. 그것을 호수 안에 잠긴 통나무 가장자리에 던졌다. 처음 줄을 흔들자마자 고기가 달려드는 소리가 들렸다.

이곳 북서부의 배스는 꽤 멋진 고기였다. 낚싯줄이 이리저리 움직였고, 배스가 뱃머리를 15도쯤 돌렸다. 배스는 두 번이나 물 위로 차올랐다. 한참 후 늙은 배스가 입을 벌린 채로 딸려왔다. 알을 품어 무거웠다. 나는 배스를 물에서 꺼내, 훅을 빼고 놓아주었다.

"900그램은 되겠는걸."

나는 으쓱대지 않고 말했다.

"흐음."

퍼시는 파이프에 불을 댕겼다.

나는 계속 낚시를 하면서, 물가와 그늘진 곳, 급심(수심이 급격히 깊어지는 곳―옮긴이)으로 옮겨 다녔다. 한편 송어는 꼼짝하지 않았다. 퍼시는 파이프 담배를 피우면서 나를 지켜봤다. 우리 개가 가끔 고개를 갸우뚱하면서 '이제 어쩔래?'라는 눈빛으로 날 보는 그런 눈길이었다.

나는 허풍을 떠는 배스 낚시꾼은 아니지만, 그 후 한 시간 동안 고기를 아주 많이 잡았다. '손목이 아파서' 앉아 쉬어야 할 정도로.

한참 침묵을 지키던 퍼시가 입을 열었다.

"꽤 잘 버티는 녀석들이군. 연어가 아닌 것치고는 말이지."

내가 말했다.

"녀석들은 저희가 연어가 아니라는 것도 모를걸."

"그래, 모르겠지."

난 퍼시가 고민하는 기색을 읽을 수 있었다. 그는 물을 쳐다보고는, 열린 딱정통으로 시선을 옮기더니, 다시 물과 딱정을 번갈아 보았다. 20분 전에 꺼진 파이프를 힘껏 빨아들였다. 마침내 그가 말했다.

"이런! 제발 그 능글맞은 웃음 좀 거두라구!"

"날 믿게. 아무한테도 말 안 할 테니."

"한번 해봐도 별일 없겠지."

그는 낚싯대를 들더니 내 딱정통에 손을 뻗었다. 퍼시는 호수를 쭉 훑어보더니 물었다.

"이 조야한 것들을 직접 묶나?"

"아니. 구입하지."

"그럼 얼마나 하나?"

"'화이트 엘리펀트 스포츠 용품점'에서는 1달러. 하지만 다른 곳에서는 3달러쯤. 여기 호수에서는 29달러 95센트."

"야아!"

그는 딱정을 손짓하며 물었다.

"어떤 걸 권할 텐가?"

"아, 배스는 상관하지 않는다네. 고무다리가 달린 흰 걸 쓰게. 티펫은 적어도 300그램 테스트로 낮추거나 아니면 내 걸 쓰게."

"고무다리 달린 것? 300그램짜리? 맙소사…… 배스 낚시꾼들은 또 뭘 생각해낼까?"

퍼시는 하루살이를 떼어내고, 앞줄에 딱정을 묶었다. 나는 배를 물속에 쓰러진 통나무 옆으로 댔다. 그는 통나무 쪽으로 짧게 캐스팅했다.

그때 일이 벌어졌다. 퍼시 도브윙스가 배스 낚시로 개종했다.

퍼시를 개종시킨 1.8킬로그램짜리 배스가 얕은 물에서 휙 움직였다. 저녁 식탁으로 향하는 거대한 흰 상어 같았다. 눈 깜짝할 새에 배스는 퍼시의 딱정에 달려들었지만, 그의 눈앞에 플라이낚시 인생이 펼쳐질 시간은 충분했다…… 물고기가 큰 물살을 일으키며 파퍼(움직일 때 머리의 파인 부분에 닿아 소리를 내도록 만든 탑워터 루어—옮긴이)를 끊자, 퍼시는 "이런 빌어먹을! 빌어먹을!"을 되뇌기 시작했다. 지금도 내 기억에 의하면 이 경제학 교수가 내뱉은 말 중 가장 욕설에 가까운 것이었다.

오랫동안 퍼시는 낚싯대를 들고 거기 서 있었다. 그의 입술에서 파이프가 떨어졌다. 그는 안경 너머로 배스가 사라진 곳을 응시하더니, 입을 벌리고 씩 웃었다. 입 큰 개구리처럼.

그러더니 한마디 말도 없이, 양손으로 조끼를 더듬기 시작했다. 아마 술통을 찾았으리라.

"괜찮으신가, 교수 양반? 술이 필요한가?"

"아닐세. 4.5킬로그램짜리 티펫! 그리고 고무다리 달린 걸 하나 더 주게!"

물고기를 상냥하게 대하라

물고기를 상냥하게 대하라. 그들은 함부로 대접받으려고 강물과 호수에 있는 게 아니다. 물고기를 먹으려면, 재빨리 확실히 죽여라. 그대가 물고기라면 어떻게 죽고 싶을지 생각해보고 그렇게 죽여라.

놓아주려거든 제대로 다루어 얼른 놓아주어라. 그대가 물고기라면 어떻게 놓여나고 싶을지 생각해보고 그렇게 놓아주어라.

우리는 우주의 먼지로 태어났으며 시간과 공간과 우주의 여행자이니, 동료 여행자들을 아무렇게나 대하면 안 된다.

게다가 만일 신이 물고기라면 어쩌려고?

반도 노력하지 않고 친구를 만드는 법

자살 방지 전문가인 나는 여행을 많이 하는 편이다. 비행기도 많이 타고, 강연도 많이 하고, 자주 모텔에서 자는 편이고, 좋은 사람도 많이 만난다. 나는 최대한 물고기 무늬 넥타이를 매려고 노력한다. 물고기 무늬 넥타이를 매면 "낚시꾼이세요?"라는 질문을 받게 되고, 낚시에 대한 대화가 이어진다. 때로는 낚시하러 오라는 초대를 받기도 한다.

새 친구를 사귀고 싶다면, 세상에 평화와 이해가 깃드는 데 보탬이 되고 싶다면, 물고기 무늬 넥타이를 매자. 물고기가 그려진 티셔츠를 입고, 낚시꾼이 쓰는 모자를 쓰고, 물고기 모양의 은목걸이를 하자. 귀걸이도 좋고. 입에서 "낚시"란 말이 나오기 무섭게 사람들이 몰려들 것이다.

내가 좋아하는 넥타이는 검은 바탕에 붉은색 줄무늬 송어가 줄줄이 반복되는 것이다. 아주 산뜻하다. 굉장히 산뜻해서, 사실 아는 사람이 그걸 맨 걸 보고 "브렛, 나도 그 타이를 구해야겠는걸!"이라고 말했다.

제약 회사 직원인 브렛은 고객 관리를 워낙 잘하는 사람인지라 말이 떨어지기 무섭게 목에서 넥타이를 풀어서 "가지세요"라고 말했다.

"아닐세, 브렛. 자네 넥타이를 어떻게 받아."

말은 그렇게 해놓고 결국 받았다.

물고기 무늬 넥타이는 사람들에게 다가오라는, 환영한다는 신호가 된다. "제가 낚시를 다니거든요"라는 말은 "저는 다정하고, 사려 깊고, 느긋하고, 사과를 잘하고, 윤리적이고, 상냥하고, 점잖고, 약간 철학적이고, 자연을 사랑하고, 깨달음에 흥미를 느끼는 사람입니다"라는 뜻이다.

그 작전은 언제나 맞아떨어진다.

. . .

인생의 의미는 짜릿한 입질을 느낄 때

더 잘 이해가 되는 법이다.

혼자만의 탈출

나는 자주 멀리 가고 싶은 충동을 느낀다. 먼 곳의 낚시터로 가고 싶은 충동을. 멀쩡하고 정상적으로, 보통 시민처럼 잘 지내다가도, 갑자기 고물 트럭을 몰고 도로에 나선다. 특별한 목적지도 없이. 새로운 시골, 새로운 물줄기를 보고 싶은 충동이 작고도 강렬한 목소리로 내게 다가온다.

"탈출하라구! 너무 늦기 전에 탈출해!"

몇 해 전, 100만 불을 상속받은 알코올중독자를 치료했다. 그도 '탈출' 문제를 갖고 있었다. 그는 술을 마시면 "여기저기 탈출"하곤 한다고 말했다.

"어떤 곳이지요?"

내가 물었다.

그는 씩 웃으며 대답했다.

"알래스카의 시트카. 싱가포르. 글쎄 한번은 멋쟁이 백인 사냥꾼처럼 차려입고, 라이플총까지 메고 케냐에서 사파리를 했지 뭡니까. 취해서 그런 거죠."

나는 탈출하기 위해 취할 필요까지 없다. 그저 봄에 미루나무 잎사귀만 펄럭여도 발동이 걸린다. 자작나무에 처음으로 황금빛이 돌기만 해도 떠날 수 있다. 여름 무더위, 잡지에 실린 낚시 이야기…… 그 정도면 충분하다.

탈출은 충동으로 시작되어, 대충의 방향이 잡힌다. 보통은 다음날 아침 동이 트기 전에 시작된다. 새벽녘이 되면, 고기와 물, 위스키 조금, 여러 종류의 낚싯대와 플라이와 희망을 싣고 떠난다. 기어를 'D'에 놓고 출발.

내 앞에서 새벽의 붉은 기운이 떠오를 때 도로를 달리는 게 좋다. 집에서 서쪽으로 가면 500킬로미터 정도면 태평양에 도착한다. 그 정도로는 시원한 탈출이 되기에 부족해서, 동쪽이나 북쪽의 로키 산맥, 아이다호, 몬태나, 와이오밍으로 달린다. 아니면 캐나다의 브리티시컬럼비아나 앨버타로. 사람들은 대니얼 분(생전에 이미 전설적 인물이 된 개척자―옮긴이)에게 자유가 필요했다고 말하고, 나도 그와 먼 친척뻘 될 거라고들 말한다. 그러니까 난 '너무 붐비고 너무 문명화된 곳에서 벗어나야 될' 유전자를 타고난 셈이다. 목적지나 예약 따위는 원치 않는다. 탈출이란 A지점에서 B지점으로 가는 게 아니라, A지점에서 ?지점으로 가는 거니까.

이 독특한 행태가 우리 집에서는 문제가 되지 않는다. 부부가 된 지 40년이 흐른 지금, 내가 사랑하는 여인은 내가 무슨 짓을 해도 별로 놀라지 않는다. 내가 탈출 발표를 하면 아내는 말한다.

"잘 지내다 와요. 하지만 가까이에 전화기가 있으면 전화해요. 당신이 길을 잃었을 때 구조대에게 어느 주에 있는지 정도는 알려줄 수 있게요."

하지만 나는 길을 잃은 적이 없다. 아니 정확히 말하자면, 집에 돌아오기 위해 전문가들의 도움을 받아야 했던 적은 없다. 집에 오는 데 시간이 엄청 걸린 적도 있지만 길을 잃지는 않았다. 탈출 모험이란 미 대륙의 어느 시골길이나 적어도 자기 마음의 뒤안길에서 위험을 감수하는 것이 아닌가.

삶의 세 가지 필수품(음식, 물, 송어 플라이들)을 싣고 나는 지도도 없이 달리는 것을 즐긴다. 해와 별, 높은 봉우리와 강의 계곡을 지도 삼는 편이 더 좋다. 어디서 끝나게 되든, 도로 표지판이 아니라 죽음이 나를 거기서 불러주었으면 좋겠다. 복이 있어 1870년대 이후 아무도 낚시해본 적이 없는 언덕 사이의 계곡 강물에서 생을 마치게 되는 상상을 하는 게 좋다.

혼자 가는 게 필수다. 하지만 내가 혼자 가고 싶지 않더라도, "떠나자"고 소리치며 낚시장비를 챙겨 들고 나와 함께 나설 만큼 단순한 삶을 사는 사람이 없다. 그런 사람이 있다 하더라도, 내가 탈출 시간에 얻는 조용한 사유를 그와 나누고 싶을지 자신이 없다. 게다가 열댓 번 홀로 탈출한 후, 나는 단출함과 그 묘함을 빼앗기지 않으려 애쓴다. 오랫동안 산에서 지낸 노새가 말을 거는 반백의 광산 시골자처럼.

탈출 때는 공식 야영지는 피하고 단순하게 생활한다. 장작과 물을 준비해서 다니고, 모닥불을 이용해 음식을 만들고, 트럭에서 자고, 형식은 차리지 않는다. 낚시하고 싶을 때 낚시하고, 먹고 싶을 때 먹고, 자고 싶을 때 잔다. 여기 옛 일기의 한 대목이 있다.

위치 : 몬태나의 비터루트 강 상류. 1991년 초여름. 혼자. 자갈 채취장에

서 야영. 다른 야영자 없음. 술을 마시고 스테이크를 먹고 커피 준비. 에드워드 애비의 글을 좀 읽은 다음, 너무 늦어서 플라이를 볼 수 없게 되지 않도록 400미터쯤 강을 따라 들어감. 물이 많고 색깔은 없음. 태양이 싸늘히 식음. 잡은 고기: 애덤스 12번으로 작은 무지개송어 두 마리. 잡아서 놓아줌. 이동해야지. 어디로?

어떤 식인지 감이 잡힐 것이다. 정해진 것은 없다. 아무런 구속도 없다. 시간표도 없다. 스케줄도 없다. 어디로 이동할 것인지 누구와 의논할 필요도 없다. 홀로 떠나면 의무는 없고, 자신과 기쁨만 남는다. 낚시가 잘되면 머무르면 된다. 잘 안 되면 이동하면 되고.

다음 산을 넘는다.

커다란 계곡을 오른다.

푸른 계곡 입구로 들어선다.

탈출 후 하루 이틀은 쉽지 않다. 여러 주, 여러 달, 여러 해를 업무상 약속에 포위되어 살았기 때문에 어렵게 얻은 얽매이지 않은 생활은 부자연스럽고, 불편하고, 무모하게 느껴지기까지 한다. 이런 고삐 풀린 자유는 넌덜머리 나는 꿈속에 있는 게 아니라, 차에 기름을 채우고 열린 길로 나서는 현실에 있다.

탈출에서 먼지 이는 도로는 반가운 길이고, 도로 표지판이 없는 것은 좋은 신호이며, 먼 곳은 약속의 땅이다. 자유로워지려면 계속 나아가야 한다. 삶이 자연스러운 리듬을 찾을 때까지, 새벽부터 해질녘까지 또 해질녘부터 새벽까지 태양이라는 메트로놈과 하나가 될 때까지. 인간이 만든 시계의 똑딱 소리에서 자유로워질 때까지.

오래전 탈출해서 서부로 갔을 때, 나는 들판에서 풀을 베고 있는 농장 주인과 인사를 나누었다. 깊은 협곡 입구에 펼쳐진 들판은 환영하는 돗자리 같았다. 나는 농장 뒤쪽 언덕에서 시작해서 그의 들판으로 흘러드는 개천에 대해 물었다.

"물고기가 있나요?"

"그럼요. 하지만 대개 작은 것들입니다."

다정한 농장주는 20킬로미터쯤 내려가면 유명한 강이 있으니 거기서 낚시하라고 조언했다.

"작은 물고기가 많나요?"

내가 물었다.

"그래요. 오랫동안 아무도 여기서 낚시하지 않았거든요. 원한다면 환영입니다."

"여기서 야영해도 되겠습니까?"

늙은 농장주는 씩 웃으며 대답했다.

"그럼요. 협곡 입구에 낡은 오두막이 있어요. 하지만 불조심하세요. 겨울 창고가 연기에 휩싸이면 곤란하니까요."

여름 오후, 나는 먼지 이는 길을 따라 푸른 언덕 사이로 들어갔다. 물살이 빨라 송어가 많을 것 같았다. 새로운 땅, 낚시꾼의 손이 닿지 않은 물…… 가슴에 기대감이 차올랐다. 얼른 캠프를 차리고, 800미터쯤 계곡으로 들어가며 중얼거렸다.

"1870년 이후 아무도 낚시를 안 했을까?"

실개천에는 작은 송어가 넘쳐났다. 송어 떼는 드라이 플라이를 열심히 물어댔고, 해가 질 때까지 춤추고 또 춤추었다.

저녁 식사를 마치고 모닥불이 사그라져 재만 남았을 때, 계곡 밑에서 반짝이는 목장의 불빛을 보았다. 하늘에는 별이 총총했다. 오늘 밤은 잘 자리라. 그리고 내일은 다시 길에 나서리라.

안 그럴 수도 있고.

· · ·

낚시를 치료법으로 처방하느냐고?

돌팔이 의사나 그러지 않을 것이다.

배움

플라이로 송어를 잡으려면, 자연이 어떻게 돌아가는지 알고 잠시라도 자연의 일부가 되어야 한다. 천천히 움직이고, 작년에 쓰던 플라이를 강에 아무렇게나 던지지만 않으면, 송어를 잡는 법은 송어가 가르쳐줄 것이다.

하지만 앉아서 잘 참아야 하고, 주의해서 지켜보고 듣는 법을 배워야 한다.

물을 연구해야 한다―물그림자와 쑥 들어간 부분과 튀어나온 부분, 소용돌이치는 부분, 위에서 물이 튀는 형태와 아래서 물이 반짝이는 형태도 관찰해야 한다. 송어가 죽음의 현장에서 움직이는 것까지도 봐야 할 것이다.

날벌레와 송어가 벌레를 잡는 방법도 관찰해야 한다. 벌레가 몸을 비틀며 물가로 향하거나 주둥이를 수면 밖으로 찌르는 것도 봐야 한다. 벌레가 물에 내려앉으려고 나무에서 떨어지는 것이나, 공중에 있다가 낚시꾼의 어깨에 조용히 내려앉아 날개를 말리는 것도 잘 살펴야 한다. 벌레가 짝을 짓거나, 수면에 널브러져 죽어가는 것도 보게 된다. 벌레가 너무 작아서 어두운 물 위에 무기력하게 떠다니는 광경을 보지 못할 수도 있다. 혹은 벌레 떼가 햇볕에 따스해진 바위에서 날아오를 힘을 내느라 귀뚜라미처럼 울어대며 자기 존재를 밝힐지도 모른다. 이런 것들을 연구하면, 송어는 많은 것을 가르쳐줄 것이다.

아니면 나처럼 낚시하고 싶어 조바심이 난다면, 그냥 가서 지난번에 썼던 14번 '애덤스'를 강물에 던져 낚시하라. 송어가 잡힐 수도 있다.

하지만 고기가 그대를 거부하거든, 그대의 무지를 무작정 밀고 나가지 말기를. 열정을 가라앉히고, 물가에 앉아서 낚싯대와 욕심을 내려놓고 쉬도록. 물과 공기와 주변의 소리를 찬찬히 연구하자. 안팎을 동시에 보자. 송어가 고기 잡는 법 이상의 뭔가를 그대에게 가르쳐주리니.

· · ·

나쁜 동행 사이에서 좋은 낚시란 없듯이,
좋은 동행 사이에서 나쁜 낚시란 없다.

어떻게 프로이트에게
플라이낚시를 가르쳤는가

호루라기 물고기

노인이 말했다.

"5분만 더. 5분만 더 달라구. 틀림없이 호루라기 물고기를 잡을 테
니까."

"호루라기 물고기가 뭔데요?"

내가 물었다.

"보면 알 걸세."

노인은 미소를 지으며 말했다.

다른 낚시꾼이 말했다.

"그러지 말고 다 걷자구요. 온종일 한 마리도 못 잡았어요. 쳇, 해가
뜬 후로 한 마리도 안 걸렸다구요. 그게 9시간 전이라구요."

하지만 나머지 사람들은 모두 젊었고 노인의 낚시 이력을 존중하기
로 했다. 그래서 노인의 말대로 다들 낚시를 계속했다. 그의 비위를 맞
추고 싶었다. 5분쯤이야.

헤밍웨이의 『노인과 바다』는 어마어마한 문장으로 시작된다.

그는 작은 배를 타고 멕시코 만류에서 홀로 낚시하는 노인이었고, 고기 한 마리 잡지 못한 채 84일이 흘렀다.

고기 한 마리 잡지 못한 채 84일. 노인 혼자.

우리는 묻는다. 이런 노인은 어떤 사람일까? 어떤 사람이기에 끔찍한 실패에도 불구하고 처연히 대항할까? 무엇 때문에 계속해나갈까? 어떤 사람이기에, 보통 사람 같으면 벌써 오래전에 접었을 일을 계속할 수 있을까? 머리나 마음에 무엇이 있어서, 이런 힘과 이런 소망, 잡히지도 않는 것에 대한 이런 지속적인 믿음을 가질까?

대답을 찾으려면, 우리는 소설에 나오는 노인 산티아고처럼 되어야 한다. 이제 우리는 계속 나아가고, 계속 읽어야 한다. 그의 성질은 우리의 성질과 비슷하고, 그에 대해 알면 우리는 자신에 대해서도 알게 될 것이다. 감탄할 만한 인간의 특징 중, 우리가 가장 존경하는 것은 이 불굴의 정신, 이 단호함, 이 가차 없는 목표 추구 정신이다. 영웅들은 위대함을 타고나는 게 아니다. 그들은 언제나 참을성을 보여준다. 훗날에는 그것을 용기라고 부른다. 만델라의 수감 생활, 간디의 단식, 십자가에 매달리면서 보여준 예수의 강인함 등.

우리가 가장 존경하는 사람들은 우리와 같은 것을 믿는다. 우리와 다른 점은, 그들이 더 영리하거나 재능이 많거나 더 나은 위치에 있다는 게 아니라 우리보다 오래 버틴다는 점이다. 때로는 한 시간이나 하루, 일주일이나 한 달이 되기도 하지만 1년이나 10년이거나 평생일 경우가 더 많다. 10년에 걸쳐 할 일을 10분 만에 포기한다면 훌륭한 뜻을 갖고 살거나 기억에 남을 만한 업적을 이루기를 진정으로 소망할 수 있을까? 큰 물고기를 잡기를 바랄 수 있을까?

"호루라기 물고기가 뭡니까?"

나는 갑판에 앉아서 노인에게 다시 물었다.

"호루라기 물고기는 선장이 낚시를 그만 하라고 호루라기를 불 때 잡히는 고기라네. 호루라기 소리를 들으면 낚시를 중단하고 장비를 챙겨야 하지. 1시간 동안 아무도 고기를 잡지 못해도, 호루라기만 불면 누군가 잡게 되거든. 언제나 있는 일이지. 두고보라구."

아침에 가이드와 미리 합의했다. 낚시가 잘 안 되면 오후 4시에 낚시를 접고, 잘되면 모두가 그만두자고 할 때까지 계속하기로 말이다. 이제 4시가 되기 3분 전이었고, 우리는 해가 뜬 이후로 한 마리도 잡지 못했다. 노인만 낚시를 계속했다.

아침에는 희망이 컸다. 전날 우리 일행 중 두 명이 같은 곳에서 같은 루어로 큰 송어와 캄룹스 무지개송어를 낚았다. 온종일 계속 고기가 미끼를 물었다고 했다. 한데 오늘은 같은 하늘 아래서 낚시를 했건만, 호수는 『노인과 바다』에 나오는 바다 같았다.

시간이 흘렀다.

낚시를 중단한 사람들은 갑판의 좌석에 앉아서, 북 아이다호의 풍경을 감상했다. 노인은 낚싯대들 앞을 왔다 갔다 했다. 네 대의 낚싯대가 드리워져 있고, 마지막으로 가이드의 낚싯대에 은색과 검정색 피라미 플러그가 끼워져 드리워져 있었다. 나는 손목시계를 봤다. 4시 정각이었다. 장비를 챙길 시간.

"4시예요! 낚싯대를 걷어요!"

누군가 소리쳤다.

그 순간 가이드가 소리쳤다.

"고기가 걸렸어요!"

그는 우리 아래쪽 선실에서 나와 노인을 도우러 달려왔다.

하지만 노인에게는 도움이 필요 없었다. 그는 이미 움직이는 낚싯대를 꽉 잡고, 훅을 떨어뜨렸다. 그리고 물고기와 씨름하기 시작했다.

"세상에……."

누군가 중얼댔다. 또 다른 사람은 믿을 수 없다는 듯 고개를 저었다.

"내가 뭐랬나. 호루라기 물고기가 있을 거라고 했잖은가."

노인은 우리에게 싱긋 웃어 보이며 말했다.

호루라기 물고기는 황소송어로 판명되었다. 은색 몸통에 신의 지문이 새겨진 1.3킬로그램쯤 나가는 송어로, 태평양 북서부의 물에서는 희귀하고 위험한 고기로 취급되었다. 가이드는 곧 집게로 훅을 제거하고, 물고기를 놓아주었다. 노인의 얼굴이 환했다.

파란 하늘 어디쯤 흰 구름이 배와 태양 사이에 떠서, 잠시 그림자가 드리워졌다. 배가 푸른 호수 위에서 출렁일 때, 가이드는 낚싯대를 정돈하고 장비를 챙겼다. 잠시, 아주 잠시 동안 우리는 낚시의 마술쇼를 목격했다. 보이지 않는 것을 믿는 낚시꾼의 끈질긴 근성이 입증된 셈이었다. 어떤 이들은 그것을 '신념'이라고 한다.

호수를 가로질러 돌아오는 길에, 나는 일기에 다음과 같은 문장을 기록했다.

"호루라기 물고기를 잡으려면 그것이 존재한다는 믿음을 포기하지 말아야 한다. 존재를 믿지 않게 되면 낚시를 중단할 것이고, 낚시를 중단하면 호루라기 물고기를 결코 잡지 못할 테니까."

. . .

질문: 인생은 낚시를 하며 보내는 나날들 사이에
일어나는 것일까?
아니면 기다림의 끝에 오는 낚시가 인생일까?

왜 플라이낚시인가?

플라이낚시를 하는 이유를 물어봐주길.

"어쩔 수가 없어서요. 비정상적인 어린 시절을 보냈거든요."

이렇게 대답하리라. 어떤 아이들은 우유와 쿠키를 먹고, 토요일 아침이면 TV 만화를 보고, 야구를 하며 성장한다. 하지만 나는 드라이 플라이와 송어 여울에서 성장했다. 다 아버지 탓이다. 대나무 낚싯대를 사용하고 플라이를 직접 매는 아버지 때문에. 그런 아버지를 갖는 것은 참 좋은 일이다.

나는 모든 낚시를 좋아하지만, 플라이낚시는 뭔가 특별하다. 낚시를 하는 이유를 얼른 꼽아보면, 생생한 기쁨과 정신의 치유, 육체적인 운동, 영적인 새로움, 우정이 포함된다. 또 모닥불을 피워놓고 나누는 낚시도구 이야기, 종교와 정치, 천문학, 지리학, 섹스, 죽음, 낚시 이야기도 있다. 짝만 제대로 만나면, 낚시 여행은 매우 값진 보석으로 연마할 수 있는 보석 원석이 된다. 마음의 주머니에 담아갈 수 있는 오리건 강의 마노쯤 될까.

이런 이유들은 시작에 불과하다.

플라이낚시를 하는 이유는 깊고 넓으며, 플라이낚시꾼들은 저마다 이유를 갖고 있다. 평생 플라이낚시를 하며 산 내게도 나름의 이유가 있다.

플라이로 낚시를 하는 것은 더 어렵다. 편리를 추구하는 이 시대에는 어려운 일이 우리에게 더 좋다. 역경은 인품을 키우고, 윤택함은 인품을 막아선다.

플라이로 낚시하는 것은 겉보기보다 훨씬 대단한 일이다. 겉은 단순하나 속은 복잡하다. 그래서 플라이낚시는 지성인에게는 도전이 된다. 자극을 주는 동시에 노력을 요하지만, 큰 약속을 준다.

플라이낚시를 잘하려면 실력이 쌓일 때까지 노력을 해야 한다. 노력 없이 가치 있는 일을 이룰 수 없다.

플라이낚시에는 명수란 없다. 훌륭한 낚시꾼 중에도 '거장' 따윈 없다. 이런 이유 때문에 모두 겸손하고 함께 나누고, 그래서 선의가 생기고 예의를 갖추게 된다.

플라이낚시는 아름다움과 가벼움, 경이, 은총, 종교가 한데 섞인 것이다. 맑은 물에서 플라이낚시를 하는 것은 한동안 자연의 품에 안기는 것이다.

플라이낚시에는 항구성이 있다. 아무리 멀리 있어도 우리를 부르는 항구성이. 어디 가든, 어떤 일을 하든, 플라이낚시는 항상 거기 있다. 송어가 사는 급류나 수련 밑의 블랙배스나 해가 비쳐드는 물속의 여을멸과 함께 우리를 기다린다. 삶의 여정에서 이렇게 한결같은 것을 만나기란 쉽지 않다.

마지막으로 플라이낚시는 신이 창조한 아름다운 곳에서 벌어진다.

조금만 주의를 기울이면, 머리 위에서 캐스팅을 하는 신을 볼 수 있을 지도 모른다.

. . .

그대가 자주 낚시를 다니면, 곧 존경할 만한 사람들이
그대를 피하기 시작하게 되리라.

작은 철학적 교훈

외국으로 낚시 여행을 갈 거라고 발표하는 순간, 친구들이 갑자기 도움을 주겠다고 친절한 태도를 보이는 걸 보면 놀랍다.

그들은 "낚싯대 받침대가 필요해?"라고 묻는다. "카메라를 들고 다녀줄 사람이 있나? 마티니를 만들어줄 사람은?" "이봐, 난 물고기를 훅에서 빼낼 줄 아는데!"

다들 농담을 한다.

하지만 농담만은 아니다.

내가 그들의 눈빛에서 보는 것은 시샘일까?

믿지 못하겠다는 의심?

내가 제정신인가 하는 걱정?

아니면 잠깐 자기 생각에 빠져드는 것일까? 그들은 왜 자기가 아니라 저 친구가 갈까,라고 물을까?

대답은 중요하지 않을 것이다. 다만 그들의 눈빛에 떠오른 질문이 마음에 걸린다. 심한 것은 아니지만, 이런 이야기를 하고 싶어진다.

내가 뉴잉글랜드에 주둔한 젊은 군인이었을 때의 일이다. 나는 샌프란시스코의 부대로 가서 외국으로 파병되기로 되어 있었다. 히치하이킹을 해서 미국 횡단을 하는 것이 아주 그럴듯할 것 같았다. 히치하이킹을 하면 모든 걸 볼 수 있는데 비행기를 타서 그걸 놓칠 이유가 있을까? 이 대단한 아이디어를 같은 부대로 가야 되는 두 친구에게 밝혔더니, 그들 역시 멋진 아이디어라고 했다. 휴가 기간 2주 동안 히치하이킹으로 미국을 횡단하며, 봐야 될 것을 보고 다양한 모험을 할 작정이었다. 현대판 허클베리 핀이 되는 셈이었다. 해내야지! 꼭 해야지!

한데 출발 날짜가 다가오자, 친구들에게 해결할 일들이 많이 생겼다. 방문할 곳도 많고, 처리할 일도 많았다. 그들이 대는 이유는 각양각색이었고, 이해가 됐다.

나로 말하자면 미국 횡단을 하지 않을 이유를 한 가지도 떠올릴 수가 없었다. 그래서 뉴잉글랜드의 초가을 아침, 매사추세츠 주의 피츠버그 부근 고속도로 노견에 엄지손가락을 내밀고 섰다.

나 혼자서.

처음 차를 태워준 사람은 여자였고, 오래전에 이름을 잊어버린 마을까지 데려다주었다. 그다음에는 보스턴 외곽까지 갔다. 다음에는 뉴욕 시로 향했다. 주간 고속도로가 생기기 이전이었고, 히치하이킹이 지금보다 쉽고 훨씬 안전하던 시절이었다. 메릴랜드, 버지니아, 캐롤라이나, 조지아, 플로리다, 앨라배마를 거쳐 루이지애나, 오클라호마, 텍사스, 냇킹 콜의 노래 〈루트 66〉에 나오는 것처럼 "아마릴로, 걸럽, 뉴멕시코…… 플래그스태프, 애리조나, 위노나를 잊지 말아요, 킹먼, 바스토우, 샌 베르나디노"를 지났다. 2주에 걸쳐 동부 해안을 따라 내려가

다가 남부를 지나고 서부 해안을 따라 올라간 끝에 빈털터리가 되었지만 두려움 없이 샌프란시스코에 들어가 부대에 신고했다. 여러 고장을 보았고 멋진 미국인들을 많이 만났다. 루이스와 클라크처럼 나도 일기를 썼지만 지금은 남아 있지 않다. 그래도 괜찮다.

모험?

충분히.

두려움?

약간.

다시 할 건가?

아니.

그 경험을 다른 무엇과 바꿀 것인가?

아니.

자식이 한다고 하면 허락하겠는가?

눈 감기 전에는 절대로.

무엇인가를 배웠다.

먼저 꿈을 가지고 다음에 행동에 옮겨야 한다는 걸 배웠다. 꿈만 꾸고 행동하지 않으면, 인생은 짜릿한 일 없이 흘러갈 것이다. 모험도 없이. 어려운 지경에 빠지게 되고 운명에 적응해야 될 테지만—둘 다 짜릿하고 모험이 넘칠 것이다—이것은 장난삼아 모험에 발을 내딛는 것과는 다르다.

나는 행동하기보다 꿈을 꾸는 사람들을 이해한다. 행동하는 것은 아슬아슬하고, 비용이 들고, 위험할 수도 있다. 꿈꾸는 것은 걱정할 필요가 없고, 돈도 안 들고, 안전하다. 몽상가들을 꿈만 꾼다고 비난할 순 없지만, 꿈꾸는 것만으로는 먼 강에서 물고기를 잡지 못한다.

오랜 세월을 살아오면서, 꿈이 현실보다 더 중요해진 사람들을 많이 만났다. 일부는 심리치료 환자이고, 일부는 친구들이었다. 그들은 꿈속에서 안전하고 건강하고 따스하게 지내느라, 그것을 떨치지 못한다.

한 친구는 동부의 대도시에 사는데, 어른이 된 후로 평생 몬태나나 와이오밍, 아이다호, 이곳 동 워싱턴의 시골 우리 집 옆에서 생활하는 꿈을 꾸며 산다. 사냥하고 낚시하고, 하이킹하고, 캠핑하고, 수염을 기르고 싶어 한다. 야외 생활을 즐기고 싶고, 심지어 산악인이 되고 싶어 한다. 햇볕에 그을려 건장한 체격에, 목에는 빨간 손수건을 매고 싶어 한다. 땀에 전 카우보이모자를 쓰고, 허세 부리며 걷는 법을 배우고 싶어 한다.

하지만 그는 도시의 아파트에 살면서, 점심시간이면 낚시도구점을 기웃거린다. 오래전 젊은 시절에 잠시 맛본 것을 갈구하며 시간을 흘려보낸다. 그리고 꿈꾼다.

계속해서 꿈만 꾼다.

몇 해 전, 그가 우리 집을 방문했다. 그는 베란다에 나가서, 마당의 폰데로사 소나무 수풀을 바라보았다.

"아, 나도 이렇게 살 수 있을 텐데! 작은 땅을 사고 이리 이사 와서 살 수도 있을 텐데! 자네처럼 낚시를 하고, 사냥을 할 수 있을 텐데. 그래, 나도 이렇게 살 수 있어!"

다음 날 아침 식사 전에—같이 낚시를 가기로 한 날이었다—그는 책을 펴들고 있었다. 아이번 도익의 몬태나에 대한 소설이었다.

내가 말했다.

"바람이 불고 좀 춥지만, 송어를 잡게 될 거야. 가자구."

친구는 빗줄기 내리치는 창문과 바람에 흔들리는 소나무 꼭대기를 보더니 말했다.

"잠깐만 기다리자구. 난 화창한 날씨를 좋아하는 낚시꾼이거든."

우리는 기다렸다.

물을 한 주전자 끓여 커피를 나눠 마시며, 폭풍우를 지켜봤다. 그러자 그는 다시 몬태나의 생활을 그린 소설책에 파묻혔다.

그날 우리는 낚시를 가지 못했다. 그다음 날 날씨가 나아졌는데도 가지 못했다. 시간이 다 지나갔다. 그는 비행기를 타고 집에 돌아갔다. 환상을 고스란히 간직한 채. 꿈을 고스란히 안고서.

다른 사람이 사는 것을 지켜보는 대신 자기 삶을 살고 싶다면, 날이 맑기를 기다리면 안 된다. 때가 좋아지기를 기다리거나 다음 초대를 기다리고 있으면 안 된다. 줄루족(남아프리카 공화국 나탈 주에 사는 용맹한 부족─옮긴이)은 이런 격언을 갖고 있다.

"미래는 언제나 그대에게서 달아나므로, 미래를 잡고 싶은 사람은 미래를 쫓아가야 한다."

사는 것, 물고기를 잡는 것, 내가 누구이고 어떤 사람인지 아는 것도 마찬가지다. 흥미진진한 삶을 살고 싶다면, 숨이 턱턱 찰 때까지 쫓아가야 한다.

오래전의 가을 아침, 배낭을 메고 청바지를 걸치고 달랑 몇 푼 들고, 고속도로 노견에 서서…… 확실한 여정도 없이 엄지손가락을 내밀고 서서, 지나는 낯선 사람들에게 미소 지으면서, 미국을 봤다. 하지만 그 당시 나는 깨달았다. 후회만 하는 추한 노인이 되지 않으려면, 엄지손가락을 내밀고 기회를 잡아야 한다는 것을.

낚시꾼은 뛰지 않아요

단짝 친구 몇 명은 달리기 선수다. 내 형은 '뉴욕 시 마라톤'에서 3시간 45분 만에 완주 기록을 세웠다. 나는 달리는 사람을 좋아한다. 다만 저녁 먹는 자리에서 달리기 얘기를 하지 않기를 바랄 뿐이다.

그러나 낚시꾼들은 달리지 않는다. 아니 강에서 대어를 쫓아갈 때만 달린다. 낚시꾼들이 달리기를 싫어하는 게 아니라, 달리기에서 의미를 찾지 못할 뿐이다.

나는 '달리는 마을'에서 산다. 스포캔의 '블룸스데이 경주'는 세계에서 가장 규모가 큰 도로 달리기 대회일 것이다. 나는 그 대회에 나갈 유혹조차 느끼지 않는다. 블룸스데이 경주는 봄낚시 철에 열리니까.

'블룸스데이' 대회가 전 세계인의 몸과 마음을 홀리고 몇 년인가 지났을 때, 나는 '소로 산보 클럽(소로는 『월든』의 저자로 호숫가에서 자급자족하며 살았다―옮긴이)'이라는 새로운 단체를 알게 되었다. 어떤 곳에서 어떤 곳까지를 산보로 이동하는 단체라고 했다. 산보라니 달리는 것보다는 한결 합리적인 접근법이었다. 마음에 들었다. 이 단체 사람들은 산보에 대해 떠벌리지도 않았다. 더 좋은 것은 그들이 무엇에 대해서도 크게 서두르는 기색을 보이지 않는다는 점이었다. 클럽 티셔츠를 구하려고 15달러를 송금했다.

6개월 후 셔츠가 도착했다. 클럽의 메시지가 담긴 간단한 인쇄물과 설립자의 편지가 동봉되어 있었다. 소로 산보 클럽은 모임도 없고, 회비나 행사가 없으며, 누구든 회원이 될 수 있고, 특별히 무엇을 위해 노력하는 바가 없다고 했다. 회장인 패트릭 켈리는 클럽 티셔츠에 "나는 뛰지 않는다"라는 문구를 박았다. 이 말은 1928년에 캘빈 쿨리지(미국 30대 대통령―옮긴이)가 재선에 출마하느냐는 질문에 대답했던 유명한 말이다.

켈리(1990년 그가 갑자기 세상을 뜨기 전, 뉴올리언스의 '나폴레옹 바'에서 만난 적이 있다)는 산보에 관심 있는 사람들, 특히 낚시꾼들은 소로가 1862년에 쓴 에세이 『산보』를 읽으면 산보가 무엇인지 알 수 있을 거라고 했다. 그는 내게 보낸 편지에서, 1966년에 그 에세이를 읽기 시작했지만 아직 끝내지 못했다고 말했다.

켈리는 로버트 프로스트(〈가지 않은 길〉이란 시를 쓴 미국 시인―옮긴이)가 숲에 난 두 갈래 길에 도착했을 때 서둘렀다면 우리가 어디 있었겠느냐고 물었다. 시인이 몇 초 아끼려고 사람들이 많이 가는 길을 선택했다면, 우리 삶에 어떤 영향을 미쳤겠느냐고.

켈리의 사망으로 이제 클럽은 없어졌지만, 나는 아직도 소로 산보 클럽의 정신이 마음에 든다. 나는 달리기보다는 걷기가 좋다. 서둘러 낚시를 하는 것은 사실이지만, 걷다 보면 내 시간을 갖는다는 것이 큰 위안이 된다. 낚시는 우리를 자연에 데려가고, 자연을 이해하려면 보고 냄새 맡고, 듣고 맛보고, 느끼고 빠져들어야 한다. 죽어라 뛸 때는 마음이나 정신을 자연에 돌릴 여유가 없다.

나도 달리기를 시도해봤다. 관절이 욱신거리고 닳는 느낌이 싫었다. 한번은 캐나다의 습지에서 수사슴을 쫓았는데(사진 촬영이 목적이었다), 무릎 속에 있는 것들이 빨려드는 느낌이 들었고, 결국 다리를 펼 때마다 몹시 아팠다. 나중에 정형외과에 갔더니 "사십대에 흔히 나타나는 증상"이라고 했다. 얼마간의 시간이 흘러 언덕에 올랐을 때는 괜찮았는데, 내려올 때는 프랑켄슈타인처럼 뻣뻣하게 걸어야 했다. 그러니 이제 숲에서 물고기나 야생동물을 찾아다닐 때면 걷는 쪽을 택한다. 사슴한테 쫓기면 어쩔 수 없이 달려야 되겠지만.

산보하는 낚시꾼은 관절 내시경 촬영은 하지 않아도 된다. 달리기를 잘하는 사람들은 외과의사랑 가깝게 지낸다. 하지만 그게 달리기의 가장 큰 단점은 아니다. 달리기의 가장 큰 문제는 사람들의 조급증을 부채질한다는 것이다. 우리는 자식들에게 속독을 가르친다. 아이들이 셰익스피어의 작품을 한나절에 다 읽기를 바란다. 대문호의 작품을 그렇게 읽는 것은 스미소니언박물관에서 조깅하는 것이나 루브르박물관 안을 롤러블레이드를 타고 달리는 것과 다르지 않다. 빈둥빈둥 지내면 안 될까?

마지막으로 한 가지 더. 달릴 때는 생각할 수가 없다. 한편 산보는 내 안의 철학자의 기질을 일깨운다. 별것 아닌 통찰력이긴 해도 유용한 생각을 할 수 있다. 숨이 턱턱 차지 않으니 가능한 일이다. 나는 숨이 찰 때는 삶의 모순을 놓고 씨름할 수가 없다는 것을 깨닫게 되었다.

패트릭 켈리처럼 나는 아직 소로의 『산보』를 다시 읽지 못했다. 우리 가족은 1979년에 시골로 이사했고, 그 무렵 당장 소로의 글을 읽으려 했건만.

앞으로 읽게 될 것이다, 언젠가는.

모든 낚시꾼은 천당에 간다네

모든 낚시꾼이 천당에 간다는 몇 가지 확실한 보고가 있다. 하긴 왜 그렇지 않을까. 마음이 순수하고 성격이 좋고 대개 좋은 사람들이니 천당이 있다면, 틀림없이 낚시꾼들이 바글댈 것이다.

하지만 나는 낙심을 안겨주는 이야기를 들었다.

어떤 사람이 '빅홀' 강에서 송어 낚시를 하다가 익사할 뻔했는데, 죽음의 문턱까지 가는 경험을 했다. 그가 홀딱 젖은 채 한 손에 낚싯대를 들고 천국의 문에 당도하자, 베드로가 말했다.

"당신은 너무 빨리 왔소."

"세상에! 한참 낚시를 하던 참인데! 이렇게 신중하지 못할 데가 있나. 난 근사한 송어를 낚다가 물에 빠졌단 말이오!"

낚시꾼이 이렇게 말하자 베드로가 씩 웃으며 대답했다.

"진정하시오. 우린 당신처럼 죽은 사람은 상대하지 않아요. 우리 제자 중 한 명이 말했듯이 '바보는 바보짓을 하기 마련'이라오. 자, 구경을 시켜주겠소."

베드로는 낚시꾼을 황금 거리와 멋진 궁전과 연못으로 안내했다. 가는 길에 그들은 천사들을 보았다. 기다란 흰옷을 입은 천사들은 행복한 미소를 지으며 돌아다니고 있었다.

그때 커다란 건물에서 비명과 신음 소리가 터져 나왔다. 이를 가는 소리와 울부짖는 소리도 들렸다. 베드로가 건물의 문을 열었다. 안에는 수천 명의 남녀가 손과 발에 쇠사슬이 묶인 채 납덩이를 매달고 있었다.

"저 사람들은 뭡니까?!"

놀란 낚시꾼이 물었다.

"이 낚시꾼들은 슬픈 무리지요. 이렇게 사슬로 묶어두지 않으면 주말마다 낚시를 하려고 세상으로 내려간다니까요."

• • •

진정한 낚시꾼은 행운을 믿지 않는다.
행운이 다른 낚시꾼에게
화사한 미소를 지어준다는 것 외에는.

신은 이런 낚시꾼을 돕는다

존이라는 신앙심 깊은 배스 낚시꾼은 세계 기록에 남을 블랙배스를 잡고 싶었다. 신앙심이 깊은 그는 기도하기 시작했다.

"아, 하나님. 제발 세계 기록을 세울 배스를 잡게 해주세요. 그 일은 가족과 저에게 큰 의미를 지닙니다. 명성과 부와 영광을 안겨줄 것입니다. 아, 하나님. 제발 이 믿음 깊은 아들이 세계 기록을 깨는 배스를 잡게 해주소서."

매일 밤 존은 한 시간씩 기도했다.

몇 번이고 거듭 신에게 큰 배스를 잡게 해달라고 간구했다.

한 달이 지났다. 두 달이 지났다. 존은 계속 기도했다.

6개월 후 그는 밤 기도를 두 시간으로 늘렸다.

그다음에는 세 시간, 그다음에는 네 시간.

저녁 기도와 더불어 아침 식사 후에도 한 시간씩 기도하기 시작했다.

그다음에는 두 시간씩.

1년이 흘렀다. 존은 계속 기도했다.

만 2년이 되었을 무렵, 존은 낮 시간 전부와 밤 시간의 절반을 기도했다.

식사할 시간도 없었다. 아내는 아이들을 데리고 떠나겠다고 협박했다. 교회의 목사도 꾸짖었다. 하지만 그는 기도를 쉬지 않았다.

만 3년이 됐을 때 생활이 엉망이 된 존은 한밤중에 잠에서 깼다. 짜증스런 목소리가 울려 퍼졌다.

"존, 나는 하나님이다. 내 말이 들리느냐!"

존은 고개를 끄덕였다.

"네, 하나님. 들립니다."

"존, 나랑 타협하자. 낚시를 가거라."

· · ·

시인과 낚시꾼은 두 가지 공통점을 가진다.

그들은 자연을 신뢰하며, 자연에서 영감을 얻는다.

가이드들

"여기 있다니까요."

가이드인 드니스 딕슨이 말했다.

"더 멀리에 있나요?"

내가 물었다.

"아니요. 당신은 바로 물고기 위에 캐스팅하고 있어요. 하지만 봉이 플라이를 가라앉히지 못합니다. 더 상류 쪽으로 캐스팅하고, 봉을 큰 걸로 바꾸세요. 두 개를 달아도 좋고요. 플라이를 물고기 코앞에 떨어뜨려야 해요."

처음으로 '노벰버스카짓 강'으로 연어 낚시를 온 나는 캐스팅을 시작하고 두어 시간째 한 마리도 못 잡고 있었다. 점점 미련한 짓을 하게 되었다. 오랜 세월 나를 찾아온 환자들처럼, 나 역시 돈을 주고 구한 조언을 무시하느라 돈 낭비를 하고 있었다.

고집과 자만을 부리면 그렇게 된다. 자만이 강하면 평생 멍청하게 살다가 간다. 낚시 가이드가 50년간 낚시를 한 내게 뭘 가르친다는 거야? 그랬다. 누군가 내게 최근에 읽은 낚시책이 뭐냐고 물으면 나는 "난 낚시책을 읽지 않아요, 젊은이. 내가 낚시책을 쓰지"라고 대답했다.

당황한 나는 마음이 급해 발을 녹이려고 강물 밖으로 나왔다. 낚싯대는 가이드인 드니스에게 넘겼다. 나는 "고기가 있는지 어디 보여봐요"라고 말했다. 드니스는 정말로 보여주었다. 두 번째 캐스팅에서. 큰 연어가 휙휙 강을 내려갔다. 드니스는 내게 낚싯대를 받으라고 했다. 나는 사양했지만, 이제 남의 조언을 귀담아들을 준비가 되었다.

인생에서 타인의 도움이 필요하다는 것과 그런 도움의 비용을 감당할 수 있다는 점만 확인하면, 빡빡한 세상의 끝이 조금씩 부드러워지기 시작한다. 어떤 때, 어떤 곳에서, 이 강이나 저 호수, 인생 저 앞에서 우리는 도움을 이용할 수 있다. 멘토(좋은 조언자—옮긴이)나 성직자, 산파, 심리치료사, 낚시 가이드의 도움을 받을 수도 있다. 존 웨인처럼 우리가 낯선 곳에서 길을 잃었을 때 대피할 곳과 따뜻한 차 한잔, 다정한 말 한마디, 어디로 가야 할지, 어느 방향이 맞는지 조언이 필요한 정직한 개척자라고 받아들여주는 손길이 있을 것이다.

혼자 여행하면서 모든 걸 힘들게 배우면서 인격과 자립심을 키우는 것도 좋다. 하지만 돈을 주고라도 약간의 도움이나마 받아야 할 때도 있기 마련이다—우리가 원하는 것을 얻기 위해서가 아니라 적어도 가진 것을 보존하기 위해서라도.

이것은 여성들은 배울 필요도 없는 교훈이고, 남성들은 결코 배우지 못하는 교훈이다. 간단한 수술과 약간의 간호만 받으면 될 노인이, 직업인이든 자원 봉사자든 타인의 친절에 의존하기보다 권총 자살을 택하는 경우를 많이 본다. '불명예보다 죽음'을 택할 뿐 아니라 '의존보다 죽음'을 택해야 한다고 믿는 남성이 너무 많다.

처음에는 나도 낚시 가이드를 고용하는 게 힘들었다. 의사나 기술자, 다른 전문가가 필요하면 그들을 찾아가는 게 아무렇지 않았지만 낚시 가이드까지? 사람들에게 낚시를 가르치는 내가 왜 가이드를 고용한단 말인가? 왜 돈까지 써가며 의존해야 하는가?

내가 인생의 일부분을 심리치료사로 살고 있으며, 그 일을 일종의 낚시 가이드 일로 여긴다는 점을 고려할 때, 나는 어처구니없는 편견을 갖고 있었다. 남자들의 생각이야 늘 그런 식이니까 나도 그렇게 생각했으리라. 남자들이야 고집불통으로 태어나니까.

낚시 가이드, 랍비, 신부, 코치, 선생, 목사, 심리치료사는 모두 아주 비슷한 일을 한다. 특별한 지식을 갖춰야 하고, 훈련을 받아야 하고, 상대를 다루는 솜씨가 뛰어나야 한다. 그들에게 남을 돕는 일은 신념이며 명예로운 의무가 된다. 낚시 가이드가 어렵고 도전적인 물살 속에서 물고기를 찾는 법을 지도하는 반면, 종교 지도자나 선생님들은 어렵고 도전적인 상황에서 우리가 평온과 인생의 의미를 찾을 수 있도록 지도해준다.

시간을 내준 가이드에게 넉넉한 보수를 지불하면, 배움이 저절로 다가온다. 소크라테스처럼 자기가 무지하고 아는 게 없다는 점을 인정하면, 그래서 입을 다물고 있으면, 배움이 솟구쳐 오를 것이다.

그날의 가이드 드니스가 큰 연어를 풀어주자, 나는 부끄러움을 느끼며 낚싯대를 받았다. 나는 연어를 잡지 못했으나 그것은 학생의 잘못이지 코치의 잘못이 아니었다. 나는 아침 내내 그의 말을 들었지만 귀담아듣지 않았다. 드니스가 상류 쪽으로 캐스팅하고 봉에 신경 쓰라고 계속 잔소리했지만, 나는 오랜 습관을 고수하며 플라이를 너무 높게 던져 낚시를 했던 것이다. 우리 심리치료사들은 도움을 사양하는 것을 '거부'라고 한다. 낚시 가이드들은 이런 걸 '바보짓'이라고 부를 것 같다.

하지만 이제 나는 다시 학생이 되었다.

이제 귀담아들었다.

그러자 연어가 잡히기 시작했다. 크고 강하고 잘생긴 놈들이. 낚시 꾼들이 과소평가하는 연어들은 싸움을 멈추지 않고, 어깨를 펴고 얕은 물로 곧장 올라왔다. 나는 연어를 아주 많이 잡았다. 여러분에게 어떻게 잡는지 가르쳐줄 수 있을 만큼.

플라이낚시가 자만심의 원흉이 되지 않도록 하려면 알아서 조심해야 한다.

프로이트의 가자미, 혹은 어떻게 프로이트에게
플라이낚시를 가르쳤는가

40년 전 처음 내가 현대 심리학을 공부하기 시작했을 때, 지그문트 프로이트는 신으로 간주됐다. 또는 심리분석학의 아버지에게 얼마나 가까운 감정을 갖느냐에 따라 '신'으로 여기는 사람들도 있었다. 하지만 거장은 힘겨운 시기를 맞고 있다. 여전히 추종자가 있긴 하지만, 이제는 누구도 그에게 큰 주의를 기울이지 않는다. 한때 나도 스스로 '프로이트 학파'로 여긴 적이 있었다. 1939년 그가 죽고 몇 달 지나지 않아 내가 태어났다는 이유도 있고, 내가 프로이트에게 플라이낚시를 가르쳤다는 사실 때문이기도 했다.

이번 꼭지에 '프로이트의 가자미'라는 제목을 붙인 것은 그만한 이유가 있다. 이미 『파블로프의 송어』와 『다윈의 배스』 같은 제목의 책을 쓴 사람이 아닌가. 하지만 나는 아내에게 철석같이 약속했다. '솔로몬의 연어'나 '플라톤의 펌프킨시드(북미산의 작은 담수어 ―옮긴이)' 같은 책은 쓰지 않겠노라고.

프로이트가 인류에 미친 영향은 대단하다. 그는 혼자서 현대 심리학 연구를 일궈냈다. 미국 심리치료학회, 미국 심리학회, 전국 사회복지사협회에 가보면, 프로이트 이론, 프로이트 원칙, 프로이트식 사고를 배운 존경할 만한 전문가들을 만나게 된다. '이드' '자아' '초자아' '억압' '합리화' '투사' '승화' '반응 형태'를 비롯한 수십 가지 용어는 프로이트 이전에는 아무 의미가 없는 말들이었다. 입술을 달싹이며 책을 읽는 사람들조차 프로이트의 언어를 말한다.

프로이트의 글은, 젊은 시절 이론을 찾아 헤맸던 나 자신을 포함해 인간의 행동을 설명하는 데 도움을 주었다. 프로이트의 책을 읽으면서, 나는 환상적이기 그지없는 직업을 갖게 되었고, 따라서 그에게 큰 빚을 졌다. 내가 그에게 낚시를 가르친 것도 그 때문이다.

내가 아는 한 프로이트는 살아서 낚시를 한 적이 없다. 만약 그가 낚시를 했다면 사물의 본성에 대한 관점이 바뀌었을 텐데. 그가 인간 심리 연구에 쏟은 열정으로 낚시 연구에 매달렸다면, 인간에 대해 그렇게 별것 아니고, 괴상하고 편협한 시각은 갖지 않았을지도 모르겠다.

프로이트가 낚시를 했다면, 깊은 물에 미끼를 던지는 낚시꾼이었을 것이다. 깊이를 탐구하고 싶어 했으리라. 고래와 넙치가 아닌 가자미만 잡으러 다녔을 테고. 그렇다. 가자미야말로 그에게 어울리는 물고기다.

은밀하고, 깊은 물에 살고, 한쪽은 어둡고 한쪽은 밝은 신비로운 어종인 가자미를 심리학의 거장은 분석하고 싶었을 것이다. 그가 낚싯배 갑판에서 펄떡이는 가자미의 눈을 들여다보는 모습이 훤히 그려진다.

"흠흠. 신기해. 그래, 정말 신기한 종류야. 밝은 면과 어두운 면을 다

갖고 있어. 이드와 초자아 같은 걸 갖고 있지. 하지만 눈은 한쪽에만 있단 말이야. 또 의지대로 색도 바꾼단 말이야. 이렇게 억압되고 갈등을 겪는 생물이 또 있으랴!"

분명히 알아야 할 것은, 프로이트는 이상한 아이디어를 가진 요상한 사람이었다는 점이다. 그가 평범한 현실을 보면, 그 뜨거운 창의력 넘치는 머리에서 독특한 생각이 튀어나왔다. 페니스 선망(남성이 되고 싶어 하는 여성의 무의식적 욕구―옮긴이)이 머리에 떠오른다. 어떻게 그랬는지 모르지만, 프로이트는 멀쩡한 얼굴로 남근 선망과 페니스 선망에 대해 강의했다. 그래도 그는 고급 시가와 농담을 즐겼고, 한번은 학생들에게―두툼한 시가를 입에 물고 씩 웃으면서―"가끔은 시가도 그냥 시가일 뿐이지"라고 말했다. 그가 2.7미터쯤 되는 플라이낚싯대를 던졌다면 무슨 생각을 했을지, 특히 여성 낚시꾼 옆에서 무슨 생각을 했을지 누가 알랴.

심리분석은 죽어간다. 이미 죽어서 악취를 풍긴다고 말하는 사람들도 있다. 과학적 연구가 마무리 짓지 못한 것을 의료 기관에서는 산 채로 묻어버렸다. 지금부터 100년 후에는 프로이트의 연구가 인간 사상사의 주석 하나에 불과해지리라. 그들은 "지그문트 프로이트라는 사람이 어떻게 된 거야?"라고 물으리라.

상상력이 가미되긴 했지만 여기 대답이 있다.

프로이트는 내가 태어나기 직전에 죽었다. 그의 영혼이 어디로 갔느냐고? 그가 죽고 내가 태어날 때 어떤 별점이 나왔냐고? 천문학과 영혼의 윤회, 환생을 비롯해 증명하기 어려운 것을 믿는 종교가 있다. 그러니 왜 난들 안 믿을까?

프로이트의 영혼이 어떻게 되었을 거라는 내 이론을 증명하기 위해, 오래전 어느 여름 저녁의 일을 간단히 이야기하겠다. 유타 주에 있는 멋진 송어 낚시터에서 오후 내내 플라이낚시를 한 후, 대학 동창과 나는 로키산맥의 하늘 아래 나란히 누웠다. 우리는 사물의 본질을 이해하려고 애썼다.

나는 친구 스티브에게, 당시 읽고 있던 동방의 신비주의 관점에서 보면 프로이트의 영혼은 1939년 11월 17일 내가 태어난 순간 내 몸으로 변했을 것 같다고 말했다. 결국 그가 환생한 게 아니라면, 나처럼 평범한 학생이 심리학에서 어떻게 계속 A를 받겠느냐고.

"그게 아니라면 어떻게 그렇겠어! 말 되는데! 이제 와인병이나 줘봐."

스티브가 속사포처럼 쏘아붙였다.

나는 술을 꿀꺽꿀꺽 마시고, 다리를 포개고 북두칠성을 올려다보며 중얼댔다.

"나한테도 말이 돼. 그래서 내가 프로이트 박사에게 플라이낚시를 가르쳤다는 뜻이지…… 사후에도 고기를 잡을 수 있다면. 그가 낚시를 할 수 있다면 나만큼이나 낚시를 좋아할 거야."

"그럴 거야. 이제 프로이트 박사한테 와인 병이나 이리 주시라고 전해줄래?"

스티브가 대꾸했다.

심리분석, 천문학, 환생, 신나는 플라이낚시 후에 영혼의 변화같이 믿기 힘든 이론이 얼마나 그럴듯하게 느껴지는지 지금까지도 늘 놀랍다. 특히 여름밤, 낚싯대를 옆에 두고 친한 친구와 별빛 쏟아지는 하늘을 이고 풀밭에 누워서, 싸구려 레드와인을 7리터쯤 마셔버린 후에는.

• • •

물고기는 뼈로 한데 붙어 있다. 뼈가 없으면 척추가 없을 것이고, 그러면 조개처럼 잡기 쉬울 것이다. '뼈 때문에' 생선을 안 먹는다는 사람을 만나면, 세상을 한데 붙어 있게 하는 것이 뭔지 모르는 자들이라는 생각이 든다.

소크라테스는 낚싯대가 하나지만
나는 열 개

미국의 열렬한 플라이낚시꾼들은 평균 낚싯대 열 개를 가지고 있다는 글을 읽은 적이 있다. 보통은 되는 낚시꾼으로서 나도 평균 이상의 낚싯대를 갖고 있다. 좋은 일인지, 나쁜 일인지, 걱정해야 될 일인지 모르겠다. 물질주의가 내게 스멀스멀 스며들고 있다는 것은 잘 안다.

고대 아테네의 거리에서 물건을 파는 장면을 보면서 소크라테스는 소리쳤다.

"없어도 잘 살 수 있는 물건이 얼마나 많은가!"

소크라테스는 사나이였다. 나도 사나이이다. 하지만 나는 소크라테스가 아니다.

오랜 세월에 걸쳐 봄마다 낚시장비 카탈로그를 볼 때면 나는 "없어도 잘 살 수 있는 물건이 얼마나 많은지!"라고 소리치지 않았다. "없으면 잘 살 수 없는 물건이 얼마나 많은지!"라고 소리쳤지. 오랫동안 장비를 사들인 덕분에 지금은 나아졌지만 그래도 완전히 치유되지는 않았다.

나의 물질주의적 행태를 고백하고, 근사한 플라이낚싯대만큼 좋아하는 물건이 없다는 걸 솔직히 인정하겠다.

아니면 정밀한 릴.

아니면 거친 바다를 다스리는 용골이 있는 배.

아니면 비바람과 눈보라로부터 나를 보호해줄 고어텍스 재킷.

아니면 해오라기 같은 눈을 갖게 해줄 편광 선글라스.

아니면…….

물건을 파는 사람마다 좋아하는 상표를 갖고 있다면 나는 '오르비스(플라이 용품으로 유명한 회사—옮긴이)' 사를 좋아한다. 어쩌면 나는 철학자 윌리엄 제임스가 했던 "나와 내 것 사이에는 아주 얇은 줄이 있을 뿐이다"란 말에 딱 맞는 사람이다.

이런 현대에 살면서, 나 자신과 되고 싶은 모습을 위해 사들인 것을 구분하기란 점점 어려워지고 있다. 사람들은 늘 차려입은 것 이상이지만, 사람들과 차림새를 구분하기가 갈수록 어려워진다. 우리는 물건 파는 사람들에게 그걸 내준다. 그들은 우리에게 물건을 판다. 그들이 필요하다고 말해주기 전까지는 필요한지조차 몰랐던 것들을.

나는 필요한 게 없고, 현미를 먹고, 비싼 장난감이 없어도 살 수 있는 부류의 사람이라고 생각하고 싶다. 한데 근사한 접이식 웨이딩 스텝(강이나 급류를 건널 때 사용하는 지팡이—옮긴이)을 보면, 나도 모르게 "와아!" 하면서 지갑에 손이 가는 것이다. 오랜 세월 나는 이 작은 단점을 인정하게 되었다. 사실 이런 상행위와 거래와 골드카드가 미국을 튼튼한 상업 국가로 만들긴 하지만.

소크라테스는 물질을 피했고, 정신적인 삶을 살았다. 나는 물질을 피하지 않고, 정신적인 삶을 살려고 노력만 했다. 어떤 날은 한번에 20

분쯤은 정신적인 삶을 살기도 한다.

내 물질주의를 합리화하려고 소크라테스와 고대 그리스에 대해 좀 읽어봤다. 적어도 이 철학자가 멋진 물건을 보면서 "없어도 잘 살 수 있는 물건이 얼마나 많은지"라고 말할 수 있었던 한 가지 이유를 찾아 냈다. 오지그릇 몇 개, 진주 목걸이, 동방에서 온 비단 조금, 은식기 몇 점, 수입 포도주, 통통한 돼지, 단검 두어 점 외에 고대 그리스에는 쇼 핑몰 같은 곳이 별로 없었으니까. 이런 물건을 G. 루미스의 플라이낚 싯대, 타이보 릴, 튜브, 핀에 비교할 수 있을까? 아마도 소크라테스는 정신적인 삶을 영위할 수 있었을 것이다. 그 시대에는 달리 살 것도 없 었을 테니까.

최근 세상이 철학자보다는 소비자를 길러내는 이유가 더 이상 정신 적인 삶을 살 수 없게 되어서가 아닌지 걱정스럽다. 우리 머릿속이 장 난감과 도구와 '꼭 봐야 하는' TV 프로그램으로 꽉 차서, 뇌가 더 이상 정신을 만들어낼 수 없게 되었다. 결국 정신이란 부서지기 쉽고, 말도 못하게 복잡하고, 자연스럽게 선택되고, 순간적이고, 안개 같고 신경생 리학적인 부수 현상이어서, 우리를 생존하게 해줄 뿐만 아니라 즐겁게 살게 해준다. 나는 빌 게이츠를 좋아하긴 하지만, 인간의 뇌는 인터넷 사이트를 수용하는 것 이상의 무엇이라고 믿는다.

지각을 헛된 것으로 가득 채운 뇌에는 정신을 일굴 에너지가 남아 있지 않다. 자기가 정신을 갖고 있다는 것조차 의식하지 못하는 사람 들이 넘쳐난다. 길에서 자기 정신과 부딪쳐도 자기 마음도 알아보지 못할 사람들도 많다. 얼마 전 나를 찾아온 환자는 이런 말을 했다.

"아마 내가 제정신이 아닐 겁니다. 만일 정신이란 걸 갖고 있기나 하다면요."

어떤 열정을 가지고 있든, 그 열정 안에서 조용한 시간을 보낼 때 우리는 정신과 조우한다. 나의 경우는 그 조용한 시간이 낚시이다.

낚시질은 내가 정신과 만나는 방법이다. 두어 시간 조용히 낚싯대를 드리웠다가, 집에 가려고 릴을 감으면 정신은 내게 말한다.

"그러니까 낯설게 굴지 말라니까!"

가끔 낚시를 할 때면 마음이 돌아다니다가 '죽여주는 것'을 갖고 돌아온다. 문제 해결책. 사람들에 대한 통찰력. 어찌나 새로운지 기록하지 않을 수 없는 아이디어들.

듣기에는 쉬워도, 사실 특별히 어떤 것을 생각하지 않으면서 그냥 존재하기란 아주 어려운 일이다. 이처럼 무심한 집중 상태에서는, 무슨 주문 같은 것으로 마음을 쫓아다니지 않는다. 술이나 마약으로 기분을 띄우거나 가라앉힐 필요도 없다. 머리에게 곡괭이와 삽을 주면서 "여길 파봐! 정신을 찾아내!"라고 말하지도 않는다.

그저 낚시를 하면서 그렇게 있으면 된다. 그렇게 있으면서 낚시나 하면 된다. 운이 따르면, 우리의 정신은 꽉 끼는 신발에서 빠져나와 발가락을 꼼지락거려 우리를 찾으리라.

고요히 있으면서 무심한 상태로 집중하면, 무의식 깊이 묻혔던 것들이 스스로 족쇄를 풀고 돌아다니기 시작한다. 산들바람에 둥둥 떠다니는 솜처럼. 이런 씨앗들은 우리의 정신 속을 떠다니다가 서로를 발견한다. 서로 어울리면 그들은 하나가 되고 새로운 아이디어를 생성해 낸다.

세상에 독창적인 아이디어란 없다. 그저 옛것에 새 자리를 내주는 것뿐. 모두 선조들에게서 내려온 것들이다. 그런 이유만으로도 우리는 어른들을 존경해야 한다.

소크라테스가 오늘날 살아 있어 정신적인 삶을 산다면, 그는 낚시를 할 것이다. 플라이낚시꾼이 되었을걸. 어떤 낚시를 좋아하든, 단순하게 낚시를 하면서 삶을 복잡하게 만들지 않으리라. TV도 많이 보지 않고 쇼핑몰을 어슬렁대지도 않을 테고. 어느 강에 있는 그를 찾을 수 있으리라. 아니면 별빛 쏟아지는 밤에 모닥불 옆에 앉아서 생각에 잠겨 있으리라. 소크라테스야말로 가장 흥미로운 대화 상대이리라. 그리고 그는 낚싯대를 하나만 갖고 있을걸.

은둔자

우리 집에서 몇 킬로미터 떨어지지 않은 외딴 호숫가 작은 오두막에 한 노인이 산다. 호수 주변은 메마르고 을씨년스럽다. 호숫가에 사는 노인도 메마르고 을씨년스럽다. 예전에는 맘씨 좋은 낚시꾼이었는데, 언젠가 인간관계에서 깊은 상처를 받아서 누구에게나 심통 맞게 군다는 소문이 있다. 사람들에게서 등을 돌려 자기만의 세계로 들어갔다고. 사람들은 노인을 '은둔자'라고 부른다.

노인의 오두막 앞에 메기가 잡히는 곳이 있다. 나는 그곳에 두어 시간 배를 띄우고 낚시를 했지만 고기가 통 잡히지 않았다. 메기는 그럴 수 있는 물고기다.

노인은 두 차례 자기 집 베란다에 나와서 나를 노려봤다. 그는 아무 말도 안 했고 나도 말하지 않았다. 그냥 모자를 살짝 들어 인사했을 뿐이다. 그러면 그는 집 안으로 들어가곤 했다. 집 앞 물가도, 호수도 그의 소유지가 아니었지만 어쩐지 그의 땅을 침범한 기분이 들었다.

마침내 낚시를 포기하고 줄을 감았다. 배를 대는데, 노인이 갑자기

금방이라도 무너질 것 같은 현관문에 나타났다. 그는 한 손은 엉덩이에 걸치고, 다른 손은 이마에 대고 햇살을 가리며 소리쳤다.

"걸렸소?"

"아니요, 한 마리도 못 잡았습니다."

내가 소리쳤다.

"난 장님이 아니오. 뭘 사용했소?"

노인이 딱딱거리며 물었다.

"벌레요."

그가 이곳에서 메기를 잡을 때 쓸 만한 미끼를 가르쳐줄 거라는 소망을 품고 대답했다.

"그럴 만하지!"

그러더니 고개를 저으며 뒤돌아 집 안으로 들어가버렸다. 그가 날 한방 먹이고 좌절시켰다.

인생에서 가장 쓰라린 부상은 눈에 보이지 않는 상처를 남긴다.

• • •

낚시의 신은 적절한 플라이를 고를 줄 아는
낚시꾼의 편이다.

캐스팅 레슨

내 플라이 캐스팅 솜씨는 그저 그렇다. 하지만 더 잘하려고 노력 중이다. 낚시꾼들은 낚시를 많이 하는 사람이 캐스팅도 손쉽게 잘할 거라고 믿는다. 그렇지 않다. 아름다운 것은 손쉽게 되지 않는 법이다. 겉으로 그렇게 보일지라도.

오래전 유명한 수채화가와 한동안 서신 왕래를 했다. 그는 내가 잡지에 기고하는 글에 어울리는 아름다운 삽화를 그렸다. 내 아들과 나를 본 적이 없으면서도, 그 장면을 잡아냈다. 산의 빈터와 고라니 떼, 우리의 머리칼과 옆모습을 포함해서 모든 걸 완벽하게 그렸다. 글을 보고 장면을 떠올리는 능력에 감탄한 나는 축하와 감사의 인사를 전하려고 그에게 전화를 걸었다.

우리는 한참 대화를 나누었다. 그가 나를 초대했다. 현대 전화의 깨끗한 통화 품질에 익숙하지 않은 노화가는 내가 가까이 산다고 생각했다. 사실 우리는 각각 미국의 동부와 서부에 살았다.

"유감이군요. 방금 차를 새로 우렸는데."

그가 말했다.

호기심이 동한 나는 문제의 그림을 그리는 데 시간이 얼마나 걸렸냐고 물었다.

"아, 15분쯤요."

나는 화랑에서 그의 그림값이 얼마나 나가는지 알고 있었다. 5,000불 이하로는 없고 보통은 2만 불 이상이었다. 나는 글 한 편 쓰는 데 몇 시간을 들여 작업하는데…… 내가 "이런……"이라고 말했을 것이다.

"선생에게 원본을 갖게 해주고 싶소. 500불만 내시오. 가끔 훌륭한 필자에게는 그렇게 해주지요. 선생의 글이 마음에 드오."

그가 말했다.

나는 "네"라고 말하면서 수표책에 손을 뻗었다.

저명 수채화가는 말했다.

"우리 수채화가들은 작업을 빨리합니다. 물감이 마를 때까지 시간이 많지 않거든요. 선생의 이야기같이 좋은 아이디어가 떠오르는 게 관건이지요. 그러면 그릴 준비가 된 겁니다."

그는 키득키득 웃더니 덧붙였다.

"물론 그렇게 되기까지 한 50년 걸리지요."

플라이 캐스팅도 마찬가지다.

• • •

젊을 때 나는 플라이로 송어를 낚는 것이
사랑을 나누는 것보다 나을지도 모른다고 생각했다.
이제 나이를 먹고 보니, 확실히 그렇다.

어니스트 헤밍웨이와의 싸움

젊은 시절, 나는 어니스트 헤밍웨이 같은 어른이 되고 싶었다. 헤밍웨이처럼 사냥하고 싶었다. 그처럼 낚시하고 싶었다. 그처럼 닉 애덤스의 이야기들을 쓰고 싶었다. 그가 먼저 쓰지 않았다면 언젠가 내가『노인과 바다』를 썼으리라. 내가 그러려고 애썼다는 것은 하느님이 알아주실 거고.

글쓰기를 배우려고 헤밍웨이의 문체를 베끼곤 했다. 한 단어 한 단어, 한 문장 한 문장. 1960년대 그가 하릴없는 심리분석가들의 손에 무너질 때까지, 나는 그의 열렬한 팬이라는 사실이 부끄럽지 않았다.

그러다가 1970년대가 되었다. '늙은 사자들'을 죽이는 시대. 남성호르몬 중독을 막는 시대. 새로운 남성은 부드럽고 잘 보살피고 사려 깊고 상냥해야 했다. 모두 앨런 앨더(배우이자 TV 시리즈 〈MASH〉의 감독 겸 주연―옮긴이)처럼 되기를 열망했다.

한동안 나도 앨런 앨더처럼 되려고 노력해야 된다고 생각했다. 한동안 심리학자들은 헤밍웨이를 장애자이며, 허풍선이에, 삶을 살아가는 방식을 과장하는 '마초'라고 믿었다. 다른 남성을 위협할 목적이 아니라면, 책을 팔 목적으로 그러는 거라고. 도로시 파커(미국의 여류 작가―옮긴이)가 헤밍웨이를 "그는 심오한 순간에도 얕다"라고 폄하한 것도 그럴 만하다고 믿었다.

하지만 이제 나이가 들고 보니, 예전보다 조금은 현명해졌다. 젊을 때 헤밍웨이에 대해 이해 못했던 것은, 으스대고 총을 쏘고, 낚시를 하고 비행기 사고를 당하고, 주먹다짐을 하고, 이야기를 하고, 사랑을 나누고…… 그는 인생을 제대로 사는 법을 알았다는 점이다.

온힘을 기울여 사는 법을.

어니스트 헤밍웨이는 대부분의 겁쟁이들은 상상도 못하는 삶을 살았다. 그가 죽은 후 그를 비난했으며 그 이름도 잊혀진 소인배들과 비교할 때, 헤밍웨이와 그의 소설은 앞으로도 영원히 남아 있을 것이다.

딱 한 가지만 마음에 걸린다. 헤밍웨이는 아바나에서 맞은 50번째 생일날, 10발의 총을 쏴서 비둘기를 맞추고, 오후 내내 청새치를 낚시한 다음, 친구 몇 명과 고급 샴페인 한 상자를 마셨다고 한다. 그렇게 분주한 사이에 세 차례나 사랑을 나누었다나.

어니스트, 내 당신을 사랑하지만 세 번이나 그랬다는 건 못 믿겠소이다. 두 번 정도는 믿어주지요. 그날은 당신 생일날이었으니까. 하지만 세 번은 어림없는 말 같소이다.

・・・

잠시 낚시를 하는 게 좋을 거다, 죽음은 영원히 계속되므로.

얼지 않는 물에 사는 작은 배스

내가 좋아하는 배스 호수는 지금은 다른 이름으로 불리지만, 1800년대 중반 처음 유럽인들이 내 고향땅에 발을 들여놨을 무렵에는 인디언 원주민들이 '얼지 않는 물'이라고 불렀다. 그럴 만한 이유가 있다. 겨울이 아무리 길고 추워도 이 호수는 얼지 않는다. 크고 차고, 신성하고 이상하고, 깊고 신비로운 호수다. '얼지 않는 물'에 사는 2킬로그램 넘게 자라는 블랙배스는, 길을 건널 때 부축을 받아야 하는 노인만큼이나 늙었다.

나는 북쪽에 살아서 캐나다 국경 지대에서도 낚싯대를 드리울 수 있다. 우리 지역의 물이 따스할 때도 그쪽 지역은 물이 차다. 그리고 찬물이 작은 배스를 키운다.

얼마나 작으냐고?

고작 길이 30센티미터, 무게는 1~1.5킬로그램짜리가 가끔 잡혀서 계속 그곳에 가게 만든다. 2킬로그램짜리도 잡히긴 하지만 드문 일이다. 이 북쪽 지역에서 4킬로그램이 넘는 블랙배스를 잡았다고 우기는 사람이 있다면 정신병이 아닌지 검사를 받아봐야 한다.

남부 출신의 배스 낚시꾼이 이 글을 읽으면서 이렇게 중얼거리는 광경이 눈앞에 그려진다.

"북부 양키들은 웃긴 놈들이야. 돈은 지나치게 많고 배스는 별로 없다니. 그러니 모두 우울증에 걸려 짜증을 부리지."

이 북부 지역에서는 바보들이나 커다란 블랙배스 고기를 식탁에 올리는 짓을 한다. 정확히 그런 이유 때문에 애초에 배스가 수입되긴 했지만. 그 옛날, 덮개 씌운 마차 한구석에는 빗물통이 있었는데 그 안에서 배스가 요동치고 있었다. 배고픈 개척자들은 북서부에 배스를 그렇게 들여왔다. 서부에 새로운 먹을거리이자 잡기 쉬운 물고기로 소개된 배스는, 먹을 게 없는 시절에는 값싼 단백질 공급원으로 삼기 위해 도입되었다. 30년 넘게 북부 시골구석까지 낚시터를 전전한 나는, 오리건과 워싱턴 외곽의 농가 근처에 있는 외진 연못과 작은 호수에서 '큰입배스'를 가끔 발견하기도 한다.

어느 농가를 찾아갔더니 늙은 미망인이 방충문을 열면서 "생각도 말아요!"라고 말했다.

"무슨 생각 말입니까?"

노인의 퉁명스런 태도에 허를 찔린 내가 물었다. 방금 그녀의 외딴 농가에서 800미터쯤 떨어진 깊은 호수를 보고 낚시를 해도 되는지 허락을 받으러 온 참이었다.

노파는 날 노려보며 쏘아붙였다.

"큰 배스를 잡고 싶은 거 아닌가요?"

"배스요?"

"일부러 모른 체 말아요, 선생. 대답은 '안 된다'예요. 잘 가세요!"

그녀는 내 면전에서 문을 쾅 닫았다.

나는 배스가 사는 연못을 철저히 지킨 부인에 대해 생각해본다. 대공황 이후 그곳에서 낚시한 사람이 없었을 수도 있다. 두어 차례 더 찾아가서 부탁을 했다. 부인은 누그러진 태도로 대했지만 마음을 바꾸지는 않았다.

그래서 나는 주로 '얼지 않는 물'의 작은 배스를 낚시한다. 크고 불규칙하게 뻗은 모양을 하고 있는 이 호수는 위험하기까지 하다. 아직 개발업자들의 손이 이 호수에는 미치지 않았다. 여전히 자연 그대로이다. 나는 그런 곳이 좋다. 크래피, 큰입배스, 개복치, 무지개송어와 갈색송어가 사는 곳. 열정을 뿌리고 싶고, 죽은 후에 재가 되어 뿌려지고 싶은 곳이다.

봄이 되면 가끔 적당한 때를 골라 물이 얼지 않고 작은 배스가 많이 잡히는 곳으로 낚시를 갈 수가 있다. 배스는 오래 버티지 않지만, 저희는 그런다고 생각하는 물고기다. 모두 강경한 태도를 보인다. 이제 빨간 옷을 입지 못할 정도로 나이가 들다 보니, 물고기든 사람이든 중요한 것은 몸의 크기가 아니라 마음의 크기임을 알겠다.

· · ·

린든 존슨(미국 36대 대통령―옮긴이)은 사람과 사귀고 사람들에게 영향을 미칠 줄 아는 거장 정치가였다. 그는 국회의원에 처음 출마해서 선거 운동을 할 때, 차의 연료통을 반쯤 비워놓았다. 서부 텍사스의 인구가 적은 시골의 작은 주유소마다 들러서 몇 달러어치의 기름을 사기 위해서였다.

그곳에는 선거 인구가 거의 없고, 마을도 뚝뚝 떨어져 있었다. 존슨은 연료를 넣으려고 자주 주유소에 들러서 사람들과 사귀어 정치 선전도 하고, 선의도 베풀었다.

우리 낚시꾼들도 인적 드문 곳에서 선의를 베풀어야 한다. 존슨 대통령에게서 교훈을 얻을 수 있을 것이다.

도시에서 먹을거리와 연료, 낚시도구를 싸고 쉽게 구입할 수 있지만, 작은 마을이 낚시꾼을 상대로 장사를 하게 해줘야 한다. 집에서 모든 걸 챙겨서 몇 푼 아끼는 대신, 외진 곳에서 좋은 관계를 많이 얻을 수 있다. 낚시꾼뿐만 아니라 물고기를 위해서도 그게 좋다. 강과 고장과 물고기와 서식지가 개발의 위험에 처할 때, 지역민들은 그곳을 보존하는 데 투표할 테니까.

아버지들은 다 어디 갔을까?

최근 북부 아이다호의 강으로 컷스로트 송어를 잡으러 혼자 여행을 갔었다. 거기서 혼자 낚시하는 젊은이를 봤다. 공교롭게도 그는 내가 낚시하려던 자리에서 캐스팅을 하고 있었다. 그가 이미 무릎 깊이의 강물에 있었기에, 나는 아래로 내려가서 낚시를 시작했다. 오랜 세월 고기가 잘 잡히던 곳이었다. 잠시 후 청년이 다가왔다.

"잘되세요?"

"별로. 오늘은 녀석들이 입을 꾹 다물고 있구만. 나중에는 잡힐지 모르지."

"저도 많이 못 잡았어요. 낚시를 처음 시작했거든요."

나는 고개를 끄덕이며, 멀리서 뛰어오른 작은 송어 떼에게 낚시를 던졌다. 송어들은 나를 무시했지만, 청년은 아니었다.

그가 감탄한 목소리로 물었다.

"어떻게 그렇게 캐스팅을 하시죠? 저는 근처에도 못 가겠어요. 제가 줄을 던지면 바로 앞에 떨어져요."

풀리지 않는 문제를 가진 사람들은 여러 형태로 다가온다. 버스비를 달라는 사람, 음식을 달라는 사람, 마실 것을 달라는 사람, 가르침을 달라는 사람. 이 청년은 가르침을 원했다. 아니 그 이상을. 떠오르는 이야기가 있었다.

어느 동방의 군주는 젊은 걸인에게 어느 쪽 눈이 유리로 된 눈인지 알아맞히면 돈을 주겠다고 했다.

젊은이는 얼른 말했다.

"그건 쉽습니다. 왼쪽 눈입니다!"

그러자 군주가 말했다.

"놀랍도다! 어떻게 그렇게 빨리 알아맞혔느냐?"

젊은 걸인은 대답했다.

"쉬웠습니다. 연민이 어린 눈을 선택한 것뿐입니다."

그래서 나는 청년에게 말했다.

"어디 캐스팅을 해봐요."

낚시꾼 청년은 샌들에 야구 모자를 쓰고, 안경을 끼고 있었으며 머리는 뻣뻣한 장발이었다. 낚시꾼이라기보다는 컴퓨터 천재 쪽에 어울렸지만, 캐스팅 실력은 그리 나쁘지 않았고 아주 진지했다. 그가 작은 실수를 해서—낚싯대를 너무 빨리 움직여서 줄을 제대로 담그지 못했다—그것을 바로잡아주었다. 청년은 빨리 배웠다.

"와! 낚시를 한 지 얼마나 되셨어요?"

청년은 물 위로 캐스팅하며 물었다.

나는 알고 싶은 게 많은 학생을 알아볼 줄 안다. 청년은 내가 낚싯대와 줄을 점검해주길 바랐다. 그는 플라이 상자를 열며 말했다.

"어떤 걸 써야 될지 모르겠어요. 그냥 손으로 들어보고 알맞은 플라이를 찾으려고 애쓰거든요. 플라이 하나로 송어를 딱 한 마리 잡아봤는데…… 어떤 호수에서 작은 놈을 잡았죠. 여기서 고기를 잡고 싶은데 어떻게 해야 좋을지 모르겠어요."

나는 연민의 눈빛을 보이려 애썼고, 청년에게 시간을 내주기로 했다. 강에 대해, 컷스로트 송어가 좋아하는 플라이 종류에 대해 가르쳐주고, 내 플라이도 두어 개 주었다. 언제 어떻게 플라이를 떨구면 가끔 물고기가 나타나 홱 낚아채는지도 가르쳐주었다. 청년은 허기진 사람처럼 잘 받아들였다.

갈 때가 되자 나는 강을 건넜고, 청년이 한 발자국씩 따라왔다.

"저도 가서 다른 곳에서 해봐야겠네요."

청년이 내 뒤에서 물을 튀기며 덧붙였다.

"제 아버지도 같이 낚시하러 오시면 좋을 텐데요. 전에는 플라이낚시를 하셨거든요. 아버지에게 많이 배울 수 있을 텐데. 같이 즐거운 시간을 보냈으면 좋겠어요. 아버지가 다시 낚시를 하실까 해서, 지난 크리스마스에는 새 릴을 선물해드렸어요. 하지만 일만 하시네요."

우리는 강둑을 넘어가서 장비가 있는 곳에 낚싯대를 내려놓았다. 서로 마주 보는 어색한 순간이 흘렀다. 나는 할 말이 없었지만, 그의 아버지가 내 사무실에 와서 30분만 상담을 받았으면 좋겠다는 생각이 들었다.

마침내 청년이 격식을 차려 악수를 청하며 말했다.

"정말 감사합니다. 언제 다시 뵈면 좋겠어요. 선생님께 많이 배울 수 있게요."

나는 그의 손을 잡았다.

"행운을 비네. 자네는 캐스팅 솜씨가 좋고 시작이 좋아. 곧 선수가 될 걸세."

집으로 차를 몰고 오는데 한 가지 생각이 머리를 떠나지 않았다. 아버지가 죽지 않아도 고아가 될 수 있다…….

월요일에 사무실에 출근해보니, 어느 전문직 여성이 보낸 우편물이 있었다. 손으로 쓴 간단한 메모에는 열한 살 난 아들이 쓴 죽음과 자살에 대한 시가 동봉되어 있었다. 또 소년이 작은 냇물을 걷는 사진과 전문 낚시 가이드로 보이는 사람이 송어를 놓아주는 법을 설명하는 사진이 들어 있었다. 두 장의 사진 속에서 소년은 행복해 보이지 않았다.

어머니는 이런 메모를 써서 보냈다.

"선생님의 책을 읽었습니다. 제 아들을 도와주실 수 있으리라 믿습니다. 아이 아버지가 아이와 아무것도 하지 않으려 합니다. 아들의 시를 보면 아시겠지만, 아들에게는 도움이 필요합니다. 여기 오셔서 아이와 함께 낚시를 가주실 수 있겠습니까?"

나는 그럴 수 없었다. 하지만 그녀에게 전화해서, 그 지역에 사는 훌륭한 아동 심리학자를 소개해주었다. 큰일은 아니었지만, 내가 할 수 있는 최선이었다.

며칠 후, 젊은 낚시 가이드에게 인사를 하러 들렀다. 몇 해 전 아버지를 잃은 사람이었다. 우리는 일 이야기를 하고, 낚시 일화 몇 가지를 나눈 후 초가을에 여행을 가기로 했다. 내가 떠날 때 그가 농담을 던졌다.

"제게는 같이 낚시할 노인이 필요해요. 선생님을 아버지로 입양해야겠어요."

"나로선 영광이지."

내 대답이었다. 진심이었다.

아버지 말을 듣지 않으려 하던 십대 시절의 몇 년을 제외하면, 나는 언제나 아버지에게 의지했다. 의존하고 조언을 구했다. 같이 낚시를 다녔다. 새집을 지을 때면, 아버지는 건축업자와 제대로 계약하는지 곁에서 확인해주었고, 지붕 얹는 일을 거들어주었다. 아버지가 있다는 것은 앞에 대단한 방패막이가 있는 것과 같았다. 덩치가 큰 사람이 상대편을 막아주고, 내가 뛰쳐나갈 구멍을 만들어준다는 걸 알고서 걱정 없이 뛰어나갈 수 있었다. 아버지가 언제나 날 위해 거기 있었으므로, 나는 어느 자식에게나 나처럼 기대고 배울 아버지가 있을 거라고 생각했다.

어느 날 밤, 아버지와 나는 산속에서 모닥불을 피우고 있었다. 우리는 북부 아이다호의 '클리어워터 강'에서 낚시를 하고 있었다. 저녁 식사를 마치고, 밤늦도록 아버지의 제2차 세계대전 참전담을 들었다. 삶과 죽음, 플라이낚시에 대한 이야기가 오갔다. 모닥불이 사그라지자 아버지가 말했다.

"아버지가 세상을 떠나면, 자기와 죽음 사이에 아무도 없다는 걸 알게 된단다. 내가 아홉 살 때 아버지가 돌아가셨지만, 그런 날은 누구에게나 오게 마련이지. 그 누구도 어쩔 수 없는 일이야. 그런 날이 오니까, 그때까지 함께하는 나날을 소중히 할밖에."

'죽음'은 돌릴 수도 막을 수도 없다. 하지만 죽음 외에 자녀를 떠나는 모든 행위는 의도적인 버림이다. 자녀로서는 '버림'보다는 '죽음'을 받아들이기가 더 쉽다. 장례식을 마치면 새아버지를 맞이할 수도 있으니까. 새아버지를 찾을 수만 있다면.

어느 날 같이 일하는 아동 심리치료사가 자살하려는 소년과 힘든 상담을 마치고 나왔다. 소년의 아버지는 다른 주로 떠나버렸고 돌아오지 않겠다고 통고한 상태였다. 대기실을 나서는 소년의 뺨에는 아직도 눈물 자국이 있었다. 동료는 내 사무실로 들어왔다. 그는 전문가다운 침착함을 유지하지 못하고 분개했다.

"심리치료사들로 해결사 집단을 만들지 않으려나? 퇴근 후에 스키용 마스크를 쓰고, 무늬만 아버지인 나쁜 자식들을 먼지가 나도록 때려주자구."

죽은 것도 아닌데 자리를 비운 아버지들이 다 어디 있든지, 돌아오는 길을 찾기를 기도한다. 그것도 어서 돌아오기를. 자녀들이 아버지를 찾고 있으니.

• • •

우리가 깊은 물에 들어갈 때 죽음과 우리 사이에 있는 것이
재치뿐이라면, 지팡이를 사용하는 편이 낫다.

철학의 위험

낚시와 철학은 함께 간다. 서로 균형과 시각을 갖게 해준다. 아이작 월턴 덕분에 사람들은 낚시꾼들을 철학자로 여긴다. 우리가 언제나 특히 캐스팅을 할 때마다 철학적이 된다고 생각한다. 우리는 낚시를 하지 않는 사람들이 이런 편견을 갖도록 유도하기도 한다. 통찰력 있고 현명하고, '니체'의 철자를 한 번에 쓸 줄 아는 사람으로 평가받는 것도 괜찮은 일이다.

낚시를 하지 않는 사람들은 묻는다. "기나긴 하루를 말없이 지내니, 낚시를 하면 고기를 잡는 것 외에도 뭔가 얻는 게 있는 모양이지요?" "영감을 주지 않나요? 겨울에 무지개송어를 잡으려고 낚싯대를 드리우면서 칸트나 플라톤에 대해 생각하시지요?"

그러면 현명해 보이는 미소를 지으며 대답한다. "네, 네. 그럼요." 그런 다음 파이프 담배라도 있으면 연기를 내뿜고, 생각에 잠긴 듯 허공을 응시한다. 겨울에 무지개송어를 잡으러 다니는 사람이 정직하다면 이렇게 대답할 것이다. "사실은 그렇지 않아요. 칸트나 플라톤이 아니라, 도대체 왜 천재가 따뜻한 장화 바지를 발명하지 않는가를 생각하지요."

사람들은 내가 고기도 못 잡고 고생만 하다 하루를 보낸 날, 술집에 앉아서 철학적인 생각을 한다고 알고 있다─특히 나를 좋아하는 사람이 술을 살 때는. 스코틀랜드인 혈통(내 중간 이름은 '구트리'이다)을 많이, 아일랜드 혈통을 약간 타고난 나는 이렇게 지적하곤 한다. 아일랜드인이 중세에 서방 세계의 위대한 작품을 복사하면서 철학을 보존하는 동안, 우리 스코틀랜드인은 낚시를 하고 위스키를 만드느라 바빴다고. 신이 스카치위스키를 만들게 한 이유는, 우리 스코틀랜드인들이 세상을 정복하는 것을 막기 위해서였다는 말이 있다. 우리가 송어 낚시를 하는 대신 효과적인 무기를 만들었다면 어느 월요일 아침 세상을 정복해버렸을 거라나.

철학은 깊은 물이다.

위험한 물이다.

평범한 강에서 무릎 깊이까지 들어갔는데, 한순간 '삶의 의미'라는 구멍에 빠져버리게 된다. 그러면 장화 바지에 물이 들어오지 못하게 하려고 몸부림을 치게 된다. 10억 분의 1초까지 나뉘는 진부한 생활의 시계가 최면에 걸린 듯한 리듬으로 똑딱똑딱 움직인다. 여기서 벗어난 낚시꾼의 마음은 어느덧 정박지로 향하고, 철학이라는 믿지 못할 물 위를 표류한다.

예를 들면 어느 날 저녁, 나는 낚시하러 갔다가 작은 철학 사고를 당했다. 8월 중순이었고 고기들이 미끼를 물지 않았다. 덥고 지루한 나날이었다. 제정신인 사람들은 시원한 에어컨 바람을 쐬며 집 안에 있었다. 하지만 낚시꾼인 나는 플라이낚시만 허가된 호수에서 침강 줄과 잠자리 물애벌레를 늘어뜨리고 있었다. 계속 재방송만 틀어대는 TV보다 송어 낚시를 하며 보내는 저녁 시간이 한결 나았다.

큰 송어는 재방송이나 이메일, 생활을 복잡하게 만드는 쓰레기 우편물 따위에는 신경 쓰지 않는다. 송어는 8월에 물속 깊이 들어간다. 둔한 각다귀 유충과 느릿느릿 움직이는 잠자리 물애벌레, 그리고 곤궁에 빠진 뜻밖의 먹이들을 쉽게 잡아먹을 수 있을 정도의 깊이로 들어간다. 깊은 물에서 송어 월척을 하면 한 해 동안 쌓인 스트레스가 치유되지만, 늦여름에는 특히 그렇다.

하지만 늦여름 저녁, 송어를 잡으려고 깊은 물에 들어가는 것은 위험한 일이기도 하다.

느긋한 여름 저녁, 해가 뉘엿뉘엿 질 때 배 바닥에 누워 떠오르는 우주를 올려다볼 수도 있다. 전화가 방해하지 않기에, 자기도 모르게 오래된 별의 사멸이나 태양계에 대해서 생각하게 된다. 쿼크(소립자의 구성 요소로 여겨지는 입자—옮긴이)에 대해, 날씨에 대해, 결국에는 삶과 죽음과 낚시가 모두 같은 것이라는 생각에 빠져든다.

하지만 철학에 취미가 없다면, 같은 하늘을 올려다보면서 우주 정거장 '미르'와 우주 쓰레기에 대해 생각할 수도 있다. 이런 것들은 맨눈으로도 볼 수 있을 만큼 크기 때문이다.

낚시꾼들이 아는 게 많은 철학자라는 편견을 바로잡기 위해, 생각나는 일화를 말하겠다. 11월 초의 어느 날 저녁 캠핑장에 있는데, 나보다 나이 든 낚시꾼이 얘기나 하려고 들렀다. 그날 밤에는 별이 밝았고, 스푸트니크(러시아에서 발사한 세계 최초의 인공위성—옮긴이)를 발사한 이후 미국은 부엌 싱크대를 제외한 모든 걸 하늘에 쏘아 올리던 시기였다.

노신사와 나는 날씨와 별이 쏟아지는 하늘 그리고 늦가을에 송어가 잘 잡히는 플라이 패턴에 대해 이야기했다. 나는 밤하늘을 보다가, 운이 좋았는지 궤도를 선회하는 위성을 보았다.

"이런 위성들을 본 적이 있습니까?"

내가 물었다.

"들어는 봤는데 본 적은 없어요."

"그럼 지금이 기회군요."

나는 늙은 낚시꾼에게 움직이는 빛을 손짓해주었다.

그는 한참 만에 위성을 찾았지만, 그걸 보더니 하늘에 삿대질을 하면서 쏘아붙였다.

"맙소사, 나쁜 자식들이 엄청난 헤드라이트를 쏘아대는구만, 보이지 않소!"

"아, 네…… 네, 그렇군요."

나는 어물어물 대답하면서 세대차를 통감했다.

그날 밤 노인과 나는 철학적인 대화를 이어가지 못하고, 낚싯대와 고기 바구니, '하디' 제품 릴에 대해서만 이야기했다. 잘 시간이 될 즈음, 우리는 11월의 송어는 울리버거에 잘 속고, 11월 이전에 낚시하는 낚시꾼들도 잘 속는 부류라고 입을 모았다.

그 8월 저녁 나를 철학의 깊은 물로 유혹한 것은, 해가 질 때 파란 하늘에 뜬 흰 구름 한 점이었다. 한 시간이 지나도록 고기 한 마리 걸리지 않아서, 나는 배 바닥에 등을 대고 누워 구름을 물들이며 해가 지는 광경을 지켜보았다. 낚시하는 만 끝에 사는 왜가리 한 쌍을 제외하면, 호수에는 생각에 잠긴 나 혼자뿐이었다.

북미 대륙의 작은 호수에 낚싯배를 띄우고 홀로 누워 있자니, 문득

이 세상에 나 혼자뿐인 것 같았다. 지는 해가 흰 구름을 분홍색, 노란색, 호박색, 진홍색, 황금색으로 물들이는 장엄한 광경을 보고 생각할 수 있는 사람은 전 세계 역사 속에서, 지구라는 혹성의 역사 속에서 나 혼자뿐인 것 같았다. 이런 빛과 색감과 모양의 변화가 시간의 역사 속에서 딱 한 번만 오는 것 같았다.

나는 그랬다. 나는 이 빛의 기적을 알아챈 유일하고도 지성적인 목격자였다. '삶의 의미'의 구멍을 향해서 잰걸음으로 걸어가며, 창세기에서 신이 '빛이 있으라!'라고 했을 때 인류를 위해 상상하고 의도한 것이 바로 이 영광스런 선물이 아닐까 싶었다.

또 만약…….

하지만 다음 순간 물고기가 플라이를 힘껏 당기는 바람에 상상의 나래를 접어야 했다. 내가 배 바닥에서 일어나다가 의자에 머리를 부딪쳐, 낚싯대를 너무 힘껏 당긴 탓에 큰 송어를 놓쳐버리지만 않았다면 좋았을 것을. 그 바람에 등 아래쪽 근육에 무리가 가지만 않았어도 괜찮았을 텐데. 이런 일이 벌어지는 동안 배가 바위가 많은 물가로 떠밀리는 통에 내 드라이 플라이낚싯대 끝이 부러져버리지만 않았어도 그리 슬프지 않았을 것을.

말했듯이 철학은 위험한 일이고, 낚시꾼은 가능하면 철학적인 생각에 빠지는 것을 피해야 한다. 특히 부질없는 공상을 좋아하는 사람들은.

그래도 어쩔 수 없다면, 적어도 우리 스코틀랜드인들은 철학적인 부상을 치료할 수 있는 발명품을 만들어냈다. 바로 싱글 몰트위스키. 어떤 회사 제품도 좋지만, 낚시꾼들에게는 특히 '매켈런'이 좋다.

위험을 피할 만한 지혜는 없지만, 나는 스코틀랜드의 치료약을 갖고 다니는 걸 잊지 않는다. 태클박스에 든 술통을 찾아서, 재빨리 한 모금 들이켜면 통증이 완화된다. 그러면 낚싯대를 챙겨서 어두운 호수를 벗어나 집으로 향하는 것이다.

• • •

사람들은 음악, 미술, 와인, 낚시, 삶에 대한
열정을 과소평가한다.
특히 아침 10시까지 잠자리에서 빈둥대는 사람들은.

1997년 8월 16일. 북 아이다호의 켈리 크리크와 클리어워터 강의 노스포크가 갈라지는 지점에서 캠핑을 했다. 아침 10시부터 어두워질 때까지 블랙캐니언과 켈리 강 하류 끝에서 낚시했다.

나는 혼자다. 이 글은 모닥불 앞에서 쓰고 있다. 이번 여행을 떠나면서 두 친구에게 같이 가자고 했지만, 둘 다 생활에 붙들렸다. 어머니는 늘 어떻게 살려고 계획하는 동안에 일이 벌어지는 게 인생이라고 말씀하신다. 오늘 밤, 이 모닥불과 노스포크가 바다로 흘러가는 소리가 인생이다.

아침에 몬태나의 보즈먼으로 가다가 들른 길이다. '미 수산협회'가 후원하는 '야생 송어 심포지엄 6'에서 오찬 연설을 하기로 되어 있다. 거기 오가는 길에 낚시를 할 계획을 세웠다. 아이다호와 몬태나를 지나면서 일만 하는 것은 법을 위반하는 것과 다름없다. 장화 바지와 플라이낚싯대가 차에 실려 있지 않은 것을 알면, 그곳 사람들은 지각이 없는 사람이라고 말할 테니까.

앞으로 며칠간 과학자들이 발표할 심포지엄 논문은 야생 송어, 특히 토착 어종을 보존하는 데 도움이 되는 이슈들을 다루게 될 것이다. 모든 토착 송어류가 남아 있는 것도 아니고, 남은 것들도 혼자서 싸우고 있다. 야생 송어 서식지 없이는 토착 송어류를 보존할 수 없다. 송어가 서식하는 하천이 있어야 한다. 그렇지 않으면 앉아서 송어가 멸종되는 것을 지켜볼 수밖에 없을 것이다. 전국에 있는 숲의 5퍼센트가 이미 채벌되었고, 온전한 어류 서식지가 없다는 것은 바보가 아니라면 다 안다.

오늘 아침 '후두 패스'를 달려 노스포크로 가는 도중에 멋지게 세워 놓은 간판을 봤다. 차를 세우고 내려서 주변을 둘러봤다. 간판에는 "벌채 회사가 길을 만들었습니다. 안전 운전하시고 즐거운 시간 보내세요"라고 적혀 있었다. 그 밑에 "클리어워터 자원연합"이라는 서명이 있었다.

클리어워터 자원연합이 어떤 곳인지 모르지만, 죄책감 때문이 아니라면 누가 많은 돈을 들여 길을 만든 사람이 누군지 밝힐까? 나는 잠깐 시간을 내서 산을 돌아봤다.

간판은 클리어워터 강의 지류 인근의 풀밭에 세워져 있다. 경치가 대단하다. 원시적이고 아름답다. 이 경치에는 목재용 도로나 목재 더미, 진흙 사태, 인부들이 산을 깎아 도로를 만들고 떠날 때 버리고 간 녹슨 쇠사슬, 맥주 깡통이나 빈 기름통은 볼 수 없다. 강 하류에서는 늘 이런 것들을 보게 되지만, 도로와 경치를 지나며 누구에게 고마워해야 할지 알려주는 간판 주변은 말끔하다.

갖고 다니는 연장으로 간판을 뽑아버리고 싶은 마음이 간절했다. 뽑아서 트럭 짐칸에 싣고, 강 하류로 가져가 세상에서 가장 큰 개간지

아래 난 구멍에 처넣고 싶었다. 지난겨울 새로 낸 길들이 아이다호에 남아 있던 무지개송어의 산란지를 영원히 휩쓸어버렸다. 현실을 그럴 듯하게 꾸민 간판에게 어울리는 자리를 찾아주고 싶었다. 사람들은 진실을 알아야 하니까.

그런 속임수를 알려면 숲으로 가야 한다. 땅을 밟고 진실을 직접 확인해야 한다. 고요하고 새들이 놀고 고라니가 등장하는 총천연색 벌목회사 광고를 보면 그들이 숲을 잘 보살피는 것 같다. 사실이 아니다. 그런 광고는 구역질만 일으킬 뿐이다.

잠자리에 들 시간이다.

오늘의 첫 고기는 위험한 황소송어였고, 잡자마자 손도 안 대고 놔주었다. 다음 송어는 펄쩍 뛰어오르기를 네 차례나 한 힘센 녀석이었다. 이 힘세고 커다란 고기는 야생 무지개송어였다. 다음 고기는 웨스트로프 컷스로트 송어였다. 무게가 많이 나가고 48센티미터나 되는 큰 고기였다. 우수리를 올려서 말하자면.

세 마리. 야생 송어 세 마리. 북 아이다호의 3관왕을 한 셈이었다. 블랙캐니언에서 축복받은 마지막 낚시꾼이 나일까? 궁금했다.

낚시 가이드에 관한 달라이라마의 말

달라이라마는 삶의 여정을 가시나무 수풀을 지나는 여정이라고 묘사한 적이 있다. 현명한 사람을 따라서 구불구불 위험한 가시나무 숲길을 지나면 더 안전하고 즐거워지는 여정이 된다고 했다. 다른 사람을 안내해서 가시나무 숲을 지나려면, 성직자나 승려, 심리치료사, 의사, 코치나 친절한 마음으로 다른 사람에게 아픔과 분노와 실망을 피하는 법을 가르쳐주는 이가 되어야 한다.

가이드가 되려면 먼저 가시나무 숲길을 혼자 여행하면서 연구하고 배우고, 무사히 돌아와야 한다. 그래야 다른 사람들에게 길을 가르쳐줄 수 있다.

선생들은 이런 권리를 획득하려고 대학에 간다. 사제들은 이런 영광을 누리려고 평생을 연구한다. 의사들은 치유의 기술을 익히는 데 헌신하고, 낚시 가이드들은 강에 대해 배운다. 우리들 각자는 초보자, 순례자, 애송이에게 가이드가 되어줄 수 있다.

남에게 낚시를 가르치려면 안내자, 코치, 선도자가 되어야 한다. 초보자에게 낚시라는 가시덤불 숲을 지나는 길을 가르치려면, 모범이 되어 안내하고 그들이 안전한 길을 가게 해야 한다. 날카로운 가시를 피하는 방법도 알려줘야 한다. 가장 중요한 것은 희망을 놓지 않는 법을 가르쳐주는 것이다.

낚시 이력은 연구와 경험, 지식으로 해석된다. 우리는 가시덤불 숲 길에 관한 전문가가 된다. 우리는 낯선 길들을 탐험하고 살에 박힌 가시를 빼내기도 한다. 상처야말로 가장 잘 가르쳐준다. 힘들게 배웠든, 힘들게 배운 선배에게서 일부 배웠든 우리는 배우게 된다. 낚시에 대한 지식은 의학 지식처럼 후대에 전수된다.

달라이라마는 낚시에서든 인생에서든 가시덤불을 헤치고 돌아오면 가죽으로 된 보호 장구 한 벌을 상으로 받는다고 말한다. 그리고 그것은 경험이라는 풍파에 바랜다. 그것을 다리에 차면 안전하고 수월하게 가시덤불 숲을 지날 수 있다. 가시에 찔리는 아픔 없이 통과한다.

보호 장구는 연습과 배움, 지식으로 만들어진다. 자기만을 보호하기 위해, 혹은 자신과 타인을 보호하기 위해 그것을 입기도 한다. 선택은 여러분의 몫이다.

남에게 낚시를 가르치는 것은, 가죽 장비를 입고 순례자들에게 가시나무 숲길을 알려주는 일이다. 우리는 길을 잘 알고, 그들은 모른다. 그들을 다른 곳에 데려가는 것은 근사한 선물이다.

초보자에게 길을 안내하기로 했다면 가장 좋은 날씨에 가장 좋은 물에 가장 좋은 지세로 안내하라.

그에게 정확히 어디서 큰 물고기가 헤엄치는지 알려주라.

그가 먼저 캐스팅하게 하라.

격려하고, 상냥하게 가르치고, 매듭을 만들어주고, 물고기를 받아주어라. 가장 근사한 상은 초보자가 아닌 그대가 받게 될 테니까.

길에서 부처를 만나면 낚시터로 데려가라

안드로스 섬에서 낚시를 하려고 바하마행 비행기를 기다리는 동안, 말레이시아 출신의 은퇴한 영어 선생을 만나게 되었다. 대단히 온화하고 발음이 또렷한 사람이었다. 말레이시아 사람인 그는 넷째 아들이 워튼 비즈니스 스쿨(펜실베이니아 주립대의 경영학과 대학원—옮긴이)을 졸업하는 것을 보려고 미국에 왔다. 그는 낚시꾼이 아니었지만 우리는 쉽게 대화를 이어갔다. 헤어지기 전, 나는 참선 수행자들이 자살하지 않는 이유를 알게 되었다.

그는 사과하는 말투로 말했다.

"나는 낚시는 하지 않습니다. 한 번도 해본 적이 없어요. 아버지는 내게 우표 수집을 가르쳐주었지요. 오랜 세월 우표를 수집해왔습니다."

내가 말했다.

"제 부친은 제게 플라이낚시를 가르쳐주었지요. 오랜 세월 플라이를 수집했지만, 괜찮은 투자는 선생이 하신 것 같군요. 우표 수집 이야기를 해주십시오."

나중에 나는 규칙을 깨고, 낚시꾼으로 글을 써서 먹고사는 게 아니라 진짜 생업은 심리치료사라는 사실을 밝혔다. 가끔 그 사실을 밝히면 대화가 중단되는 수가 있다.

우표 수집가는 이렇게 말했다.

"말레이시아에는 심리치료사가 별로 없습니다. 다들 새 나라를 건설하느라 몹시 바쁘거든요. 우리에게는 엔지니어와 과학자, 사업가가 필요하지요. 심리치료사를 만나기는 처음입니다. 어떤 일을 하시나요?"

이 질문에 대답하기 싫었다. 어떤 대답도 만족스럽지 않거나, 적당하지 않아 보이니까. 심리치료사가 아닌 어떤 친구 말마따나 '정신병 치료'보다는 낚시를 하면서 글쟁이를 하는 편이 낫다. 그래서 말레이시아인에게 우울한 사람들이랑 상담한다고 말했다. 사람들이 자살하지 않게 하는 게 전문 분야라고. 마지막 말이 그의 흥미를 끌었다.

"왜 미국인들이 수백만 명씩 권총 자살을 하지요? 우울증에 걸려서 그런가요?"

나는 설명하려 했지만, 낚시 이야기나 하고 싶었다. 그에게 우울증의 성질에 대해 대충 설명했다—우울증의 주요 원인과 증상에 대해서. 심지어 만성 스트레스 질환을 앓으면 신경전달 체계가 감소한다는 강의까지 했다. 그의 눈이 번들대기 시작하자, 그가 내용을 이해하도록 나는 한참 동안 입을 다물었다.

"말레이시아에서 우울증은 아주 단순합니다. 우리 동네에 한국인 선승이 있는데, 얼마 전 그가 우울증에 대해 강론을 했어요. 그는 우울증이 문제 때문에 생긴다고 했어요. 문제가 있으면 그것을 해결해야 되며, 그러지 못하면 우울해진다고요. 하지만 문제를 해결하기 전에 두 가지 질문을 자신에게 던져봐야 한다고요."

"두 가지 질문이 뭔가요?"

미국에서는 감기처럼 흔한 질병인 우울증을 동양식으로 해결하는 법을 배우고 싶어서 내가 물었다.

"첫 번째 질문은 '이 문제를 해결할 수 있는가?'지요."

나는 잘 배우는 학생처럼 고개를 끄덕였다.

말레이시아 노신사는 싱긋 웃으며 말했다.

"대답이 '그렇다'면 그때는 모든 방법을 동원해서 문제를 해결하면 됩니다. 문제를 해결하면 우울증은 사라지지요."

뻔한 얘기라는 생각이 들었다. 혹시 내가 이 동서의 만남에서 뭔가 빠뜨린 게 있는지 궁금했다. 미국에서 우리는 문제 해결을 '치료'라고 이야기하고 돈을 많이 받는다.

"두 번째 질문은 무엇입니까?"

내가 물었다.

"두 번째 질문은 '이 문제는 해결할 수 있는가?'입니다."

"그건 첫 번째 질문이었던 것 같은데요."

그는 웃으며 대답했다.

"첫 번째 질문과 두 번째 질문이 같은 질문이거든요. 두 번째 질문의 답이 '아니다'이면 문제는 해결될 수 없고 나는 걱정할 게 없지요. 문제를 해결할 수 없다면, 나는 문제를 갖고 있지 않은 셈이니까요."

나는 그가 계속 설명하기를 기다렸지만, 그는 입을 다물었다. 내가 '알아들어야' 되는 모양이었다.

내가 응답을 하지 않자 그가 말을 이었다.

"우울증을 유발한 문제를 해결할 수 없다면, 그건 문제가 아닙니다. 내 문제가 더 이상 문제가 아니라면 우울할 이유가 없는 거고요."

내가 헤드라이트 불빛에 잡힌 느린 소 같은 표정을 지었나 보다. 말레이시아 친구가 양해의 말을 한 걸 보면.

"선은 굉장히 철학적입니다."

나도 선을 좀 공부했다. 1960년대의 청년으로서 읽어야 할 선 관련 서적은 다 봤다. 앨런 와츠가 누군지도 안다. 일본에서 3년간 지내면서 불교 예술과 문화, 선에 몰입하기도 했다. 그 3년간 유도를 배웠다. 유도 선생은 몸무게가 45킬로그램인 80세 노인으로, 유도 8단이었다. 완벽한 균형 감각을 가져서, 정신력으로 고목처럼 땅에 버티고 서 있을 수 있었다. 움직이지 않겠다고 맘먹으면 45킬로그램의 체중밖에 안 됐지만 누가 어떻게 해도 꿈쩍하지 않았다. 그는 영어를 한마디도 안 하고서도 거구의 미국 헌병들을 헝겊 인형처럼 사뿐히 넘겼다. 내 유도 선생은 대단한 무술인이었다. 나도 이 선으로 우울증을 치료할 방법을 알아낼 수 있을 것 같았다.

나는 기억을 더듬으면서 말했다.

"그 승려가 한 말을 다시 말씀해주시겠습니까."

노신사는 우울증이 불필요한 이유를 참을성 있게 다시 설명해주었다.

그는 비행기의 탑승 안내 방송이 나오자 내게 작별 인사를 했다. 나도 즐거운 여행이 되기를 빌어주었다. 삶에서 수많은 만남이 그러하듯이 이 만남도 옷깃을 스치고 지나갔다.

그와 헤어지고 나서 나는 이번 낚시 여행을 떠나기 직전에 상담한 환자에 대해 생각했다. 오랫동안 낚시를 하지 않은 낚시꾼으로 은행의 부행장이었다. 그는 해고당하기 전에 자진 사퇴를 하라는 압력을 받고 있었다. 그가 해결할 수 없는 문제를 안고 있었고, 그것 때문에 낙심해서 자살을 생각하고 있었다. 그는 내가 낚시를 마치고 돌아가기 전에는 자살하지 않겠다고 약속했다. 그가 안고 있는 고민의 해결책으로 자살은 과하다는 데는 나와 의견이 같았다.

일본식 우동으로 식사를 하면서, 나는 미니 녹음기에 간단히 녹음을 했다. "선승의 우울증 치료법. 두 가지 질문. 같은 질문." 내 환자에 대해 생각하면서, 새로운 치료 방식을 생각하려고 애썼다. 내 환자가 직장에 계속 다닐 수 있다면 그의 문제는 해결되고, 그의 우울증도 치료될 터였다. 하지만 해고가 어쩔 도리가 없다면—그럴 공산이 컸다—그에게는 '문제'가 없는 셈이었다. 문제가 없으면 그는 자유롭고, 자유로우면 뭐든 즐거운 일을 하면서 기분이 나아질 수 있었다.

문득 젊은 유도 수련생 시절에 느끼곤 하던 가벼움이 느껴졌다. 상대가 공격을 하면 나는 그의 힘에 순응해 가만히 힘을 비껴서, 공격의 방향을 적에게 돌려 그를 메다꽂았다. 유도에서는 어떤 것에 매달려 발버둥치는 게 아니라, 문제 안에 있는 해결책을 받아들인다.

열흘 후 다시 집에 돌아갔고 사무실에 출근했다. 두 번째 환자는 우울증에 시달리는 그 은행가였다. 나는 그가 풀지 못하는 문제에 접근했다.

그가 말을 시작했다.

"싸우지도 않고 주저앉지는 않을 겁니다. 은행은 내게 정당한 대접을 하지 않고 있습니다. 나는……."

"이 문제가 해결될 수 있습니까?"

내가 말을 끊으며 물었다.

"무슨 문제요?"

"은행장이 자기가 당신을 해고하지 않아도 되도록, 자진 사퇴하기를 원하는 문제 말입니다."

그는 잠시 생각에 잠겼다.

"아마도 아닐 겁니다. 빌은 아주 고집스런 사람이에요. 한번 마음을 먹으면 누구도 어쩔 수가 없어요."

"그렇다면 당신이 해결할 수 없는 문제고, 당신에게는 문제가 없는 것 아닌가요?"

그는 한참이나 날 빤히 쳐다봤다.

"직장이 없는 문제가 있지요. 누가 쉰여덟 살인 나를 고용하겠어요? 명예퇴직을 하든 해고당하든 마찬가지예요. 직장을 얻지 못할 겁니다."

"당신이 직장이 없는 문제를 해결할 수 있나요?"

그는 당황했다.

"흠. 너무 늦어서 시작할 수 없어요. 하지만 네, 할 수 있을 것 같군요."

그의 눈이 밝게 빛났다.

"참, 퇴직 수당을 많이 요구해서 나올 수 있어요. 은행에서는 내게 신세 진 게 많으니까요. 어디 보자…… 쉰아홉 살 중반이면 연금도 받을 수 있으니까, 18개월 남았군요. 그리고 투자를 짭짤하게 해놨지요. 복층 아파트와 땅도 있고요. 또……."

갑자기 그의 표정이 밝아졌고, 상담이 끝나기 전 우울증에 걸린 은행가와 나는 조기 은퇴 계획을 세웠다. 북 캘리포니아에 사는 친구는 그에게 작은 사업체를 같이 운영하자고 했다. 그는 워싱턴 주에 남을 이유가 없었다. 나는 고액 퇴직금 전문 변호사를 소개해주었고, 2주 후에 은행 측과 퇴직금 계약이 잘 성사되어 모두 행복해졌다.

상담이 잘 끝나 기분이 좋았다. 만나보지도 않은 한국인 선승의 조언을 토대로 일이 잘 풀려 더욱 좋았다. 그런 조언이 없었어도 은행가와 나는 같은 결론에 도달했을지 모르지만, 그렇게 빨리 해법을 찾은 것이 다행스러웠다. 공항 대기실에서 만난 말레이시아 친구가 내게 무슨 일을 하냐고 물을 용기를 내준 것도 고맙고.

한 달 후 상황을 점검하려고 전직 은행가에게 전화를 걸었다.

그는 말했다.

"선생님 말이 옳았어요. 기분이 아주 좋습니다. 가슴이 묵직하던 증세도 없어졌고요. 이제 낚시를 하러 나갈 때죠. 언제 나가실 겁니까?"

나는 농담으로 대답했다.

"아직 해결하지 못할 문제를 발견하지 못했지만, 한 가지 찾아볼까 하는데요."

• • •

낚시는 사랑을 하는 것과 아주 비슷해서,
직접 해봐야 만족감을 안다.

힘

커다란 고기가 플라이를 물고 힘차게 달아나다가 풀려나려고 뛰어오르면, 현명한 낚시꾼은 아무 일도 하지 않는다. 뛰어오르는 물고기에게 복종할 뿐이다.

낚싯대가 휘어지면 낚시꾼은 물고기의 힘을 존중해서 줄을 넉넉히 풀고 잠시 휴식한다. 낚시꾼이 분노한 물고기에게 복종하면, 물고기는 줄을 끊고 달아나지 않을 것이다. 그리고 때가 되면 가장 가벼운 티펫에 걸려 올라올 수도 있다.

이 모든 것에 통달하려면, 분노는 곧장 자기를 소진시킨다는 것뿐만 아니라 큰 힘을 얻으려면 그것에 굴복해야 한다는 유쾌한 마법을 배워야 한다.

살면서 이런 날이 많지 않으니, 그런 일을 겪으면 소중히 여길 일이다. 더할 나위 없이 따스하고 하늘이 푸르고 바람 한 점 없어 낚시하기 좋은 날을 말하는 거다. 행운과 물고기가 척척 맞아떨어지고, 목격자가 있는 축복이 함께하는 날. 그런 날에는 감사하고 존중하고 영적이 되는 것이 좋다.

오늘이 바로 그런 날이었다. 이곳은 코르도바와 알래스카의 야쿠타트 사이에 있는 '걸프 코스트'. 소위 '실종된 해변'이라 불리지만 나는 오늘 실종되지 않고, 태평양에 접어드는 강어귀에 완벽하게 자리잡았다. 강에서 하루를 지냈다. 손에 낚싯대를 들고, 새벽부터 어두워질 때까지 은빛 연어를 쫓으며 하루를 살았다.

완벽한 날이었다. 밝은 태양, 비도 안 내리고, 바람도 없고, 공기에는 기대감이 넘치고, 가벼운 바람의 날개를 타고 멀리서 늑대 울음소리가 들리고 그야말로 완벽한 날이었다. 오후의 어떤 죽음만 제외하면.

이 완벽한 오후에 죽음을 맞은 연어는 인디언이 '코호'라고 부르는 수컷 은빛 연어였다. 연어는 1996년 8월 어느 날 12시 정각에 물살을 가르며 나타났다. 태어난 강이 그리워 출생지에 왔다가, 모래사장에서 꼼짝 못하게 되어버렸다.

30미터쯤 떨어진 물에서는 그의 형제자매와 짝들이 같은 하구로 달려가고 있었다. 그곳에서 그들은 민물이 흐르는 곳으로 접어들어 파도가 밀려가는 모래 위에 알을 낳았다. 초록빛 언덕에서 푸른 바다까지 펼쳐진 길의 깊은 곳을 포구 삼아 안전하게 산란할 터였다.

하지만 그 수컷 연어는 그러지 못했다.

다른 것들처럼 차가운 물에 가서 산란할 목적이었다. 산란을 통해 은빛 옆구리와 검은 눈과 영혼을 가진 새끼를 낳고 싶었다. 연어는 그럴 기회가 있었으나, 그 기회를 놓쳐버렸다.

이제 녀석은 옆으로 누워서 퍼덕거렸다. 무기력하게. 물 밖으로 나온 고기가 되어.

나는 캐스팅을 멈추고 지켜보며, 커다란 파도가 해안으로 밀려와서 연어를 구해줄까 조바심이 났다. 연어를 깊은 물에 데려가 쉬게 해서, 다시 기회를 줄까.

나는 기다렸다. 연어는 버둥거렸다. 파도가 왔지만 그를 곤경에서 구해줄 만큼 큰 파도가 아니었다.

캐스팅하다가 팔을 쉬려고 모래밭에 앉아서 궁지에 빠진 연어를 찬찬히 살폈다. 여기 잡을 연어가 있었다. 걸어가서, 긴 부목을 나무망치 삼아 머리를 때려, 녀석을 불운에서 놓아줄 수 있었다. 그러면 녀석은 고통에서 해방될 터였다.

아니면 더 은혜를 베풀어서, 신의 입장이 되어 녀석을 바다로 돌려

보낼 수도 있었다. 다시 물로 돌아가면 녀석은 제 길을 찾을 터였다. 녀석은 내게 캐스팅을 하게 해줄지도 몰랐다. 내 자비심을 이해하고, 내가 던지는 플라이를 감사하며 받을까? 멋지게 버텨서 나에게 낚시하는 재미를 줄까?

연어가 아가미를 펄떡이며 산소가 함유된 물을 갈구할 때 주변을 보니, 알래스카의 모든 생물들이 연어를 낚시한다는 사실을 알 수 있었다. 부서지는 물결 너머로 멀리서 고개를 내민 강치가 보였다. 가까이서 물개 한 쌍이 왔다 갔다 했다. 내 손바닥보다 큰 곰 발자국이 저 아래 강과 해안 부근에 나 있었다. '알래스카 연어 특별 요리'는 가족을 위해 아껴두는 음식이 아니라 '먼저 온 사람이 먹는' 먹이였다.

곧 한 떼의 갈매기가 날아와서, 연어 근처에 내려앉았다. 그 완벽한 오후에 나타난 모든 낚시꾼 중에서 딱 한 사람만이 연어를 구해주는 일과 자연의 순리 사이에서 갈등했다. 한 사람만이 이 호기심 이는 재앙을 어쩔 수 있었다.

행동을 취할까, 가만히 있을까?

자연의 순리대로 내버려둘까, 끼어들까?

그것이 문제로다.

지난 며칠간 나는 저명한 다윈 생물학자 리처드 도킨스의 『에덴 밖의 강』을 읽고 있었다. 필자는 강은 대단한 생명 유전자의 공급원이며, 그곳에서 생물이 만들어진다고 했다. 거기에는 너와 내가 오른손에 들고 물고기를 죽일 수 있는 부목 조각도 포함된다. 내가 곧장 돕지 않으면, 해변에서 죽어가는 수컷 연어를 구성한 유전자 코드는 복제될 기회가 없을 터였다. 도움을 주지 않으면 이 연어는 짝짓기 전에 죽을 테고, 그 유전자는 에덴 밖의 강을 지날 터였다.

영원히.

내가 당장 낚싯대를 내려놓고 연어를 물로 돌려보내지 않으면.

내가 하느님 노릇을 하지 않으면.

이 완벽한 날이 마음에 든다. 이 수컷 연어가 마음에 들고, 이 경이로운 신비를 가진 생명이 마음에 든다.

그렇다. 연어가 다시 퍼덕대다가 가만히 누워 있는 것을 보며, 나는 꼼짝도 못한다. 어떤 도덕적인 기반에서 이 물고기를 구해야 할까? 내가 이 물고기를 구하면, 우주를 박아놓은 바느질 땀을 뜯는 게 되지 않을까?

곧 다른 동물들의 먹이가 되리라는 것을 연어는 모른다.

하지만 나는 알기 때문에 그게 부담이 된다. 무거운 짐은 아니지만, 그것 때문에 가슴에는 긴장감이 돌고 머리는 혼란스러운 가운데 이렇게 해변에 앉아 있다.

이 연어의 생명을 구하는 일이 이 작은 혹성에 사는 거대한 생물계에 문제가 되진 않겠지. 물고기 한 마리를 구하는 것이 오늘 죽을 연어 수천 마리나 이번 계절이나 올해, 혹은 요 10년 사이에 죽을 연어 수백만 마리에게 문제가 되지 않을 것이다. 하지만 연어 한 마리에게는 중요한 문제인 것을. 내 앞에서 죽어가는 이 연어에게는.

구해야 하나? 말아야 하나?

무슨 목적으로?

어떤 결말을 위해?

내가 오늘 이 강에 온 것은 고기를 잡고, 잡은 고기를 놓아주기 위해서였다. 죽이러 온 게 아니었다. 이 고기를 죽게 하는 것은 오늘의 계획 속에 없다. 버터와 레몬즙을 뿌려서 숯불에 구워 먹으면 기막히게 맛있겠지만.

내 마음이 휙휙 돌아간다.

연어는 죽어간다.

갈매기 떼가 더 가까이 모여든다.

이 죽음과 나는 관계가 없다. 난 무죄다. 내 존재가 연어의 운명에 영향을 미치지 않았다. 그가 강어귀를 놓친 것은 그의 잘못이었다. 염색체 이상이나 방향 시스템의 유전자 이상 때문에 개인적인 재난을 당했다면, 그게 섭리일 것이다. 이 연어는 이 해변에서 죽게 되어 있으며, 나쁜 유전자를 안고 그대로 떠나게 되어 있다. 그런 희생으로 방향 감각이 없는 연어들이 태어나는 것을 막는 것이다. 결국 연어가 해안으로 올라온 것은 문제가 있지 않은가?

시간이 흐르고 있다.

마지막 세 번째 장을 지켜보기 위해 나는 더 높은 모래톱으로 올라간다. 이곳이 더 높은 도덕적 기반은 아니지만, 더 잘 보인다.

퍼덕임이 멈춘다.

갈매기 떼가 요란스럽게 울면서 달려든다. 여섯 마리다. 그들은 연어를 쪼아 먹으면서, 좋은 부위를 놓고 다툰다. 부리로 두꺼운 껍질을 찢어 살을 먹는다. 연어가 힘없이 퍼덕대지만 갈매기들은 무시하고 죽어가는 그를 먹는다. 살 속에 파고든다. 피 묻은 부리로 살을 쪼며 파티를 벌인다. 축하하느라 날갯짓을 하면서.

오후에 어떤 죽음을 목격하자, 내 마음속에서 공포감이 밀려든다. 우리가 살고 사랑하고 일생을 보내는 이 우주에 더 근사한 섭리 같은 것은 없는 게 아닐까. 목적이나 연민 같은 것은 없는데, 그런 게 있다고 생각하는 것은 인간들의 상상에 불과할까. 우주가 어떻게 돌아가는지 모르고, 우리가 만들어서 의미를 붙이고 '영적'이라 말하는 게 아닐까. 대안이란 게 워낙 불쾌하기 때문에 그럴듯하게 꾸몄겠지. A. E. 하우스먼이 적은 것처럼 '무정한 자연, 위트도 없는 자연은 알지도 못하며 상관하지도 않으리라'.

내가 있어 곰과 늑대가 얼씬대지 않자, 갈매기 떼는 근사하게 식사를 한다. 곧 물고기 형체는 사라지고, 뼈만 앙상한 시체가 해변에 나뒹군다. 쇼가 끝났다. 나는 서서 열댓 마리의 물고기가 헤엄치는 웅덩이를 바라본다. 멋진 연어 플라이를 캐스팅할 준비를 한다.

수컷 연어는 죽었고, 그의 미래는 에덴 바깥의 이 강 밖으로 영원히 사라졌다. 거기서 누가 아직도 헤엄치고 있을까?

이 완벽한 오후에 갈매기 여섯 마리와 내가 여기 있다.

DIARY
미주리 강, 초봄

낚시는 대단히 평등한 일이다. 유명 가수든, 여학생이든, 전문 낚시 가이드든, 평범한 사람이든, 평범하지 않은 사람이든 물고기들은 자기들을 잡는 사람에게 별로 신경을 쓰지 않는다. 그렇지 않다면 우리가 왜 그렇게 물고기를 좋아할까?

물고기는 신적 존재가 되려는 욕망을 가진 인간에게—말할 것도 없이 낚시를 하는 사람들의 기도가 바로 그거다—무관심하다. 물고기가 우리가 던진 미끼를 물면, 우리는 순간적으로나마 예측과 제어가 불가능한 생명한테서 인정받은 게 된다. 이 생명에게 조금이라도 인정을 받으니 마음에 환희가 차오른다.

같은 인간들은 우리를 기억하거나 존경하지 않지만, 물고기에게 한 순간이라도 눈길을 받으면 우리는 대혼란으로부터 의미를 건질 수 있다. 우리가 있든 없든 상관없이 존재하고, 멀리 있고, 변덕스런 물고기들. 우리는 이 지느러미 달린 신들의 축복을 낚는 것이다. 그들은 깊은 바닷속에 안전하게 있으면서 우리가 살든 죽든 신경 쓰지 않는다. 자만의 죄에 대한 치유책으로 물고기에게 외면당하는 것보다 좋은 게 있을까?

5월 초의 어느 오후, 미주리 강에서 나는 무지개송어들이 인간들을 완벽하게 갖고 노는 것을 보았다. '인간들'이란 내 전문 가이드(다정하면서도 고집 있는 사내로, 이날 우리가 물고기를 얼마나 많이 잡을지 오만하게 허풍을 떨었다)와 생전 처음 플라이낚싯대를 잡아보는 순진한 청년과 나였다.

어떻게 됐는지 짐작이 되는지.

한 시간쯤 똑같이 검은 거머리를 같은 무지개송어 떼에게 던진 후, 청년은 일곱 마리, 나는 네 마리를 잡았고, 가이드는 한 마리도 잡지 못했다. 0마리. 빵 마리. 빈손. 맨손. 송어가 잡힐 뻔하지도 않았다. 전문 낚시 가이드는 성경에 나온 대로 자만한 자의 꼴을 톡톡히 당했다.

"오늘은 특별히 못되게 구는군요."

트럭이 있는 언덕을 오르면서 낚시 가이드가 겸손하게 말했다.

"누가요?"

내가 물었다.

"무지개 신들이요."

"그래요, 정말 그렇더군요."

내가 맞장구쳤다.

트럭에 다다르자 나는 장화 바지를 벗으면서 강 쪽을 힐끗 보았다. 청년의 낚싯대에 큰 송어가 걸려 잔뜩 휘어졌다. 나는 속으로 중얼거렸다. 품에 안을 수 있는 신을 숭배하는 일이 얼마나 좋으냐고.

클리프 호수

'클리프 호수'는 퇴근 후에 운전해서 가기엔 너무 먼 곳에 있다. 나는 거기 가본 적이 없어서 얼마나 먼지 확실히 몰랐다. 그곳을 찾을 수 있을지도 자신이 없었다. 내가 아는 것은 '라더 목장'을 지나서 직진하다가, 시골길이 나와도 방향을 돌리지 말아야 한다는 것이었다. 내게 클리프 호수를 알려준 사람은 "노란 문이 나오고, 흙길 같은 게 보일 거"라고 했다. 호수에는 큰 컷스로트 송어가 넘쳐난다나.

"라혼탠 컷스로트지. 녀석들은 초록색이면 뭐든 치고 오르지만 넓게 퍼뜨리진 말라구. 호수가 넓지 않으니까."

누구에게도 동행하자고 청하지 않았다. 너무 불확실했다. 너무 갑작스런 결정이었고. 러시아워를 피하기 위해 일찍 사무실에서 나와 샌드위치를 먹고 낚싯대 두 개를 트럭에 싣고 남쪽으로 출발했다.

건조한 봄이 계속되어서, 초록빛을 띠기 시작한 밀밭 사이에 난 비포장도로를 달릴 때 먼지가 뽀얗게 일었다. 나는 너무 빨리 달렸다. 하지만 야외로 나갈 때는 늘 과속한다. 인적 없는 비포장도로를 따라 달리다 보니 낯선 곳에 접어들게 되었다. 삶과의 경주일까? 시간과의 경주? 죽음과의 경주? 낚시 때문에 목숨을 거는 건 뭣해도…… 가벼운 부상 정도야 뭐 감수할 만하다.

가속 페달을 꾹 밟았다. 속도를 즐기려고 라디오를 끄고 창문을 내렸다. 바람이 불어왔다. 맑고 푸른 하늘에 트럭이 일으킨 먼지가 피어오르는 것을 볼 수 있었다. 플라이낚싯대 끝이 연신 유리창에 부딪쳤다. 다시 서른다섯 살이 된 기분이었다. 점점 젊어지는 기분.

이제 나는 시공을 날아가고 있었다.

클리프 호수까지 얼마나 빨리 달렸는지 모르겠지만 어찌나 달렸는지 속도계를 보지도 못했다. 한동안은 내가 달리는 게 아니라, 나는 멈춰 있고 다른 것들이 나를 획획 지나는 것 같았다. 창문으로 바람이 들어와서 시간보다도 빨리 달리는 기분이었다.

갑자기 트럭 안이 조용해졌다. 나는 우주 속을 떠돌며 생각하고 있었다. 생각과 추억과 과거의 장면이 밀려들었고, 결국 삶이 앞으로 나아가지 않고 맴을 도는 것 같았다.

그때 노란 문이 눈에 들어왔다. 문을 열고 차를 몰고 안으로 들어가 다시 문을 닫았다.

클리프 호수는 낚시 지도에 나와 있지 않다. 부대시설이나 그곳에 대한 정보도 없다. 입소문을 제외하면 그런 곳이 있는지도 모를 것이다. 주중이라 운이 좋으면 호수를 독차지하게 될 터였다.

도로는 표지판도 없이 옥수수 속같이 울퉁불퉁했다. 먼지가 꽉 찬 구혈에는 화산암 바위가 튀어나와 있었다. 바퀴가 찢어질 위험을 무릅써야 했지만 나는 스물다섯 살, 아니 더 젊어진 기분이어서 상관하지 않았다.

호수는 길고 굽이진 화산암 절벽 밑에 있었다. 그래서 클리프(절벽) 호수라는 이름이 붙었구나. 얼른 엉덩이까지 닿는 장화를 신고, 묵직한 티펫에 거머리 모양의 플라이를 맸다. 작은 물가에서 들어갈 수 있는 만큼 물로 들어갔다. 캐스팅을 시작할 때, 보트에 탄 사람이 힘센 물고기와 겨루는 광경이 눈에 들어왔다.

어디서 온 사람일까? 왜 그의 트럭을 보지 못했지?

보트에 탄 사람과 나는 한동안 서로 쳐다보지 않고 낚시에 집중했다. 하지만 그때 그가 다른 고기를 잡자, 나도 모르게 그를 쳐다보았다. 어떤 미끼를 사용하느냐고 묻고 싶었다. 하지만 그러지 않았다. 그는 천천히 노를 저어 작은 호수의 가장자리로 갔다. 그의 모습이 보이는 범위를 막 벗어난 곳에 자리를 잡았다. 그 후 한 시간쯤 우리는 낚시꾼들이 상황이 되면 서로 지켜주는 편안한 거리를 유지했다. 누군지 몰라도 그가 마음에 들었다.

가끔 물고기가 뛰어올랐지만, 거머리 플라이로는 고기가 잡히지 않았다. 수면에 뜨는 줄로 바꾸고 유성충으로 시도해보았다. 그러자 17센티미터짜리 컷스로트가 다가왔다. 이따금 배에 탄 사람이 다른 큰 물고기와 씨름하는 것을 볼 수 있었다. 그는 조용히 요란 떨지 않고 씨름했지만, 호수를 둘러싼 화산암 벽 사이에서 송어가 수면에서 버티느라 내는 소리가 퍼졌다. 인간과 물고기가 대단한 싸움이라도 벌이는 것 같았다. 나는 시샘보다는 그의 성공에서 묘하게도 강렬한 쾌감을 느꼈다.

호수 전체를 보려고 가장 높은 절벽에 올라갔다. 그때 보트에 탄 낚시꾼이 잠시 그늘에서 모습을 드러냈고, 빛이 뱃전에 쏟아져서 그의 얼굴을 볼 수 있었다. 예상보다 젊었다. 그를 보자 이름은 잊었지만 오래전 알았던 사람이 떠올랐다. 초록색 수면 위에 햇살이 비스듬히 비치자, 나는 사진을 찍었다. 왼쪽 구석에 청년을 넣어서. 아내는 내가 늘 풍경 사진만 찍는다고 불평하지만, 이 사진으로 나도 낚시꾼이 담긴 사진을 찍을 수 있다는 게 증명될 터였다. 사연도 이야기할 수 있고.

내가 소리쳤다.

"여어. 많이 잡았나?"

보트에 탄 청년은 대답하지 않고 손만 흔들었다. 소음을 싫어해서, 입을 다무는 모범을 보여 다른 사람을 조용히 하게 하는 부류의 낚시꾼인 듯했다. 모르겠다. 그가 너무 멀리 떨어져 있어서 표정을 볼 수가 없었다. 하지만 그때 그가 배를 저어 다가왔고, 나는 그가 청년이 아니라 소년임을 알 수 있었다.

동네 농가에 사는 고등학생일까? 아니면 동쪽으로 120킬로미터 떨어진 대학에 다니는 학생? 나와 똑같은 이유로 이 한적한 작은 호수를 찾아 도시에서 왔을 것 같았다. 흥미로웠다. 아이가, 혼자서, 나처럼.

우리는 한동안 낚시를 했고, 나는 그가 물가에 보트를 대고 송어를 두어 마리 더 놓아주는 것을 보았다. 그가 내가 있는 쪽을 지날 때 보트 바로 뒤에서 커다란 컷스로트 송어가 뛰어올랐다. 그는 나와 마주보는 쪽으로 몸을 돌리더니 양손을 들고 송어의 크기를 나타내는 공간을 만들었다. 하지만 여전히 거리가 멀어서 그가 웃고 있는지 볼 수 없었다. 그럴 거라고 짐작만 했다.

나는 고개를 저어가며 웃으면서 손을 흔들었다. 캐스팅하기 시작했다. 소년은 노를 저으며 내 의식을 넘나들었다. 펠리니 감독의 영화에 나오는 인물처럼. 그는 훅에 고기가 물리면 고기를 끌고 다니지 않고,

뜰채로 잘 다루었다. 아직 어린데도 어떻게 해야 할지 잘 알았다. 나는 그가 내가 낚시하는 곳에 와서 말을 걸어주기를 바랐다. 하지만 그는 노를 저어 저쪽으로 갔고, 마침내 호수 끝으로 가더니 멀리 있는 동굴 안으로 사라졌다. "행운을 빌어요. 대어를 낚으세요"라고 말하려는 듯 엄지손가락 두 개를 들어 보이고.

점점 시간이 흐르고 집에 갈 때가 됐다. 그가 동굴에서 나와서 이야기를 나눌 때까지 기다려보고 싶은 마음도 있었다. 그러면 왜 수요일 저녁에 한적한 호수에서 홀로 낚시하는지 알아낼 수 있을 텐데.

하지만 나는 기다리지 않았다.

마지막 저녁 빛에 가벼운 바람이 묻어났다. 송어는 뛰어오르기를 멈추었다. 이제 고요했다. 어두워지는 하늘 아래 튀어나온 검은 절벽에 걸터앉은 흰 갈매기 한 마리만 빼면 나 혼자였다. 좀 피곤해지면서 제 나이로 돌아온 기분이었다. 낚싯대를 내려놓고 오래도록 앉아서 고요의 소리에 귀를 기울였다. 바로 그때였다. 집에 돌아가서 사진을 인화해보면, 이번에도 텅 빈 호수 풍경만 있을 거라는 사실을 깨달은 것은.